芙蓉女儿

谈正衡◎著

安徽师范大学出版社
ANHUI NORMAL UNIVERSITY PRESS

· 芜湖 ·

装帧设计 责任编辑

丁奕奕 刘佳

图书在版编目（CIP）数据

芙蓉女儿 / 谈正衡著. —— 芜湖：安徽师范大学出版社, 2019.7
（2019.11重印）
ISBN 978-7-5676-4007-8

Ⅰ.①芙… Ⅱ.①谈… Ⅲ.①长篇小说－中国－当代 Ⅳ.①I247.5

中国版本图书馆CIP数据核字(2019)第053337号

出版发行：安徽师范大学出版社
　　　　　芜湖市九华南路189号安徽师范大学花津校区
邮政编码：241002
网　　址：http://www.ahnupress.com/
发 行 部：0553-3883578　5910327　5910310（传真）
E-mail：asdcbsfxb@126.com
印　　刷：浙江新华数码印务有限公司
版　　次：2019年7月第1版
印　　次：2019年11月第2次印刷
规　　格：700mm×1000mm　1/16
印　　张：20.5
字　　数：325千字
书　　号：ISBN 978-7-5676-4007-8
定　　价：58.00元

谈正衡 著 FURONG NÜ'ER

芙蓉女儿

安徽师范大学出版社
ANHUI NORMAL UNIVERSITY PRESS
·芜湖·

谨以此书
献给她们如花的年华和苦难的岁月

捕捉一个时代的光影

—— 《芙蓉女儿》阅读札记

一

我和谈正衡先生是老朋友了，从二十世纪九十年代一直厮混到今天，屈指数来也有二十好几年了。他的散文，是我所熟悉的，写了很多，总是让我馋得流口水的那种。后来结集在大江南北的几个出版机构出版，得天下人热捧，一时风行，闻名遐迩。

在戊戌年这个溽热的夏天，谈先生要到欧洲去旅行，临行前突然交代，要我给他的新写的长篇小说《芙蓉女儿》作个序言。我当时还是吃惊不小，再三推托：鄙人何德何能，竟敢给先生作序！但是他一口咬定，说是我早就答应了的。推托不成，只好赶鸭子上架。

关于这次作序事件，还要从去年的一次聚会说起。去年秋天的某一日，谈先生来电话说是要做东约餐。我也没有正经当回事，因为朋友们三天两头找个由头聚会，也是很平常的事情。谁知第二天下午，他弄了两三辆车，一下子把我等一干人拉到了离市区几十公里远的当涂黄池。黄池出茶干，市面上到处都是卖的，我当然知道这个地方。但是，我们那天并没有看到茶干，而是饱览了这个衰落小镇安宁清怡的田园风光。

晚餐是在黄池一个果树园里进行的。一条土狗屋里屋外地转悠，边上的网围里一大群公鸡母鸡已经上笼。我们一帮子人在屋里摆开两张大圆桌子，吃着从附近农田及鱼塘里采获来的菜肴，喝着小酒。就在我等渐入佳境之时，谈夫人李大姐似乎早有预谋地说起谈先生早年为文的轶事来。还提到谈先生当年给她写的情书，娓娓道来，字字句句，声情并茂。谈先生也仿佛重回少年维特时光，更是即兴大声诵读情诗一首。我等座中大呼小叫，敲碗拍凳子，不一而足。酒酣耳热之际，谈先生说要写小说，李大姐说她支持。谈先生说李大姐也是大家闺秀出身，李大姐当然也就当仁不让。谈先生说要写他的岳母，写他岳母在烽火连天岁月里的求学经历，说她老人家是一个传奇女子，也是从南陵徐家大屋出来的。我断断续续听了几个零碎的情节，就随口说道："可以非虚构，或纪实。"

谈先生的写作是个急性王，他那雷厉风行的劲头，那种抓住灵感的尾巴一挥而就的豪情，经常让我等目瞪口呆。黄池聚会后三四个月吧，他老兄就把稿子发给了我，一口咬定要我写序，还说就是按照我说的"非虚构"的路子写的。于是乎，我就在炎热无比的戊戌年的夏天对着谈先生的《芙蓉女儿》写出下面这些话……

二

《芙蓉女儿》以女主人公李芙初为叙述视角和贯穿性人物，通过她的经历和交往，讲述了陵阳（南陵）的历史和人物。小说虽然没有特别显示讲述人的角色，但讲述人李芙初的讲述行为还是隐约可以看到的。由李芙初，小说牵系出了她的同母异父的姐姐黄浣莲，讲述了她的好朋友傅菊英的故事，陈采薇的故事，堂妹小芙子的故事，以及母亲的故事，还有姐姐同事陶婕的故事。

作为小说中人物，李芙初从少女到出嫁，一直是一个可爱淳朴又有教养的女孩子。她虽然是湘军将领李成谋的曾孙女，但毫无骄纵和恃宠的秉性；她经历战争的血与火，经历惊险和苦难的"跑鬼子反"，但依然能够保持着平和的心态和女性知识分子的涵养。也许是顾忌到尊者的形象，这个人物更多地充当着讲述者的角色（尤其是后半部），她对于小说中诸多事件介入得还不够，尤其最后她与希惠的结合来得过于突然。小说主要是围绕着她来构建人物网络的。

小说对李芙初的同母异父姐姐黄浣莲的叙述最多。黄浣莲由于生父去世早，性格一直很独立，后来在小学和中学里教书。从小说的暗示可以知道，她是共产党圈子内人物，在个人感情生活上，她与她的同志邵运柏一直若即若离。这是一个可敬但欠缺一点可爱的女性。在李芙初女伴中，陶婕的形象较为鲜明。陶婕是一个长相俊俏的美术老师，在抗战中沉沦，成为伪军司令张昌德的姨太太，获得了大量的地产和房产，抗战胜利后，受到惩罚，变得无比失落和颓丧。作者通过李芙初的眼光，剖析了人性的沦丧，批判中有着同情，同情又有着恨铁不成钢的指责。傅菊英，她的流氓起家的父亲在模范街开了家东南旅馆。傅菊英虽然性子柔柔的，但是，却死心塌地爱上了一个受伤的国军排长，并且义无反顾地跟随他去了四川泸州老家。爱情让一个柔弱的女孩子爆发出刚毅的性格。读到这个女子的行止，我对她油然而生敬意。

在所有的女孩子中，采薇是作者着墨最多的女子。她的身为大牌律师的父亲，她的客死异乡的爷爷和殁于内战的姑父，以及到四川逃难的过程，都有一个完整的交代。而在采薇身上，作者最为钟情的还是她的性感和美艳。她少女时代的眸如秋水，成年后的熟女风韵，以及与这些相伴而来的各式各样凸显和绽露身材的旗袍……她的露出的脚踝，以及额前飘动的几绺头发，还有她的姿态、文才和叛逆的情感，都给人留下深刻印象。崇拜英雄的美艳少女，嫁给了有着英雄般威权的袁佩璋，那种飞蛾扑火般的精神也是意料之中的。但是，如此美丽的女子却死于难产，总让人感觉到于心不甘，造化弄人。我认为，采薇这个人是有一点魔性的。联想到那个刚出场就被黑暗吞噬的美丽的外乡女子易浩，连同仅仅提到姓名也是死于产后风的江秋月，似乎都是一种前兆暗示：极致的美艳，总隐匿着令人难以置信的毁灭……这就是现代美学的悲剧精神。

　　相较于女性形象的精彩，《芙蓉女儿》中的男性形象大多是走马灯式的人物，不但讲得少，而且大多作为陪衬，只有极少数几个如教师江清越和邵运柏、校长戴凌洲、湘籍巨绅张和声、国民兵团头领袁佩璋等较有特色。但总体来说，男性的形象没有女性的形象那般出彩。

<h1 style="text-align:center">三</h1>

　　老谈写东西的特点，据我所了解，断不会只关注儿女情长，他的作品，是喜欢文抱风云字含流沙的。这部《芙蓉女儿》也是如此。

　　《芙蓉女儿》写了一帮小女孩的成长和命运，可以说是女人的成长纪事。但老谈却将她们的坎坷命运放到历史长河里去淘漉的。而这段历史，就是南陵的地域史和老谈岳母的家族史，还有南陵中学的源头史。

　　老谈是一个有着很深故乡情结的文人，他的二十多部作品大都以故乡南陵的历史文化和山川草木为背景。这部《芙蓉女儿》，乍看题目有点丈二和尚摸不着头脑，我以为就是写花儿草儿的，读了我才知道，原来小说的主人公们大多都是湖南人的后代。李芙初及其姐妹们，她们几乎都是清朝末年靠镇压太平天国发迹的湘军将领李成谋的后人。"太公李成谋，当年率军在芜湖一带与长毛太平军反复厮杀，后来出任长江七省水师提督兼领南洋水师大臣，便将唯一女儿许配给了徐文达长子徐乃光。"徐文达支持清军平叛，后也坐上两淮盐运使的宝座，高官厚禄。血脉衍传，直至李芙初这一代。"芙初和小芙子，还有她俩的爸爸，皆出生在徐家大屋西宫，她们家族几十年的故事，都藏在这处广厦深院里。"

　　当然，李芙初的家族史，是通过即时回忆和插叙闪回的手段来展现的，而这些历史场景则插入在小说的现实时间里。小说的现实时间，则是从抗战到中华人民共和国成立前夕的这一段历史。从1938年2月17日日军轰炸陵阳城开始写起，一直到解放军渡江前夕李芙初结婚，也就是所谓的抗日战争时期和解放战争时期。

　　小说中的历史是有两段的，但是，在老谈的叙述中，它们是折叠在一起的。而两段历史的见证人和经历者，又都是围绕着"芙蓉女儿"们的现实命运来展开的。

这部小说当然没有叙述"芙蓉女儿"们的现在状况，但是，小说又显然存在着一个回忆的视角。谁在回忆呢？当然是叙述人李芙初在回忆。李芙初不但睹物思人，而且从历史中获得了自豪感和沧桑感。当然，这种自豪感和沧桑感，也是作者老谈的。读老谈的这部《芙蓉女儿》，我也从他所叙述的历史场景中获得了自豪感，并感受到一种沧桑漫漶。

四

老谈将这部《芙蓉女儿》定位为"非虚构"小说。如此定位，从逻辑上来说有点矛盾，但是，在文学叙述又未必不可以。

《芙蓉女儿》的写作初衷，当然是写李芙初的，但是，在实际的写作中，陵阳历史的强大牵引力，使得老谈不能不向它靠拢。结果就是：我们的老谈将李芙初作为一条穿引的红线了，从而把那么多的人物那么多的事情，都穿到了一条线上来了。所以，《芙蓉女儿》与其说是写人的小说，不如说是写事的小说；而且还不是写李芙初一个人的事，而是写了南陵人物十多年间的为数众多的事。而这些事，大多都是有鼻子有眼，据我看来，都是非常真实可信的。

我接触了许多的小说家，他们都热衷于表现历史。他们与我谈论他们小说中的历史是如何真实靠谱。老谈也是如此。他的这部《芙蓉女儿》中的李芙初祖先李成谋家族、徐文达家族的历史都是真实的，有关南陵抗战前后的诸多历史事迹和历史人物特别是南陵中学艰难创办的过程也是真实的。对于作为地方史家的老谈来说，将其带入历史中叙述也是有效的。

但是，历史是碎片化存在的，也就是说很多的历史材料，都是缺乏内在的逻辑。而这种碎片存在的历史资料，断不能就这样存放于小说中。可以说，真实历史的碎片化和非逻辑化，为文学的想象提供了胜场。老谈在小说的开头就展现了他的文学想象的表现力：日军飞机的轰炸，血肉横飞，几个主人公纷纷出场。这样开端设计，就如同好莱坞电影《拯救大兵瑞恩》一样，很有视觉冲击力，很有文学表现力。此外，陵阳城在小说叙述的时段里的历史其实也就十年多一点的时间，并不算很长。但是，在这十年多一点的时间里，所发生的事情可以说千头万绪，极为庞杂。诸如"跑鬼子反"，陵阳各种政治势力的争夺，当地驻军变脸式的所作所为，多种学校的开办和关闭、重组的状况，以及相关人等在各种事体中的纠葛斗争，等等。老谈要将这许多的材料都纳入小说的叙述，非常不容易，更何况他所借助的叙述者仅只是一个成长中的少女李芙初呢！从小说通过李芙初对这诸多的历史资料的识见、编织及传达来看，还是有点零乱的。但在故乡情结和历史情结之下，二者得兼是比较难的。从小说的角度来说，若是能将李芙初的形象和穿针引线的功能加强，在诸多的历史资料中有所取舍，或许能够收到更好的文学表达效果。因为小说家并不负责再现历史，历史不过是小说家的材料。

投鼠必然忌器。文学性强化，必然损害历史的真实感，尤其是触及叙述人李芙初的形象，这是老谈在伦理上的顾忌。因为老谈已摆明，叙述人李芙初就是她的岳母李芙初……换句话说，还是所谓的"非虚构"在作怪，因为一旦让李芙初成了文学形象，赋予太多文学元素，就远离了历史与现实中的岳母李芙初了。那如何向老人家交代呢？我想老谈在塑造李芙初形象的时候，也是很难心的。

文学中的历史表现，向来都是比较纠结的。有无数的理论家写了无数的文章来讨论这个问题，到头来还不是捣糨糊——我只好如此安慰老谈了。

但以上所有的这些纠结和两难，一点也不妨害这部《芙蓉女儿》的艺术成就。老谈有一强大优势，就是对于南陵地方史的掌控，对于江南风情民俗和老旧物事的知晓……凭着对于那个特殊历史阶段的展示，摹绘了风云变幻又浩荡前行的江南家族和地域标识显明的一干人众，而且，非常丰富，也非常生动！老谈热烈、典雅，且稍显卖弄的语言，极其具有感染力，甚至魅惑力；他的对于自然风物的精微刻画，他的仿佛苏轼重生的古诗词，更是令人击节感叹的。

历史活在我们的记忆里。我们不记忆，历史也就死了。当我们恢复了记忆，历史也就复活了。复活的不只是耶稣，在中国人的记忆中复活的首先是我们的先人。老谈的这部《芙蓉女儿》，就是一部复活历史记忆、复活家族记忆、复活地方记忆的杰作。

如此说来，南陵是有幸的！

老谈在欧洲玩耍的时候，我将他的序写好了。本想说几句不好的话，但还是被他的文本说服了。

是为序。

方维保*

戊戌年夏

＊方维保，安徽师范大学文学院教授、博士生导师，安徽省作家协会副主席，安徽省文艺评论家协会副主席，芜湖市文艺评论家协会主席。

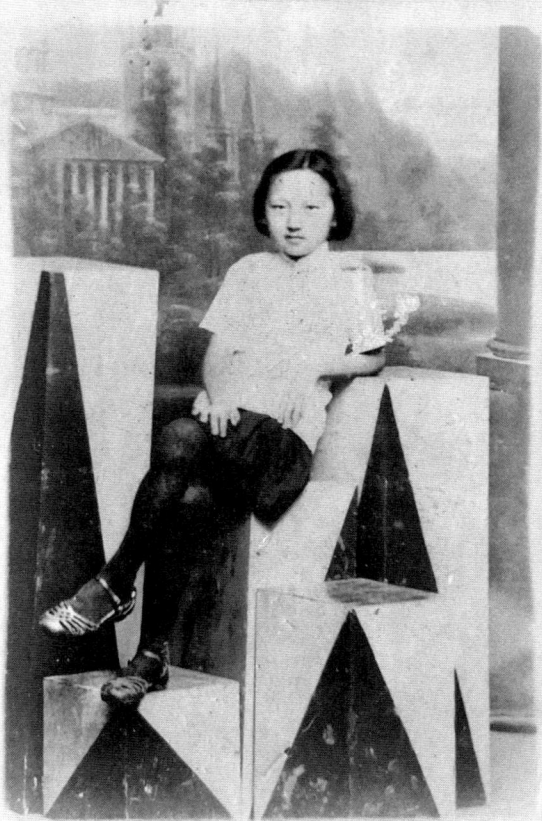

芙蓉女儿

I

Contents

目 录

芙蓉女儿

青天惊魂

黎血恨

民国二十七年正月十八，公元纪年一九三八年二月十七日，再过两天就是雨水节气，陵阳城里天气仍是难见起色。太阳缺气少力，蒙蒙地泛白，乍暖还寒。

吃过早饭，身穿丝绒黑袄、头扎蓝带蝴蝶结的十二岁女孩芙初，迈着轻快的步子去北门采薇家看梅花。走在行人稀少的街上，几个卖柴草的山里汉子，歇了担子在街边，手拢在袖筒里，神情倦漠地等候交易。有刚落下担子的一个小老头，从扁担头取下两条絮筒，瑟瑟地往腿上单裤外面套，提起绳子往腰上一系，便成了棉裤。

这是龙汇桥边一条小巷，两边都是灰瓦高檐徽式老屋，斑驳的围墙上爬满苔藓，在早春的阳光里寂无声息地黯碧着。

陵阳是四大米市之一芜湖的重要供粮区，稻米生意主要集中在城隍庙以北的惠民桥至龙汇桥一带。你看那漳河上小船，如排行水面的鸭子，一艘接着一艘，都是运粮的。若是杨柳依依的阳春三月，桃花灼灼，满河春水，在散落的粮船裹拥下，长长的木排顺流而下，放排人的歌谣，悠悠地溶进了碧波细流："阳春三月好放排哟，头排去哒二排来，头排去哒二排哟来……幺妹的山歌呵，逗人爱！"

临河高地，箍着围墙的仓储库房连绵逶迤，"云谷堂""三立堂""继芳堂"，还有"裕昌""东升""福记"，几家声名响亮的砻坊和粮号都在这里。粮商们生意水边做，把日子过在僻静宁谧的小巷深院里。

采薇家房子很大，厚重的大门两扇对开，前有客厅后有阁楼，两旁还有厢房。芙初被好友领入后院，结了薄冰的水池旁，正开着一树白花，横看竖看总归有些不同，因为枝干曲身探水，所以得名"照水梅"。其实这是绿梅，乃梅中珍品。不远处背阴墙角里还有蜡梅，那么多小巧黄花，在一棵苍老的树上欢愉绽放，暗香浮动，绵绵袅袅。采薇说，蜡梅的花，多是外边一圈黄而内心紫色，称为荤心蜡梅……这棵蜡梅，花瓣和花蕊都是一样明黄，叫作素心蜡梅。芙初看着那些小巧清润的瓣儿，拼尽蜡黄，玲珑可爱，仿佛哈口气会化，碰一碰会伤！

采薇就给芙初讲了个故事：往年，有个穷秀才，家里什么也没有，只有一株精心养护的梅花。岁暮年终时，别人放爆竹过年了，他就对着梅花树吟唱：柴米油盐酱醋茶，桩桩出在别人家；今日自然无变化，闲来无事看梅花……梅花被感动，化作一个美丽的姑娘，和穷秀才结成夫妻。

在芙初安静注视下，采薇说："我才不愿意梅花变成人，柴米油盐，烟熏火燎的，那多俗气呵。"她转过脸来，一双黑白分明的眼睛大而亮，光波闪烁。采薇长得极像她妈妈，瓜子脸，杏仁眼，眼角很细，眉梢很长，要是咯咯笑起来，眉梢就一挑一挑的。

采薇的爸爸是做律师的，代理了一桩官司，出外未归。她妈妈留芙初吃中饭，除了过年留下的炸圆子与熏鱼外，一小碟现炒冬笋肉丝和一碗黄芽白，另有一砂锅咸鱼头炖豆腐，都很好吃。

午后二时左右，两个女孩子出了门。明晃晃的太阳已逼退空中的寒意，街上人多了起来。毕竟还在新正月里，田里农事未起，许多人便上街来逛逛。

正走在街上，听到一阵轰鸣声由远而近，天上掠来黑影，是一前一后两架"铁老鸹"飞机。很多人平生第一次见飞机，就新奇兴奋地转头朝天上搜寻，屋子里的人都跑了出来，或是推开窗户伸长颈脖仰望，猜测是不是国军的飞机？待看清机翼下面有红粑粑膏药印，有人撕心裂魄般喊了声："鬼子飞机！鬼子呀……快跑！"

两架"铁老鸹"却晃了晃翅膀，笃定定向北飞去。已出县城上空了，却又齐齐地一个兜抄翻转，盘旋绕了一大圈，前面一架突然猛往下一沉，呼啸着俯冲过来。眼见那"铁老鸹"肚腹快要划到文峰塔尖时，又轻轻一剽，蹿升起来，像拉粪便一样，一长砣黑乎乎东西从肚腹底直直坠落下来……"轰"一声炸开，地动山摇，红火黑烟随之腾起！

人们尖声喊叫，哭号着跑动起来。有人往城外跑，有人往街巷两边屋子里躲，没头苍蝇一样往四处乱钻乱窜。两架"铁老鸹"分头兜抄翻转，又一颗炸弹落在文昌阁黉塘小学南边，火光烟尘散开，地面上炸出一个两人多深的大坑。"铁老鸹"剌耳的啸音和人们发出的喊叫声混在一起，震耳欲聋，炸起的土块、石子扑喇喇落下，漫天烈焰浓烟，比地狱还要恐怖……接着，又有一弹投在北大街跑动的人群中，许多人的身体大鸟一般横着飞起！

两个女孩子恐慌极了，随着人流往西门跑。天主堂那边有防空洞，一个月前才挖好的，可以躲人。但人实在太多，根本过不去。两人急忙趴倒在路旁的沟里，不敢抬头。趴了一会，因为担心要被炸死，从地上爬起来又跑。"铁老鸹"已飘蹿到小南街那边竹青巷上空，再丢下一弹，腾起巨大烟柱……到处是哭喊声、奔跑声和重物倒塌声。

芙初耳底嗡嗡直响，左腰侧后被人狠撞，一下给掀倒在地。抬眼看到天上花花的太阳，旁边，正横躺着个中年男人，头上戴的黑色共和帽滚落一边，满脸尘土，也不知伤了哪里，两眼大瞪，快要爆出血来，像一条濒死的鱼张着嘴，艰难地喘气。

也不晓得过了多长时间，爆炸声才歇止，两架"铁老鸹"拉起来，往飞来的方向飞走了。采薇死命从地上将芙初拉起，跟着人群复朝西门跑。在刘万和丝线店旁，看到一个女孩半卧在墙根下，散了的发辫上挂满树叶草屑，嘴角还在汩汩地冒血，身后拖了长长一段血渍，胸口那处大约是致命伤……半道上，采薇碰上小叔，被拉着往北门去。喊芙初也到北门，芙初摇了摇头，继续往西门跑去……她又怕又急，不知道姆妈在家怎样了？

快到家了，隔着两条小巷子，眼前一片残垣断壁。倒下的梁、柱、檩条七横八竖，把路都堵住。一家香火炮竹店被炸中，猛烈地燃着大火，夹杂着炒豆一般炸响声，累及周边数间房子……幸好一头有封火墙封住，另一头隔着一所茅厕，才没弄成火烧连营。能看见后头院子里有众多人正在刨土救人，乱作一团。再过去，是戴氏伞店，墙上溅满血污，屋外围着人，听说他家大肚子老板娘被弹片击中，肚开腹绽，血糊拉叽的一大团胎胞流出体外！这老板娘两年前才嫁过来的，胖胖的，讲一口桐城话，是二婚头，来时还拖带着两个伢……这一眨眼间，就一尸双命惨遭横祸！地上、墙上、树上，到处是血迹和布片，惨不忍睹……芙初喉嗓口一紧，哇一下吐了出来。

看到一个熟识的身影从门内迎出，芙初大喊一声"姆妈"，一下扑了过去，紧紧箍抱住……一阵阵的恐慌揪向心头，仿佛只要一松手，姆妈就会离她而去，消逝无踪。

姆妈将芙初拉进门，从上到下仔细查看着，生怕女儿身上落下什么。还好，除了跌倒时右手被踩、左脚崴了一下，未见别处有伤。但那件黑丝面小袄落满泥灰，左肩剐破，露出白絮，还有脚上穿的一双白力士鞋也成了"黑力士"鞋。

"摊炮籽的、杀头的东洋鬼哟……把奶奶活命的草篷子搞没得了，这个日子怎么过呵！"院子那头，吴婶连哭带跺脚地喊着，她那个摆了几张桌凳下汤团的草篷子给毁了，连锅碗盆勺也炸飞不见。

头戴共和帽、身穿黑灰丝面驼绒长袍的六叔李良辅领着小芙子过来了。六叔也是刚从北门逃回，他秋后从当涂金家庄那边租田收来的百十担稻都存放在"福记"砻坊，但"福记"砻坊却中了颗炸弹给夷平了！

晚上掌灯时，大舅一家都来了，说了些情况。说是开化寺附近当场炸死四人，跟"福记"砻坊隔半条街的"三立堂"挨了一弹，半边石头大门框给炸飞，落在河沿一彭姓人家屋头上，砸断屋梁，一方墙塌下，竟把睡在屋里的老人压死。东门"四和楼"茶馆老板胡大海和门前摆烟摊的陈炳南，俱被炸得尸骨无存！王家小祠堂前炸死人最多，有一家人藏身防空洞里，洞被炸塌，五口人无一幸免。

大舅呷了一口茶说，日本飞机轰炸陵阳县城，是为了报复。十数日前，驻扎在繁昌和本县三里店的川军田冠五部和郭勋琪部，反攻占据芜湖的日本军。大冬天里，士兵们赤脚穿草鞋手里端着枪一队一队往上冲，在白马山激战七天，伤亡近半。日本人损失也不小，伤亡了几百号人，大为恼火，觉得有必要惩处一下这个县城，却又攻不破国共军队建立的防线，于是就派飞机来投弹……但不能朝平民百姓头上扔，轰炸妇孺平民，这是违反国际公约法的兽行呵！

第二天，快到中晌时，姐姐浣莲从山里赶了回来。她头裹一块遮住半截脸的蓝花方巾，腰扎围裙，脚穿浅帮圆口布鞋，臂挽放了一把防身柴刀的竹篮，一身村妇装扮。说是一大早得知县城被轰炸的消息，饭都没来得吃就往家赶。姐姐一把拉过芙初左看右看，见是有惊无险，方扯下头巾和围裙，洗了一把脸，坐到桌前狼吞虎咽扒了两碗饭，抹抹嘴，说马上还要赶回去。姆妈给她倒来一杯水，说再急也要在家歇一宿嘛。姐姐摇摇头，说手头正做着开学的事，谁也替代不了……只要没把陵阳城炸平，日子总得过下去。不过，鬼子飞机炸过一回，近期内恐怕不会再来了。说完，从身上摸出一卷纸币交给姆妈。

姐姐走前，一再嘱咐姆妈和芙初在家好生小心，轻易不可出门……惹得姆妈望着她背影直抹眼水。是呵，姐姐虽然从小就很独立，坚贞刚毅有巾帼气度，但毕竟才是二十出点头的大姑娘，扛着一家三人吃穿用度，出门在外打拼，这兵荒马乱的年月，叫人如何放得下心？

四年前，姐姐自芜湖女子中学毕业，到春谷小学任教。那时她身穿中袖蓝色阴丹士林斜襟褂，下着黑裙，捧着一摞作业簿和粉笔盒走在校园里，脚步轻盈，笑容浅浅，无比优雅大方……姐姐出挑得早，就像一枝鲜花，在清晨阳光里就开出来，芳华绵延，有长长的日子在后面。本来圣公会的乐育小学也要聘她，乐育是私立学校，校舍、校具设备皆好，教师教学水平更是顶呱呱，但收费重，寒门子女无法入校就读。所以，姐姐还是接了春谷的聘书。春谷的学生来自四乡八镇，有住宿生、走读生，分初、高两个班级，正式名称为"陵阳县第一高等小学"。学校经费由县政府支拨，学生只需交少量学杂费和书本费，住宿生另交伙食费。吴婶家的小大子根宝，就上的春谷小学，是二年级生了。

芙初却并不在姐姐处上学，而是入了簧宫小学。这所学校是湘籍大绅士张和声、李笛楼、黄子犹、李瑞田等人联手创办起来的，专收湖南人子弟。它的前身是"郁青学堂"，后来正式改称"陵阳县第二高等小学"，但大家仍习惯称呼老校名簧宫小学。学校的乐队很出名，每年开学招生时，那些洋鼓、洋号就"咚咚锵""咚咚锵"拉出来操练，吸引眼球。小芙子去年秋天入的学，也在簧宫小学。

因为跌倒在地，芙初右手被人狠踩了一下，有点青紫红肿，吃饭穿衣都有不便。姆妈严令不许出门，在家好生养息。

学校停了课。芙初不想让姆妈担心，就在家里复习课文，顺带督导小芙子背诵"气之轻清上浮者为天"的《幼学琼林》以及"云淡风轻"之类古人诗。四年级国文中，刚上到的一课是《总理伦敦蒙难》，讲述孙中山先生在伦敦遭遇清廷鹰犬追捕的一次蒙难经历，无比惊心动魄。老师才上了一个课时，听课时，大家激动不已……当总理化险为夷恢复自由后，同学们才松开捏紧的拳头长舒一口气，打心眼儿里感谢那个给总理通风报信的清洁工！

穿着紫花棉袍、头上绾了双圆髻的小芙子，玩性极大，凳子上像是有刺坐不长，不是喝水就是撒尿，老往外跑。芙初盯得紧，小芙子口里"姐呀……姐呀"喊个不歇，还涎着脸套热乎："只有我喊你姐……你有我这个妹子多好哇！姐呀，你讲是不是？"

芙初虎着脸训斥："不稀罕，鬼才巴交你喊我姐呢，少磨人巴唏就行了！"小芙子就嘟哝着嘴，别过脸去生气，一会子又凑了过来，龇牙咧嘴做鬼脸。芙初管束不了这个堂妹，只得摇摇头，听其自然。转过身坐到窗棂下，望见后园里蜡梅缀着满枝收尾的细碎黄花，已有小鸟啁啾着在花间飞起又落下。

女子一生，花事纷繁披离，由蓓蕾初放到花繁满枝，再到落英满径……要是在太平盛世，当然是清胜好景。本来寡母扯着女儿度日，样样艰难，处处小心，谁能想到，战争犹如狰狞恶狼突然就张嘴扑了过来？

姆妈这一辈子不容易，前后嫁了黄家和李家两个丈夫，却只留下一双女儿。据说姐姐幼时三天两头发烧咳嗽，病秧子似的，身子一直不见有起色，经算命先生指点，当成男孩撒性粗养，身体方才慢慢好转了。芙初的生父李智琛过世后，姆妈拉着姐姐赶到西门黄家公屋——黄家七八位长袍马褂的大佬每年春分、秋分两个日子都要从乡下赶来开会，姆妈当着族长黄三爷面说："如今孙中山辛亥革命成功，男女平等，这是你们老黄家女儿，老黄家的女儿是有根基的，理应上学接受新学教育……好学者如禾如稻，不学者如蒿如草呵！"这末后一句，是从《增广贤文》里套取的。直说得黄三爷当众点头应诺，当年就动用公堂银款"膏火费"，亦即族中公有的"膏火田"收入，把姐姐送去芜湖进了新学堂。

世间的穆然与庄严里，有这样一片善美私情，温暖相依，让人不能不对这些人和事生出敬意。

家国有难 齐奋励

　　担心芙初受不了寂寞，采薇每天都要过来陪伴一会子，顺便讲一些外面大小事情。小芙子不在，无人打扰，能隐约听得见外头街上喁喁人语。芙初安静地看着采薇，有风从窗外吹入，她的黑发随风飘扬。古人多用"星眸如漆"来形容女孩子两眼朗润有神，采薇的眼睛特别清澈，如水，如秋水，仿佛世间所有的东西，都能在这汪秋水中洗净。

　　采薇爸爸陈时君是陵阳城大牌律师，爷爷陈逸楼饱读诗书，是名震乡邑的三皇宫老中医。芙初六岁得过天花，痘疱溃破淌水，痒得钻心，姆妈用布条绑了手不让抓挠。后来喝下采薇爷爷开的汤药，又搽了他配的药膏，溃破处开始结痂，痂壳脱掉，就好了，脸上没麻。

　　三皇宫轩堂大屋，矗立在南门城墙外，又称当涂公所，也有喊"陈家楼"的。芙初常去那里玩，跨进黑漆铜环大门，那些圆木柱，哪根都粗得一人抱不过来。往里去是四水归堂大天井，绿苔敷裹的条石架上摆放青活活的盆景，下面石坑里水清照影，各色金鱼在水草间悠游浮潜。正厅里，供奉着黄帝轩辕氏以及伏羲氏、神农氏等"三皇"的彩漆牌位。后面三进，每进均有雕花木格屏风隔断，让人感到既肃穆又神秘。除了厚重的木门，还有悬空的走马楼和盘旋的楼梯。

　　采薇爷爷领着叔叔一家，就住在这里。后院里有个地窖，三四口黝黑大缸窖着雪水，专作煮茶用。旁边下屋里码着几长溜简易棺材，是施舍用的，阴气森森，平时无人敢入。三皇宫为穷困潦倒的同乡病人施医施药、处理丧事，要是走投无路的乡人找来，亦给予临时接济。每年农历四月二十八，药王孙思邈生日那天，张灯结彩，举办盛会。采薇自小跟在爷爷身边，读《千家诗》和《古文观止》，临帖摹写《灵飞经》体小楷字。

"含辞未吐，气若幽兰"，女子之美，多见于诗。古乐府诗"日出东南隅，照我秦氏楼"，芙初故意把"秦氏楼"念成"陈家楼"。姐姐曾评说，芙初之美，犹如清水芙蓉；采薇之美，是一种艳丽，可比牡丹芍药……都是含苞待放的绰约年华。姆妈眉眼里，却总是结着一层忧愁，这是乱世呵，引人注目可不是好事。故平日里禁止芙初打扮漂亮，穿衣总是捡姐姐落下的旧衣。

大轰炸后，一股血腥气多日不退。城里几家会所，比如江北会所、湖南会馆、当涂公所，都在下帖子找人做善事。清理倒塌的房子，挖出尸体几乎都成碎块，无法辨认。这些死者，有的是过路行人，也不知道姓啥叫啥，家在何方。为了让这些无名死难者魂有所归，请和尚念过经，道士打过醮，将众多尸体连同尸块一起安葬在南门城墙外河滩边一块高地里。

正月快要过完，芙初的手足已恢复无碍。一个大晴天，气温明显转暖。大清早，采薇来了。她穿了件月白竹布罩衫，束着黑短裙，下面露出两条着了白袜子的长腿，手里还拿了一支红色小纸旗，说是要去集会。

和她一道来的另一个嘴角微翘的女孩是傅菊英，她家开在模范街的东南旅馆，大门外两侧墙上，对应雕刻着"绅商学界""仕宦行台"八个镏金大字，老远就能望得清楚。东南旅馆是县城第一高档客栈，上下两层，平房与楼房间有画廊式过道，画廊两侧是花圃。因紧邻县衙，来往投宿的多为富商巨贾、官差乡绅。傅菊英是乐育小学的，乐育小学乃教会所办，讲究多，上英文课时，师生问答一律讲英语，若答不出或答错了，要罚站五分钟。学生之间，亦须叽里咕噜用英语对话，学校里就是

一个"小外国"。每周一、周三、周五早上，师生都要集中到礼拜堂做礼拜，校长身穿黑衣长袍，讲一节圣经，唱一首赞美诗："我的神父——主宰人类命运的上帝……"学生一齐跟着祷告。因为这个缘故，芙初和采薇每次见到傅菊英都要打趣一句："我的神父——主宰人类命运的上帝！"然后喊声"阿门"，一齐放声大笑。

三个女孩，打着齐刘海的童花头，采薇个头最高，芙初次之，傅菊英稍矮，都是一样美丽，清纯如朝露。她们牵手来到中山公园，已是人山人海。有一个穿格子西装的长发青年站在土台上，情绪激昂地挥臂演讲：

"……日本帝国主义野蛮侵略，要把我们中华变为他们的殖民地，我们中华陷入了前所未有的民族灾难。亲爱的同胞们、同志们、朋友们，我们数年前就失去了东四省，侵略者先后践踏了我们大片土地，杀我同胞，掳我财物，辱我姐妹……身处亡国灭种的危急关头，所有不愿做奴隶的中国人紧密团结起来，英勇抵抗，去拼我们的性命呀！我们中华民族誓死不屈！我们的坚毅精神，古已有之，于今为烈……全体中华儿女万众一心，以血肉筑长城，彻底打败日本侵略者！"

演讲多次被暴风雨般的掌声和口号声所打断。

"坚决为死难同胞报仇！"

"杀死鬼子！反对侵略！"

"唤醒民众！团结抗战！"

"不愿意做亡国奴的中国人万岁！"

会后，成立了陵阳县抗日民众动员委员会，陈夺声被选出任主任委员。

陈夺声是北门陈家的当家人，虽未曾任过一官半职，但常出面谋度一些防汛救灾活动，创立学堂，领头公益，乐善好施，参与县志编纂，在地方上声望极高。十年前，县城组建电灯股份有限责任公司，也是在他发起、牵头下搞起来的。同为姓陈的两家，就隔着一道巷，巷口有一棵大桂花树。芙初去采薇家玩，经常看到穿着长袍马褂、戴着瓜皮帽的陈老先生从那边巷子里走出来，后面跟着听差，外出公干。有时，也看到他从巷口上了一乘小轿。

陈家的儿子叫陈璞珊，高个，白净，头发偏分，梳得一丝不苟，读书时考进了上海一所大学，受过良好西式教育，举手投足尽是书卷气。他的太太王德美，同采薇的大姑关系密切，讲的陵阳官话里带有糯糯的徽州口音尾子，早年在芜湖女二中读书，后又去安庆女师上的学，待人接物很是温文尔雅。大约是门当户对，又郎才女貌，十分般配吧，这二人婚恋，属于新人做派。婚礼也是仿照很洋气的西洋文明那一套路数，穿婚纱，拍婚照，有男女傧相接送，手捧花束，前呼后拥，鼓乐喧天。采薇的大姑是伴娘，采薇则穿上有翅膀的洁白羽衣扮作小天使。婚礼仪式是在县电灯公司礼堂举办的，很多人前来看新奇，在陵阳城，成为轰动一时的新闻。

采薇的大姑，却在半年前死于"德和号客轮惨案"。一九三七年十二月初，广东同乡会以巨资租赁一艘洋轮，载了千余名旅客，由吴淞口入长江开往武汉。采薇的大姑中途从芜湖上的船，当这艘悬挂着英国米字旗的客轮缓缓驶离芜湖码头，进入蛟矶江面时，谁也没想到会有四架日本飞机像疯狗一样恶狠狠扑过来，无视国际公约，轮番对客轮投弹轰炸……烈焰腾空，哭喊声四起。站在甲板和船舷上的旅客纷纷跳江逃命，日机竟低空盘旋跟踪扫射，立时江面血水翻涌。跳江的人大都中弹而死或溺沉水底，留在船舱中的，不是被炸死、烧死，就是被浓烟呛死。幸存百余人，也都身受重伤。

芙初记得，采薇的大姑毕业于金陵中央大学，修眉善目，文静谦和，颇得邻里称道。盛夏里酷暑难当，她适逢大病初愈，遵父嘱多喝绿豆汤。正待家人将井水浸冷的汤汁端上桌，准备饮用时，忽听到外面有人惊呼，原来是一个胳弯里挽个包袱的逃难孕妇中暑扑倒路边。她立即叫人将孕妇扶入屋内，一番扇风擦抹，孕妇醒来，以绿豆汤供她饮下，又收留在家养息，直至把孩子产下……谁能想到，连这样的好人也会惨死！

采薇的大姑死后，大姑父就去庐山参加军官训练班。临行前，特意来到妻子任教的簧宫小学，教孩子们唱《醉卧沙场》：

葡萄美酒夜光杯，
欲饮琵琶马上催。
醉卧沙场君莫笑，
古来征战几人回……
351，351，
沙场梦，梦迢迢，
酒兴偏浓，仰天长啸！
弹入膛，刀出鞘，
一声前进号，跳出战壕，
冲锋向敌人扫！
沙场梦，梦迢迢……
351，351……

他吊着武装带，膝下马靴乌漆黑亮，眼里已有泪光在闪烁。

国家有难，人人效力。在街上行走奔忙的人，大多臂套"战地服务队"袖章，或是佩着"国民兵团"胸符。那边陈家父子，自抗日民众动员委员会成立后，是越发忙碌了。募捐筹款，救助受灾家庭，还要组织民众演习逃警报。

警报分四个阶段：第一阶段，拉预行警报，敌机飞来了，各街口岗哨插黄旗，商店关门，居民收拾东西，跑向城郊避难。第二阶段，空袭警报，一长声，二短声，响约一分钟。城里凡望得见的高处皆挂出红灯笼，大街小巷人们一起狂奔。第三阶段，机声隆隆，由远而近，紧急警报拉响，一长声，五短声，约一分钟，人们赶快找地方隐蔽起来，若遇夜袭，全城实行灯火管制；过不多久，日机飞临头顶，在上空盘旋，俯冲，投弹，扫射……直到飞机飞离，才是第四阶段，发出解除警报，一长声，持续数分钟，各街口挂出绿旗，以示平安。

　　首次演习，就弄砸了。敌机轰炸的刺耳警报声刚拉响，尽管事先做了说明，还是有许多人不明真假，没命地往城外跑。城门洞小，奔跑的人太多，都在惊慌逃命，挤倒好多人，发生踩踏……直到一个披着内红外黑斗篷的川军将领拔枪朝天怒射，才阻住狂奔人流。后来，就把这段城墙连同门洞全部拆净，便于真逢事迫好向外紧急疏散。

　　那个披黑色莲蓬衣斗篷、端一张水瘦山寒国字脸的将领，就是张昌德，驻陵阳城的川军团长。这人虽是一赳赳武夫，说话大声大气，眼色凌厉，有着一股糙劲与粗豪，但他却是四川大学肄业生，因而骨子里又颇有几分倜傥风流。在一次民众动员会上，张昌德同姐姐黄浣莲相识并有了交往。未及一月，他派人给姐姐送来一纸便笺，上面潦草写着几行字："昌德奉命率部开赴铜陵协助海军布雷，封锁长江，火线紧急万分。此于我部，十分光荣！祈望你们在家保护好自己。草绿悲风，梅黄愁雨。聊寄寸束，伏维顺时自珍！"姐姐阅后，将纸条叠起，放入抽屉中。

　　学校已恢复上课。国语老师以激昂的声调在课堂上增讲《论述语范》："……君子知之，故不以形体之有无为生死，而以志气之消长为生死……吾志气配乎道义，发乎文章，且与天地同流，而奚有于形体乎？故简策所载，古圣贤人，虽死已久矣，而其辉光常如日星之烂然，盖其人至今存也。然则死而不死，亦在人之自为之而已。……士宜何如自立哉？"

　　其实，国语教材并非都如此佶屈聱牙，也有很畅快的富于口语特点的文章。比如，小芙子一年级下学期课文中，就新编入这样一篇白话时文："我们学校里，有许多童子军，常常要操练，有时还要到野外去露营……"

　　四月四日这天为中国儿童节，城关各小学学生都穿童子军服来到中山公园，将以往每年一度的联欢会和大型运动会改为抗战集会。第一高小春谷小学和第二高小黉宫小学名气最大，简称"一高""二高"。男生一律黄夹克、黄短裤、黑布鞋，女生则是黄夹克、黑裙子、白力士鞋。往年开运动会，都要扎领巾，领巾颜色各校自定，有桃红，有天蓝，有蓝白各半，有红黄各半……眼下战事紧迫，物资匮乏，领巾都免了。

民国政府有规定：小学生从三年级起正式编入童子军，参加军训，六至九人结成一小队，设正、副小队长，二至三小队编成一个中队，设正、副中队长，两个中队以上即组建成童子军团，设正、副团长，教练员及传令，文书等职。陵阳县整个童军团，总数超过一千人。

县城唯一一所中学庐阳中学，为江北会馆办的私校，仅有两个初中班，八十余名学生全部到齐，步伐整齐地列成一个方队。因为他们已升级成青年童子军，着装便有了区别：头戴船形帽，背后挎一顶遮阳挡雨的蓝圆布大帽，颈围一条斜角对折成相间蓝白两色的三角围巾，上身为黄色斜纹布夹克式军服，腰束铸有童子军军徽的铜扣皮带，下着半截裤，脚穿黑色皮鞋，手执童子军棍，还有雨布、水壶、挎包等。

戴着船形战斗帽、系着蓝领巾的总教习袁佩璋走了过来，手臂一挥，领着大家唱起了《童子军军歌》：

> 中国童子军，童子军，童子军！
> 我们，我们
> 我们是中华民族的新生命。
> 年纪虽小，志气真，
> 献此身，献此心，献此力，为人群。
> 忠孝、仁爱、信义、和平，
> 充实我们行动的精神。
> 大家团结向前进！
> 前进！前进！
> 青天高，白日明……

几个方队一齐唱，重重地蹾着脚，远远近近树上鸟雀都给吓得仄翅飞走。

身材壮实的童训教官袁佩璋，有着极其硬朗的四方型脸，稀疏的眉毛下是两颗褐黄暗沉的眼珠，他本是庐阳中学的体育教员，半年前升任童子军总教习。自淞沪事起，就将各校童子军集中在一起，举行诸如昏夜寻路、救护、侦察等演练活动。两根军棍、一条绳索绑成担架，就能搬运"伤员"，颈上围的领巾，解下来能给"伤员"做包扎。童子军哨，可用于战地联络和出操时叫操，瑞士军刀上面小玩意不少，刀、剪、锥、钳……应有尽有，既是日常玩用之物，也是野外求生必备工具。就说那条童子军用绳，光是打绳结的方法，就多种多样。

蒋委员长推行"新生活运动"，童子军又成为"战时规定"执行的监督者，不分昼夜地巡视着各处街道、路口，禁止夜间饮酒，纠正路人歪戴帽子，监视正在饭店用餐的公务人员是否超出了四菜一汤的标准。公务人员一眼就能辨出，戴礼帽，穿中山装，胸前别着徽章，坐在那里，桌子上放一个黑色公文包。

袁佩璋的褐黄眼睛沉沉扫过大家，用略显沙哑的嗓音讲述起半年前"八一三事变"上海淞沪会战中童子军故事：

英雄谢晋元团长，率八百壮士死守闸北，孤军奋战在苏州河边四行仓库。十一名童子军不顾生命危险，冒着枪林弹雨，将三大载重车的慰劳品送了过去。年仅十五岁的女童子军杨惠敏，看到苏州河对岸飘满日军旗帜，唯独四行仓库守军没有中国旗，竟身背国旗冲过火线，孤身一人冒死泅渡苏州河，使青天白日旗帜高高迎风飘扬在孤岛四行仓库上空！这不仅鼓舞了八百壮士的斗志，也让全中国人民的抗战士气为之一振。

"中国不会亡，因为我们有英雄的谢团长……杨惠敏能做到的，我们一定也能做到！我们一定要有无数个谢团长，要有无数个杨惠敏！蒋委员长已在庐山宣言里发出抗战动员令：地无分南北，年无分老幼，无论何人，皆有守土抗战之责，皆应抱定牺牲一切之决心！"袁佩璋目光炯炯，握着拳头大声吼道。

芙初激动不已，她甚至掐着手心暗问自己：人家杨惠敏年龄只比你大一点点……你能做到吗？可你连游泳都不会，落到河里不冒头呀，真是羞愧死了！

芙初和采薇进了童子军歌咏队，白衣黑裙，长腰白线袜，颇是利索。此后数日，先在东门马家镇、麒麟桥，再到西门王家花园和更远处的蚂蟥涝，教群众唱抗日救亡歌曲。又跟随老师在十字街做了几回讲演，抱着马粪纸糊的小箱向行人和商户募集资金。这些钱，全部交上去，买了物品送到抗日前线。

那天上午，姆妈喊芙初打酱油。芙初拿了空瓶，特意绕道马家场基南端，去阿文的南货店。这一带聚集了好几幢石库门大屋，其中就有徐氏大公堂十三房宗祠旧址。但这块空地后来被西北乡三星街至上北乡八都何的大户联手购下，兴建起一幢东南朝向新屋，两进两厢，前有石级石栏，门头石上镌刻"翠峰公所"四个绿意飞扬的大字。翠峰公所后门不出百步，就毗邻着徐家大屋东花园六角亭、荷花池，青瓦白墙，垂杨傍水。凡属三星街和八都何的人进城，都来这里投宿，并享受免费伙食。芙初从公所大门外经过，看到院子里歇了不少人，门口有持枪鹄立的哨兵，街上围聚了好多人，都伸头朝里觑。

正好有一队穿灰布军衣的人从里面走了出来，他们身背枪刺和干粮袋，背袱包上还搭着一顶箬叶和细篾编成的晴雨两用斗篷帽。中间两人，各骑一匹棕色白鼻子大洋马。一个黄发碧眼、胸部高耸的白种外国女人很是英姿飒爽，头戴军帽，腰间扎着武装带，肩挎照相机及行军背包，格外引人注目。旁边有人说，这就是来中国采访的西方战地记者，叫什么……什么特来[①]。人们第一次见到戎装女洋人，不免指指点点，评头论足。这长脸高鼻的女洋人毫不介意，骑在马上，看到商铺店面的招牌旗幡，雕窗楼台，不时端着相机侧身扭腰拍照，并频频向街两边人群招手致意。芙初识得那些穿灰布军衣的人都是新四军，却不知他们要护送这女洋人往哪里去。

为补充兵员，地方上要大量抽丁征夫。中央军五十二师军医官余其寿，几次被派到马家镇为招募的新兵进行体检。这个三十开外额上已初现皱纹的上尉军医，是山东泰安人，一直随军转战，没有工夫结婚成

①艾格尼丝·史沫特莱，美国著名记者、作家和社会活动家。

家。体检站旁边德记染衣店大师傅绞肠痧发作，就是被他随手治好。三表舅看他比较正派，有医术，又听说父母双亡，遂托人说媒，将自己十七岁的女儿佳英嫁给他为妻。余医官看好佳英知书达理、文静漂亮，应下了这门亲事，拜堂成亲后就成了芙初的表姐夫。

但仅过了三四个月，有一天，芙初在三表舅家看到表姐夫头上裹着伤，神情很落寞，说是隔天就要起程往宣城周王去，回师部复命……原来，川军一四四师的人心里不满，认为五十二师派人来陵阳抽丁，是对他们大不敬，就把五十二师设在马家镇的招兵站封掉，连人也给打了。

"你说，这还有王法吗？大家都是合力气打日本鬼子的，对自己人也能下得了这狠手……"三表舅气得逢人就拉住评理。大舅则指明，中央军嫡系五十二师一部进驻陵阳，就是为钳制一四四师，防止其投日或通共。双方摩擦，结怨已深。

县城防空演习仍照常进行，但成效并不大。原因是空袭都是突袭，等人得知，裹着一团死亡阴影的"铁老鸹"已携带炸弹骤然飞临头顶。

纷纭繁复
徐家屋

一九三八年五月初，立夏节前三天，吃过早饭，又飞来四架"铁老鸹"，在县城上空轮番轰炸。

防空警报追魂一样尖叫着，人人争相逃命。炸弹落在南门小南街那边，炸响开来，声音特别悚人。有年迈的老人跪倒在地，双手合十，仰面朝空，悲念"救苦救难的观世音菩萨呵"……却阻不住人间血肉横飞！

迎春园后面锅底塘一处就炸死几十人，许多人被炸得身首异处。北门机坊老板蔡侉子遭弹片削去膝盖，森森白骨露出，但他和老婆一道都是被震死的，身上衣裳都震飞了，仅一边腋下剩点破布片，给风吹着，像一只飞不起来的鸟雀扑拉着翅羽在那钻呵钻的。有一个小脚老太婆提一桶衣裳下河沿去洗涤，被炸得尸骨无寻，只看到半个提桶斜挂在树杈上，向人昭示着此前行踪。十字街口消闲居茶楼被夷为平地，剩一堆瓦砾和残垣断壁，看门司务王忠贤倚身靠墙，头颅却给削没了。西华池、衙门口、黉塘桥、城隍庙等处，伏尸遍地，血腥难闻。有两架"铁老鸹"追到城外，对五里岗、李家镇、大公庙、蚂蟥涝、马山嘴等地投掷炸弹，数处无人扑救的大火，燃烧了一夜。这次轰炸，全城死亡一百七十多人。白衣庵那里落下一弹未爆，挖出来后，弹体上"昭和-3"刻字清晰可见。

据说，当天日本人一共从芜湖临时机场飞出八架"铁老鸹"，另有四架往东飞到弋江镇，炸毁了许多店铺。本来，弋江镇每年五月有个火神庙会，大玩特玩高跷灯和滚龙灯。玩灯人穿红着绿装扮新奇，动作高难惊险，观者如潮，加之江面上渔父舟子扬楫浩歌亦是一景，故临水旅馆客栈里都住满外地游客……经此轰炸后，高跷灯一蹶不振，再未上演过。

县城一片萧条，电灯公司彻底炸毁，夜晚漆黑抹乌，寂静里，只听见远远近近犬吠声不停。

到了五月末，十字街扯出两条横幅："竭诚欢迎新四军军部由太平移驻本县土塘吕山村！""竭诚欢迎劳苦功高的新四军全体将士！"人们来来往往从旁边经过，并未有多少留意。

又过了数日，电灯公司送电了，是三表舅领着人修复的。三表舅是电灯公司一名协理，却一点架子都没有，平时也背着笆斗挨门挨户收费。芙初曾听他说过全城总共有三千多盏灯，每盏二十五瓦灯泡月收费四角，即一百二十个铜板。虽有龙洋、鹰洋，但市面流通的是镌有孙中山头像的大洋，一块大洋兑换三吊铜板，能买一百斤米。所以，一般小户人家还是点不起电灯的，开销太大。

恢复供电的当晚，国民政府第五十军军长郭勋祺在城内东南饭店宴请新四军一支队司令员陈毅，县长刘靖清作陪。大舅沈恭甫也被邀请参加晚宴，宴罢归家时，途经徐家大屋，进来坐了一下。大舅没有戴帽，穿一袭蓝布长衫，瘦瘦的，像个教书先生。他告诉说，张昌德换防回来，因在贵池江面投放水雷炸沉好几艘日舰立了大功，也跟随郭军长出席了晚宴。郭勋祺是成都近郊双流人，陈毅是成都东边乐至人，这两人素有旧谊，许多年前就认了老乡，还在一起踢过足球哩。张昌德哪能攀上，他是内江与重庆之间荣昌人，隔远了。说起陈毅，大舅连连称赞，说那是一个很有风度的人，他现场即席演讲，号召军民团结，共同抗日，务要夺取最后之胜利！虽然国军的几位长官也都一表人才，但格局和境界毕竟有限，能跟陈毅比吗？人家出席酒宴虽只佩了个少将军衔，但长了一双丹凤眼的男人气度就是不凡，论及抗倭破虏策略，说到动情处，当场用法语唱起《马赛曲》……到底是留学法国回来的，又做过北京学生会首领，见过大世面操办过大事嘛！

大舅母也参加了晚宴，穿的绲边旗袍，开衩不深，好像是改良后的那种，呈平直状态的造型，温婉、文雅中露出一点富贵气。家居时，她也穿左边开襟的蓝黑布衫，七分倒大袖，下摆圆角，保留着一些民国初年风格。大舅早年留学日本早稻田大学学习法律，带回一个怀有身孕的叫佐佐木香代子的日本舅母，回国后，先在东北那边做事，又到上海当法官，后来和日本舅母一同染上肺疾，也不知到底谁传染谁的，日本舅母生下一个孩子不久后就死了，他熬了过来，又从东北娶回了眼前这位姓蔡的舅母，现赋闲在家。对于时事经纬，大舅有独到见识，但他也深知自己那个留学背景容易遭人攻讦，故平日深居简出，极少发表言论。

其实，大舅同徐家大屋也有渊源联系，芙初从未见过的那个叫佐佐木香代子的日本舅母，就是在徐家大屋里病逝的。

陵阳人每每说起徐家大屋，必得从显宦徐文达讲起。咸丰年间，洪杨起事，江南饱受兵火之灾。先是杨秀清部下大将赖文光率数万众围攻陵阳城，大军驻扎在九连圩的新坝、陶村、雾林村与西七等地，旌旗遮云，跑马操练之声响遏行云，攻守战反复拉锯一年之久。危难之际，守城清军幸得城西汤村徐人徐文达输人输粮之助，咬牙苦撑，方保不失。过了两年，李秀成麾下左军主将李世贤在青弋江边湾沚大败清军，长毛的马队铺天盖地般杀来，陵阳再度被围，几经易手，仍旧是徐文达带来团练与粮草，倾力支撑清军守城。多年后，徐文达坐上两淮盐运使的宝座，高官厚禄，权倾一时！民间传说，其母七十寿诞，乃建"九十九间半"豪宅，以示庆贺显扬。

芙初和小芙子，还有她俩的爸爸，皆出生在徐家大屋西宫，她们家族几十年的故事，都藏在这处广厦深院里。

太公李成谋，当年率军在芜湖一带与长毛太平军反复厮杀，后来出任长江七省水师提督兼领南洋水师大臣，便将唯一女儿许配给了徐文达长子徐乃光。芙初和小芙子的爷爷排行老十，还有一位二爷爷李菊畦，他们俩跟随姐姐留住在徐家大屋。芙初的爸爸李智琛，幼习书法，性极文静，甚得姑母喜爱，及长，在县府当科长，公务之余，就帮着姑母管家理财，闲暇时则写写字，唱唱京剧。姑母一生未有生育，徐乃光出使美利坚合众国做第一任驻纽约公使，她随行在侧做了风光无限的公使夫人，整个徐家大屋基本上就是交给二十岁出点头的侄儿打理。待到芙初出生，这位大姑奶奶已经去世，只见过她挂在徐家大屋里的半身画像，顶戴凤钗头饰，身穿鸡罩一样的官样袄裙，很臃肿，也很有威仪；而另一张放大的洋装照片，背后有尖顶塔楼，风景清宁，坐在藤椅间的人也是极其和悦怡然。

那时，饱学善教的外公沈聘三是徐家塾师，兼带看守仓库，领着家小住在这里。其实，沈家在西街有自己的房，但住这边热闹，徐家的闲屋太多，不住也是空着。姆妈不仅与爸爸自小相熟，也与徐家大屋另一主人——出版家徐乃昌的爱女徐姮是闺蜜，他们一起接受子曰诗云及览物嘱对的启蒙教育。徐姮是徐乃昌二女，字筱畹、小宛，其外祖父乃广东巡抚刘瑞芬。小宛稍长，即去上海随父生活，嫁给了清末状元张謇的兄长张詧的儿子张敬礼，张敬礼后来成了大名鼎鼎张氏实业的掌门人。姆妈成年后，却嫁到城西北三十里外的塌里黄，两年后夫殁，带了一个女儿又回到徐家大屋。熬了三年，经外公撮合，和爸爸成了家。而生长于徐家大屋的小芙子的爸爸李良辅——玉面长身的李家六少爷，跟他的堂哥一样，写得一笔好字，会唱京剧会拉二胡。这位风流倜傥的六少爷却是个大烟鬼，还喜欢吃蜂蛹，常侧卧烟榻上，拿烟签子挑出蜂蛹放烟灯上烤，烤熟了就吃下去。他拒绝媒妁之言的正式婚娶，偏和徐家东乡同族门房徐的一个叫王者香的漂亮寡妇缠绵生情，养下了小芙子。

按照陵阳民间流传的说法，徐文达少年丧父，母子相依为命，在西门大街寻处落脚缝隙搭了个遮风挡雨小棚。旁边酒楼老板嫌破烂小棚有碍观瞻，影响生意，逼其拆除。双方口角詈骂，徐文达怒而誓曰：若有富贵之日，当置屋百间于此！日后，果然发迹，光绪年间，为老母做寿。消息传出，豪绅富贾竞相上门巴结，有大户抬送巨型宜兴花盆，上植盛开牡丹，下藏金银珠宝……凭借数十万两白银寿仪款，徐文达从苏州、扬州等地聘来能工巧匠，在当年被酒楼老板欺侮的破烂小棚原址上大兴土木，一雪昔日之恨。所谓"九十九间半"，乃因达到或超过一百间则有僭越欺君之罪，要人头落地，而留下半间空缺，便成传奇。其实，徐母五十五岁时就已亡去，何来"七十大寿"？其夫也只早殁两年。"少年丧父"只是一种叫人励志的坊间传闻。

徐家大屋门楼高耸，左侧砌有雕花上马石墩，两边墙上共嵌有八孔拴马石，不远处还有一块磨得光滑的旗杆石。跨进去，迎面是照壁墙，大厅内颜色深浅的方砖铺成松鹤图案，红漆圆柱垫着镂花石鼓。天井里流动的是活水，大河巷、小河巷分别隔开前楼、后楼、侧楼和走马楼，"东宫""西宫"左右对称，大院套着小院，院墙根下全是盛开的应时鲜花。有水榭名曰"怡亭"，亭窗嵌着西洋彩色玻璃，玉石栏杆围着的池上，千百朵莲花红白相间……后院有戏台，逢年过节，各地亲友齐来云集，请戏班子唱戏，夜夜笙歌，热闹好多天。晚上各间屋里点起玻璃罩带钮子开关的马灯，唱戏做喜事则点上汽油灯，整个大屋一片灿亮。家里汽油灯要是不够用，就到灯行租灯。灯行里汽油灯又大又重，有专人打气，点亮后吱吱响个不停。吃喜酒时用轿子接人，一般都是二人抬的小轿……流水一样的日子里，钱是大把大把地抛撒出去。

大屋里优秀少年，是寄住于此的二舅家大儿子沈月容。沈月容细长身条，走路背着手迈八字步，说话慢声慢语，显几分呆萌相，芙初叫他大表哥。他整天读书，间或吟诗作画，日日在后花园飘荡，似个游魂，后来当塾师，算是接了外公的衣钵。其实大表哥一点也不痴呆，他在外公住的楼上圈了个大书房，成垛地码放着《汉书》《资治通鉴》和《古今文综》，只有几个年长的表哥方可进入，姐姐也可进去，再小的娃子就不让进，怕翻坏弄脏了他那些宝贝书……

有一回，芙初听得书房里有响动，以为有人在里面读书用功，扒开门缝往里瞧，猜猜瞧见了什么？妈呀，足有半屋子眼睛贼亮的黄鼠狼，排了阵势像是在集会！书桌上蹲踞一只，头黑身黄，个头特大，俨然是个首领……后来把这事告诉月容表哥，书呆子却只淡淡地说了句："那些黄鼠狼，是我请来看护书的。"家里大人还是怕这事邪门，在书房外摆了香案，给"黄大仙"们烧了三天香。

不过，此时书房被一把鱼形铜锁彻底锁住，主人已作泮水之游，在陵阳西乡九甲里设塾教私学，离城二十来里路……只把一个满月脸、梳一条大辫子的叫作喜姐的水灵灵娇妻丢在家中。

月容表哥的弟弟叫沈涵，芙初唤作三表哥，因为中间还隔着一个算是老二的大舅跟日本妻子佐佐木香代子生的松声表哥。三表哥本来在芜湖广益中学念书，却恋上家门口一个叫江秋月的女生，弄出来许多待月西厢一般的催泪故事，终于明媒正娶过来，很快就在徐家大屋里诞下一子，取名沈小涵……却道是天妒有情人，这出自书礼之家的江秋月，还没坐完月子就撒手人寰，死于产后风，被埋入南门外一片坟场。躺在那儿一个个坟头里的，都是历来死于难产或产后风的薄命女人。遗下嗷嗷待哺的小涵，试过几个奶娘都不行，最后还是交给了月容表哥的妻子喜姐带。喜姐银盘一般的脸上满是喜相，但结婚两三年却一直没有开怀养育，这小滴滴娃子一到她身上，就挥摇两只小手噏起口往怀里扎，要去吮咂乳头，弄得喜姐面颊立时飞上两片红云。

沈涵则如同做了一场镜花水月梦，郁郁离开徐家大屋，复又回到芜湖广益中学修那未竟的学业去了。

芙初自小聪颖，天生记忆超人，过目不忘，四岁识字，五岁背古诗，一个月就把《三字经》背得滚瓜烂熟，在这高门深宅里过得十分悠游畅快。

七岁那年，徐家大屋首遭大火。那火起得怪异，从西宫那边大佛堂燃起，烧光了西边楼屋！大佛堂原是徐家"胖奶奶"吃斋念佛的地方，芙初的大姑奶奶是徐乃光原配夫人，人称大太太，团圆脸的"胖奶奶"则是后来娶的四姨太太。大姑爷爷去世后，"胖奶奶"即黑衣素食，胖团团小包子一样的手里拿一串佛珠在指间拨来拨去，摇着一对三寸金莲，晨昏去大佛堂烧香叩头、念经……有人亲眼看到，大佛堂烧起来后，一大群黄鼠狼围着最盛的火堆吱吱叫着，乱跳狂舞。

待到大火熄尽，几近圆满的"九十九间半"，只能算是昔日的辉煌了。正月里那场大轰炸后，徐家不多的几个直系后人便收拾了所有细软，在原先更夫老周与女佣吴婶的协助下，将家当细软打成几十个包袱，雇人挑了，往西逃往上北乡老家汤村徐避难去了。

学校又停了课，有两日未见采薇了。这些天空气异常潮湿，墙壁上长出许多霉斑。下午，傅菊英送来一袋新收的蚕豆，说是乡下亲戚给的。芙初知道，傅家本地亲戚，都是她母亲这边的。傅菊英爷爷是徽州木匠，年轻时来陵阳，靠手艺活打拼，后来开了一家歇脚小店，专供行商小贩投宿。到儿子手里，才成气候，经营起大旅馆。

姆妈当即炒了大半升蚕豆，给芙初和小芙子当零嘴吃，余下的，等安生下来剥豆瓣做成酱粑粑，霉了晒酱。"唉，这焦心的日子……过到哪时候才是尽头？"姆妈叹着气。

大院墙根下，有一些自生野长的端午锦，像不懂事的孩子一样，全不理会人间的灾难，热热闹闹地开着花。此花性子活泼开朗，很是讨喜，自阳光里有了初夏的味道，就旁若无人地一溜烟疯长，一人多高的枝干上，从下往上，噼噼啪啪就把一串茶盏大的花开了出去，还有数不清的扁圆花苞等不及要绽放。端午锦还有一个俗名，叫龙船花。因为开起花来密密匝匝一长串，差不多就是一条装扮漂亮的龙船，十多棵立一排，你不让我、我不让你地抢着把花开出去，不就跟赛龙船一样吗？

"五月里来五月五，姐姐回家过端午。六月里来六月六，家家都有新米吃……"淘气的孩子会摘下花朵，轻轻一撕蒂儿，把带有黏性的花瓣往鼻子上一贴，大家都成红鼻子了，唱着，闹着，烘托出一片欢悦的喜气。

响雷不断，特别让人惊心。端午节顾不上吃雄黄酒了，也少见人家门口艾叶之上吊了红粽子，"天师符"和钟馗神像也没人贴了。小孩老虎鞋穿不出去，额头上没有了红笔蘸雄黄写的"王"字，只在家里用火烧紫皮大蒜吃，往后可保肚子不痛。

芙初犹记得，去年这个日子，姐姐还给她讲了秀才过端午的笑话，那穷酸大除了一肚皮学问，别的啥也没有，人家热热闹闹过节，他只会在纸上写口水诗，"今日端阳半点无，且将清水洗菖蒲"，这跟采薇讲的那个梅花痴子有的一拼……芙初很有点想不通，为何众人都喜欢拿穷秀才涮嘴皮？那天一大早吃了蘸白糖粽子后，就到马滩至龙汇桥北那段漳河岸边看赛龙船，从圩区来的红黄黑白四条龙正在赛棹抢旗。鞭炮响过，双响炮和劲爆十足的大铳带着啸音飞蹿炸开，船上大鼓擂动，几十支桨桡同时起落，合着鼓点，动作整齐地往后划水，激起阵阵水花，朝前疾驶而去……船后高高翘起的棹杆，每落下一次，船便如同给抽了一鞭，一蹿多远。"速些呢唉！速些呢——！"岸上人打着呼哨用圩里话拼命呐喊助威，吼声震得河水都发颤。晚上，还到东门戏园子里看了一场《白蛇传》。

满目疮痍
忧患长

端午节刚过，梅雨就来了。鸭愁风，鸡愁雨，小雨淅淅沥沥下个不歇，鸡身上整天不得干，缩着颈脖，特别愁苦。看看天就要晴朗了，一块铅云如厚幔那样突然扯过来，很快就迎面掩住了日头，将半天朝霞扑得迷乱四散，惶恐至极……雷声隆隆，闪电强光炙人双目，一阵狂风过后，大雨哗哗落下。雨点越丢越紧，中间一气不歇，到后来，拧上了剽劲，就跟抽风撒泼一样往下浇。天昏地暗，对面不见人影，只剩灌满耳底的一片呼呼雨水声！推到屋檐下的水桶，才转身一眨眼工夫，就泼泼满。院子里的水从墙脚涵洞往外淌不及，积了一尺多深，雨点砸下密密麻麻的洞眼，撒豆子一般乱迸乱溅，扯带起蒙蒙雾气。

灾难临头，总是有老妇人凄惨跪地祷告："龙王爷开恩，龙王爷开恩呀！睁眼往下看看，底下有人……不能作孽呵！"

到傍晚，雨停了。东门城墙外横跨漳河的那座三孔拱形大石桥，大水漫过桥面，交通已隔断。市街河、后港河跟着一起发难，浑黄的水流上漂浮着泡沫杂树和烂木死畜。五里岗那边也是一片汪洋，有人划着木盆在水上打捞浮财。

没有干净水，只好把那黄泥水弄进缸里，打点明矾澄清一下将就着使用。天黑得迟，早早吃了晚饭，芙初来到北门龙汇桥边找采薇。采薇却去了南门当涂公屋,芙初随着一群人在桥上看了一会子水。桥下游大片外滩地不见了,只有一簇簇树梢可怜巴巴挣扎在浑黄水面上,像是伸出水面呼救的手。排成一线的泡沫浮渣、竹根树兜飞泻而下,间或卷起一个个洗澡盆大的漩涡,"呼呼"吸空了叫。拖枝带叶翻滚的树木,遇到这些漩涡,会直立着给拉下水底,再从另一处披头散发般冒出来。

原先黄昏时分,桥下总是停着许多船,从船上下来人把许多竹器木器搬上搬下或码来码去,顺便也把黄泥做的缸缸灶搬到岸边烧得炊烟袅袅。还有连排的小板船,称作"夜行船",专门载客夜行,终年开航,风雨无阻。每船载客十几二十人,舱里有被褥、草席供睡觉用。沿途于马仁渡、黄墓渡等小镇靠岸让乘客上下,遇水流湍急,风帆篙桨操纵不力,船工即上岸背纤。眼下,又是轰炸,又是发大水,大船小船都不见了……芙初看了一会儿,眼见天快放黑影子,就回去了。

传来尽是虐心的愁惨消息,不知何故,鬼子两架飞机单单对弋江镇进行了轰炸。因是堤上筑镇,当地惯例,一旦豪雨连日,山洪暴溢,即以槽门抵挡水头。由于鬼子飞机投弹,槽门被炸坏,洪水先从一家杂货店门前冲开缺口,直泻而下……几乎是转瞬之间,便将连片堤埂及房屋劫掠一空,一二百家商店与货物尽皆付之东流,淹死包括居住在六家饭店的江西盐商等旅客共五百多人!

三表舅来了,他刚从南门城墙那边绕过来的,路上堆满砖石,高一脚低一脚很不好走。说到去年秋天就拆除的陵阳城墙,三表舅不住地摇头……又说这也是没法子的事,打起仗来,遭罪的总是平民百姓呵。自日军占领南京后,为了减少空袭目标,县政府下令拆除城墙,仅留下西门一小段,还在月余前那次防空演习后给全部扒净。可这城墙是立过大功劳的,当年洪杨之乱,攻城的长毛,营盘结了好几里路远,旌旗遮天蔽日。清军守将陈大富,正是凭着这道城墙固守一年,等来了李成谋的援救。

大水刚退,鬼子两架飞机又来轰炸。傍晚时蹿入县城上空,姆妈拉起芙初随着男喊女叫的大阵人群慌急慌张往五里岗跑。地上滑驰的,不断有人摔倒，有人跑丢了衣，有人跑脱了鞋。姆妈半大小脚，脚趾都是瘪瘪的，挤并在一起，明显不得劲，跑不快，喉嗓眼里还"吼吼"有点哮喘，跌跌撞撞刚跑出城，就张着嘴跑不动了。紧急警报拉响了，只好躲进引善茶庵旁坟园里，不敢出声。寂静里，断断续续响着犬吠，蛙鸣不停，叫得人心头一阵阵发紧。城内又燃起大火，映红了半边天，夹着噼噼啪啪炸裂声响。西天还挂着最后一片织锦一样的晚霞，火光把空旷田野照得赤亮，仿佛就是世间末日……直到警报解除后，一拨一拨的人才幽灵一样从各个角落涌出来。有人望着自家着火的方向，放声哭喊着，咒骂着，往城里奔跑。

早先，哪里死了人，都要做丧事，除了自家人长呼短号大放悲声，还要请来哭丧婆。有的哭丧婆会借别人的灵堂哭自己的伤心事，哪怕毫无由来也可以哭得满地打滚……眼下，死的人实在太多，反倒是安静了，或许心已麻木。棺材店里棺材早已卖空，连爆竹香火店也一把铁锁锁了门。那些平日里水鸟一般守在街头缝缀补丁的"缝穷"女人，全都不见了。黄昏的巷口，有人在拉胡琴，咿呀的琴音飘来，就像漫天飘飞的絮雪，将人罩笼在一片迷惘的伤情里。

胡琴声才停歇，院子那头，吴婶尖利的嗓音又响了起来："你们这些小杀头的、小讨债的、小洋炮铳的……饿死鬼投胎哟！一嗲嘴就喊饿，锅铲子底巴的那么一点锅边皮、洗锅脚子都抢吃了。哪里搞到米给你们肿嗓子哟……"接着就传来几下硬物击打皮肉的响声，号哭声随之而起。姆妈听了，默默将那原来准备做酱的蚕豆拿出来，叫芙初送了过去。

夏天到来，新四军撤出陵阳，移往泾县云岭。

陵阳城里，只剩下张昌德一个团驻守。这些四川"槌子"已不似初来那般守纪律了，个个横眼暴珠，面带戾气，满城都响着"格老子"和"日你先人"的呵斥叫骂声。许多人都染有烟瘾，县内烟馆、土膏店栈公开营业，兵痞借故滋事，稍不如意，就寻衅闹事。大舅私下里不止一次说过：这支川军，靠不住了……迟早要出事的。

虽有小贩卖一些茄子、辣椒和豇豆，却很少瞧见有卖米的，甚至连烧饭的柴草都难觅到。

这天，有个乡下独眼老头站在徐家大屋街巷口卖菜，旁边有一小堆嘴尖鲜红的桃子，码放在一张碧翠荷叶上，看着爱死人，馋得流口水。吴婶家根宝领着两个拖鼻涕的弟弟趁人不备，各抓了一个桃子撒腿跑开，却被老头眼快手速逮了个正着……结果，是吴婶过来赔礼道歉，把孩子们领回家里，尖利的斥骂声又传了过来："你们这些小滴滴鬼，小砍头的，现世宝呵，只晓得整天操事……真要把人怄死了，你们咋不和东洋鬼一起去死翘翘、死净光呵！"

街上到处湿漉漉的，一大半店铺都关了门，即使生意还在做的，也只开着半边门，里面暗幽幽的，柜台上空落落的没什么货。入夜，大街小巷也断绝了更夫"关好门窗，小心火烛"的喊声。眼见城里是没法待了……事实上，每天从清早到傍晚，都有许多人往乡下疏散"跑反"，或投亲靠友，或避走他乡。过去"跑土匪反"，现在是"跑鬼子反"。

刚开始，那些老爷太太或是上了年纪和疾病缠身的人，都是坐着轿子"跑反"。西门一条街，就有三四家轿行，除了红围子绿呢轿和装饰大红饰物的婚轿外，余下皆为出行代步乘舆。一顶轿子，两人搭档抬，讲究的是韵律，也就是协调省力，协调得好，人坐里面也舒服。若是回程空轿，则抽了轿杆一人斜扛着，走起来健步如飞。常看到轿夫们腰间悬挂一两双备用的麻耳草鞋，肩上戴一个半月形厚布围垫，"入得轿行，来把命扛"，轿夫吃的是典型力气饭，通常都是些耐得饥渴极黑瘦的人才从事这项营生。一开始，轿子随喊随到，到后来，轿行差不多都关门歇业了，轿夫自己也要"跑反"，尽管有人出价不低，但谁愿意赌命哩。

街上很少看到肥白润红之人，熬命的草民百姓，肩骨高耸，眉眼之间堆砌愁惨之色，整日提心吊胆，家无隔夜粮，吃了上顿没下顿，头天晚躺上床，第二天早上不晓得还能不能起得来……谁身上积存有一星儿油水呢？

姆妈把坛子里存米全部倒出，也只浅浅一升子，索性都煮成干饭，还烧了一碗小杂鱼。芙初和姐姐都爱吃鱼，家里一直买不起大鱼，姆妈专挑小"鲫壳子""穿鲦子"或"毫末筒子"买。芙初嘴头不利索，经常被细毛刺卡了，吞饭团，咽韭菜，或者喝醋，搞得眼水汪汪。姐姐却说，吃鱼的情趣就在于吮刺的过程，吮刺不仅可以感受鱼香美味，而且还可以延长吃饭时间，节省几口米粮。

采薇一家就是这时走的。采薇特意让人送了一封信来告别。

> 芙初，见字如面……我们走了，爸爸说是先到章家渡，看看情况再作打算。自从我大姑惨死后，大姑父在庐山游击训练班受训三个月，回到队伍上被任命为上校代团长。正是国难当头的用人之际，随时都要带兵投入战斗。
>
> 为了分散空袭目标，也为了容易找到落脚点，大家决定分小家各自找亲戚朋友家落脚逃难。在宣城电信局做事的二姑父未回，二姑已有一男一女两个小孩，最小的才刚刚满月，他们走不了。要跟我们走的小姑，留在祖母身边照顾祖母，一同逃难。还有二伯伯也不走，他自小就患有眼病，现如今已经双目失明，不想连累大家。
>
> 当你看到这封信时，不知我已身在何处。芙初，你要照料好自己！切切。

三表哥沈涵亦寄回一封信，说他已在芜湖上船，随青年学生队撤往武汉那边去。信中特意嘱咐嫂子喜姐要将小涵带好，说国破家难，今日事急，未能当面托付，亦不能给父母长辈叩请金安，务请谅宥……等打败日本鬼子，他就回陵阳开业挣钱养家。

六叔和六婶带着小芙子往东乡去，六婶的娘家在那里，石江铺那边的门房徐有一处房产。另外，他们在当涂金家庄还有几百亩李家公田，一直都是六叔收取租子，用作抽大烟的开销，不让别人染指。小芙子走时，红着眼睛死活要拉"芙初姐"同行，这显然不可能，被六叔喝止。

早上，大舅家霖表哥来了，他是奉父命过来传话的，让只带上少量洗换衣马上跟他走。他们先去西乡老家古亭村，不行的话，再往山里面去。但令他们为难的，是这一大家老老小小，哪里有那么多屋舍安置哩。

正在收拾，听到外面有人喊"勤箴嫂子"，姆妈抬头应了声，见是街对面黄家大屋的黄祝生，专程从乡下赶过来接黄家的人回花山避难。只见他身着蓝色竹布长衫，大约是为了凉快和行走方便，竟如市井之徒般将长衫下摆打了结。中等个头微胖的黄祝生，父辈共有兄弟四人，时人以他们大家族排行分别呼为"大老爷""二老爷""三老爷"和"满老爷"，他们在县城合建的公堂大屋，是一幢二层洋房，称作"南园"，门额上大字，为大老爷黄子犹所书。黄子犹当过县里商会会长，书法名气尤大，与张雪樵、李笛楼齐名，又都是湘籍巨绅。黄祝生早先开过油坊，后来又开办过"大生"和"永隆"砻坊米厂，都没成气候，他们的根基在西北乡花山那边，称作"花山黄"。有一回黄家大屋失火，烧得骇人，芙初的爸爸冒死冲入火海，背出瞎眼的黄家老太太，自那以后两边常有走动。虽然年龄相近，姆妈却一直称黄祝生为"先生"，并让芙初也如此称呼。黄先生立身门外，也不多话，只说了句："什么都别管了，带上紧要东西先跟我们走，花山那里有屋供你们歇住，吃了早中饭就上路。"

　　两边都在催，去哪头呢，真叫人有点作难了。问芙初，芙初说去"花山黄"，不是说那边有屋能歇脚么，毕竟姐姐离那里也近……就这么定了。虽说不带行李，但谁知什么时候是个尽头呵？姆妈捡了两大两小四个包裹，在一个大包裹里悄悄放入一个小布包，里面装了几样压箱底的珠宝，还有一对象牙章，两个玉坠和一个卷起的黄绫圣旨，是大姑奶奶的诰命敕封。而几样古瓷器——一个绘有蟠龙图案的黄碟子和五个红色小碟子，还有一对朱砂红描金瓷碗，太公传下来御窑烧制宝物，都是皇家赏赐的，加上一个玲珑玉塔和一个相盒子，则给收拾好放入一个大口坛子里封严，埋到院墙根下。

　　对面黄家大屋过来长三师傅，帮着肩背手提拿了三个包裹，姆妈自挎一个，芙初提了一个装了笔盒和几本书以及简单衣物的藤箱，就这样离开了繁华落尽人去楼空的徐家大屋。

跑反路上
识乡音

　　一行二十多人，有老有少，携着包袱，背着行李，往陵阳西乡逶迤而去。

　　出西门数里，因往西南去传说有人劫道，遂绕道改走滨玉村。地势愈走愈高，沿途野花簇簇，绿树成荫。见到了久负盛名的映塔塘，一字排开的三口极清冽的水塘，东首一个圆塘稍大，对好方位，明镜一般的水面上果然隐约现出一个无顶塔影……奇怪了，隔这么老远，县城内文峰塔如何能将身影投映到这里？且三塘并列，近岸处皆苇蒲丛杂，为何只是东端大塘有影，而其他二塘皆不现？可惜谁也不能解释。

　　水塘北端，有晒场大一块高地突起于旷野之上，这便是传说中的"南瓜墩"。当年长毛与湘军及西乡团练在此反复鏖战，血流成河，伏尸遍野。清理战场时，就将那些尸身几十具、百多具堆叠一起葬下。埋人最多的这处高墩，日后草丛里游出南瓜秧藤，秋天结出无数磨盘大黄灿灿的瓜，因为饱吸养分，最重的能达百余斤……这些年年自生自长的南瓜，剖开后有一股冲头脑的血腥气，没人敢吃，拿回去剁碎喂畜生，鸡吃了鸡死，猪吃了猪瘟。眼下，高墩上已长满荆棘灌木，再看不到密匝匝南瓜秧藤，只留下一处地名了。倒是偶见数个红亮的珊瑚状蒴果从荒草丛里好奇地探出头，张望着，窥探着过往的行人。

过了花园沈和沈家坟山，沿途有几个村落，道路曲折，全是青石板铺就，高高低低一路往山里延去。路旁有一棵巨柏，树老内空，人可以从树干中进出。旁筑一箱笼大小的土地庙，里面端坐着石雕的土地公公和土地婆婆，两边对联是"公公十分公道，婆婆一片婆心"。沟渠里流水淙淙地响着，捋几朵野花投在水里，看它怎样随水流旋转，并跟着自己走，有时它在前头，有时在后头。一座碾坊，横架在这不倦东流的溪水之上，水流落差产生冲击力，推动着巨大碾盘在碾槽里空转着，吱吱呀呀地如歌似吟着。

一座座山丘，一个个村落，被一条条曲折羊肠小道连串起来，就像在一张线条粗细不等、形状极不规则的大网上布满大大小小的连接点。一些零散住户，房前是平坦的场基，周围裹拥葱茏翠碧的竹木林子。芙初想到大舅他们，也不知流落到了哪里，便朝姆妈看了一眼，见她神情同是有些游移，就没再说什么。

因为这条路上经常走过逃难的人，村民倚门望着他们，也是一副见惯不惊的模样。长三师傅花两个铜板在路边人家凉篷下买了一双麻耳草鞋，将脚上的烂草鞋换下，背了个大包撂开长腿走在队伍前面。

有人叫他走慢点："你个鹭鸶脚，真是杂霍牙，走那么快，赶着充军去呀……"

"鹭鸶脚长好跑路，就是不晓得做个裤子你家堂客费几多布咯？"另有人打趣。

"我屋里冇讲呵……你家小婆子屁股恁大，做个包裙才费布咧！"反击也来得快。

走到一处乱葬岗，矮树上歇着几只老鸹，除了白颈子箍，身上毛黑得如泼了浓墨，仿佛看一眼都会惹上不祥。有人说这里是早先官府砍犯人的刑场，后来改用枪打，一枪打开花，脑壳不见咯，剩下白瓤子红瓤子和肩膀脖子垛垛……

"你就是坟茔滩上卖布，鬼扯。"

"净扯脑壳子，默倒是怕哒要死！"

"脚细包袱沉，力薄任重，寻点开心咯。"

湖南话讲快了，芙初也能听得懂，心里不免直发怵。

快近中午，肚子有点饿了，前面出现一座茶亭，原本是有卖茶水的，眼下却给弃置在一片荒凉里。众人歇下脚，拿出干粮坐到茶亭里先填肚子。渴了，就跳过一道窄埂，走到小溪边蹲下身子双手捧水喝。喝过水，便坐到一边，打腰后摸出两尺长的黄烟杆，连同三六表捻成的纸媒子，再从烟匣里抠出一撮烟丝团成黄豆大一粒，按入烟杆鸟头状前端的孔穴，纸媒引上火，嗝口一吹，冒出明火点燃烟丝，趁空吧唧上几口。

姆妈的脚早先裹缠过，后来放了，是半大脚，平时出门都是坐轿，现在走了这么长的路，明显有点吃力。黄先生安慰说，快了，前面那道山头就是大花山，翻过去就到了"花山黄"。湖南话将"黄"说成"完"，听讹了，"花山黄"就成了"花山王"。

于是起身继续前行，走了一会，果见前方突然开朗。两厢绵延山岭之中，呈现一大片绿色田畴，散布着村落和零星人家，那些黑瓦土墙或茅草屋顶的房舍，都有伸出很远的雨檐，罩着下面的走廊，房前是场基和菜园，屋后是葱葱茏茏的竹树。大大小小的池塘像镜面一样反着光，水清得照见山影。几只白鹭立在浅水塘梢处，许是在寻找填肚子的小鱼虾吧……看到踢踢踏踏赶路的这一行人，很不情愿地拍着翅膀飞走了。

田畴上稻子长势很好，稻穗密密地挤着，有的穗头已澄黄，沉实实勾下，快开镰收割了。长三师傅捋了一把正在收浆的稻谷，窝在手心里搓了几下，边走边嚼，嚼得嘴角两边全是白米浆。

这一带村民，大都是湖南人后裔，常有熟稔的湖南乡音飘入耳中。随便拉一个人问："你福南（湖南）哪里哒？"

"福南（湖南）湘阴哒。"

"湘阴好咯，我屋里堂客就是湘潭哒。"

"湘潭堂客吃得苦，耐得劳，霸得蛮，上山能把乌云赶，下河能摸水田螺……里里外外一把好手哦！"

踩着落日的余晖，循着一条大路，走近一处庄园。远远地就望见那棵枝繁叶茂的大树，像一把巨伞，荫庇了好大一片灰黑屋脊。大路尽头，是三口长满碧荷的狭长水塘，连绵相拥犹如护城河，密不透风的荷叶丛中延出两条塘埂，一大一小两个进出的门楼闸立中间。由那个大一点木栅栏卡子门进入，几条杂色的狗叫着扑了过来，立刻被人呵止。再看那棵巨伞一般的大树，身干足要两三人才能合抱，根下砌有砖石花台护卫。旁边有花园、竹林，和鳞次栉比排开的三栋土墙楼屋，再后面，箍着半圈弧形高墙……这就是花山山庄，因为三老爷黄子高自署"养云老人"，故这里也叫"养云山馆"。

一须发皆白长者走了过来，站在荷塘边摇动手里的芭蕉扇，一大群人跟在他身后。这边许多人喊着"三老爷"，也朝他挥手致意。芙初和姆妈随着众人走向正中一处堂屋，踏上青石台阶，抬眼看，门头上悬挂"大夫弟"竖匾。屋里轩阔阴凉，桌子上早已备好凉茶，芙初一气灌下两大碗，抹了抹嘴，两眼不住朝四下里打量。堂屋正中央靠墙放着一张长条供桌，上面有个摆钟，两边是花瓶、帽筒。上方悬一巨大金匾，上书"干国栋家"四个金灿灿大字，每个字都有一张骨牌凳面大。两边高墙上装点着黑底金字的木雕对联数副，从墙头一直垂下来，那些龙飞凤舞狂草字芙初一个也认不出。

穿着白衫黑裤手里摇着芭蕉扇的三老爷黄子高，兄弟几人中，只有他和住在县城夫子庙对面魁星阁旁的五老爷黄胥吾存世。三老爷虽年岁已高，但沉静和蔼，在家人搀扶下逐一与人打过招呼，特意对着姆妈多安慰了几句："勤箴呀，走这么长路，一准累哒，先歇歇，屋都留置好咯……"他先前常去城里走动，大家原本都是相识的，说出话来自然很是热络。"谁没有三灾六难，东洋鬼子是凶煞，但他们一时犯不上这里，你们就安心住下。有我们一口吃的，绝不会让你母女饿咯肚子！"

说完这些，又特意拉着芙初手说："这个细妹子，看着好让人心疼哒。"

黄先生已在后房换了一套也是白布短衫装束走了过来，跟三伯父重新请安打过礼，并将一个亮晃晃水烟袋递到他手中，很是亲热。黄先生开办米厂歇业，就在城里和乡下两头住。他在花山的根基，就是这处从父辈手中承下的前有花园后有菜地、竹林、树木、山坡的庄园，堪称世外桃源。

芙初跟着姆妈被安排住进东端一栋飞檐走角的土楼。踏进槽门是灶间，往里走有一道木制屏风间隔，后面才是厅堂，铺着地板。转角处放着可移动的木楼梯，抬头望望楼上，黑乎乎的，估计是睡房。果然，爬上去有一个大房间，就是她们的住所。居然有一张灯笼架子床，床上罩着灰白的夏布蚊帐，还有衣橱、脚柜、木箱、骨牌凳、竹椅等，床后暗处放置一个半旧的红漆马桶。

风从高高的窗口吹入，镂着"寿"字的铜帐钩碰击着床柱子，发出丁零丁零的清越声响。墙壁全是用山里的红土一层层夯起来的，木板的夹印清晰可辨，芙初偷偷拿小物件刮了一下，很硬扎。姆妈说是当年修建时在土里加了石灰，才如此硬朗结实。窗户留得大，外有铁栏杆，内面是乡下难得一见的玻璃窗门。楼板很平整，楼上楼下、里里外外皆清朗，整洁。

来到了一个人情深厚的地方，芙初很是懂得把握礼节上的分寸。趁着暮色未浓，跟在姆妈身后逐一拜访了几户人家，都是大老爷和三老爷的后人，有的喊作"娭毑"，有的喊作"腰腰"和"嗲嗲"。"满老爷"即黄先生的父亲，姆妈口中呼为"老巴爷爷"，已去世多年了。"满奶奶"还健在，瘦瘦小小的穿一身黑绸衣，坐在堂前椅子上，很是清丝。现在弄清楚了，整个一幢大屋都是从两个槽门进出，大槽门平时关着，听说只有过年或做红白喜事才打开，小槽门开着，供人和牲畜出入。

转了一圈，刚回到屋里，外面又进来一个头戴灰黑色薄瓜皮帽脸上漂着笑意的人。姆妈一见，赶紧让芙初喊"廉叔"。廉叔四十来岁，肤色白，穿一身粗布褂裤，眯瞅着眼，很是憨厚的样子。他说自己刚从芜湖回来，听说客人来了，立马过来看看。

"放心住下吧，城里人跑反不往乡下跑往哪跑？早就想接你们过来了。这里要是不好住，西头那边'莳园'还有空屋。"

"好住，好住……"姆妈又是一番道谢。

廉叔笑着说："既来撒，就不必见外，有么子需要，尽管招呼哒！"

廉叔走了。姆妈告诉芙初，廉叔是黄祝生先生的堂弟，叫黄廉生。他本是大老爷黄子犹的儿子，因为三老爷黄子高无子，只有一个女儿叫和姑，早出嫁了，所以廉叔打小就过继给三老爷了。廉叔住在西边"莳园"，刚才已上过门。姆妈说完这些，见天已不早，就去外间端了些热水进来，插了门，两人分别洗过澡，上床睡觉。

夜晚的凉气，一阵阵从很高的窗户里透进。蚊子绝少，就是睡觉的床太硬梆，席子下面什么也没垫，散发着一股陈年的气息。姆妈已插牢门闩，芙初仍检查了一遍。什么地方吧嗒一响，芙初便紧张地睁大眼朝黑暗里望……直到一声猫叫传过来，方才放心地将头落回枕上。

一会儿，沉沉的睡意就袭上眼皮。

凉生庭院
是花山

一夜无梦，醒来已大天四亮。听得姆妈在楼下同人说话，芙初悄悄起床，下了楼梯。淡淡的晨雾像一张网，将远近山林都罩入薄纱中。山里要比城里透凉许多，芙初走出屋外，将四周仔细查看。

这是一个长条形大庭院，前有花园，花园那头是一间碾子屋，后有晒谷场和一排粮仓，最外面则为青郁郁竹林环抱。她们住的东端大屋也颇为显眼，高檐厚墙，正门楣上石壁刻着"槐荫别墅"四个大字……芙初现在知道了，那棵遮天匝地遍缠藤萝的苍劲老树，是一棵古槐，暗褐色树皮纵裂斑驳，令人触目惊心。实际上，这栋大屋是增修的一排前后八间的新屋，楼上楼下，与中间老宅相似结构，伸出很远的雨篷下面，一道带立柱的宽敞阶沿走廊把东西两端连通。正门两旁对联"知足常乐，能忍自佳"，字为隶书体，不难认，有一种清宁蕴绕其间。文韬武略，渔樵耕读，难怪老辈们当年要来此栽花、植树和饮酒，享受田园生活了。花园中，月季还在零星开着白的、黄的花，引得蝴蝶翩跹翻飞。有两棵碗口粗的桃树，藏在繁茂枝叶间的一个个小蟠桃，活像鲜青的算盘珠子。

芙初想起昨晚在西头廉叔屋里看到一幅很有古意的梅桩吊屏，两边对联写着"惜花须检点"和"爱月不梳头"，似乎也是《增广贤文》里的韵句，听姆妈念叨过。印象最深的是他家厅堂里挂的一幅八仙图，笔画简洁，却十分传神，意趣盎然。张果老骑的驴，只寥寥数笔勾勒成形，那怪老头的胡须头发也是浓淡墨迹三四笔，就生动欲飘……

出了铁栅栏卡子门，走过一段塘埂，绕到西北面，这里才是一个村落，不松不紧住着些人家，屋边地头都有人在躬身忙碌。她想起《西游记》里有一出小妖巡山的故事，牛魔王的儿子红孩儿捉了唐僧，着小妖们去接他奶奶过来吃唐僧肉……那自己是谁哩，是红孩儿他奶奶吗？远远有一帮小孩子在看她，看这个从外面来的陌生人。芙初朝他们友善地笑了笑，换回了同样友善的微笑。

知道了西北远方那座巍峨的山峰，就是大公山。青郁郁的岗岭，被一股大力推进而来，如波澜起伏，一波接着一波。原来，工山菩萨就住在那处最高峰头的庙里呵。夏秋干旱，总是有许多求雨人敲锣打鼓做工山会，把一个木头雕成的皱眉鼓眼的黑胡子工山菩萨抬到小南街"工山行宫"门前，放在烈日下暴晒，头顶都晒裂开来。要是还不行云布雨，就有一个脸上涂得漆黑的人拿根鞭子来抽，直虐到电闪雷鸣大雨倾盆，方才抬进行宫，受人朝拜，酬神大戏连唱多日。然后选个日子，旗锣鼓伞铳炮连天送菩萨回工山庙……有那么些热闹可看，小孩子们每天都兴奋透顶！

眼前这片依山傍水的小盆地，多受工山菩萨就近照顾，潮润清新，池塘多，能望得见的几处村舍，都被蜿蜒连绵的两厢山岭环抱着。昨天听黄先生说，朱元璋和长毛都曾到此屯兵休整。那时这里还是一片荒芜，没有人烟。直到长毛败落后，被曾国藩和他的兄弟曾老九裁撤解散的湘军们，才呼朋结伴来此圈地垦荒，养儿育女，建立村落，抱团聚族，直把他乡作故乡。除了湖南人族裔，剩下的便是从江北过来的无为人，还有更早时移民过来的徽州人，甚至还有一路要饭过来到此定居的外乡人……眼下，新四军也在这一带活动。

约莫前行大半里路，一条小河横在面前，河上有座高耸的小木桥，连着它的无数条腿，一起倒映在碧水缓流中，仿佛是一条划行中的大蜈蚣。水是从正北方向流来的，抬头朝上游望去，两里路开外，河上还有一座容颜苍黑的拱形石桥，如一个老人驮着的背。桥那边浓树密林，有炊烟升起，隐约看得清是个村落。

露水很重，芙初的裤脚都给打湿了。

回到屋里，姆妈正跟一个老太婆说话。老太婆搭着蓝头帕，穿一身家织家染的斜襟蓝布大罩褂，靠门坐着，两手叠放于小腹前，露出下面一对粽子般尖小的脚。看到芙初进屋，姆妈连忙招呼："芙初，快过来，给六奶奶瞧瞧！"老太婆侧转脸瞧见芙初，双手一拍膝头，从坐着的小椅上一跃而起："哎呀喂，小锅子哇……才几年工夫没见，都快长成大姑娘啦！长得真秀气，这脸上嫩得呵，啧啧，都能掐出水来！天生的美人胚子……啥时出阁，可要记得喊我老婆子喝杯喜酒哒！"芙初给闹了个大红脸，一双手却被对方紧紧攥住，感到那掌心硬茧好刮人。

"这是六奶奶呀，你生下来时没气息，是六奶奶把你搁在一口铁锅上，连拍了几下后背，才逼出哭声来。六奶奶救了你命，送给你一个乳名叫小锅子……快喊六奶奶！"芙初的脸更红了，在嗓子眼里叫了声"六奶奶"，就转身上楼梯进了房间。

芙初换下被露水打湿的衣，待六奶奶走了，才从楼上下来。她问刚才来的这六奶奶也是黄家的吗？姆妈摇了摇头，说是后头村上的，六奶奶的男人在世时是个泥瓦匠，在徐家大屋和黄家屋里都做过事。姆妈问芙初这一大早去哪了。芙初就把在外面看到的情形讲了一下。姆妈说那道小河叫深溪河，当地人都喊宗村徐河，是从十多里外的童村街那里流下来的，往下就淌进了漳河。石桥那边的村子，叫蒲塘村，那也是湖南人窝里，家家都姓曹，又称蒲塘曹。

昨晚上黄先生就打过招呼，说开头两天的三餐饭和他们一起吃，三日后再自己起火做饭。黄家的烧火厨娘过来，喊她们去下屋里吃饭。山里人天蒙蒙亮就下田，早饭吃得迟，也吃得硬朗，粒是粒都干爽爽的，因为要下力气干活。共开两桌，长工、短工、放牛的娃子还有老妈子下人围坐一圈，也有人端了碗挟几筷子菜蹲到门口吃。这边黄先生一大家子，总有十二三口人，也围了一桌。芙初留意了一下，发觉两桌饭菜大致差不多，都有一大碗咸鱼和一碟切开的咸鸭蛋，那边人多，菜的分量更足。饭是在一口带圈围板的大闷子锅里，自己盛。灶台上还有好几口大大小小的锅，以及一溜焐水的生铁吊罐。

吃过早饭，芙初新鲜感未减，仍去外面溜达。女人们在水边洗衣，洗菜，孩子们游泳嬉戏，水里浮现游动灵活的鱼群。一只翠鸟从树丛深处箭射而出，叼起一条可怜的穿条鱼飞往另一片芦荡。

午后，姆妈就已在楼下屋里忙碌了，将一个日久未用的废灶台收拾出来，锅碗盆勺刀砧，连同一袋子米，还有一口半大不小的水缸，都已有人送了过来。三老爷犹不放心，手里托着亮晃晃水烟袋踱步过来，查看还有哪些没有备到。

阁楼一处角落里堆放着许多旧物，有木雕龙头和篾缕编制的舞龙身子，还有几处码放的石灰包和石罐，以及拳头大小的鹅卵石和一些破铜烂铁的疙瘩。顶上亮瓦斜投下的光柱里，许多细尘在飞舞。姆妈告诉说，早些年山里土匪多，要是土匪攻来，全家人都上楼，将活动梯子抽走，就用这些东西做武器，抵挡土匪。如果抵挡不住，可以从阁楼上通往屋顶的小窗户逃走。难怪这里楼屋都不用固定楼梯，就是为了防匪呵。芙初走到小窗前，抬眼朝外面看了看，心里不免担忧，要是再有土匪之类坏人攻来，四面都给围住，能逃得掉吗……

野外已有"嗵嗵"的掼稻声传来，黄家几亩早熟田里掼下的稻子全都挑到围子里场基上晒。堆尖两箩湿漉漉稻子朝地上一倒，被扬抛推散开来，随稻子而来的蚱蜢甲虫，很快就蹦入一旁的花叶和草丛里去了。知了在树梢头起劲叫着，一浪一浪的，以日头当顶为最，愈热燥叫声愈大。太阳倒了影，暑气渐收，田畈里的人渐渐少起来。黄昏时的水塘寂静而幽凉，水面倒影里，一头卸了轭头的耕牛俯下身子大口地喝着水……

晚上是正餐，做活的大师傅都能享受酒菜待遇，灯影里，碗筷摆得整齐，体现出一种仪式感。听说每月初一、十五还有"犒"吃，添加几碗打牙祭的鸡鸭鱼肉，于是便让人觉得日子很有奔头。

天色很暗了，老人和孩子们张罗一阵后，场院沿着荷塘边，摆放了许多已被汗油浸成深红色的竹椅、竹床，陆陆续续地有人摇着扇子出来乘凉。西边树梢上，挂着一弯幽静的鹅毛新月。

有一种夜鸟，老是在荷塘那边的村子口叫着"我要我的号——我要我的号"。乘凉的大人讲，那鸟原本是队伍上的一个吹号兵，死后便成了吹号鬼，夜晚老跑到深溪河湾里吹号，吵死人。于是有人拿了把锄头偷偷跑到鬼身后，挥锄将号打落水中，并将鬼打跑。后来，鬼就天天跑到这个人屋外喊着要他的号。

月落夜深，场院和水塘边上的人才渐渐少起来。鸟鸣声幽，夜凉如水，荷塘搂着庄院恬淡入梦。

芙初认识了五毛、荒佬还有根荣，他们共同牧放着黄家的四条大牛和一条还未穿鼻子的小牛。五毛告诉说，如有婚丧喜事，各地亲友全都赶过来，会热闹好多天，门前还搭台请戏班子唱戏。因为大伯是看守黄家墓庐的，所以五毛见识也多，他说每年清明都要祭祖，黄家人一齐来，抬着扎纸的箱笼与火炮香烛，每个坟头都标满纸钱，跪拜磕头，带的粑粑、团子尽你吃！到七月半，还要轮流坐庄请客哩，这天阴间的鬼魂也跑出来四处乱走。那一回他早起放牛，就撞了鬼，忽然发现有人尾随着他，以为是哪个坏伢子，便捡块石头砸过去，一声惨叫，砸中了走动中的人影，跑过去一看，却是个老树桩……要是有老人过世，第二年正月，家里亲戚朋友抬着放满酒菜的抬箱"请坟"，来"挂山"的人越多，主家越风光有脸面。

牛大多在后山坡的绿草坪上自在地啃着青草，有时也被赶到深溪河边，那里的草尤为鲜嫩多汁。牛舌头长，一扯就是满满一嘴，呼呼有声，小虫飞舞，蚱蜢和指甲盖大灰褐小土蛙乱蹦。到了拱桥陡坎底，牛过不去了，就掉转头沿原路慢慢地再啃回来。牛也有灵性，啃着啃着，会抬起头漠漠地望一望远方，又低下头去啃草……河水泛泛，蓝天白云，有许多红蜻蜓、蓝蜻蜓飞来飞去。

那天，芙初跟着他们在田野里玩，远远看到一个人朝这边走来，仿佛有感应，她立刻就认出了是姐姐。扬起手臂，向远处的人挥动，那边果然就有了回应。芙初跑动起来……一下子扑进姐姐怀中，她看见姐姐脚上带襻的浅帮方口布底单鞋上落满灰尘。

夜里，芙初一觉醒来，姆妈和姐姐还没睡，她们在厅屋里小声嘀咕着什么。虽然看不到人，但昏黄的油灯照出投在墙上两人的影子，一忽儿长，一忽儿短，像演皮影戏一样晃动，也吸引了不少飞虫钻进屋内。原来是姆妈一边纳着鞋底，一边向姐姐讲述从城里离开时的一些安排，讲到了对家里宝物的处理。芙初知道，姑奶奶、二爷爷去世前传了一些宝贝给爸爸，爸爸后来又交给姆妈。她们说的那件"诰封"，芙初看到过，一件金光闪烁的长条绣凤锦缎，正中是"皇清诰封一品夫人"几个印章体字，两旁还有曲曲扭扭的满文字。跑反出来时，姆妈把"诰封"装在木盒子里，原本已埋入地下，后来又起出，和另一些较大宝物一起交给花园沈一亲戚带回家收藏。只听见姐姐说，那亲戚有点靠不住。姆妈说不会吧，世道人心，连这样亲戚都指望不了，还有什么想头哩……随着一声叹息，她们也进屋睡觉了。

第二天一早，芙初起床。姐姐已帮姆妈洗好衣裳，将洗衣盆搁在水跳上，弯腰站在清澈的塘水里梳洗黑发，周围碧荷丛中全是宁静绽开的白莲花，那姿势好美，就像画中一样！尽管战火像一条恶狼，趴伏在不远处，一个跃蹿就扑上来。但姐姐似乎没有什么忧惧，她说在山里甚好，给纸槽子弟教书，享受着上好的尊崇待遇。平日三餐，有专人照管。纸槽是泾县小岭曹氏家族产业，打浆捞纸，技艺源自祖传，有"元源""桃记""洪昌"三家纸棚，名头很响，产的宣纸都被苏州、上海来人订购去了，收入不菲。山里人厚道，到时就结清学俸钱。其实，不说芙初也知道，姐姐当初离开春谷小学，来到遍是青檀树的"九岭十三坑"，主要是为了避开张昌德，却对外人说纸槽请先生教私学，给的报酬高。

姐姐虽为知识女性，却绝无柔弱，说话有节有度，什么事都能拿得起放得下。她脸带棱角，下巴宽，额头也稍宽，印堂饱满光洁，眼神清澈，又透着隐隐的威严。但在见着姆妈时，也生出女儿的爱怜，撒娇任性……"千不该，万不该，错投女儿胎！"姐姐私下里爱读《红楼梦》，常常自比史湘云。

深溪河平日只浅浅清清地流着水，柔和，温婉。但这天一大早就起了云脚，黑了半边天，铺天盖地的暴雨兜头浇下，半个时辰后，浑黄的山洪顺着河道汹涌奔来，淹没了低处即将收获的稻田。暴雨停歇的午后，田畴上散发着一阵阵白烟水汽，许多人跑到溪边看水。大溪里翻滚的浊浪似咆哮的野兽，不时有呛昏的鱼给冲入岸边回水湾，有人便拿了个筐篮在那里争抢兜捞。嬉闹中，一个叫国瑛子的小姑娘失足跌入激流中，瞬间便给冲出数丈开外。岸上惊呼声哭喊声响成一片……就见一个壮汉霍地跳起，捡了一把钉耙提在手里，沿着水流向下跑了一截，瞅准目标，一扬臂，将钉耙钉向水中……一下子就斜斜钩住了被洪水呛得失去知觉的小姑娘腰身，再将缠在钉耙上的绳子一拽，人就给拖上岸来。

天放晴，姐姐离家回纸槽，芙初陪着送一程。出了门，走在通往门楼的塘埂上，荷香袭人，被无边的凉意包容，暑气早就退远。满眼的碧盖挤挤轧轧地撑开，那些莲的初蕾，更像一管管饱蘸了朱砂红的大头羊毫，似乎正要书写王昌龄的《采莲曲》：荷叶罗裙一色裁，芙蓉向脸两边开……清风吹来，绿的叶子，红白的花，你推我挤。芙初手指水面一朵碗大的花，调皮地对姐姐说："你看那花，风吹着一摆一摆的，就像在水里浣洗一样。花瓣上水珠，一颗颗的，就是洒落的珍珠！莲花能浣洗么……周敦颐说莲花是花之君子，他在《爱莲说》里是怎样写的呀：出淤泥而不染，濯清涟而不妖，中通外直，不蔓不枝，香远益清，亭亭净植，可远观而不可亵玩焉……姐姐，你的名字取得真好！"

"你的名字也好哇，芙蓉之初，花蕾刚要绽放，应该是世上最美的风物了。我们俩名字都是你家二爷爷李菊畦取的，我是七月出生，你是十月出生，二爷爷承应花事给取的名……你不喜欢吗？"

"喜欢。"芙初点了点头。

走到深溪河边，水早已恢复了往日的清澈安宁，芙初说再陪姐姐走一截路。约莫又朝前走了二三里路，一座山丘抵近眼前，山势峻拔绵延，一直抵近河边……芙初指着山端一串由上而下的长长的岩石说："看，多像大象，伸着长鼻子跑到河里饮水来了。"

河的那一边，也有一座山，高首长身，矮树散乱如毛发，那是狮子山。

"大象和狮子，一个有富贵之相，一个有驱邪之功，它们共同护佑着这方土地。"姐姐说完，继续笑问，"喜欢这里吗？"

芙初这回没有点头也没有摇头，只轻轻答了一句："你和姆妈在哪里，我就喜欢哪里……"

两山之间，夹一条狭长的开阔地，落下一片黑瓦土墙和茅草屋顶的农家小院的村落，便是山口村。姐姐告诉说，徐家大屋的创建人徐文达的墓地就在往北去的汤村徐那里。当年徐文达死在扬州，船运回来，葬在距这里不远的杨家山。徐文达的儿子徐乃光，还有你们李家那位受皇帝诰封的大姑奶奶，他们夫妇俩也同穴葬于附近。

芙初"哦"了一声道："往北去就是汤村徐呵——"禁不住朝那方向多看了几眼。突然，她想起了一件事，便告诉姐姐说，怪不得那天在河边桥头看到一个女人像是二表妈。姐姐点了点头，说这很有可能，又问看没看到徐家那几个姐妹。芙初摇摇头说没有。于是，两人便说起了徐家大屋里的一些往事。因为许多人物关系和曲折离合的故事实在太复杂离奇了，芙初一直没能厘清头绪。

姑奶奶虽是徐家正房大太太，但没有生育，姑爷爷徐乃光便又娶了三房姨太太，得了两个儿子。四姨太太"胖奶奶"生下了大表叔徐石金，二表叔徐石笙是另一位姨太太所生。徐石笙当年曾和辛亥革命党走得近，原配妻子即徐家的二少奶奶，芙初喊二表妈，扬州人，未生子女，穿上花绸衣身形好看得不得了，喜欢哼唱戏文，连卧在榻上抽大烟也翘着兰花指。因为原配妻子无出，后来大表叔去世，二表叔就和嫂子在一起了，养下四个女儿四朵花。本来，此事多见于穷困人家，孀嫂转嫁小叔子，县人称作"转亲"，即"叔嫂亲"，谓"出房门不出大门"，可省去花钱。但这两口子连起码的仪式都省略了，倒是扬州佬二表妈平日里一边哼着戏文一边贴心贴意帮忙带孩子，外人便颂扬她贤惠。

大表叔徐石金的大女儿叫守仪，跟着"胖奶奶"住在西宫，二女儿守玉跟自己母亲住东宫。老三是男孩叫守恕，长芙初十来岁，芙初叫他"毛哥"，也是跟"胖奶奶"过。大表叔去世后，大表妈为二表叔一气生下四姐妹，照"中华成功"取名，依次为：守中、守华、守成、守功，她们跟着二表妈过，说话声气里也都带上点扬州味，扭着腰走路。还有一个瑞珠表姑，在东宫里独居一室，她是徐乃光堂弟徐乃昌乡下夫人所生，长得清朗，穿长靴，披大氅，戴礼帽，如翩翩美男子。前面两个姐姐，一个是随父亲去了上海的徐媛，另一个姐姐十八岁殁亡，因为这层原因，瑞珠表姑不愿被称作三小姐，而喜欢人家呼她为"三公子"，年龄老大后方才嫁给了合肥李鸿章家族一个孙辈。

东宫、西宫，分别为大表叔、二表叔对应着住的地方。两边各有统属，至于穿什么，吃什么，都是根据季节由各房自理。春天到来，大宅院里鸟啼花开，什么都有，花园里有假山，有鱼塘，有亭台楼阁，廊道里，小孩可以尽情地奔跑玩耍。名花嘉木，应时繁发。水是活水，可以洗衣、洗菜，有一道大沟直接连通外面小河，出口处用渔网拦住。初夏的傍晚，两头都有鱼在激情追逐，打得水花噼啪响……待到天黑透后，幽微的灯光从各个窗户泄出，给人一种温暖与安定感。

那处曾是无比熙攘闹腾的场所，如今人去楼空，一定冷清得可怕。

节逢中元
观目连

村头水渠上，怪兽一般巨大砣盘在碾槽里打着旋，碾出吱吱呀呀的刺耳声响。黄家修建的这种水碾，是给舂过的稻子脱糠皮的，也可磨麦粉，让糙米成为熟米，麦子变作麸粉。它的底层平放着一扇大石盘，中立将军柱，以一根两端有轴承的舵形横木夹持着两个石碾砣。抽开水槽挡板，激流冲击水页板，将军柱腾身挪臂活动开来，旋转带动碾槽内石砣，肆意碾压着谷物。外村人使用，碾两箩谷，自觉留下一升米或面粉作加工费。

姐姐上午走了，下午黄先生家在外面上学的大公子黄晰之回来了。芙初在城里时见过他，长得白白净净，约莫十五六岁，原先也是基督教圣公会乐育学校学生，眼下在十二临中读书。黄晰之很聪明，一回家，就领着两个弟弟，还有廉叔的两个儿子黄白寅和黄仲午，弄来一个自鸣钟一般大木盒，安装成一种带双耳听筒器的矿石收音机。又爬上大槐树，绑好一根竹竿天线，拧着小收音机旋钮，一阵滋啦啦响过后，竟然从云端里截住不知是什么地方传来的播音和乐声，让人好不惊奇！黄先生知道了，就让他们继续再调试，终于收听到了重庆方面电台关于中日战事的实况播报……后来，每次听了，黄先生就拿毛笔记在纸上，张榜公告，让众人知晓前线战事情况。

　　黄晰之他们还用厚布做了个风扇，大小如一扇横倒放置的门板，悬在梁上，两边扯拉滑轮上的绳索，就会有风扇动，将屋子里暑热带走。其实，这样的风扇对芙初来说并不陌生，住徐家大屋时，每到盛夏，室内都装上布风扇，手拉脚踏，凉风习习。外面天井有深蓝布做成的大棚挡住炎炎日光，凉荫荫的，很舒服。

　　最炎热的晚上，大人们照例都聚在场院里，赤裸上身，一边摇着蒲扇驱赶蚊虫，一边闲聊着家常和农事。孩子们坐在塘边的石头上疯玩打闹，浸在水里的小腿，时不时被夜游的鱼虾轻啄，耐不住痒痒咯咯直笑。一只只亮闪的流萤从眼前飘过，忽高忽低，忽前忽后，忽左忽右，划过道道优美的弧线，把乡村的夏夜点缀得异常美丽而神秘……孩子们就唱："大麦秸，小麦秸，火萤虫，快下来；不打你，不骂你，给我玩玩就放你！"

　　荷塘边凉风悠悠，有的人便在竹床上风处点燃一堆驱蚊的辣蓼草，整夜睡在露天里。芙初也在水塘边铺了张蔺草席睡过，睁大眼躺在黑暗里，头顶的天空挤满密密麻麻的星星，渺渺茫茫的银河两岸，牛郎织女星遥遥相对，格外闪亮。姆妈有一下无一下拍打芭蕉叶扇替芙初赶走蚊子，指给她看，牛郎星与两颗小星星成一条直线，那是牛郎一担挑着他的一双儿女去找织女。牛郎星附近是一口八角琉璃井，由八颗星星联成，牛郎在井边还掉了一只鞋子……不知何时，瞌睡上来，芙初睡着了，又被凉得早早醒来。天还没亮，天空呈现一片幽远的深蓝，无数颗星星在遥远的夜空眨动着眼睛。

　　深夜升起残月，照见了远处黑黢黢林梢，姆妈适时将芙初拉回屋，连先前抓来放在鸭蛋壳里的萤火虫也带回放入帐子里。一闪一闪的光亮，泄至窗外，就有过路客给招引进来，歇落帐外。帐内的萤火虫马上爬过去，凑到一起一明一灭地亮……萤火闪闪，高墙外面夏虫唧唧，不知不觉中又睡着了。

　　姐姐走后第四天，芙初生病了，手心潮热，茶饭不思。三老爷过来伏脉诊看了一下，说是夜晚贪凉招惹了风寒，着人去山上采来一把防风，还有桂枝之类药草，又加进一撮清热败火的莲须，煎水服用。

比起犯病，芙初更害怕喝药。姆妈端来散着热气的浓褐药汤，听到某处声响扭头去看时，芙初便迅疾端起碗伸到板凳底下，泼洒去多半……等姆妈回过头来，却已捧碗在手，眉头蹙紧，口唇搭着碗沿，千难万难地将药汤喝下。

傍晚时，六奶奶捣着一双小脚过来了。她系着黑围腰，寸来宽的蓝底腰带上绣着一排红白相间卍字挑花图案，十分惹眼。六奶奶只把芙初端详了一眼，双手拍向腰间道："哎哟，这是摊了骇（吓）呀……把魂给搞丢了，喊回来就好哒。"不由分说，打门后抄起一把扫帚，再从屋外晾衣竿上扯了一件芙初的衣裳蒙在扫帚上，又让姆妈去坛子里挖来小半碗米，牵起芙初的手出了门。

苍茫暮色中，就有拖长的声腔响起："小锅子——哇——在水边在树下骇了——回嘎（家）来啊——"芙初依着吩咐，便在长声呼唤中一次次应答着："嘎（家）来啦……""回嘎（家）来啊——""嘎（家）来啦……"六奶奶手里牵着芙初，一边呼唤，一边在回家的路上源源不断撒下一线白米，以便让那个迷失的魂魄认清返家的路。

头顶天空浮着几条云丝，已经落山的太阳的光线从地平线缝隙斜射而出，照耀着深溪河。平静的河水，金鳞闪烁。大地深邃而苍茫，河对面已看不到人影。

你还别说，经六奶奶这一喊，芙初真的好了。

后来才晓得，六奶奶挺有本事，最能耐的，是替人割疳积。乡下六七岁的孩子，多长得面黄肌瘦，不好好吃饭，被大人认定生了疳积。在春日或秋后的某个雨天，将锋利的剃刀在火上烧烤，摊开孩子的手掌，找着掌边的纹路，用指甲刮一刮，现出生生的白条纹，便伸刀划破，挤出暗绿的像鱼子般的一坨东西。小孩子哼哼唧唧地哭着，他们并不感到怎么疼痛，只是有些害怕。割过疳积的孩子饭量渐长，脸色也红润起来。六奶奶捣着一双小脚，行走却十分灵泛，有时会给小孩子扯一些鬼经……

三老爷当然是认为药汤收了效，过来查看时，见芙初已愈，就坐下来，用老态龙钟的沙麻嗓音讲些"忠君爱国""流芳百世"的话。他的头发差不多掉光，灰白的眉毛却逆势而上，长成了又长又密的寿眉。早就听姐姐说过，这老一辈四兄弟，酷爱老庄，交结名流，诗文书法功底皆好。尤其是大老爷黄子犹，放行山水，纵览风月，写字特别厉害，精金石，兼擅画扇面及梅桩吊屏。

因为黄晰之同弟弟黄融之都停学回了家，黄先生怕子侄们荒废了书本学业，就自己上阵，把一些《千家诗》和"子曰"之类的经典诗文拿来讲述。他的堂弟黄廉生也常过来讲《左传》，讲《史记》和"唐宋八大家"……在他们看来，薪传文脉，家国所系，任何时候，都不能断了读书的指望，要保住读书的种子。

这天早上，姆妈跟芙初说，已同黄先生讲好，从明天开始，就规规矩矩坐到那边听讲学，"读书须用意，一字值千金"。并嘱咐一定要记住这些恩情，"路遥知马力"，"山中有直树"，姆妈总是喜欢引用《增广贤文》里面的话。

黄先生上课有讲究，每讲授一诗或文，必要听讲的人先在格子本上将课文内容用正楷誊抄下来，然后再逐字逐句讲解。规定每天清晨起来背诵，要让拖长声调的诵书声，传出很远。倘使他有事外出，就布置好作业，回来检查。老师不在，小孩子爱闹的天性就显露无遗，背诵《三字经》"匏土革，木石金，丝与竹，乃八音"，就故意摇头晃脑胡乱唱成"跑掉个鳖，八十斤，四个人捉，八个人分"……然后嘻嘻哈哈笑成一团。

围墙后面有一道便门，称"八字门"，是茅房里出粪用的，平时紧闭，有事可打开。姆妈见围墙外边泥土又湿又黑，领着芙初在这里开出一小片菜地，朝人家要来一些种子撒上。盖一层毛灰，早晚淋些水，三几日后，有一层细伶活泼的绿秧冒出，惹人心生欢喜。

立秋后，天气仍是溽热，芙初坐在塘边一棵大枫杨树下乘凉，把黄先生刚上过的李密的《陈情表》反复默诵了几遍。"臣无祖母，无以至今日；祖母无臣，无以终余年。母孙二人，更相为命，是以区区不能废远。臣密今年四十有四，祖母今年九十有六，是臣尽节于陛下之日长，报养刘之日短也。乌鸟私情，愿乞终养……"好感动呵，怎么古代也有这么伤心的人？随手从脚边扯起一茎巴根草，含进嘴里，嚼出丝丝的甜、丝丝的苦。

这天早上，却见菜地被刨了个乱七八糟。芙初难过极了，眼水都快落下来。五毛正好牵牛路过，看了一下脚印，说是山鸡划刨的。山里的野物太多，除了山鸡，还有野猪和獾子，还有豺狗。獾子分为狗獾、猪獾，猪獾爱啃瓜果，会把一畦山芋刨个底朝天，让你以为是野猪来过了……豺狗更厉害，它们长得跟狗差不多，背上有黑白两色条纹，一来就是一大群，去年冬天下雪时咬死了邻村一条牛，把肠子掏吃了。地箭能对付豺狗，地箭就是埋在路上的弓箭，只要豺狗绊动引绳，箭头就射出来，连豹子都能射死！

过了几日的一天早上，姆妈显得有点心神不定。她告诉芙初，昨夜梦到了姐姐的爸爸黄鲤庭了，穿一身白衣，骑在一匹白马上，飘扬而来……

芙初心里却有点不顺畅，她听姐姐说过，好像姆妈在黄家日子并不好过。姆妈嫁到黄家只两年，黄鲤庭就去世了，她带着姐姐回到在徐家大屋当塾师的外公处。那位纸醉金迷的黄家大少是个典型花花公子，在外面上过几年学，一身白衣飘飘却一事无成，许多朋友都进了北伐军，或是加入革命党，可他除了玩过南京玩杭州、玩过杭州玩上海外，还常常从外面带了时尚女人回家，让姆妈侍候，为那些女人洗衣做饭、梳头打辫子。贤女敬夫哪是这般敬的？稍有怨言，婆婆就把脚一跺，眼一横，厉声斥责道："哼，没见过巴掌大的天！女人是什么？捧得再高，还不如金银财宝哩，都是供男人花销的……"可姆妈是什么出身？姆妈是外公的老巴女儿，聪明伶俐，娇生惯养。六岁开始缠脚，缠到一半，哭着闹着死活不干，外公不也是没法子想，听之任之。自小听了那么多才子佳人的故事，轮到自己，却嫁了这样一个丈夫……姐姐说这事对她影响很大，她几乎对所有男人都失去信任。

芙初就跟姐姐辩，说自己爸爸李智琛虽说是军门之后，却没有一点少爷坏习气，否则，不可能冲入对面黄家大屋火海中把一个瞎奶奶背出来！爸爸人长得好，性情更好，善解人意，一笔字写得漂亮，深得姑奶奶喜爱，帮着管理徐家大屋。要不然，爸爸和姆妈就碰不到一起。自从两人成了家后，爸爸不仅对姆妈好，对姐姐你也很好呀……

阴历七月十五中元节，也是个鬼节，此时秋凉初现，田里活轻松。早就听说塌里黄那里要请和尚和道士做盂兰会法事，放焰口，演目连戏。要是在县城里，会有人拎着粥桶到城墙根下泼洒稀粥，赈济孤鬼，阔绰的商贾富户更以酒肉"赈孤"。天一擦黑，就有小孩点燃艾草火把在巷子里来回疯跑，嘴里喊着"七月半，鬼打转"……声音撞在巷子两边墙上，像是被什么人接住又扔回来。月亮升上树梢头，女孩子就拿了纸扎的荷花灯到市桥下河边点放，红红的火苗映现着肃穆的脸，这就叫"放焰口"，专门超度那些被水淹死的人。也有小孩往蛋壳里倒点菜油，再搁进一根草捻，拿到水边放。月亮升高了，望着点点河灯在洒满月光银辉的水面朝下游漂去，心里会有一丝莫名的害怕与兴奋。

姐姐的老黄家就是塌里黄，在去童村街的半道上，跟花山黄隔了六七里路。姐姐的奶奶还在，跟着本家侄子过。他们那边黄家，不是湖南人后裔，跟这边花山黄不搭界，风俗是接着北乡的，比如放焰口、唱鬼戏——鬼戏就是目连戏，皆本县圩乡人才有的习俗。

一早，姆妈收拾了一些礼物，带着芙初沿深溪河往北走了六七里路，过一道木桥，进了一个几十户人家的大村子。村口有一道从西面山上奔下的小溪，一间木板小屋横跨溪水上，里面架着一个浑身长满青苔像是绿毛龟一样的舂香粉的巨大水轮碓。在水流的冲击下，水轮推动着碓杆，一下一下拉起碓头，砸在碓窝里檀香木片上，发出"安吭""安吭"咳嗽般声响，咳出漫天呛人的粉雾。旁边空地上，晒满一片片书本大澄黄的檀香块。

绕过这处碓屋，往前走不远，在姐姐四叔家见到了奶奶。姆妈在这里生活过，场面熟络，虽是再嫁了，别人对她却没见外，依着旧称仍喊"大嫂子"。姐姐每年过年都要回这里来看望奶奶，却从未带芙初来过。

奶奶眼已瞎，端着脸，紧抿住嘴坐在客厅里椅子上，身子挺直，和姐姐一般的宽额头，头发一根根往后梳，亮亮的巴巴髻上交叉插着一对长银簪，不失威仪。姆妈走上去轻声叫了一声"妈"，让芙初听了怪怪的，心里一下子就有了别扭。被姆妈扯了一下，说："芙初，快来给奶奶请个安！"

"奶奶好……"

"哦，是芙初？听红宝子说，芙初人长得好乖巧……我这瞎婆子看不见啦！"说着就摸索着拉起芙初的手搁手心里摩抚。听她叫着姐姐"红宝子"乳名那般怡然亲切，芙初心里一下释开。

这时，姐姐的穿着黑色扎脚裤的四叔昂首挺胸走了进来，打过招呼，收下姆妈递上的两段布料，坐下说了几句话。村里正在忙事，不断有人过来请问，看得出他是个领头的。姆妈就把他朝外推，说你去忙你的吧，我又不是外人……这时外面又进来几个女人，跟姆妈一下拉呱到了一起。姆妈让芙初逐一打礼，这是三舅母，那是大婶子，这又是二姑姥子……芙初嘴上放着甜，亲热热喊着，心里却暗暗叫着苦，全代姐姐受过了。早知如此，就不来看这啥的目连戏。

戏台在村外深溪河边一块平整高坡上，是"独脚莲花台"。六十年前，黄姓公堂酬神时栽下一棵枫杨树，此时将大树齐腰锯断，留下一段水桶粗的树干，在上面搭成伞状蘑菇戏台，配以相应红绿扎纸，即为"独脚莲花台"，分成天堂、人间、地狱三层。台口正前方约十丈开外处，还搭建一上尖下方的神台，神台中立一杆丈余高青竹，内供五猖神。后台竖着牌位，两侧书有"清音童子"和"板鼓郎君"。戏人上场前，皆来此处一一拈香叩拜，口里嗫嚅，念念有词，规矩极严。台下瞧戏的，男女分开，不得伙杂。

姐姐的四叔用一张倒扣的禾桶搭了一个看台，搁了两张椅子，让芙初和姆妈摇着扇子坐在上面看。

那天，太阳落山后开锣，演的《目连救母》，讲述了一家人的催泪故事：傅相烧香敬佛，救孤济贫，做了许多好事，死后升天；其妻刘氏却开荤毁佛，打僧骂道，被罚入十八层地狱。儿子叫傅萝卜，拒婚出家，法号目连，横担经书，跋山涉水下狱救母……余外，还有一个穿针引线的仆人。七月十五后半夜又大又圆的月亮偏过中天，照彻下界清冷的山川田园。戏台上，赎母的目连似乎还有好远的路要走，山长水阔，不知要挨到何时方能衍成正果？

传说金圣叹当年专程赶来陵阳看目连戏，看后，觉戏文情节不甚合理，遂戏题一联：这老翁（指傅相）舍得数文钱，斋僧布道，添几年阳寿足矣，岂能捧上天堂，笑玉帝嫌贫爱富；那婆子（指刘氏）偷吃几块肉，破戒开荤，打几下嘴巴算了，何苦拿下地狱，恨阎王重畜轻人。

黄氏公堂请来的是东北乡最有名的马元"万福班"，从太阳落山唱至次日太阳出山方歇，谓之"两头红"。因为唱的是连台本戏"大目连"，此后连演三天，每天一本，直把一百五十出都唱完，谓之"三本三开台"。演戏的全为男人，昂昂地唱着，一唱众和。与黄梅戏的安庆方言念白不同，目连戏念白分为大白、小白，小白全为陵阳北乡许村埠那一带的方言，芙初勉强能听懂一点。其实，目连戏唱烂了也只一个剧本，就是《目连救母》，但台上那些"鬼脸""标脸""三块瓦脸"化妆得极为怪诞出奇，看着心头发跳。听说戏班艺人全都是做田佬，受邀出演时才洗脚上田埂的土。谁拥有衣箱道具，并领头邀集演出及经手收入分配事务，谁就是班主。

有那些老妇人看入了戏，不断拿手巾擦眼泪，老头们则噙着长长的黄烟管，抽得前端鸟嘴烟窝里火星一闪一闪，两眼直盯着戏台上，一脸凝重。空中流光飞银，一片月光漫溲，高低不等的山峦反射着幽秘的清辉。

演到第二夜，芙初突然发现戏台两边什么时候新贴了一副对联，擘窠大字，墨汁淋漓，且以"目""连"分嵌联首，十分醒目：

目击时艰，唤海内亿万同胞，保卫祖国；
连遭鬼祸，拼江东八千子弟，誓扫倭奴！

有人说，这是黄氏族内黄浣莲与黄先启差人送回的。

山庄慰存

芙蓉红

姐姐同她的堂弟黄先启在泾县曹家纸槽教书，夏天也不停学。对于姐姐隐遁深山，姆妈总是很纠结，不放心哟。但待在山里总比在城里好，起码能避开张昌德纠缠。可是，这婚姻的事又要耽搁到哪一天……看目连戏时，姆妈招呼黄先启母亲——一个梳巴巴髻、穿绣花小鞋的矮个女人，一起坐到禾桶上，吱喳咬耳朵，肯定是在聊这姐弟俩。大家也都晓得，黄先启年轻气盛，思想激进，同新四军走得近……

花山世外桃源，那些日子，不断有客人过来。每有新来者，即被人团团围住，听他讲述外面的事情。

一个姓刘的糙脸汉子，说是大老爷在世时的故旧门生，嗓门大，性子急，一看就属于那种杯茶订交头颅相许的人，淞沪战事初起就逃出来，先到富春江，又到新安江，这是从歙县经旌德、泾县绕过来的，一路惊险，行李都丢光了。路上又结识了两兄弟，是南京陷落后跑出来的。从上海逃过来一个细眼阔嘴、走路微瘸的木材商，也是湖南人后裔，带着一大家子，闹闹嚷嚷的。他们有一个十七八岁的使唤丫头，扁平脸上长满雀斑，样子有点憨。有人开玩笑，学她口吻问："要阿拉做媒喔？"她淡淡地回应一句："阿拉不要。"乡下尚未见过女人做针匠，但这丫头会缝纫做衣，手艺竟然出人意料地好。有人让她量了身子交给一块布料，隔些天后，衣裳就做出来了。穿上身后不禁感叹，到底是上海裁缝做的，就是好。立刻再有人呛道：不就是一个使唤丫头嘛，真叫上海滩裁缝来做，比这要好看老多哇！

后来又来了个中年人叫陈东来，镶着满口亮晃晃金牙，是在芜湖开大药房的，随身带了些瓶瓶罐罐，逢人就宣讲"避免出天花，赶快种牛痘"。他还带有一件宝贝，是个"铁壳"牌热水瓶。这热水瓶怕沾腥气，灌入滚水时有点提心吊胆，要是爆了胆，"铁壳"就成废壳，而且爆胆时会伤到人。还有个叫王禹生的大脑门少年，戴着眼镜，脚上套一双即使在陵阳城里也很难见到的短袜头，不大讲话，整天捧着一部原版英文书看……

两三个月工夫，养云山庄和槐荫别墅里就住满了人。所有空置的正房和脚屋都腾出来，连后面三栋下屋也住满人，再有来客，就安排住到外面村子里。有些人住了十天半月，继续起程，往屯溪那边去了……这里前脚走，那里又有人赶来。小孩子总是很快就能玩熟，男孩子玩官兵捉强盗或是刮香烟牌子，女孩子操着南腔北调的口音在一起跳绳、踢毽子。

黄先生早年在芜湖上学，毕业于省立甲种农业学堂，具有新思想，见孩子们多了，原先那种居家训子的家塾已承担不下，就筹建起"花山国学研究社"。再次清理出几间屋子做学堂，下面上课，上面装上楼板开好窗门，做老师的住房和学生寝室，请工匠忙活了好多天，还办了就餐炉灶。从外面聘来几位辅导老师，都有才华，很年轻。特别让芙初高兴的是，黄家竟然请来了陈璞珊，还有一位戴黑框眼镜的白脸青年叫王明孝，听说县城富贵春酒楼就是他家开的。他们两人，一个从暨南大学毕业，一个从金陵大学毕业。

一下子拥有几十学生，就开设了高、初级两个班，分班授课。教室在长满爬山虎的大门楼里，右为花园，左边有古槐罩下的浓荫，北边窗户紧对着竹林，鸟鸣三两声，显得分外清静，雅致。早上，崭新的太阳透过高高的窗棂投下光柱，无数灰尘在斜射的光柱里闹腾起舞，陪着二十多个孩子拖腔拉调晨读。芙初虽说与黄先生家二儿子黄融之都在初级班，其实，高级班的那些课，她也能听得懂，许多文章都背诵过。两个班都以古诗文教学为主，讲楚辞《离骚》，讲《论语》《孟子》和《古文观止》，初级班所学的，也是论说精华、模范作文等课程。

另外，还有几个讲外乡话、腰里插着短枪，乍看似一帮泼皮的精干青年也搭伙住这里，他们是新四军战地服务团的，白天外出做抗战宣传，夜间回来住宿。其中有一个白净脸面叫邵运柏的天长人，说话带点苏北侉腔，有时也来给"花山国学研究社"讲课。讲《战国策》特别引人入胜，喜欢打手势，面带笑容，眼睛盯紧你，慢声细语，循循善诱。

有人问，你们几个外乡人怎么会来到这里？邵运柏挺直身子回答颇让人受鼓舞："国难当头，中华儿女抛头颅，洒热血，抛妻别子，背井离乡，踏上救国救民之路……我们别无选择！"让人不解的是，这个说话做事皆有板有眼的外乡青年人，却对江南乡村的目连戏极感兴趣，不晓得打哪找来一本残缺的手抄唱本，认真审阅，用笔勾勾画画，抑扬顿挫、停腔过板地学唱，并说大场面"花目连"许多唱腔和平台①京戏是相通的。

逃难来的人中，有个黑瘦的老吴，不知原来是做什么营生的，也无家小，就寡汉条子一人，住在后面村子一间闹鬼的凶屋里。据说，那屋子一到夜深人静时就有女人低声抽泣，还有推倒桌子板凳的声音……老吴不独胆子大，脾气更是好，喜欢抹纸牌，没事就跟一些老头老太抹，一文钱一把，输赢不大。一些小孩子见到他过来，就开心地喊："老吴，我们抹小牌！"明知小把戏拿他开玩笑，也不恼，总是口里乐呵呵地应声"好哇"。有一天，老吴正在牌桌上尽兴，却被邵运柏过来叫走，剩下那三人便再没能等到老吴回来。后来才听说，这老吴原是五十二师放过来的一个"坐探"……好在那时国共合作，故也没受什么为难，只是他自感真容被识破，再待下去也无趣，便拔腿走人了。

老吴刚一消失，一桩传闻却像一碗水倒入滚油锅一样炸开……月余

① 平台：即京剧。

前，老吴介绍了一个圩区来的油贩子将两桶菜籽香油卖到了花山，现在才知，那油真能要了人的命！原来，下北乡奎潭湖边一个油坊老板的儿子结婚，因为那里离芜湖近，办喜事的下午突然来了一队鬼子，人们四散而逃。两个年轻的油坊伙计遭鬼子开枪打死，一对新人也双双失踪，油坊便歇业做不下去。老板只能将油柜里的存油陆续抛售，直到油柜见底，才发现里面躺着男女两具尸体，身上都留着许多伤口……因为吃了这种香油，圩区那里已引发一场吐黄水的瘟疫，死了不少人！

按照三老爷吩咐，黄家赶紧在水塘边架起一口大锅，把采来的忍冬藤、野菊花根杆洗净，加上参芪、桂附、牛膝等一起投里面煮，凡食过那种香油的大人小孩，皆拿碗来舀汤饮……连饮了多日，方才无事。

秋天深了，蓝空一碧如洗，雁阵南去，什么都留存不住。

下学后，芙初喜欢搬张小竹椅，坐在大屋西边墙角看书。累了就抬头看看爬上墙头的扁豆花，那一串串浅紫淡黄的小花开得才好哩，像一只只欲栖犹飞的蝴蝶，也许一不留心就飞走了，你正担心呢，"啪"一声它竟轻轻地掉了下来。身边鸡在觅食，秋蝉在轻吟，远处有一只小牛在哞哞叫着，也许是在呼唤妈妈吧。

芙初一点不怵文言文，包括策论在内，但内心里更喜欢那些口语白话文，记得二年级国语课文里有一篇《秋天的鸣虫》："秋天的野外，杂草很多。有的开着花，有的结着果。瞿瞿瞿！唧铃铃！到处有虫叫，声音很好听……"

节气已过霜降，水塘里那些原先被茂密和葳蕤催逼着的荷叶，全都枯黄，有的已斜沉入水。霜与深秋，都落地无声……水面的芙蓉没有了，但塘边花圃里一排丈把高的芙蓉树，倒是开出热烈酣畅的红花，宛如一堵花墙。三老爷黄子高说过，芙蓉花是他们老家湖南的标识，每到深秋，湘水两岸就繁花似锦，要不然，湖南怎么会有"秋风万里芙蓉国"的传颂哩？芙蓉花大而妩媚，聚于枝梢，重重叠叠的瓣，围着中间一柱黄蕊，细长的梗，似不胜重托。其叶也大，掌状，有裂，两面带毛，叶脉清晰，包着萼片的花蕾藏在密叶间。那些大的蕾，就是芙蓉之初吧，如握不住的粉拳，露出浅浅一裂轻红……开出的花，会有心事变化，早晨淡白粉红，傍晚会变为深红。

姐姐又像云朵似的飘回来了。姐姐一回来，屋内窗外，整个世界都亮堂起来了。姐姐也是见这妹妹太恋着自己，才开导她说："以前的女子，十二三岁就已是大人，许多事，都是自己担待。林黛玉初到荣国府，点点大一个人，悟了好几年事，才不过十二三岁吧，正是眼下你这岁数。"

"哦，怪不得她那么多愁善感……处处通着人情世故。"芙初跟着姐姐走到屋外水塘边，眼望着荷塘边的花树，心里忽然起了一层迷惘。

姐姐感受出了芙初的心事，也朝那里望着，回过头问道："莲与芙蓉，可谓《红楼梦》里出现最多的花，它们是同一种花吗？"

"这你考不着我——王昌龄诗里'芙蓉向脸两边开'，那是水芙蓉，水芙蓉是夏花，木芙蓉是秋天开的花。"芙初嘴角挂笑，定定地看着姐姐说，"芙蓉原是水面莲花的别称，后来，这名字就让给了开在树上的木芙蓉。今人对莲花一般不称芙蓉，芙蓉只是木芙蓉。姐姐，你是出水莲花，这可有点亏了呵……"

"怎么就亏了呢"

"不容于霜天呀。'千林扫作一番黄，只有芙蓉独自芳'，菊花不怕霜，但木芙蓉还开在它后面，那可不是来给繁华当陪衬的。就因为晴雯有傲气吧，所以在《红楼梦》里她做了主管木芙蓉的花神。"

"黛玉也是芙蓉花神呵……如果晴雯是芙蓉，那黛玉就应该是莲花才对，怎么会用一种花同时比喻两个人呢？"

"写书的人喜欢上那个人，就拿几种花草来比喻她，而同一种花草又可拿来比喻多个人。黛玉除了是芙蓉，还是菊花和竹，在《葬花吟》里，又成了桃花；探春是杏花也是玫瑰，湘云哩，是芍药也是海棠，梅花除了是李纨也是妙玉，莲花是香菱也是苦命的迎春。惜春出家了，就住在藕香榭。如此，姐姐的莲花，又是出家人的花……深秋时，大观园里的荷叶枯了，宝玉想叫人拔去，却因为黛玉最喜那一句'留得残荷听雨声'，于是就把一池枯荷都留了下来，当作风景看。"

"我这个妹坨呀，就是个人精……太巧灵搬翘咯！"姐姐学了一句湖南话，伸手在芙初鼻子上刮了一下。"姆妈宠你惯你，让你看《红楼梦》，但是应少让外人知晓，在黄家也不要提……世人眼里，《红楼梦》涉嫌诲淫诲盗，不是女孩子该看的书呵！"

有一只黑色水鸟从水塘深处出来，踏着残荷一阵助跑，扑棱棱飞起。

添火除夕
俗味好

早上，姆妈又去村前土地庙烧纸。罩着小庙的那棵乌桕树，经霜的叶子已呈深红。

芙初拿了本从黄晰之那借来的丰子恺的《缘缘堂随笔》，坐在灶下边看书边烧锅煮稀饭。这本书写得真好，不起腔拿调，语言亲近随和，易懂，犹如无所不通的知己。著者总觉得"儿童是最淳朴、天真的，他们没有掩饰自己，而是将全部想法说出，并喜欢通过自己的方式方法解决问题"。正是因为此，著者最喜欢的是孩子，最不希望他们长大，变成另一种让人失望、厌恶的人。从文章《渐》中，明白了为什么人们会在不知不觉中衰老，成长，发展……是因为"渐"，让人们在不知不觉中度过，只有认识到"一刹那便是永劫"，方才越发感慨人生短暂！而《生机》一文，则是通过借物喻人，借水仙花三次垂危、最后绽放花朵，比喻人要生机不灭，才能不断开掘新境。著者还从行进的车厢中看到了世人的自私自利，社会的黑暗……太多经典的故事在丰子恺笔下写出，太多深刻的感悟在文章中蕴含，令人耳目一新，如行走春风拂脸的花径上。

书看得有味，火烧得很旺，可就是没有在意到米汤早已溢满灶台，锅里水干，不再冒热气，而是冒黑烟了……待到一股刺鼻的焦煳味飘出屋外，散布空中，有人扯开嗓门大喊：谁家的锅煳了？芙初从书上抬起头，看到锅里已蹿出火苗，彻底发了蒙，不知该怎么办……说时迟那时快，从外面冲进一个人，抓起旁边半桶水一下浇到锅里，随着"轰"的一声响，火头浇熄……芙初吓得不敢动弹，听凭腿肚子在那抖个不歇。

这个救火的人，是长脚伯。

长脚伯是长三师傅的哥哥，也是黄家长工，他自己家就在围塘外一处高坡上。白天到田里干活，晚上就同另几个长工轮流值守睡在荷塘中那个卡子门小屋里。那天，正是他抛出钉耙，从咆哮的深溪河里救出落水女孩国瑛子。长脚伯还是一个神秘的猎神，田里活少，就背起扁篓提杆老铳带了两只细腰长腿的攘山狗外出打猎。冬天时，他的膝盖上会包裹两块灰黑的獾子皮。只要他一进山，就有野味带回家，什么野兔呀，獐子、麂子，大的小的从没空过手。有一回，长脚伯派家人送来一小罐炖得热气腾腾的豪猪汤，说是吃了这东西就会不生疖子不生疮……罐子里是几块半沉半浮、半精半肥的豪猪肉，浮面上漂着一层豌豆大的油珠，散发一屋子腥膻气味。

冬至前，姆妈把自己种的白萝卜从地里挖起，洗净，切条晒干，拌上盐、五香粉还有辣椒粉，揉搓软熟，捺入坛子里。十数日回了味，取出浇上少许熟香油，吃在嘴里又脆又响，故名"萝卜响"，极能下饭。

进了腊月，菜园和路边的草地上覆盖着厚厚的白霜。来花山逃难的人，或继续往屯溪那边去，或掉头返回当日本人"良民"，都走得差不多了。已是一年最后的季节，山林并不萧瑟，依旧是满目的绿，只是绿得有点暗沉，不再是夏天那般鲜青繁茂的翠绿，就像刚刚分娩过需要养息的女人，略显几分憔悴。

农活也闲了，虽是笼罩在战争阴影下，但人恶天不恶，乡民们仍是带着丰收的喜悦，忙着车鱼塘，杀年猪，蒸阴米，磨豆腐，做团子和做糖。黄家门前荷塘车干，鱼捉上来，藕挖出来，还要吊几锅烧酒，都是长三师傅领着人操弄。先将白米淘洗干净，倒入腰子盆里用清水浸泡一夜，然后放到蒸屉里，灶膛里烧着根菀烈柴，满屋子水汽搞得像是澡堂子。蒸熟煮透，掀着蒸屉倾倒在一张竹簟上，晾到不烫手，装缸发酵。

长三师傅有一个中药店里用的叫作"戥子"的小白杆盘秤，专门用来称酒曲的，这酒曲的分量，还有下的时间、温度，都得算准用精确，就像伺候一位脾气不太好的长辈一样，打不得半点马虎眼。七八天后，接酒入坛，坛有一人多高，上着一层亮亮的黄釉，坛口用一个大沙袋压着，旁边钵子里放着酒端子，随舀随喝。黄家要杀好几口猪，凡是来吃杀猪饭的长工师傅和佃农，都能带回一刀肋条肉，还有几块猪血和一大块猪油。

黄家送给芙初一双木底加齿钉的木屐，鞋帮上了桐油又高又硬，雨雪天也能外出了。村外的路上，走过一拨一拨的人，他们多是些商贩、掮客，更多是打年货的人。这时候，办喜事的也多，"腊八日子好，姑娘变大嫂"，小道上常常出现一队人，抬的抬，挑的挑，吹吹打打。新娘走在队伍中，红鲜鲜的衣裳，惹人注目……毕竟是兵荒马乱的，养育着姑娘的人家，心里担着几分不安，早点结亲，早点安生，总是没错。

腊月十七正式拉开过年的序幕，家家户户以竹枝扎成长帚，掸除屋内灰尘，七掸金，八掸银，九、十掸灰尘。腊月二十晚上，在围子正中空地上架起干透的烈柴，天黑后点起了好大一个火堆，孩子们围着火堆跑跳嬉乐。大人则把咸肉从缸里拖出拿到火堆上熏，油星滴落，啪啪炸响，扑鼻的香气，把围在一旁打转的几条狗都要馋疯了。腊月二十三，姐姐回来，这天正好是"送灶神"，灶台前摆设供品，烧香，焚化和尚道士送来的木刻"疏文"，并贴"上天奏好事，下界保平安"对联。腊月二十四过小年，黄家把一个生铁铸的小香炉抬到场地中心，里面点上香。有小孩子唱"穷光蛋借钱不还"的顺口溜寻乐子："二十七莫着急，二十八再想法，二十九有有有，三十晚上不见面，正月初一拱拱手……"

除夕的下午，张贴年画、对联。姆妈用黄家送来的两只鸡还有姐姐从纸槽带回的一刀肉和炸圆子烧了好几碗菜，一盘整条鱼，摆在桌下方叫作"鱼戏上游"，表示年年有余，这盘"看鱼"要一直留到正月十五过了小年后才能动。吃年饭前，烧香敬祖，姆妈不免走了一会神。饭后，姆妈炒了花生和葵花籽，煮了五香蛋，给芙初包了"压岁钱"，说是过一年长一岁了……半夜子时一到，开始接年，开财门，放鞭炮迎财神。初一早上，姐姐领着芙初先去给三老爷磕头拜年，三老爷高兴得红光满面，拉起芙初的手给塞了个红包。接着又依次去黄先生和其他几家拜了年，吃花生和糖点，吃"元宝"五香蛋等。

黄先生正巧是正月初二生日，大家初一给他拜年，初二接着拜寿。大清早，一帮小孩子各拿一个黑木瓢，瓢柄上栓一双筷子，在盆上敲，边敲边念叨："瓢儿哥，瓢儿神，今年过年要显灵，保佑今年好年成。今年年成好，还你大棉袄；年成不太差，还你大红花！"过年三天不下生（米），不扫地，不倒垃圾，说是留住财气。再往后几天，大家则会唱："过了三天年，还是原还原；过了初四五，还是一样苦；过了初七八，豆腐渣都没一沓……"

其实，过年的日子里，还是蛮热闹的。虽然没见到堆罗汉、玩龙灯的以及划旱船的，但踩高跷和挑花篮的还是来了几拨。大狮子没动静，倒是常有那种一人舞的小狮子过来蹦跶。小狮子谑称"讨饭狮子"，只有一个狮头，下边用一些五颜六色的彩布头遮着，舞狮的动作也简单，这边扑扑、那边跳跳，翻几个身，打几个滚，旁有一人敲小锣配合。你眼都没眨几下他已舞完，敲锣人收了赏赐，弯腰道声谢，舞狮人把狮头一收，夹在腋下就走。

初十这天，黄家来了位重要客人张和声，是过来给三老爷黄子高拜年的。张和声身材魁梧，额头丰隆圆润，快近六十岁了吧，胸前飘着一把灰黑大胡子，手头不离一根拐杖，隔着几间屋子都听到他大嗓门说笑声。平生风义，为人景仰，关于这位名声显赫的湘籍耆绅宿老的传闻很多，众人皆知他曾经做过安徽省政府秘书、泾县知事。他在叔父张雪樵影响下，倡建了陵阳的湖南会馆，后来，凭此会馆又办起郁青学堂，还利用会馆资金创办了本县首个藏书逾万册的南园图书馆……民国二十三年，陵阳遭遇百年未见的大旱，山乡水塘皆干得底朝天，龇着一道道裂缝，螺蛳虾鳅死尽，田禾能点着火。得亏张和声与弋江镇一个叫李振亚的大绅士出面组织"旱灾救济会"募款赈济，继而组织"耕牛贷款"救济，并亲自赴沪筹集资金，向安南购大米数十万担，方使全县十三万民众免于饥馑。

中午在"莳园"那头廉叔家吃饭，廉叔的堂客是张和声堂妹子，自然是十碗八碟款待娘家哥哥，三老爷和黄先生皆作陪。因为父亲李智琛在世时与张和声及黄家老一辈四兄弟都是交好，吃饭时，姆妈和姐姐以及芙初也被叫过去坐了一桌。彼此原先皆熟识，倒也无甚拘束。

席间，张和声问了一些生活上事，安慰说先在这里妥妥住下，没得关系的，有这些湖南老乡在，长子弯弯腰，矮子踮踮脚，难事众人一起扛嘛！你自己可别喝西北风打饱嗝——硬挺哟……说得姆妈直点头，眼里满是感激之情。正说着话，大门外来了个龅牙瓦刀脸的干瘪老头，先朝屋里人一鞠躬，把一张巴掌大的印有财神头像的小纸片贴到门框边，口里连诵吉语："财神到，恭喜你家今年好收稻……财神来，你家今年发大财！"廉叔待要起身，黄先生已抢先从口袋里掏出赏钱递上。张和声哈哈大笑，用筷子点着主人打趣道："搞么子，你这是未见招财先退财……送财神的人也太瘦了哒！"廉叔端起杯子，连喊"活（喝）酒""活（喝）酒"。

过完年，就是一九三九年春天了。远处的山头上还戴着白雪，太阳却已暖融融的活泛开来。长脚伯搬出去年秋天收的芦粟穗头，先用棰棒将那些没有籽粒的穗头棰软熟，整理成形。然后脱下长袍一样的棉袄，只穿一件灰白色小汗褂，拿一截细麻绳，一头在脚上绕几圈踏紧，一头叼在嘴里，捡几枝穗头往绳子里一缠一绕，跟着由下往上一转，勒紧，打个结……再缠，再勒，打结，拴扣。最后，拿起一把锋利的镰刀把那些毛糙的芦粟穗尖滋啦滋啦地削平整，一把扫帚就完工了。长脚伯连着做了许多把扫帚，整整齐齐摊放在太阳下，谁看中，就可以拿一把回家。

姐姐的堂弟黄先启从塌里黄赶过来，与姐姐一道回泾县小岭纸槽那边去。黄先启是复旦大学历史系毕业生，淞沪会战时，多次率人请缨上前线，他个头不高，说话嗓音略显低沉，吐字落音清晰，每次来都会告诉芙初许多新鲜东西。特别是一些关于新四军的话题，非常吸引人。感觉他跟姐姐与城里保持着相当密切的联系，城里有什么事，他们立马就得知。

姐姐走时，姆妈烧了一些菜让他们带上，还有一些糖食糕点，放在一个竹篮里，都由黄先启提了。在灿烂的阳光下，姐姐迎风而行，姿态沉稳而优雅。

二月二，龙抬头，乡下历来当节日过。要是在往常丰年里，民间流行吃"春酒"，也叫"接春酒"，亲友、邻居互相礼请，你请过来，他请过去，一请一大桌，热闹非凡。

但这也是青黄不接的季节，尤其是战时，地里许多出产卖不了，山林里扒不出钱，日子过得艰难。花山的黄家就开仓济赈，远近村子穷困户都带着箩袋来领粮。不久，新四军驻军和国民政府三里区区长联手召集开会，宣布成立"抗日动员委员会"，一致推举黄先生承担文字工作。接着就把青年与妇女组织起来，分别成立了"农抗会""青抗会"和"妇抗会"。

阳春二月，懒洋洋的和暖小风吹到脸上像鹅毛搅，把人撺掇得瞌睡眯眯。邵运柏从外面带来几个人组织成立了皖南抗日剧团，先后在象山、童村演出《放下你的鞭子》《插秧歌》《电线杆子》等剧目，控诉日军暴行，教育和鼓动群众参加抗日斗争。

山里最亮眼的季节莫过于末梢上春天了。漫山遍野的杜鹃花，红得像火，连绵不断，像早晨的云霞，把人的脸都映红了。这山，那山，近处的，远处的，都是那么红红的，像一片片彩云飘浮在山的世界。

首创陵中
在蒲塘

　　四月末的一天，姐姐特意赶回来，告诉大家一个消息：陵阳有史以来第一所新式中学马上就要在这里诞生了！

　　原来，春节期间，城里"抗日动员委员会"召开会议，讨论到教育问题时，陈璞珊的父亲陈夺声发言：一个具有悠久历史文化的江南名县，不能没有一所中学，何况社会已发展到今天……为解决战时青年升学之困难，并使外出归来的大学生有报效家乡教育之场所，一定要创办一所初级中学！此声一出，众皆附议，一致赞成建校，当场便有人报上捐款、捐田数目。考虑到县城常遭日机侵袭，为隐蔽安全起见，学校肯定要放到偏远乡下，最好是有林木遮掩的山区。经过一番考察，决定将校址选在大花山下深溪河边的蒲塘曹村，遂提请在"花山国学研究社"教书的陈璞珊、王明孝等人立即筹备建校。

　　正说着话，黄先生和廉叔来了。他们亦已得知讯息，说当地民众对办学校都很支持。蒲塘曹家族长曹耘天，带头将一排数十间有骑马楼的老屋腾出借给学校。虽为屏风土墙，倒也宽畅，内部稍加整修，添置门窗，亦颇适合用作战时学校。有的乡民还将家里的正屋、厅堂让出来，做办公用房、食堂和寝室。一大批外出回乡的有志青年，也集中起来，摩拳擦掌，听候差遣。

学校办到"家"门口，无论如何都是天大的好事！姐姐也想过来，但她有合约在身，尚须到明年夏才能解除。

姐姐领着芙初踏上石拱桥往村里走，桥由一块块磨得光滑的长条石砌成，十多丈长，两边有矮栏，从高处朝下看，水在很深的低处静静地流淌，泛起一个个幽暗漩涡。桥下不远处，搭了个很大的凉篷，供人歇脚，景致好，风习习吹着，大约也是村人聊天议事处。进了蒲塘村，村子不算大，村前立着一棵大树，树下有一口水井。几个熟人过来同姐姐打招呼，他们指着一个不大的池塘说，这就是蒲塘，当年曹家迁来此地，开挖了这口风水塘。姐姐和芙初走入曹家大屋，找到钉着"招生处"小木牌子的一处偏屋，报了名。

回家后，姐姐又找来一些复习资料，叫她抓紧先看看，准备报考。

开考那天，天上飘着薄薄的云，很凉爽。一大早，外地的考生就陆续赶了过来，都是由家长陪着。

一个穿中山装梳二分头的人"嗖嗖嗖"吹响哨子，大家走进一间大屋子，里面有两扇大屏风放倒横架在长凳上做课桌，各人在四围寻了座位坐下。芙初先有点紧张，心头怦怦跳着。第二阵哨音吹响，走进来两位老师，发完试卷，将屋门关上。虽然头顶上有亮瓦，但屋子里还是有点暗。芙初展开试卷，迅疾看了一下题目，嗬，好几题都是熟悉的。用"舍生取义""公而忘私""山清水秀"等词语造句，复写岳武穆"精忠报国"故事……作文题有两个，都很长："沙堆是一粒一粒积聚的，学问是一点一点积累的""我是中华民国人，我爱中华民国；中华民国现在虽然不得了，但是将来一定了不得"，可任选其中一题附议，写出一篇短文。

这很像策论题，芙初倒是心里有底，很快镇定下来。她选了后面一个题目，下笔有言，而且施展得开。

下午考算术，难度也不是太大，试题都做完，估计及格以上分数没问题。

第二天傍晚，刚下过一场湿地皮的小雨，芙初坐在门口看书，陈璞珊来了，笑吟吟地说："李芙初，恭喜你考中了！"

　　三天后揭榜，芙初赶去看。在甲班那张墨笔抄写的榜上，第三行中看到了自己姓名。榜上还注明，外地招来的学生住校，本地学生一律走读。再看了一下名单，"花山国学研究社"的同学几乎都在，是整体并入，其实芙初不须考试也能转过来的。因为原来的书包未能从家带出来，姆妈就用粗纱手巾和一截帽带给缝制了一个精致小书包。

　　那一次只是补考，因为月余前在县城东乡新塘汪村就已经招考了四十六名学生。加上这后来补考录入的，总共招了近百名新生，编为两个初一班级，校名定为"陵阳县初级中学"。领了课本，是两册油印线装小册子，另有两本极粗糙的练习簿。还有一册《初中常识课本》。语文共有四十篇课文，最后几课都与抗战相关，第三十六课内容仅一句话："日本兵是强盗，杀我们同胞，烧我们的房子，我们要把他们打倒！"课后有"学习指导"，列出三项内容：一、听老师讲日本兵杀我同胞的情形"；二、到日本兵轰炸过的地方看一看；三、想出几个打败日本兵的法子。

　　九月十五日，学校正式开学了。村中禾场上，一个黑脸矮矬人手举着白纸壳话筒讲话：

　　"同学们……我们陵阳有史以来第一所县办中学诞生了！校舍是曹耘天先生及曹氏族人无偿提供的，教材是我们教员自己编写的，许多教学用品是从花山国学研究社带过来的。从现在起，大家就能在一起学习知识，讨论国事，磨炼意志。虽然条件艰苦，但教员热情焕发，相信学生定能认真学习，师生融洽相处……读书方能救国，救国更须刻苦读书。在这个烽火连天的抗战岁月里，有这样一处世外桃源，供我们安放宁静的书桌，安放知识和良心，真的是很不错了！"

　　接着，他介绍了学校一些情况，经费来源主要是靠士绅捐助，以及原春谷公学田产和少量收取的学费，县财政虽有拨款，却其量甚微。由于战事吃紧，供应困难，学校只得自力更生，白手起家……因此，要求全体师生务必珍惜这来之不易的学习生活！

　　讲话的人就是王邦校长。不过，是临时兼职的，他还有个主要身份，是县党部书记长，怪不得有这般好口才。全校共有七名老师和两名职员，课程均按战前标准制订。教导主任陈璞珊负责全部校务，事务主任叫李名洲，就是考试那天穿中山装梳二分头吹哨子的人。校舍虽然简陋，但周围青山环抱，景色宜人，让人感到安全。

陈璞珊和王明孝等人仍住在黄家屋里，每天吃过早饭后，芙初与黄家的几个学生随着老师一道去蒲塘村学校。

后来，陈璞珊和王明孝两人移住学校，芙初便常常独自上学。从花山黄家到蒲塘曹家大屋，有三四里路。早晨，穿过一片田畴，抄近道赶往学校，每次从深溪河木桥上走过，心头总要发跳。那桥实在太高了，中间最高处离水面足有一丈开外，颤颤悠悠，两边没有抓扶的。特别是当夜里下了大雨，早上过桥，下面的浊水带着令人眩目的漩涡翻腾而下，桥上又湿又滑，只好横着脚移动碎步走……害怕脚底一打滑，一头栽下去就被急流冲走。姆妈要芙初从上游的石桥过，但那得多弯上数里路。所以每次总是口里应承着，出了门，回头看看姆妈没在身后盯望，就又抄近道上了木桥。

平时，深溪河水很清澈，挽着裤管也能涉过，还能捡到漂亮的鹅卵石。近岸浅水处，水草茂密，时有气泡往上冒，不是沼气，便是鱼儿放信子。隔不多远，总是有条水沟朝河里流着细细的水。因为有小埂拦着，沟里的水倒是很充盈，掩藏着小鱼小虾和泥鳅什么的，在那些开满白花的小飞蓬的根脚底，水线边洞穴或石罅清晰可见。时常能看到一只小小的溪蟹堵在洞口，安安静静、矜持有度地享受休闲时光，有时则像刷牙那样吐出一小堆白色泡沫，因为太小，很少有人着意去捕捉。你看它参悟好了，就开始动弹不歇，好似在做体操运动，四肢舒畅之后，便四平八稳地横着身子往外爬……有时候什么东西也没有，只看到洞穴周围水色有些浑浊，肯定是那小东西出来觅过食了。附近总有一些田螺静静地沉守沟底，即便有一只受了惊吓的青蛙扑通跳进水里，田螺仍然纹丝不动，仿佛老僧在打坐禅。

夏秋季节，乡下瓜果蔬菜多。草垛上趴着大南瓜，矮树枝上缠着一串一串紫扁豆，茅屋后挂满丝瓜。大人们随手摘一只南瓜，扯一把扁豆，再摘几根丝瓜，放到篮子里，让芙初带回家。

冬天到了，草叶上铺着白霜。晴天好，要是下雨就愁人了，那双木屐桐油鞋在雨天里越穿越沉，走到硬地上就咯噔作响。班上有人脚穿那种黑得发亮的胶鞋，一看就知非常轻便柔软。芙初每次进出教室，脚上总是尽量提着劲，轻提轻放，唯恐响声大了引人耻笑。

那天，王邦校长再次站在村中禾场上，给全体师生上了一堂时事教育课。这回没再举着那个纸糊的话筒，他声音沉宏有力，讲完欧洲战场形势，又讲了前不久中国军队发起的冬季攻势，第三战区发起陈家大山反攻战役，与日本军队争夺长江防线。负责铜陵至贵池沿江防务的川军田冠五部新七师，一直在长江南岸铜陵、池州、木镇、贵池等处与日军逐城逐地反复争夺，激烈拼杀。这次反攻陈家大山，攻坚部队上去三千人，只回来几十人。日军更是被打得尸横遍野，伤亡惨重，从南京紧急调遣大批部队增援，并出动多批飞机狂轰滥炸，方才勉强守住了陈家大山。是役，虽未完全拔除日军长江南岸据点，但是大大动摇了其江防部署，牢牢掐住日军在长江的咽喉要道。田冠五将军为阵亡将士题书碑亭楹联，也是能令鬼神泣血了：

　　赤心报国，赤血涂身，誓扫胡氛卫赤县；
　　青史流芳，青山埋骨，永存浩气贯青天！

一战而后，日军再也无力向皖南腹地发动攻势，中日双方陷入胶着状态。

乡下的第二个春节又到了，姆妈特意给芙初做了一身新衣。

布谷叫，柳丝长，很快就到了春深时节。村里村外，田边地头，一树树洁白晶莹的花朵在风里招摇，老远就能闻到醉人的清香。每年三四月里，对于乡村来说是一串忙碌的日子，沟渠里流水淙淙，犁田打耙，种瓜种豆这类事总是忙个没完。在这样的气氛里，大片大片的槐花，似乎一个早晨就忙乎着全开了出来。

学校又增添了一个春招班，军体、唱歌之外，还新开设了一门绘画课。但是，好景不长，早稻种子刚撒下田不久，有一天正上着课，忽然李名洲主任在外面大声喊："快，快！同学们快散开……快往树林里跑！"话音刚落，头顶便传来嗡嗡响声……有飞机飞过来了，先在村前丢下两颗炸弹，炸出了两个深坑，另有一颗炸弹投到村中，将学校的一处下屋震倒。所幸师生躲避及时，未受伤害。芙初跑出来时，看到弹坑还在冒烟，村中有个女人被炸弹震昏，左脚鲜血淋淋，右肘一片血渍，披头散发躺倒在废墟旁，有几个人围着号哭。

村中不能待了，学校就把学生带入黄家墓庐树林里，分散教学。墓庐住着专门看管墓园的佃户，把黑板挂在树上讲课，其屋正好可作老师们临时休息处……但鬼子飞机竟然又飞到林子上空炸了两趟。

鬼子飞机为什么长了眼睛一样直扑这里？一定是有人指路的。村里来了几个穿中山装戴礼帽的人，向人打听情况。经人指点，三天后，象山那边一个叫五槐的家伙给抓走了。五槐一只眼睛有玻璃花，是个挑着担子卖豆腐千张同时兼卖灯盏和灯芯草的小贩，就是他贪图钱财当汉奸，偷偷放烟火向日本鬼子泄露校址，引来飞机轰炸。

刚刚成立不久的战时学校，遭此劫难，只好宣告解散。

芙初想念好友傅菊英，正好长三师傅要去县城收拾黄家大屋。芙初就跟他一道回了一趟县城，城里已是模样大变。因为惧怕日本人来攻城，民国二十八年，县长王建五下令民工将城墙扒掉，附近各条大道挖成大坑小宕……原来平坦的大道，变得崎岖不平，寸步难行。民众有苦难言，县内士绅也很不满，士绅孙奎挥毫疾书一首《挖路歌》以泄愤懑之情。歌词是：

> 挖路、挖路，莫知其故，传令来，派伕去，昼夜拆城挖路，千锄万锄不停住；可怜环城大道，顷刻摧残不忍睹。左挖一深坑，右筑一高墙，策马障前驱，行车碍后步；遂云敌寇莫再来，一径能抵三车御。吁嗟乎！此不是长途，定属庸人虑！此不是良谋，恐出狂夫主……吁嗟乎！以此论安危，在人不在路。

傅菊英已养起了麻花辫，辫梢上系着粉色蝴蝶结。她神秘地告诉芙初，自己有个表姐，大姨家女儿，念过几年私塾，现在是战地医院的看护，医院在桂山那边。风和日暖的天气里，她俩来到桂山看望伤兵。野蔷薇花漫山遍野地开着，路边的一面山坡都给染红，美极了。

这是当地大户人家一个院落，很大，到处摆着病床，约有百余张，躺满缺腿少胳膊的伤兵，都是陈家大山反攻战役中抬下来的，旁边还有不少拐着瘸着走动的。他们在呻吟，在痛苦地挣扎着，腐血和消毒水混合的气味弥漫在空中……见到这些伤员，芙初既害怕又敬畏。她由一个窗口往里看了一眼，腐血和消毒水混合的气味弥漫在空中……见到一个穿着白大褂的医生背对窗口一下一下在拉动什么。拉了一会儿，直起身子大口喘气……待觑真切，芙初差点失声叫出，原来他是用木锯为伤兵截肢，有个女护士在旁边帮助握住将要截下的血淋淋残肢！

在这里，她们并未找到当看护的表姐。听说翻过马仁山往繁昌县赤沙那边去，还有所大房子，是新四军的战地医院，里面不仅有医生、看护，还有办公室。芙初问傅菊英，还记得那个叫"什么……什么特来"（史沫特莱）的洋女人吗？那回骑着大白马出了陵阳城，听说就是到那个战地医院采访的，后来写了一篇文章发表了，在国际上影响很大。

傅菊英则讲了一个凄怆悲壮的故事，是关于她那个当看护的表姐的……表姐温柔体贴又浪漫多情，她第一任丈夫是个本地的连长，战死在宣城寒亭那里的一处山头上，炮弹把土都炸翻了，像犁田一般，尸骨无收。隔了一年多，在暮春四月的一片槐树林里，她又送别了第二任丈夫，是川南宜宾人，一个比她还小一岁的口琴吹得很好听的营副……那一树一树的槐花，开得好繁呵，风一起，雪片一样的白花就落了俩人一头一身，地上就像铺了一层白毯，一层白毯呵……

"高高山上一树槐，手把栏杆望郎来；娘问女儿望啥子？我望槐花几时开……"在傅菊英轻轻的哼唱声里，透过泪光，芙初仿佛看见了馥郁的槐花树下，一位盼郎归的美丽女子正在翘首远眺。

寄住峨岭补习班

　　世事变易，黄晰之不去水阳江那边十二临中了，改去泾县潘村营读书。芙初不甘心在家待着，就去峨岭牌楼张和声家办的补习班学习。

　　张和声一心要搞乡村教育，为乡村建设培养人才。这个补习班收了二十来个学童，都是湖南人子弟，所有开销也是张家负担，一天三餐吃得非常好。姐姐特意回了一趟家，将芙初领过来。正好还有个同行的人叫熊茂声，高个子，长脸，有点病骨支离。他也是湘人之后，原来在花山国学研究社当过先生，特别喜欢讲屈原："没有我们湖南的沅水、澧水，哪里还有《离骚》？"有时也不管下面听懂听不懂，讲着讲着就在微微喘息中吟哦起来："日月忽其不淹兮，春与秋其代序。唯草木之零落兮，恐美人之迟暮……"后来花山国学研究社的学生与老师转入蒲塘村陵阳中学，他大约是身体太差，落了下来。眼下已在牌楼这边教授了两个多月，这回是从花山取回暂存放在那里的换季衣物。两地相距，不到二十里路，三个人边走边聊，两个时辰就赶到了。

　　"野桃含笑竹篱短，溪柳自摇沙水清。"这地方叫童家村，属仪湖保。漳河紧贴着村子西边流过，河对岸，有几个孩子在沙滩上嬉戏，细碎的脆生生笑语一阵阵荡漾过来，应和着岸边捣衣声，仿佛又是一处世外桃源。

　　姐姐领着芙初朝一幢大屋走去，屋宅高大森严，有门楼，有围墙。墙头屋脚，水边的树上，都攀附缠绕着一种植物，瓜子状椭圆叶，开满重重叠叠的风车状小花，白白的透着些许绿意，还缀着晶亮水滴呢……一股幽幽暗香朝你脉脉送来。四下无人，芙初便问姐姐这是什么花啊？

　　一个穿着蓝黑色斜襟大褂略上了点年纪的女人打身后走上来，接口道："这叫卍字金银花，又称风车花，中药叫络石，能治跌打损伤。"她朝芙初端详了一会，忍不住赞叹，"好俊俏的小姑娘！叫么子名字哟？"

　　"……我叫李芙初。"

　　"从没有见过你嘛。"

　　"我从花山来……想到这里上补习班。"

　　"哦——"

　　这个模样不俗的女人，虽然脑后也挽着个巴巴髻，却眉眼清朗，透露着一种气质。芙初被她注视，一时便有点紧张。倒是姐姐说明了身份，并把家中情况略约讲述一番。人家一直面带微笑很认真听着，其间，插问了几句话，稍做思索后，又拉起芙初的手温和地说："你一个妹子，离了娘跟姐姐，跑这么远来念书识字，不是易事呀……这么着，你哩，就住这屋里，跟厨房里姚妈住一起。放心喔，姚妈干净，不扰人，会把你照顾得好好的。有么子事，你照直跟我讲。这里，我说话能算数……嗯，怎么样，还好吧？"

　　姐姐连连致谢。芙初乖巧，更是弯腰鞠了九十度的躬，行个大礼表达感激。

　　见着了姚妈，四十来岁模样，头上搭着蓝布帕，腰里系着黑围裙，虽然大脚片一走一歪，却果然是一个很安静的人。当即，姐姐把芙初带来的简单衣物拿到屋子里安顿好。这才悄悄告知，刚才这个女人就是张和声的妻子，叫翟达伦，也是知书识礼之人，帮着丈夫管理补习班。

　　在张家屋里和翟奶奶一起吃过晚饭，走出门绕到屋后漳河边散步。黄昏已经将西天涂抹得一派辉煌，前两天刚下过雨，漳河水涨上来，漫过了草滩，许多小鱼在水面上跳来跳去。有只放鹰子盆停在河边，旁边有乱石堆的垫脚石，放鹰子人也不知哪儿去了，几只鱼鹰却乖乖地立在盆沿上，鼓嗉囊，扇翅膀。河湾里金波闪烁，如开满鲜艳夺目的花，有一长溜竹排随波浮荡着……芙初便想象，应该有一个瘦削的读书人，手握书卷，伴着清风涟漪，在这里且行且吟。

姐姐陪芙初住了一晚。次日一早，芙初送姐姐到路口。姐姐尽情安慰她：张家名声好，就跟黄家一样，可以放心在这里住下。碰到什么人，或是遇到什么事，就说你是张家的亲戚。接着便讲了自己有一回走山道突然撞见两个汉子，眼睛直勾勾看过来……情知不好，可是已经没有退路，心头反倒上来了勇气。便迎着两人走上去，问他们刚才可看见了何百绍的轿子过去？两人摇头说没看到。呵，那好，我再撵到前头看看，你们要是见到何乡长轿子过来，拜托递个话，就说他老妹子在山口等他说桩事……

芙初忍不住笑了起来，说："姐姐哪认得那个什么何乡长，你是教我心里要灵泛，遇事别慌张。"

"嗯，是的。我们跟男人不同，出门在外随时都会遇上危险，必须时时警觉，保护好自己！"说完，姐姐在芙初头顶抚摸了一下，便转身离开了……越走越远，直至身影消失在转角处一片树林的那边。

补习班上课的地方在童家祠堂，离这里还隔着十来户人家。二十来个长幼不齐的学童吃住在那边，楼板一侧贴墙放着一卷卷铺盖。熊茂声也住在那，和他同住的一个矮个子先生叫张习文，教算术和体育。另外还有个教授种桑养蚕、果树嫁接和土壤改良等农业技术的姓刘的老师，家在附近，早出晚归。

上了几天课，感觉跟花山国学研究社没有多少差别，学得很轻松。芙初尤爱张家大饭锅底下铲出的黄隆隆锅巴，舀上一勺水磨红大椒浇在上面，不声不响能吃上一大碗。但这里有一门不好，老鼠特别多，猫都管不住，整夜像马队一样跑动，叫声也怪异，不是"吱吱"而是"阁阁"声。姚妈在床头放根棍子，夜间经常用棍子乒乒乓乓敲打床板，把芙初惊醒。姚妈说，老鼠在床头学孵鸡叫，是急着要成精哩……

张和声从县城回来了，一踏进屋，扯着嗓门便喊："达花！达花！"就见翟奶奶应声颠颠地从屋里跑出来……原来她叫"达花"，芙初捂住嘴差一点笑出声来！

那天晨间，芙初起来梳洗完毕，正要去童家祠堂那边晨读，走过客厅，看见张和声脱了黑对襟背心，身着白布衫，翻起白袖口俯身在写字，大胡子尖梢都快蘸到案桌砚台墨汁里。青砖的地面擦洗得干干净净，泛着耀眼的水光，桌上铺着一张大幅宣纸，墨迹也是淋漓未干。伸头去瞧，录的是明代于谦的《观书》诗，正好芙初背过，所以尽管是首尾勾连的行草体，但认起来并不吃力：

> 书卷多情似故人，晨昏忧乐每相亲。
>
> 眼前直下三千字，胸次全无一点尘。
>
> 活水源流随处满，东风花柳逐时新。
>
> 金鞍玉勒寻芳客，未信我庐别有春！

张和声见这小姑娘歪侧头看得很入味，就试着让她念几个字，没想到竟然一字不落全读了出来，大为惊奇。

离牌楼五里开外的峨岭街口，有峨岭大桥一座，是五拱石桥。这天从县城来了三个穿制服的人，带来一张王建五县长的手令，说是为阻止日寇南犯，奉命要将这座贯通陵阳南乡交通干道的大桥炸毁……他们已勘察好了，炸药很快就运送过来。消息一经传出，乡民们鼓噪起来，一片汹汹嚷叫声……这桥是他们修的，出钱的出钱，出力的出力，前后花了两年多工夫方才修成。有这么一座带五列分水墩的宏伟大桥，是所有南乡人的骄傲，现在要把这座凝结着他们心血与荣耀的大桥炸毁，心头怎不滴血呀！

仍然是张和声出面，他让人整出一席丰盛酒菜，领了一干乡贤陪着三个穿制服的人喝了大半天。终于把他们喝得面红舌头大，答应回去向县长建议，何人造的桥，何人自己动手扒掉，不劳县里费心。张和声又同众乡贤一起草拟一份《承担自毁峨岭桥责任保证书》，一一签名画押，交由他们带回。

临行前，领头的人提出向张和声讨字。张和声便让家里人送来一叠宣纸，抽出一张铺开，正蘸墨欲写，旁边人指出纸角有一条裂缝。张和声丢下笔，拿起宣纸看也不看一把撕碎。再换一张，仍有细缝，扯碎……一连换了三四张，最后写成"金声玉振"四个淋漓大字。写好，将笔一抛，墨点在地上甩出一个酣畅半圆，周围一遭人直看得大气也不敢出。

一个月后，县里来人检查，桥果然没有了，只见一片乱石黄土堆起的高丘，几道清澈流水自那下面涵洞处缓缓流淌而出。原来，张和声动员数百上千号人，另开挖一条河道，这边的大桥则挑沙运土堆埋了起来。那些晚上挑灯夜战，芙初他们二十来个学童，有的送茶水，有的帮忙传号令，两位老师直接参加挑土。

整个补习班，就芙初一个女孩子。童家祠堂那里，男孩子们住在最后一进高台上，打地铺，楼板上铺着一长排厚稻草。白天上课，晚上几盏如豆的灯前，大家凑在一起夜读。

张和声十分和善，有时捧着个擦得锃亮的白铜水烟袋呼噜呼噜吸上两口，他让芙初喊他"嗲嗲"，就是爷爷，喊翟奶奶"娭毑"。说芙初的爷老子李智琛字写得好，学问也做得好，就是死得太早，可惜了一表人才。

有一天芙初问他，为什么我们这里有这么多湖南人呢？

"是长毛把我们领来哒……"张和声抹了一把大胡子，看着芙初哈哈大笑，"你想想，要不是打长毛，你太公李成谋会从沅州芷江跑这么远来吗？能当到那么搬翘的大官？加太子少保衔长江七省水师提督，赐号锐勇巴图鲁，人称中兴名将咯……那时打仗，拼的就是水师！打完长毛，没了用武之地的湘军就地解散，我们祖上许多人便留在这里落地生根了。你太公苦出身，爷老子死得早，靠姆妈挖桔梗薯度日。姆妈死了，他一个放牛娃子无钱葬母，就用稻草包了下葬。后来跟人学打铁，练就了过人臂力。咸丰初，洪杨起兵，破武昌，沿江而下直取南京。曾大帅临危受命，建立水师控制长江水道，断掉长毛后援……你太公投水师当了一名伙夫，两军对垒，夜晚在船上吃黄烟——你不晓得，湖南人那是个个都要吃黄烟。黄烟管敲在船帮沿上磕灰，火星迸出，把大炮引绳点燃，弹药射出去，一下子炸掉长毛战船……这就立了首功。你太公身材魁梧，能一手竖大桅，寻常十几人都近身不得，打仗勇猛无比，弹雨纷集，从无骇色，加上脑子又好使，聪明练达，勤勉有加。这样的人要是想出人头地、青史留名，搬座泰山来也压不住！你太公原来名叫李三元，曾大帅为他改名李成谋，成事在天，谋事在人……人家还在靖港救过曾大帅的命嘛。"

但是，太公又是怎样与陵阳结下情缘的呢？芙初对此一直知之不详。张和声于是又为她细解缘由。

这起因于一次南陵救围。咸丰八年，长毛侍王李世贤部数万众围攻陵阳城，邑人徐文达率民团协助陈大富守城。数月后粮草殆尽，城内树皮及草根皆采食一空，籍山河、市桥河遭阻塞断流，秋浦门、陵阳门纷纷告急，县城危在旦夕！正在组织围攻安庆的曾国藩接获陈大富求援血书，急令李成谋率领水师驰救。适逢九月长江水涨，李成谋使用声东击西调虎离山之计，率四营水师二千五百人袭往芜湖。李世贤不知是计，急将围攻陵阳的主力军调往芜湖。李成谋半夜到澓港，留下一半人守港接应，自登三桅战船，领着另两营士卒溯漳河而上。当夜，陵阳四处敌营俱被袭破。陈大富打开城门，赶紧组织军民撤离。李成谋亲自护送二万余百姓至黄石大营，以此深受陵阳百姓钦仰！正是这次营救，徐文达结识了李成谋，事后，往安庆拜见曾国藩，受到器重，委以筹办军械，成了湘军后勤大员。李鸿章领军援沪，徐文达随行筹运军需。因为当初同在曾国藩麾下效力，接触的机会较多，感情深厚，以至于多年之后，李成谋与官至两淮盐运使、福建按察使的徐文达结成儿女亲家，将自己唯一的女儿嫁给徐文达之子徐乃光为妻。

说完这些，张和声转身去书房取出一个乌木函匣，打开，是一套《清史稿》。抽出一本，翻到后面《李成谋传》，递给芙初，示意她读出声来："……十年，进攻池州，拔殷家汇，毁城外贼垒，破枞阳伪城，加提督衔。十一年，陈玉成围枞阳，击却之。同治元年，会陆师拔巢县、雍家镇，薄西梁山，断横江铁锁，夺回要隘，以提督记名。破贼于澄港、采石矶，克金柱关、芜湖，赐黄马褂。三年，援湖北，破捻匪于罗田。五年，署福建水师提督，寻实授。"

待芙初结结巴巴念完，张和声方将此段文字大致解释了一通，然后说："因为陵阳自古山川秀丽，是典型的江南鱼米之乡，你太公的旧部解散多落籍于此，加上自家爱女嫁在徐家，割舍不下，于是就给朝廷上书，奏请入籍陵阳，获准。即于城北仓前筑别墅以居，把酒话桑麻，品享田园之乐，陵阳就多了一位太子少保一品高官……你太公乐善好施，奖掖后俊，捐资修理崇圣祠、奎星阁、城隍庙、县公署及桥梁，建春谷书院号舍二十七间，每逢文武省试都为士子捐费用。去世后葬在麻桥上分阮那边，朝廷下诏国史馆列传，建专祠以祭，封妻荫子……要说嘛，世间之事，有时千钧为轻，有时蝉翼为重呵！人生无处不青山，我们许多湖南人最后都未能回归乡梓……喏，死后就埋骨在这一片青山碧水间了。"

他见芙初咬着嘴唇，表情凝重，听得太入神，便又讲了个开心的笑话："湖南人家里死了老子，死了儿子，又死了毛牯驴子和芦花公鸡。哭丧时要把死人、死牲口都哭出来，这不搭调呵……你猜人家是怎么哭丧的，猜不出来吧？人家哭得鼻涕眼泪糊一锅汤了：'我的爷老子毛牯驴子……芦花公鸡我的崽伢子呃，怎么都死光光呀……'"

因为学说得绘声绘色，芙初抱着肚子笑得快岔了气。

高天厚地

百感心

县城毕竟有许多事要做，张和声不能在家久待。他两地来回，通常都是乘坐花杠，花杠又叫滑杠或滑竿，是川军带入陵阳的。花杠比轿子简单省事，两根竹杠间兜个布包，人躺在上面，还有布篷遮阳。抬夫四人，两人抬，两人换，步伐稳健快速。歇肩换人时，一声招呼，前后班抬夫两手抓起杠柄向上一举，接班的前后两人轻捷躬身插上，接杠落肩就走，无须站停交接。

一天傍晚，芙初从童家祠堂那边下学回来，太阳正往山那边沉去，把最后一抹阳光投在张家后院的墙上。门房赵伯走过来，微微一躬身，问："妹子，这里有一封信，才从城里带过来，看看可是给你的——"说着，就将一个不知经过多少人周转已打满皱褶的淡蓝信封交到她手里。一见那娟秀的墨笔小楷，就知是采薇来信。迫不及待打开，抽出信瓤，就着室外昏暗的余光展看。

> 芙初吾友见字如面！
> 菊英告诉我，你已不在县城，乡下无法通邮，但她会想方设法让你读到我的信……
> 先让我猜猜此际你在做什么？写字，背诗词，还是在卖呆？

还是让我来告诉你我的近况吧。

我们走时，家里的佣工凡是有家小的，皆已给钱打发回家。剩下的人手不够，爸爸又请了些挑夫来帮忙，想把祖父那里值钱的东西都尽力带走，这对将来全家人在异乡过日子很重要，但是不可能。刚上路时，还有好多家子人同行，后来就越走越少。我们翻山越岭，到昌桥夜宿时已经累得要死。第二天傍晚，快要走到泾县城，一场大雨劈头盖脸浇了下来……大雨夹大风，电光夹雷声，交加在一起，搞得天昏地暗！

在泾县住了一晚，第二天继续赶路。我们本来可以走青弋江水路，竟然找不到一条船，一打听，原来都被三战区的人管控起来了。祖父想起有个姓翟的远房亲戚住在离太平县不远的洪村，俩人私交极深，决定全家赶到他那里去。下过大雨路滑难行，二十多人的逃难队伍，没多久就分成了两批。几个挑夫向前去了，和我们后面的人渐拉渐远。两顶轿子和两乘滑竿，轮换抬着家里走不动的老的和小的。带着一名卫士的大姑父，成了这支队伍的总指挥。十六岁的小叔突然觉得自己是男子汉了，照顾老的，帮助小的，跑前跑后……而我，也成了一家人中难得的几个没有坐过轿的人。

到了屯溪，到处都是逃难的人，带着箱笼，牵着老人，背着小孩，脸上全都木无表情，天晚了就歇宿在人家屋檐下。路边常能见到被丢弃的婴孩，嗷嗷哭着在地上爬，有趴着不动的便是死了，骨肉分离家破人亡的惨状看得太多……大姑父在淞沪会战中被打穿了肺，还未全部养息好，此时已急着搭乘汽车赶回部队。但祖父说所去的地方偏远，常有土匪出没，便要大姑父送大家一起到洪村……他这个带了卫士的军人，此时要为落难的家人出点力，只好答应了，去邮局给队伍上拍了封告知行程的电报。

离开屯溪，山路越走越陡，我们像舞龙灯一样在群山中穿行。速度越来越慢，大家都沉默不语，二叔家的两个小孩子再没有了嬉笑喧闹，一会子工夫已在轿子里睡熟。所幸天上没有再下雨，可以点燃用竹片扎成的长柄火把照路。许多支火把，游龙似的弯曲前行，倒也十分壮观。走在前面的那队挑夫到达目的地后，主人知道祖父和我们还在后面爬山，就带了几顶轿子来接大家了。好不容易下到山脚底，已有一帮人提着马灯在路口迎候，领头的是一个蓄着山羊胡子、穿了一套前清老样子绣花袍卦的老头，他与祖父拉上手就没松开，一直走到一幢大屋里。等大家吃了饭已经是深夜，热情的主人收拾好了几间屋子，我们自己带有床上铺盖，洗洗后很快就各自在指定的房间入睡了。这一夜，我睡得特别香……第二天吃早饭还没有醒来，妈妈把我叫了起来。吃早饭时，发现大姑父和挑夫们都不见了。妈妈说他们回屯溪去了。想到大姑父，他的眼里一定有一种千里追杀的西风凛冽吧……

一程山水，一纸素笺，在这暮春里，让人感受到阵阵暖意。
芙初花了一个晚上工夫给采薇回复了一封信：

> 采薇，你知道收到来信对于我意味着什么吗？杜甫诗里说"家书抵万金"，可在我看来，何止是抵万金呵！

> 本来天上还在飘着雨，一下子就晴了，太阳出来了，明晃晃地亮眼……采薇你就是我的太阳！

> 为什么这么久才给我寄来信？我想给你写信，可又不知道往哪里寄。看了你信尾署的日期，方知错怪了你。此信寄出来竟然有两个多月，经历了多少周转呵，还好，总算收到了，没有丢失，都怪这场该死的战争！

> 我们刚刚在花山蒲塘创办的陵阳中学，只上了半年多一点的课，就给日本飞机炸停了。眼下，我在峨岭牌楼张和声家念补习班，不能荒废了学业，我以后还要上中学上大学。这里一切尚好，勿念……就是老鼠太大，到了半夜，老鼠出没的声音，就像人走路的声音一样，它们一点儿也不怕人。还有，就是想姆妈，想姐姐，想得厉害，我在这里怕是不能待长……我和谁也没说过，只说给你

听。要是你和我在一起就好了……

真的是让芙初给言中了。过了一段时间，听花山过来的一个人说姆妈病了。芙初焦急难安，跟先生请过假，然后又向姚妈说了事委，就一人回了花山。

姆妈已病了多日，发烧，不思饮食。这当下里，又传来大舅去世的讯息，却不能亲赴灵前哭祭，这对她打击太大……那天，突然就瘫软在床上，额头滚烫，人事不知。芙初吓坏了，哭叫着喊来黄家的人……喊得嗓子都哑了，可姆妈依然没有反应。

黄先生心疼芙初，小声劝说："别喊了，人昏迷了，什么都不晓得。"看着黄先生也手忙脚乱，芙初的心一下子悬到嗓子眼，憋得喘不过气来。三老爷黄子高被人搀扶着过来，搭了一把脉，赶紧让人将他的一支高丽老山参取来，先烧一碗石膏水灌下，再饮下小半碗参汤……人，终于醒了过来。芙初上前紧紧攥着姆妈的手，心里有一种很深的愧疚，要是自己一直在身边，姆妈肯定不会病成这样！

众人散去，芙初一直抱着姆妈，不知什么时候睡着了……做了个梦，先梦到一个长衫翩翩、红花披身的人，那是父亲李智琛，却很快就消失在一片晚霞赤亮的河滩上……她和姆妈要去找回父亲，却被人追赶着跑，有一个凶恶的人把姆妈推倒在地，伸出双手狠掐颈脖。姆妈拼命地挣扎，喉咙里发出的声音是那么绝望！芙初扑上去又踢又拉，还用嘴咬……终被自己的号啕叫喊声吓醒，发现姆妈睁着无力的眼朝她看。正值阒寂无人的半夜，窗外是一片簌簌雨声。芙初俯在姆妈耳边，轻轻地，一遍又一遍地说："姆妈，你不会有事……你一定会好起来的！一定会好起来的……"她紧紧地攥着姆妈的手，一刻都没敢松开。泪水滴落到姆妈脸上，姆妈"嗯"了一声，那是一种心灵的回应，让她看到了希望。

次日上午，三老爷黄子高拟了一个方子，着长脚伯即刻赶往城里药店抓回几帖中药。

羊有跪乳之恩，鸦有反哺之义，这是姆妈常教导的。芙初每天给姆妈熬药，喂药，擦洗身子……姆妈终于能下床了，她身体酸软，走起路来头重脚轻，便着急地问："我怎么连走路都不会了？真成废人啦！"芙初赶紧解释说："不碍事，不碍事的……好好的人躺几天不走动，也这样呵。"黄家的人和六奶奶每次来看望，姆妈总是不住口地夸赞与道谢："若不是你们，若不是芙初，我这条命恐怕就捡不回来了。"芙初在一旁，心想，与母亲的生养之恩相比，自己不过是做了一个女儿该做的事。

过了差不多有一个月，姆妈渐渐地就好了，人瘦下一大圈，脸两侧颧骨显得更高了。芙初陪着姆妈去了一趟古亭村，到大舅坟前磕了头，烧了纸。回花山后，不想再去牌楼那边，任姆妈怎样劝，哪怕是发火也没用，辩称：千经万典，孝义为先，写《陈情表》的李密为了照顾祖母连太子的老师都不去当……

虽然姆妈没让人将自己生病的事告诉姐姐，但这边的吃穿用度，还是要全靠姐姐支撑。家里没有用度了，姆妈就让芙初去泾县小岭纸槽向姐姐讨钱。开始时，姆妈打听到周边村子里有人要去三里店，就叫芙初跟着走，到了那边再请人家指引一下，都是千恩万谢先给致了礼。后来，路熟了，便一个人走，经林塘、西干、华阳、牌楼，过湖南街，再往三里店那头老山里去。

出门前，姆妈给芙初换上旧衣，拿一块半干的布故意将她的脸弄得脏兮兮，连头发也给抓乱。再递过一个竹篮，里面放了一袋干粮和一把小小的防身壮胆用的柴刀。并告诉她：山再高，有人走路；水再深，有人摆渡。

老山里路不好走，光线幽暗，阴森森的，一声鸟啼都会让人心惊肉跳！石径生满青苔又湿又滑，稍不留神就一步摔出好远。有的路面石板破碎了，踩在上面高一脚低一脚的。四面山上，都是又高又密的松树和杉木，山风一响，就像千军万马奔腾呼啸，声势骇人……待到前面豁然开朗，阳光驱散了不安情绪，又是一程山水的历练。

远远望见春料碓房及晒纸场，还有许多草坯堆和晾晒的青檀燎皮，纸槽已到了。入口山路边有一间四合院屋，门口挂着"制碱合作社"牌子，是新四军政治部民运工作队办的。无论制作宣纸还是制作那种民间用量极大的黄表纸，都离不开烧碱，日本鬼子封锁得很紧，外面运不进来，就自己动手生产。小岭村附近快活岭上有个黄连街，许多穿灰布军装的人从那里进进出出。

要是碰上下大雨耽误了赶路，芙初就在陈桥一个叫周宝珊的陵阳中学女同学家借宿一夜。她家有大片山林，屋头是村里最高大的。

悸栗山道
潘村营

张昌德竟然派了自己一名副官和县府教育科长刘晓峰一同找到纸槽，也不知说了哪些话，大约仍是劝姐姐回城吧……一个月后，姐姐就转到潘村营十二临中分校教书。这就苦了芙初，再去讨钱，路更远了。

从三里店土塘过去，往云岭那里头走，七八十里山路，有时有伴，有时走半天也见不着人影。清早上路，晚上断黑时才能赶到。都是大山，顺着山脚望去，零落几户人家挂在半山腰，山上竹树蓊郁，遍布怪石野藤。山沟里溜过来的风不停地吹在脸上，开放的兰花和野百合分外芳香。走在蜿蜒起伏的山道上，冷不防一只野兔从脚下蹿出，或是一只野鸡从树丛中腾起，常把人惊得一跳。有时，会看到野猪、獐子、花面狸在前面大摇大摆走过。好在过了吕山的汀潭，就看到那个茶铺了。茶铺不大，檐口却竖了一根碗口粗的长木杆，顶端挑着一个布幡，上书一个大大的"茶"字。再往上去，人就多起来，有穿着灰布军装的，有农人装束的，芙初知道这都是新四军管着的地方。

大舅去世后，霖表哥奉了母命从沈亭过来看望过一回，并讲了一些县城那边的消息。城里越来越乱，县政府搬到香由寺办公，另有机构搬出城，迁往更远的石江铺那边。因为轰炸，一些紧要东西则装箱藏到城南郊外引善茶庵。防空警报时不时在头顶追魂一样响起，天寒地冻的，

壹叁

驻守徐家大屋里的士兵就拆下了雕花的门窗屏风烧了取暖。

黄先生和廉叔也是隔段时日就得上趟县城，他们带回的消息更为确凿。民国二十九年三月十七日，鬼子分两路进犯陵阳。一路从湾沚、西河侵入弋江镇，向县城东门进攻；一路由白马山经奎潭湖、黄墓渡进攻北门。因为城墙已拆，基本无险可守，鬼子一路打着小钢炮，不费什么力气就攻了过来。一到城边就四处放火，烧光了东门河沿一带连片草房，一路搜索，逢人就杀。东门豆腐店季长贵的老娘和家里大师傅正要跑出门，分别被刺倒在檐墙下。从北门侵入的鬼子途经杨四庙附近，放火烧掉那一带民房。船民看见火起，纷纷逃命，仍有十数人被捉住杀死。剃头匠王金有肩上担子尚未卸下，就被冲到跟前的鬼子端着刺刀捅死。西门郭天成和鲁漆匠二人，想跑进香由寺躲避，"叭""叭"两身枪响，人就栽倒在荷花塘边。东门马家镇涂家老屋里住着一位由外乡逃难来的翟老中医，正在给病人开药方，被鬼子拖到屋外挥刀劈死……

秋天，大队鬼子的人马又打过来，这一次却是分两路往泾县打，在三里店和汀潭一带与新四军交上火。鬼子伤亡颇大，败走小岭村，又遇国共联手合击，被迫退至琴溪一带，靠着飞机轰炸援救方才逃出。飞机有时在山谷间飞得很低，山民们不知这"铁老鸹"是何鬼东西，出于愤怒，许多青壮男子举起长长的竹篙试图将其打落……这一回，小岭的宣纸原料草坯堆都被鬼子烧光了。但不知为什么，时隔两三个月，国共两边自家人又打了起来。

时事恶变，姆妈怕鬼子侵犯到花山，赶紧让芙初与放假归校的黄晰之结伴去泾县潘村，留在姐姐那里读书。

正是皖南事变后不久，经过云岭时，新四军军部原来就在这里，现在成了重点清剿区。听说新四军军长叶挺谈判被扣，国民政府已宣布取消新四军番号，到处在搜捕查扣漏网逃脱的"叛军"。从外面开进来的军队戒备森严，岗哨满布，枪栓拉得咔咔响。时而会看到一队跑步行进的军人，当官的腰扎武装带，手提短枪，声音低沉地喝令："跟上！跟上！"场面让人心惊肉跳。

潘村营十二临中设在何帅府内，又称潘村营宁属中学，正式称呼是"安徽省立第十二临时中学"，校本部在旌德县江村，这里是"临中"一个分校，仅有百余名学生。一幢宏深大屋，石门石柱，前有照壁，中有天井，两旁厢房，后有客厅阁楼摒开外面的纷扰。天井里有一溜湿漉漉的条石，上面摆着几盆茂盛的天竹，东侧有一口布满青苔的水井。再往后，还有一个花园，但里面已没有花，野草萋萋。

姐姐对这里的环境非常熟悉，她把芙初带到一处山坡，眼前好大一片野桃林，若一片彤云罩下！二月底三月初，花事初盛，有微风拂来，红瓣飘洒而下，像一场花雨……置身于这样的花海间，虽能染得满襟芬芳，却因流连忘返，迷失寻不着归途。

一天下午，姐姐领着芙初走了长长一段小路，来到一个只有三四户人家的小山村。四周是早春的田野，坡地上春苗在冷风中瑟瑟颤动。在一处石板作顶的屋子里见到一个马脸中年人，另有一个眼神很冷的青年人警惕地站在门外大树下守望。姐姐和那两人打过招呼，递上一张写有"张青山"姓名的中华圣公会会员证。听他们谈话，是让那个马脸中年人持着会员证去繁昌，相机过江。

青年人回到屋里，很快化装成染衣匠，头戴黑纱猴头帽，脚穿草鞋、山袜，肩上挑着一副一头是木箱、一头是铁锅的染衣担走了出来。原来，那青年人不只面冷，调皮起来更像是个大孩子，他试着轻轻吆喝了一声："染衣啰！白染蓝，蓝变黑，家传秘方，永不褪色！"三人相视一笑，大概是觉得未露破绽经得起检查吧。

归路上，姐姐只对芙初淡淡地提起，那个年长的人，是她在芜湖上学时的老师，现在是新四军一位首长，半月前从泾县大坑王突围出来的……今天这事，对谁都不能讲！

真是有缘了，教国文课的老师竟然又是陈璞珊。仍然是油印的讲义，课业轻松，也就是初中前期的水平，老师的讲解和布置的作业，对于芙初来说，就像择小菜一样容易，几乎不须怎么动脑筋就能应付的。于是就拿了姐姐的脂评抄本《红楼梦》当功课做，不懂就问。《红楼梦》

写了金陵十二钗和大观园里的女孩子，她们大都在十四五到二十挂边岁数，正是花事初起的最美年华。有一次，姐姐问芙初最欣赏谁。她回答是晴雯……晴雯最亲爱者宝玉，能与宝玉同生同在，就心满意足了……别看晴雯性子孤傲，却并无太大人生志向，她没有独占宝玉之心思，非但对黛玉没有妒忌，亦不妒忌袭人与麝月等人。在这一点上，晴雯的大大咧咧明显高过黛玉的七窍玲珑……听芙初讲完这番话，姐姐似有所思地微笑着说，小小年纪就将一个"太虚幻境"与"风月宝鉴"看通，未必是好事哟！

芙初跟其他同学一样，住通铺集体宿舍，较拥挤，生活非常艰苦。由于煤油运不进来，汽灯、马灯都用不上，晚上，大家就提着香油灯去教室上自习。香油即是菜油，灯盏里搁着灯芯草，要不时"挑灯"，拨去灯焰上结的"花"，拨时会伴有轻微的炸裂声。夜晚出行或是有集会，就点松明火把。有人学当地人将竹片绑一起点燃，效果也不错。时常有学生家人用独轮小车推来几袋子大米，作为伙食费与学杂费。

学生须轮流去后山砍柴，那里的小栎树长得好，密密地纠缠在一起，你勾了我臂，我搭了你腰身。这种小栎树烧起来火头旺，砍时也不太费劲，但留下尖尖的箭头一样茬口，不留神踩上去，轻易能刺穿鞋底。芙初就吃过一回亏，好在只把脚后跟扎伤了一点，没有大碍。有个姓张的同学则倒霉多了，他砍柴砍到山背面，在棘刺窝子中发现一个洞窟，正要伸头朝里瞧，却不防"嗖"一下蹿出来一只灰黑色豺狗，张嘴一口咬在他肩膀上……要不是几个同学闻声赶来挥着柴刀打退这条野兽，真不知要出什么祸事！

黄融之也来了，他中途插班，办理了入学的各种手续后，就和哥哥黄晰之挤在一张双人床的上铺同眠。大约是太挤了，黄家两兄弟后来在村中租了一小间民房。节假日和休息日，大家约了到外面玩耍或是寻亲访友。

四月的山野，竹海起伏，茶树浓绿，鸟声盈耳，漫山遍野的映山红、紫藤花、野樱桃花，还有一嘟噜一嘟噜的连翘花，开得真是眼花缭乱！一些瘦瘦小小的村落，就散布在这画图一般的山腰上。那一次，芙初跟着一起去岩石奇峰玩。两天前下过大雨，一道瀑布自天而泻，琼珠飞溅，白亮耀眼。旁近有一个阔深的洞穴，洞穴顶头石壁上爬满了被喊作"盐老鼠"的蝙蝠，当地人称之为"燕子洞"。听说不久前，十多个在汀潭给打散的新四军在这里藏了半个多月，他们有个重伤员最后死在洞里，铺在干燥大石头上细软猩红的茅草仍在。

姐姐特别喜爱隐身于茂林修竹下或是溪流坎沿边的兰草花，兰是空谷幽物，石缝岩壁皆有，留心察看，甚至树洞里都有兰叶披拂。见到花莛高擎、瓣形飘逸舒展的，连根带土挖回几兜，养在屋子里……姐姐走动时，带起的风里便氤氲着阵阵幽香。芙初常常就那样望着姐姐，心里有许多话要讲，却不知从何处讲起？花开有时，花落有期……有一个人常过来走动，他就是邵运柏。

九月，与潘村相距不远的孤峰那边突然涌入许多人，安营扎寨，弄得当地物价大涨。一打听，原来是一直流浪在外的芜湖县和繁昌县政府部分机关人员由章家渡与合村迁了过来。

寒假时，芙初回到花山，慈祥的三老爷黄子高去世了。花山这里的习俗，不知是否受了安庆、桐城风气影响，家里亲人死了，要停在屋边事先做好的浮厝里厝上两三年，再择日抬出去下葬。这种浮厝，实为有遮盖的简单墓庐，可以方便家人随时烧纸，敲一种称作"磬"的黑底木盘，表达思念。据说，逝去的人三天后上望乡台，能回家走一转。家里放上纸扎的梯子，房中撒石灰，画圆圈……到夜晚辨看上面留下哪些隐秘痕迹，是狗的脚印还是猫的脚印？这样就知道亲人已投胎变成了什么。然后，每个"七"要烧纸敬香，"六七"烧纸扎灵屋叫"化灵"，烧的时候，外面要用席子围住……"六七"不吃自家饭，所以嫁出的女儿要送饭烧灵。

芙初在家过完年，因舍不下姆妈，迟迟没有归校。

复校张村
别有情

到了一九四一年春天，本县一些地方人士纷纷发声，敦促尽快恢复被解散的陵阳县初级中学。终于，停办一年多的学校，在青弋江边弋家滩上游的竟河张村复校了，而且增设了高中部。

黄家两兄弟首先从十二临中转来陵阳中学。那次，老大黄晰之从学校回来取物，对芙初说："我看到你姐姐，她被聘到张村教书了！这是她让我带给你的信——"说着就把一封信递了过来。

> 芙初妹，我已在张村……这里一切皆好。校长戴凌洲先生原是省立第五师范学校的校长，刚从安庆过来。这学期已增设达五个班级，初一、初二各两班，另添春季高中部一班。男女学生近三百人。见字后，你收拾一下，即刻赶来报名入学。

姆妈很是高兴，当即安排芙初随返程的黄晰之一同去张村。因为要带的东西稍多，还有黄家两兄弟充作学费的好几百斤米，就请长脚伯推着湖南车送。湖南车跟鸡公车相仿，前端有一个碟子大的小轮，半人高的大轮两边的护架上能码东西能坐人，后面还有一个下坠的簚笾，用于装小物件。推车上路的长脚伯，肩上搭着麻辫绳"车绊"，双手紧握摩得锃亮、汗渍斑斑的燕尾形车把，下肩沉腰，身子前倾，两只胯骨大幅度扭动着。遇到沟坎田缺，手臂上用着点力，抬高车把，车头一沉，前面小轮一点地，就过去了。那车有点磨轴，一路吱呀呀、吱呀呀地响，响狠了，长脚伯就停下来往轴上涂点菜油。上了油，那吱吱扭扭的轮轴声便如歌吟一般，响得异常轻盈悦耳。

张村是一个很有特色的地方，基本上仍属圩乡水网地带。紧邻青弋江大堤，隔着宽阔的河面，那边就是泾县马头镇，上下皆有青山绵延。有的山头起势突兀峥嵘，倒映水面，耸翠浮绿，宛若缥缈仙境。

姐姐领着芙初办理了入学各种手续，找好寝室和教室。原来的蒲塘初一学生皆升入初二，芙初因是在潘村营十二临中上过，本可直升初三，但因迟过开学一个多月，结果还是留在初二。根据教学需要，国文改称语文，算术改称代数。生活区与教学区隔着两三个操场远的路，学生吃住在张家祠堂，上课在一处弃置的小学里，是两排很洋气的带有券门和放射状玻璃窗户的平房，共有八个教室。再往西头，是老师的宿舍和办公室。学生照例住得拥挤，像炕烧饼一样，女生宿舍一长溜土坯砌的通铺上排满叠起的被褥……晚上，大家从各处宿舍走出来，提着自备的香油灯一同去教室上自习。

开饭吹哨召集，七八个人在木桶里舀了饭蹲在地上吃，围着一盆煮黄豆，吃得风卷残云。若是发现煮黄豆换成了一盆青菜豆腐，加一碗炒豆腐渣，大家就欢呼雀跃。春末夏初，总是莴笋当家，新鲜的还好，至于那些晒干的老莴笋，难吃不说，还像老牛筋一样咬不动，嚼得两腮帮酸胀。莴笋叶子倒是好东西，用开水焯焯，拌点盐，味道还挺不错的。秋冬时，就换成腌雪里蕻……雪里蕻又称雪花菜，于是有人敲着碗沿唱："早上一碗雪花菜，晚上一碗菜雪花；一天到晚不听砧板响，还是一碗豆腐渣！"开饭时女生们聚一起，很少与男生掺和。女生短发齐耳，统一脚穿纽襻布鞋。难熬的是上午最后一节课，老师在上面讲，肚子里咕噜咕噜直叫唤……终于下课哨子吹响了，大家涌出教室，男生手拿饭盒直奔食堂而去，女生要矜持些，怕失了风度，但也是夹紧饭盒，低头脚步匆匆。

师生共同编印新教材，刻写讲义。

老师们很优秀，教语文的刘万年，还有黄范亚，似乎都很有来头。刘万年老师有一套洗变了形的西装，总是一丝不苟地穿在身上，一脸陶醉地站在讲台上把课文讲得抑扬顿挫，唐诗宋词顺口拈来，声音充满磁性……讲到王维的《渭城曲》，双目微闭，摇头晃脑，那古老优雅的曲调，便在一叠三叹的浅吟低唱中将每个人身心浸润。还有个剪短发的年轻女教师戴玉珍，弋江镇人，写一手好板书，毛笔字更漂亮。黄先启也来了这里，他上历史课不携书卷，口若悬河，最爱讲屈原、岳飞、文天祥、史可法的故事，一次又一次把壮怀激烈的家国情怀搓揉在课文里……有时还讲述新四军那边的事，大家都竖起耳朵听。英语课文都是从外国名著中节选来的，一篇课文只有几句话，却连缀着一大段故事。教英文的老师叫盛学莪，东门外马家镇人，胖胖的饼团脸，你很难得知他那大大的脑袋里有多少思潮在涌动？听说盛老师自小上教会办的乐育小学，十三岁到芜湖读广益中学，最后在武昌文华大学读了一年，抗战爆发，回乡投身救亡运动。他英文写得流利、活泼，书也教得生动、自然。

音乐老师吴鉴徵，常声称"位卑未敢忘忧国"，在课堂百叶窗边教唱《长城谣》，先讲述这首歌曲背景：倭寇入侵，国土沦丧，妻离子散，作曲家感时伤事，忧国忧民，因而曲调苍凉悲壮，有着强烈的渲染效果，唤醒人民起来抗日救国。课后，常被一圈人围着，让他教唱《黄河颂》《延安颂》《流亡三部曲》，还有《太行山上》……这类歌曲铿锵有力，气势磅礴。如《大地行军歌》：

> 山高水低一条又一条，
> 弟兄们吹起军号，
> 风霜雨雪，羊肠小道，
> 日月星辰当头照，当头照。
> 那红日犹如烈火烧，烈火烧，
> 汗流山道，黑沙飘……

个人幸福可不要，同胞利益要顾到！

不念妻和子，不怕路途遥，

弟兄们，再吹起进军号！

除了音乐、军体之外，副科还增加了书法课，校长戴凌洲是大书法家，此课由他亲自教授。

早晨起床哨吹响，大家迅速穿衣叠被，用冰凉的水洗漱过，就赶到操场，列好队，军体老师袁佩璋低沉威严地喊着"一二一"的操令，学生们咔嚓咔嚓整齐地跑步。每周一头一尾两天打绑腿做操，并用木枪练刺杀，袁佩璋仍然兼任童子军教官。课余生活也很丰富，打球，唱歌，女生经常举行跳绳比赛，男生则是拔河比赛……让你感到，青春力量的积聚，正是国家和民族的希望之所在！

不久，邵运柏也过来了，教世界地理兼授公民课，是戴校长力邀来的。戴校长从别处搜罗来一本《剧目集成》，是一套较完整齐全的目连戏老本子，常将邵运柏叫去一起叽咕琢磨。这个活化石一样古老的地方戏曲剧种，为何专盛于陵阳？谁也说不清来龙去脉。只知陵阳素称"剧邑"，民间尤尚礼义仁孝，其《新年》《出佛》《斋僧》《王灵官打火》几出，许多人都能哼唱，"不作声不作气，肚子里还有三本目连戏"……目连戏只闻锣鼓，不入管弦，却有着极雅致的曲牌调门。俚语讽讪人"阳腔广调"，实则为目连戏始于青阳腔的别有韵味的说唱道白。邵运柏兴头浓厚，认真向人道其所知，慢声细语里仍旧带着糯糯的苏北韵尾，哼起戏来却端的是"驾起祥云"，像换了一个人，你想不到那个瘦瘦的胸腔里竟然藏了那么大能量。

河对岸，就是泾县马头镇，驻有国民党政府的六县专员公署。他们经常过来一帮子人，同这边由袁佩璋领头的师生联队打篮球。袁佩璋精力特别旺盛，攻守兼顾，贴着地运球时别人很难断掉，每次带球过人和跳起投篮，都要引得女生们一阵阵尖叫。若是没有球打，便常看到他在单双杠上翻腾，练出两大块饱绽的胸肌，走路时胸脯挺挺的。

　　蜿蜒曲折、水波澹澹的青弋江，是皖南往长江载客和运货的主要通道。尽管铁血交流战火不断，但在山与水之间，仍是弥漫着一片安闲恬静的情调。埂坡上长满一寸来深的巴根草，像铺了一层茸茸绿毯，踩在上面软软的，又干净又舒适。埂脚下贴水处，排满黑沉的大石，似卧伏的牛群。旁边除了洗衣的村姑，还有坐在腰子盆里下网的渔人。一列长长竹排顺流而下，撑排客忽然就亮开嗓门唱起来："哎，哎哟喂——阳春三月好放排哟，头排去哒二排来……"

　　随后而来，是几只灰黑甲虫一样带有篾篷的小船。这样的小船芙初坐过，通常是一个略上点年纪的黑瘦男人抱着一支开着许多裂口的木桨吱吱呀呀地摇……乘客一两人，有时也会有二三陌生行伴，坐在船头或舱中，看着两岸的景物缓缓退后变化，"仔细看山山不动，是船行"。如果赶上顺风，扯起帆，经弋江镇、西河、红杨树、湾沚、方村、清水河，一路漂流到芜湖。

　　夏天里，埠头聚集着一帮小孩子，比赛栽水、踩水、吃猛子什么的……兜兜转转，闹得不亦乐乎。须臾，有一只苍鹰从远处飞来，在湛蓝的天穹下盘旋一圈，又盘旋一圈。

　　过了一阵子，姆妈来张村看望芙初跟姐姐，来时坐的仍是长脚伯的湖南鸡公车。戴凌洲校长请姆妈吃饭，盛学莪和邵运柏作陪。穿一身家染蓝土布褂子的戴校长自己掏钱，请厨房多炒了两个菜，端到了他的房间。

　　姆妈来了，芙初高兴，那日便很活跃。她问戴校长："人家都说您一笔头'寿'字写得好，您能给我也写一个吗……"话没说完，桌子底下的脚被猛踩了一下，姐姐朝她使了个眼色，正好被戴校长截住。"哈哈，'寿'是我的名嘛，戴寿戴寿，不将自己名字写好，还怎么行走于世哩？小姑娘也想讨要，我问你挂哪里哦？"

　　盛学莪接过话头说："那是要挂在中堂上的……有多少人找戴校长讨字，越有威势的人越难讨得到。你晓得这是什么原因吗？"

　　"不晓得——"芙初老老实实地摇了摇头。几个人大笑起来。

盛学荄继续说："等你长大以后嫁了夫君成家，有了中堂，方可挂得起。"芙初脸上一下红了，埋下头再不敢吱声，倒把戴校长又惹笑了。

姆妈趁机说了几句"烦请多多管教"的话。戴校长爱怜地看着芙初，说："我同她父亲深交。李智琛就留下这么一个女儿，李军门后人，我能照管到，也算是责无旁贷。"又转过脸对着芙初说："你是名门之后，你太公李成谋，领军打仗了得，写字也十分了得。青山李太白墓碑是李军门题写的，还有采石矶"然犀亭"那几个字，写得多有功力……我是一笔头'寿'字，可当不得李军门那一笔头'虎'字呵！"说罢，呵呵大笑。

芙初此时倒也不怯了，小声说道："我家里有一笔头'虎'字碑拓片，落款为'青宫少保'，还有一方'与吾'篆印。"

戴校长接口道："一笔头'虎'字碑，也是你太公镇守长江时书题于采石矶的。练书法的人，没有不知道一笔头'虎'字碑。你太公名'成谋'，字'与吾'，意思嘛……就是'谋于自己'。'青宫少保'，即太子少保。青宫是东宫，太子居住的地方。东方属木，于色为青，故称太子所居为'青宫'。"芙初不住地点头，从内心敬佩戴校长好有学问！

回到宿舍，刚才吃饭时一直没怎么说话的姐姐，这时告诉芙初："戴校长少负奇才，五岁起就练执笔法。你晓得那是怎么练成的——臂上放一碗水，运笔时水不外溢……每天要写三五百字才肯休息。后拜康有为为师，历经磨炼，始得书法真谛。康有为曾书'隆阜一绝'相赠，'隆阜'嘛，就是戴姓发脉处。戴校长字体刚柔兼备，骨骼清奇，自成一体，声誉颇高，是当下皖省四大书法家之一。他为多处胜迹如安庆大观亭和迎江寺题写匾额，所赠人字、词，皆被视为珍品收藏！"

乖乖隆的咚……这一说，把芙初听得直伸舌头。

姐姐继续说："戴校长为人正派，耿直，廉洁奉公，虽在盱眙和灵璧当过县长，还做过民政厅代理厅长和海关督办，到辞官还乡时，却是两袖清风。回到故乡蒋塘戴，仅靠几亩薄田为生……这回请他出山，重整旗鼓恢复陵阳中学，戴校长就任后，凭着声望筹措经费，并借到张村的成达小学为校址，后面张氏宗祠，则借作寝室、伙房。"

芙初住的是二号寝室，全是土坯砌的铺，沿墙码成一长溜。共有十六名女生，室长是个叫刘慧男的大龄女生，满月脸，胸脯也是满满的，发育很成熟。别人洗脸毛巾用的都是称作"高粱布"的家纺粗土布，越洗越硬，粗拉拉的刮脸，她却有一条柔软的棉纱毛巾，既洗脸又洗澡，面孔擦擦，屁股也擦擦，让人不能待见……入夜，熄灯哨子吹过，大家一溜排躺铺上，四周静极了，偶有远处几声狗吠传过来。透过屋顶上一排明瓦，能看到几颗孤亮的星星，如果是有月亮夜晚，如水的月色会直泻到床头。

姐姐与陶婕同住一室，在女生宿舍最末梢上一间。芙初第一眼见到这女人就觉得好面熟，后来想起曾看过她在台上演出，那是在川军刚来陵阳时一次抗战动员集会上。

陶婕模样俊俏，身材高挑，一头短发，眼神有点飘忽，讲话带四川口音。别的女教师都是蓝衫黑裙，她却经常穿一身中性男装，显得与众不同。陶婕是杭州美术专科学校毕业的，除了教授西洋画，也兼带给学生上修身课。芙初每次去姐姐宿舍，只要陶婕在，都能受到热情拥抱。陶婕称芙初为"美娇娘"，有一回，她甚至还掏出眉笔给芙初描了眉，又将她拉到镜子前一照，果然如出水芙蕖。"陶老师可不是艺术家，她是教育家，对艺术一窍不通……"姐姐在一旁讪笑道。一阵风吹过来，陶婕的身上隐隐约约散发着一股幽香。

有一次，芙初和姐姐一起在食堂里跟戴校长同桌用早餐，吃的是稀饭，吃到又苦又涩的山芋皮，便拣出来丢在桌边。戴校长看到，默不作声，待吃完稀饭后，一声不响地把那些山芋皮捡起放入口中吃掉了。芙初目瞪口呆，当即涨红了脸。从此以后，再也不敢不吃山芋皮了。

芙初也算见过不少有名望的人泼墨写字，比如三老爷黄子高、张和声、陈璞珊，但更想看戴校长写字。那天，便撞上戴校长写字，是狂草，笔力遒劲，墨沉痕重，几乎每字都有连带，看得出写时颇为心情激越。戴校长见她歪着头辨认得很吃力，就停下来解释说此为旧作，是送给一个叫张友生的学生两首诗中的一首。诗题《秋感》，实乃感叹国事……说着，拿起一支铅笔，一笔一画写在一张纸上：

> 夫云顶上望扶桑，战舰连云去往忙。
>
> 属国狰狞称霸主，为戎辜叹有辽阳。
>
> 黄龙三越三厢暗，铜驼铁马夕阳伤。
>
> 修竹依然人事易，劫余犹向庙前芳！

从戴校长凝重的面色里，芙初已能感受到一份沉重的忧国情怀。

下午语文课，老师换成一个中等个子青年人，五官英挺，气质冷峻。芙初惊奇地发现，这不是几年前在中山公园激情演讲的那个穿格子西装的人吗？他自我介绍说是新聘来的，接替原来的国文老师。说着便在黑板上写下姓名"江清越"，笔画潦草而飞扬，透出一种狂狷、孤愤。

"同学们，我们为什么要读书？我们读书，就是要掌握本领……你们抬头看看屋顶，那是什么，那是赤血干涸的颜色！"江清越高举着手中的课本，语声慷慨激昂，"连人口还不到一万万人的海上蕞尔小国，也骑到了中国人的头上。他们把成千上万的我们的同胞捆绑起来，活埋，用机枪扫射，制造了几十个万人坑，他们甚至在南京城里将活人当枪靶，劈刺取乐！这种勾当只有禽兽才会做得出，只有禽兽才能如此残忍！日本人就是禽兽，他们是一群杀人狂魔……勿忘国耻，振兴中华，我们要发愤读书，读了书才好去报仇雪恨呀！"他就这样开始了自己的首课，讲着讲着会耸一下两肩。

师生一起在河滩开垦出一片园地，种上蔬菜和山芋，还有黄豆。往上游走十来里路，就是孤峰，可以采到很多草药。学校有一个卫生室，能做简单包扎，却连酒精都缺，只好用土造白酒代替消毒。夏秋时，拉肚子的、被蚊虫叮咬后皮肤溃烂的人特多，内服外敷的都是就地采挖的中草药。

平时，学生下水游泳是禁止的，但袁佩璋却提出挑战。他在上早操时公开宣称："人，要有气性和血性，有气是人，无气是尸……没有良好的体质与技能，怎能与日本人搏斗？我们就是要到大江大河里去锻炼，证明自己绝不是东亚病夫！"他的话，赢得不少学生认可。大家都知道他有一块在上海上学时获得的银质奖牌，椭圆形，像一个小盾，还带有一根闪光小链，盾的中间浮雕着四个字：体育救国。由于袁佩璋一再坚持，渐渐地，学校也默认了学生下水行为，但要求必须有老师带领。

吃过晚饭，芙初与姐姐还有陶婕结伴走在高高大埂上。这是最美的五月天，黄昏时，大把大把的余光映照在碧水白浪之上。突然，寸头黑皮、精壮敦实的袁佩璋同几个男生走了过来，跟姐姐打了招呼，走到河边，脱了外衣下到水里。有人一个猛子扎到远处，冒出头，抹一把脸，再扎下去。几颗脑袋时沉时浮……微微风，轻轻浪，伴随一两下清纯的口哨声，最前面的袁佩璋已游入一片交织起伏的光影里，他用力地挥展双臂拍打水面，掠起一串串瑰美绮丽的水珠。

有一天出操，看到二年级甲班有一男生，脚上一双布鞋蒙着白布，表明戴的是重孝。这同学素健壮，身材高大，一头乌黑的发，鼻直口方，算是比较引人注目的。芙初听他说话，带安庆方言口音，像是下东乡蒲桥、红塘埂那边的人。听人说他叫储希惠，父亲刚在鬼子一次扫荡中惨遭杀害，而大哥远在四川大学读书回不了家，父亲遗体不能入土下葬……因此眉头紧锁，神情愁惨。

都说下北乡与东北乡民众最苦，居无宁日。因为那边离芜湖近，鬼子经常下乡扫荡，做哪桩事都得支起两只耳朵，随时准备"跑反"，哪里树折了、墙倒了，只要有大的响动或喊叫传来，便喊爹叫妈，呼儿唤女，拔腿"跑反"。一人跑就引起众人混跑，在田里做活的扔下农具跑，吃饭的丢下饭碗跑，正上茅房的拎着裤子跑，跑慢了就没命……村子里人更是像鸭扑一样倾巢而出，四下飞奔，跑得你死我活，藏入林子里，扑到河坎下，趴在老坟滩上，半夜才敢回家。传闻鬼子无膝盖，腿不能弯，爬不了山，所以有钱的富户或是有亲友在山里的，都设法往山区逃躲。

五月底，鬼子又开始往山里扫荡。听两个刚从县城过来的同学说，鬼子阴历四月初二攻占陵阳城，旋又撤出，在城里强抓民夫一百多人，挑运汽划子、发电机和帐篷等军用物资。临行前，放了一把火将城里最高大的房子江北会馆烧掉了，大火持续烧了好几天，馆内收藏的众多书籍画卷也一起化为灰烬！鬼子这回扫荡仍旧兵分两路，一路由来八桥进入天官山脚下天官庙住下，所到之处，抓人抓夫，索要供给。翌日，鬼子行至谢家圩附近，被新四军游击队阻击，打死一名骑马的小队长，才收住脚不敢前行。遂转至戴家汇、禄岭等地，又遭国军痛击，只好转道铜陵，由长江乘船返回芜湖……另一路鬼子由花园沈、沈亭侵入，驻童村街，再由童村街到晏公殿、刘店、木镇、青阳，亦遭阻击，丢盔弃甲伤亡不小，被迫由大通上船返回芜湖。在陵阳被抓走的民夫，多半遭杀害，少数乘着双方交火之际，把箩担一抛，扔下军用物资，逃之夭夭。此后，鬼子没有再来扫荡了。

及至这个学期结束，戴凌洲校长因为夫人患病，又不好将其带至学校，遂坚决辞去校长职，回家朝夕汤药陪侍。

秋江校园 多风波

一九四二年秋天开学，一袭纺绸长衫裹着中等偏胖身材的新校长露面了，他叫宋则要，本地人，是一位颇通中庸之道的大绅士，随方就圆，宽厚温和。都知道盛学莪是全才，不但能教英文，语文、数学、理化，乃至音乐、体育皆可胜任，因而被校方聘为教导，朱跃坤任训导，张九先任事务。教员阵容，倒也齐整，甚至可谓盛极一时，已增至七个班级，学生将近四百人。

过元旦的时候，芙初和一个叫曹炳南的同学结伴，从张村走到宋桥，过界山，未入县城，由五里岗那头插到花山。掰指头算来，虽是抄了近道，也有六七十里路。

黄晰之已先行到家，家中为他娶了一个名叫秦玉贞的新媳妇。婚日，一乘花轿从花山出发，芙初受黄家托付，随同亲友、媒人到峨岭过去的湖南街接新娘。新娘家也是湖南后裔，开油坊榨菜籽香油，兼种农田。因为是战时，那些"开门礼""梳妆礼""更衣礼""上轿礼"等一应礼俗皆免除了。但新娘仍带着"一条龙"嫁妆上路，全套用品和衣物首饰之外，还有男女新布鞋各一双，小号女鞋置入大号男鞋中，寓意同鞋（偕）到老。新娘出门，由娘家哥背上轿，脚不沾地，头不回看，身后哭声一片。俗话说"秀才落榜笑是哭，姑娘出嫁哭是笑"，哭嫁就是"哭

壹伍

发"。一个穿大襟袄的妇人从屋里冲出，扑到已起轿的轿夫跟前行跪拜大礼，请他们路上遇有上坡、下坡或跨越缺口时多多照顾新人，尽量少些颠簸……

吹鼓手一路起劲吹着唢呐，花轿来到花山山庄，过了塘埂门楼，停在一个大簸箕里。有两人跑出来，各拿一只布袋轮换铺于地面，新娘由女傧挽扶踩着布袋步入屋堂，与新郎行拜堂礼。礼毕，仍用两只布袋轮换传递着铺于地上，寓意为"传代"；这回，是新郎挽扶着披着鸳鸯盖头的新娘，双双踩在布袋上步入洞房。一个身材矮小声音却惊人洪亮的老头唱起送房歌："上袋传下袋，一代传十代，十代传百代……"祝颂婚后子孙繁衍，兴旺昌盛！

芙初在洞房桌子上看到木雕"麒麟送子"，还看到传说中的"六甲笏"，一个罩着红绸的线装书一样大的绿牌子，中间用红漆竖写"身怀六甲"四个篆体字，是保佑怀孕平安的。新堂客娇小动人，也就是古诗里"红妆二八"的年岁吧……芙初看着两个满脸稚气的人拜堂成亲，甚觉有趣，同时又替黄晰之担心，怕他会中断学业。酒席办了不知有多少桌，十里八乡的亲友都来了。有一个流浪戏班子不知从哪得知消息，也赶了来，在田坝上栽柱搭台唱大戏，宁静的山乡顿时变得生气盈满。

湖南人最喜欢看《刘海砍樵》，他们心目中排名第一的堂客，就是家喻户晓的胡秀英。这刘海哥和胡大姐，一个"走啰喂"，一个"行啰呵"，夫唱妇随，你恩我爱，发家致富……湖南裔的堂客们都会唱《刘海砍樵》，都向往那种和满日子。男人们也都做着刘海梦，当然是想讨到像胡秀英那样美貌又能干的堂客，却不是想以砍柴谋生。婚礼次日一大早，天才蒙蒙亮，芙初推开门，正好看到新娘低头羞涩地自屋里出来，身上犹着鲜红嫁衣，手里提着红漆马桶去茅屋里倒……想那初嫁时的胡秀英也曾是这等模样么，她的柴米油盐、吃喝拉撒生活从哪里开端的哩？

春节一过，黄先生受张和声所代表的湖南会馆委托，只身住到距家十多里远的童村，为新近迁出的郁青农业职业学校修建校舍。他召集工匠，在一处临水山坡上建成遥遥相对的两栋木构土墙的楼房，分为教室和宿舍，另外又建成教职员工住房……从外地招聘来校长、老师，他自己担任总务管理。大批学生到来后，那地方便有了一个新名字——"学生宅"。

至于黄家俩兄弟，则同芙初一道早早回到张村。

暮春野外，有各色艳丽的花和小果子。芙初常常把它们采来，在课本的插图上面挤压、摩擦，给印得毫无生气的黑白图像抹上颜色，使它们看起来更美一些。远远近近，一树树山桃花，就像开在画里一样。"桃之夭夭，灼灼其华"，让人心生无限希冀。

雨后，鹧鸪声声啼鸣，则又输送来满心的忧郁。同学中开始传唱一首旋律别致的歌，叫《何日君再来》。最初由周璇在上海滩唱红，本是一往凄清，同诉飘零，却引来诸多争议……据说，日本方面认为，这是一首抗日歌曲，意即"何日国军再回来"。国民党却认定这是召唤共产党返回上海，并隐含政治暗示，使风纪乱之。而共产党则认为歌词轻佻，消磨斗志，属典型的靡靡之音，是上海堕落生活方式的写照……学校采纳音乐老师吴鉴徽的提议，坚决予以杜绝，宣布不准传唱此歌。

某天，一个黝黑汉子肩扛一条板凳，手提破旧的帆布包从大堤走下来，出现在村子中。"磨剪子喔——铲——刀！"几下吆喝声响起，表明他是个磨刀人。有老太太颠着小脚走来递给他一把菜刀，他接过，用手指刮了刮刃口，然后从一大堆千奇百怪的破烂中找出磨刀石，拿团破布将刀抹了几下，便骑坐在板凳上刷刷刷地磨开了。银色的菜刀与铁青的磨刀石不断摩碰，"沙沙""唑唑"的声音散开来，颇有弦丝类乐器的音色……但磨刀人却四处乱瞅，眼神很鬼，还不时向人打听学校的人数规模和对面马头镇的驻军情况。

正好袁佩璋走了过来，见这人形神可疑，就问是从何处来的，有没有身份证明。那人一边回答，一边去口袋里掏东西……袁佩璋却一把攥住对方手腕，问他究竟是做什么营生的，一双手为何如此光净？目光直咄咄射过去，很是凌厉……那人脸上露出慌张之色，收拾东西要走。大家从四处围上来拦住不让走，谁知反被他挥拳打倒数人。好在袁佩璋身手矫健，拳脚更硬，几个往复将其踹倒在地，众人一拥而上死死按住，并在帆布包底搜出一支手枪，叫郎八式，是日本人专用的"王八盒子"。遂拿绳索捆了，押送到对岸驻军那里。

芙初发现，老师们常常聚在一起讨论什么，姐姐也在其中，几个青年教师有时会争得面红耳赤。

后来方才晓得，三民主义青年团第三战区支团陵铜繁组织员章和，先在县城建立区队部组织，之后又来到陵阳中学建立区分部，发展团员。于是学生中分出三青团和共青团，各行各的道，各讲各的主义。芙初见过他们剑拔弩张的对峙，恶脸相向，嘴角挑着冷笑，目光里充满不屑……哪一边有人发难，众人便一起高声应和，将一梭梭带刺的箭射向对方。

两个高年级男生在操场较上力，一个讥讽对方不是出来念书而是出来混世的，是丝绸口袋装狗屎，可惜了料子："一个留级生不知廉耻，还这么时（不）像样子，脸都不红！"那一个则瞪圆眼睛，耍起性子来了，手指对方警告："你个鬼样的！臭嘴……信不信老子一拳打得你满地找牙，一巴掌把你耳屎都给带出来？"

"好哇，那你就来试试看！"

"试试就试试！敢在老虎头上捉蜻蜓……老虎不发威你还当是病猫！"两人出了手，你一掌我一拳，往来几个回合，最后被人拉开。不知谁嘀咕了一声："窝里横算啥，真要有力气，上前线打日本鬼子去呀！"

热爱自由、追求浪漫的江清越是出色的演说家，但他自诩只以天下为怀、以苍生为念，哪一边的队都不站。有一次，在教员休息室里，江清越同陶婕抬上杠。陶婕批评江清越不能正确面对现实，是十二月党人，是无政府主义信徒……除了不懂艺术，也不懂政治。江清越脸上挂着一层冰霜，冷声一笑，道："噢——我忘记了，你是搞艺术的——我可不是艺术家，我对艺术一窍不通！"说完，摔门而出。

傍晚时，江清越又在学校操场发表演说，总有一群学生围着他转。"我们大中华是一个神奇、美丽的地方……我们有富饶的土地，有咆哮的黄河，有奔腾的长江，更有四万万勤劳勇敢、善于创造、勇于开辟的人民……侵略者的丧钟将响彻我们祖国辽阔的土地！我为自己是一名中国人而感到骄傲！我深爱着我的祖国！"

黑地里，有人在唱《延安颂》：

> 夕阳辉耀着山头的塔影，月色映照着河边的流萤；
> 春风吹遍了平坦的原野，群山结成了坚固的围屏……
> 啊，延安，你这庄严雄伟的古城！
> 到处传遍了抗战的歌声，啊，延安……

当晚，邵运柏递给芙初两本书，是鲁迅的《阿Q正传》和《呐喊》。

这学期，新来了一个教导主任叫胡甲民，长着窄窄的巴掌脸，作风却十分凌厉。他原是教化学的，出身教育世家，是湾汕那边保沙圩胡家湾人，与宋则要交久，寄居陵阳并娶了门房徐一女为妻。胡甲民到校后，对学生们留着各式发型颇有意见，特别是对那些油光发亮的背头和二分头很是反感，认为此风气非刹不可，尤其眼下正当战时，岂可不加严束！遂让人张贴布告，宣示纪律：女生齐耳短发，男生向士兵看齐一律剃光头，搞清爽了，方允许注册上课！

同学们见到布告后，大部分理去头发，只有少数男生借口各种原因不肯剃成和尚头。因此，在一次全校师生集体举行"总理纪念周"时，胡甲民大发一通脾气，将那些仍留着长发的男生一个个从队伍中叫出来，罚站一边。因为被罚的人呶呶争辩，语多不逊，散会后，胡甲民仍不准他们回教室上课，继续反省。他效仿清人入主中原时搞的那一套，留发不留人，留人不留发，叫来理发匠，强制剃头……最后，这些学生都被刮成青皮葫芦头，内心十分怨恨。

事情并未到此为止，胡甲民竟然又祭出戒尺，要求教师进课堂时须眼中有光，手中有戒尺。但是对学生打手心，这尺度无论如何都有点大了……羞耻之心，人皆有之，何况大部分学生已是成年人，加之又是男女同班，设若一次课文没背出来，就要伸出手掌挨打受辱，脸面尽失，何地可容？为此，学生们纷纷向校方提意见：当今社会，潮流向前，岂可再搞乡间塾师那一套？要求立即废除课堂体罚，改进教务！而胡甲民顶住压力，置之不理。他认为尺在手中，度在心中，好教师必须是管教同步，严慈同体。动用戒尺对学生施行适当惩戒，让学生心存敬畏，引领他们守规矩，知礼仪，勤学上进，快速成长，是爱之深、责之切……故坚持维护教书育人的惩戒权，布置教员一律要带竹板子上堂。如此一来，学生们的怨恨愈深了，背后骂他是"胡甲猪"。

班上有个同学叫周大卫，这小子反应特别快，眼睛小小的，却光亮闪烁，往往老师发问还没完，他已举了手……来不及举手，干脆抢在前一口报出答案，属于那种聪明绝顶又不安本分的角色，因为皮肤黑，同学们都叫他"黑皮"。"黑皮"早先是乐育小学的学生，芙初听傅菊英讲过他的事迹。凭着父亲是教堂守门人，也是教民，所以他才有机会上乐育读书。虽说根本没把乐育艰深课程当回事，但他就是不乐意学舌洋鬼子的"番邦话"。乐育小学上英文版课文时，老师与学生问答要讲"鸟语"，如果答非所问，就要在黑板前面壁立正罚站十分钟，最后还要向老师保证用心学习，所以那时的"黑皮"因为经常作保证，被同学取笑为"周老保"。

这天盛学莪上英文课，检查作业时，独缺周大卫没交上来。盛学莪便要问明原委……恰好胡甲民巡视到窗外，伸头瞧见这一幕，立刻火上心头，冲入教室拍桌骂道："你就是这样对待学习？还有没有脸皮……训练一只狗都能训练好，难道你还不如一只狗吗？"这种辱骂，盛学莪听了也不是滋味，很有点难堪……周大卫更是忍不住小声回了一句嘴："狗比猪好……"哪知被胡甲民听到了，便将周大卫拖到黑板前，转身要拿戒尺来打手心，谁知盛学莪却并未带竹板子上堂。胡甲民就手指周大卫警告道："你不要调皮日怪，有法子处置你！"

出事这天，开早饭时，发现伙食不卫生，又是周大卫，从菜里吃出一条煮熟的肥青虫，还有树叶，就用筷子挑了举得高高让大家看。学生们鼓噪起来，在饭厅起哄……事务主任张九先闻声赶来，问明缘由，立刻去厨房查问，答应给学生一个解释。而胡甲民则认为学生借故恶意取闹，特别是这个挑事的周大卫，惯有劣迹前科，不采用强硬手段打压下去以后校方还有什么威严？当他黑着脸来到饭厅里朝学生训话时，已没有人听了。

晚上，学生们拒不上自修，跑到一里路外的李村开会，既有三青团的人，也有共青团的人。一致商定，待晚十时后以哨音为号，围攻胡甲民……谁知，这消息不慎泄露，胡甲民得讯后，即刻离开寝室，来到校本部，告诉大家暂避一下。教师张镇藩家住得近，立即通知当地族人做好声援，学生如来搞事，约定鸣锣为号聚人抵挡。

天空一片漆黑，四周死一般寂静。时钟刚刚打过十下，几声呼哨响起，如大海里起了波涛，学生们黑压压地拥来，把校本部团团围住。一部分学生破门而入，冲进寝室未见一人，便知教师有了准备。于是一声呐喊，齐聚到大操场上，将学校周围竹篱笆踹倒，抽出竹子，人手一根，蘸以青油点着，明火执仗，奔向二号寝室。

这时，村头锣声骤起，哐！哐！哐！夹杂着一片呐喊叫骂声。原来，是那个家在本地的教师张镇藩招来的一二百号村民拿着锄头挖锹赶来，形势一下大乱……双方对峙，相互叫骂，闹了一阵，学生们寻殴胡甲民不着，只得各自散去睡觉。

事端刚起时，女生们都扒在寝室门窗边，挤扁了脸朝外看。只看到一支支火把时分时合，呐喊不绝，待到锣号尽起，村外火把骤然增多，怕男生们吃亏，大家要冲出去声援。刘慧男张开双臂拦在寝室门边，而几个人则拼命拉开门要出去……正争持不下时，姐姐过来了。她让大家莫要惊慌，为了安全考虑，谁也不许出去。那几个女生仍是闹着要出外去声援，姐姐沉沉扫了她们一眼，说："不管有什么理由，学生围攻老师总是不对的，要你们助什么威……"然后，提高声音厉声警告，"不要再闹出事情，全给我在屋里待好！我已把话讲清了，看谁还敢迈出这道门！"于是，没人再闹了。

更深夜静，驻防在青弋江对岸马头镇的五十二师听到了这边声响嘈杂，不知出了何事，派出一个排士兵，荷枪实弹，坐了两条船赶过河来进行弹压。及至现场，始知学生闹事，遂将为首肇事的周大卫、陈济美二人拘捕带走。

正在县城办事的校长宋则要，闻讯后急忙赶回学校，连夜召集张九先、邵运柏、盛学莪等人商讨。随后立即带人过河，到五十二师某连部交涉，欲领回学生。但学生已押往县城，移送陵阳县政府究办。宋则要又返回城里，找到了县长王建五……王建五却表示，这是一次学潮，一定要查清幕后有无其他情况，学生暂且不可释放！

邵运柏、盛学莪召集人准备去县城请愿，同时邀集了本地一批乡绅出面担保……宋则要再次领了张九先和刘万年一起去同县长王建五交涉。王建五迫于压力，害怕事情闹大收不了场，最后答应具保释放，但学校一定要将两名领头闹事学生予以除名。

闹了一周多的学潮，就这样平息下去。

胡甲民虽是毫发未损，但天天跟学生怒目相对的日子也不好过，挨了数月，还是自请离职另走他乡，去了广州。行前，宋则要为他送别，姐姐和盛学莪还有邵运柏都参加了。芙初才知道，胡甲民竟然是共产党的人。

经此一闹，感觉河对岸驻军加强了操练。傍晚的时候，站在大堤上，已看不到水面有船帆排影了。青山绵延，风云漠漠，夕阳残照之下，"嗒嗒滴——嗒嗒滴嗒嗒——"阵阵蕴含杀伐之气的军号声响起，悠长，凄壮，而略显阻塞，划破了群山间黄昏的天空。鸟雀仄翅急飞，投林而去，留下一片凄旷萧然。

寒冬来临，一场纷纷扬扬的大雪从天而降，压塌了祠堂东边的偏殿。殿前一棵玉兰老树，枯枝上忽生白莲花数十朵，大如盂，须似宝盖，微妙香洁。大家正在惊奇，却看到前后菜园里所有青菜也是尽起花薹，每枝薹上花穗立如人形佛像……事属稀有，不知是何兆头。

到了第二年三月末，形势突变。一天早训时，宋则要神情郁愤地告诉全体师生，日军又一次侵袭了城关。县长王建五带上镶金琢玉的考究烟具，率领政府机关及国民兵团、自卫队七百余人，翻山越岭撤退到泾县章家渡和茂林一带……政府流亡，县城已被放弃！

本来就有传闻，说那个张昌德虽名唤"昌德"，身上却壅绕一股磨不去的凶煞恶气，怕就是个灾星。不久，果然有消息传来，张昌德因为争当一四四师师长不成，恼而成怒，竟然率领自己手下一个团并裹挟另外一团人投降日寇，对外改称"皖南独立方面军"，并在县城设立"皖南特别区行政长官公署"，自封中将司令兼领行政长官，所部驻扎陵阳、繁昌等地。起初，有个叫黄克立的团长不愿降日，领着部下哗变，在西门外蚂蟥涝那里同张昌德交火，打死十数人，后被包围缴了械，人也给拘禁起来，再放出来时就成了"副司令"。

陵阳县城沦陷，乡间形势也动荡不安，学校不得不再次解体，师生遣散回家。在张村三年半的学习生涯，就此结束。

芙初仍回花山，姐姐同黄先启又回到老山里，继续教授纸槽子弟。

满天风雨
血泪花

　　四月中旬，张昌德引狼入室。日酋小关率领一个中队约百来个鬼子从贵池和大通那边开过来，进驻陵阳城，抓差拉夫，架设铁丝网，修筑碉堡工事。张昌德正式易帜，扩充政务、财务机构，建起了伪政权。国民党陵阳县政府管辖下的地界，只剩有何湾、刘店、三里三个乡，禄岭、峨岭、奚滩只能控制部分保甲。

　　芙初仍要到姐姐那里讨钱，但讨来了钱事情却不算完，因为都是老币，市面上用不开，还要拿到陵阳城里换成新币，才能买回东西。新币"中储券"，是"中央储备银行"的伪币，上面印着孙中山的像，还印有"中华民国"的年号，但却是南京汪精卫"国民政府"发行的。老币票子称作"法币"，又喊"国票"，在国统区流行，有五元面值和十元面值，还有一元和五角的。都是保命钱，姆妈生怕弄丢了，每次出门，都用针线把装了钱的衣服口袋从里面缝死。芙初跟着上街卖柴火的人到城里北门刘林叔叔处兑换，他也是湖南人后裔，家里开着砻坊，什么币都能吃进。

　　进了县城，迎面是一个乌龟壳一样的碉堡，两个黑洞洞枪眼，如怨毒老妇的凶眼瞪向你。旁边码一圈麻袋，上面架着机关枪，两头拦着铁丝网。一个戴布帽、打绑腿的哨兵持枪而立，对来往行人视若无睹，不管不问。

那一回，已经在刘林叔叔处换好钱，从北门过来，走到市桥边原来的启记书局门口，突然看到桥头有戴钢盔的鬼子站岗，行人路过，皆要盘问、搜身。芙初打了个寒噤，赶紧掉转身往回走，哪知劈面又撞上从十字街过来的背着刺刀、牵着大狼狗的一队鬼子……眼见无路可逃，芙初急得快要哭出声来，幸亏被一个提篮卖黄烟的老头伸手拉到路坎边。鬼子凶神恶煞一般端着刺刀将两人围住，老头不断躬腰连比带画说是他外孙女儿，一贯胆子小，没有见过太君……鬼子横过枪托当胸砸了老头一个踉跄，瞪着眼睛叫他将篮子里黄烟包全倒在地上，伸过穿着皮靴的脚一个个踩破、碾散，又命脱下外衣检查。那只吐着鲜红舌头的大狼狗，则贴着芙初身上嗅了一遭……最后，带队的鬼子挥挥手让他们走开。

芙初不知该如何感谢这位好心肠的卖黄烟老人，只能帮忙捡起地上破碎散落的黄烟包，又连鞠了两个躬。老人让她赶快回家，说世道这样乱，一个小姑娘家千万不要在外面瞎跑，出了事怎么得了！

芙初再不敢从市桥过去，不晓得能不能从玉带桥绕行……有人在旁边叫了一声，竟然是袁佩璋，心头一热，就像溺水者一下抓住别人伸过来的手……袁佩璋说刚才卖黄烟老头是自己人，是他让老头过去解救的，他自己出面怕引起鬼子怀疑。眼下，鬼子全城搜捕人，玉带桥那边恐怕也过不去了。

"你是要回花山吧？走，我带你从城墙头那边绕过去。"说完，领着芙初钻进一条小巷子，又从一幢无人居住坍塌了半边山墙的老屋钻出，抄近路往新壁巷和西后街去。一只秃了半截尾巴的黑猫，从破窗棂上跳下来，冲着他们眼放绿光怪叫两声，竟有一股凶戾之气。袁佩璋瞅准一块瓦砾伸脚踢起，正中猫身。那畜生一惊之下，凌空跃上断墙，三蹿两跳，便遁形无迹。

终于赶在天黑前回到花山，芙初这回真吓得不轻，当夜就说起胡话，人软似一摊泥，全身滚烫，如开水浇过一样。姆妈拍着床沿喊吓……不成，又把六奶奶请来。六奶奶照例舀了一碗米，牵起芙初手，捣着一双小脚去水塘边喊吓。

姆妈将芙初看得紧，不敢再让她进城。同时也带信给姐姐，要她注意安全，切切不可大意。

芙初没有亲眼见过小关，听别人描述，这家伙就是一个十足的恶魔！他看中了有着亭榭曲廊、荷池林园的徐家大屋，就将那里霸占下来做了指挥部。徐家大屋高耸的门楼前，站岗的鬼子兵如同吃了枪药一样，手端明晃晃刺刀，横鼻子竖眼睛，行人皆望之生畏，绕道而行。小关个高体壮，满脸凶悍，腰佩指挥刀，手执皮鞭，骑在高大的东洋战马上巡视县城。碗大的马蹄刨着街石嚓嚓响，不断溅出火花。城内居民一听到"小关"二字，皆谈虎色变，恐惧万分。

北门有个卖小磨麻油的刘侉子，进南园澡堂洗澡，不知小关也在，仅仅是先一步下池擦洗……小关骂声"八嘎"，嗖地跳起，跑回衣架上抽出亮晃晃指挥刀，将刘侉子当场砍死！西门有个姑娘叫沈小娴，容颜尚佳，她本是芜关中学学生，一年前从芜湖来陵阳投奔外婆，有一天被小关撞见，当晚就从家中给拉走，到第二天下午才放回。其舅舅还是帮会头面人物，但一家人惧怕淫威，不敢驱赶甚至不敢回避，小关遂常宿其家。

日本人为巩固地方秩序，将维持会给建立起来，会长正是芙初在张村时女生室长刘慧男的父亲刘大杰。小关予以笼络，常邀其至芜湖参加一些"大东亚共荣圈"庆典活动。并将刘会长稚儿收为螟蛉子，见刘慧男容貌不俗，成熟饱满，就心生歹念，每以言语挑逗……刘慧男先是出外躲避，但最后仍未逃脱，中秋夜晚被小关强行灌醉，抱上床。

细雨深秋，去世已一年的三老爷黄子高要送至黄家墓庐下葬。湖南人视死如生，按照风俗，去世者还可放在家里浮厝基上厝两年，但这是战乱年代，谁也不敢说鬼子什么时候打过来，会有什么事发生，还是入土为安。

湖南人送葬，不作兴请和尚道士做法事。家里亲人不分长幼全都一身重孝，一条老长白棉布从头上披下来，远远望去一片白。还有一对金童玉女，戴的帽子下吊三个白棉球，在下巴底一动一晃荡。棺材很厚，底下垫了许多沙，出材时，用十六个抬棺的，八人抬，八人换。家人摇头晃脑地用湖南腔大声唱唐代诗人王维的《阳关曲》："渭城朝雨浥轻尘，客舍青青柳色新。劝'父'更尽一杯酒，西出阳关无故人，无故人……"唱一遍，洒一杯酒，所有小辈皆手抱龙头香跪在两边拜唱，这叫"喊礼"。如果葬的是母亲，则唱"劝'母'更尽一杯酒"，"更尽一杯酒"，"一杯酒——"唱完三遍，始起棺出材。鸣锣引魂开道，孝子捧灵牌引路，女眷扶棺和随棺哭泣哀号，抬到蒲塘曹对面黄家老坟山下葬。那鸣的可是大抬锣，两人抬着，有头号筛子那么大，也叫"大筛锣"，哐哐声震得人遍身发麻，耳朵底嗡嗡响。有人拿纸钱一路抛撒，过桥过村庄时，如有人路祭，孝子则跪谢回礼。

要是放在以往安乐年代，像黄家这样大户的葬礼，出棺时还要有轿子，长儿、长媳坐的轿子在前，一溜轿子随后依次而行。光是流水席，就要开上好多日……哪怕是过路人都能上门讨碗饭吃，吃完后还可悄悄带走碗盏，名曰"偷寿"，意味着自己也能沾光长寿。

鬼子抓捕了不少石匠、泥瓦匠和木匠，包括能凿能刨挑着腰子桶的箍桶匠都给拿刺刀押了来，在蚂蝗涝、笠帽山、南门城门口修建起三座大碉堡……三里一岗，五里一哨，来往行人一律经受扒衣裳搜查。蚂蝗涝位于城西二里许，是通往工山、桂镇、戴汇、何湾等地的要道，在此布兵把守，可控制县城西部山区，阻遏游击队抗日活动。离城十余里，位于茶丰的笠帽山，孤峰突兀，高居绵延山丘之上，能钳扼峨岭、三里店和泾县童疃等处要道。

县城南门碉堡是中心据点，筑在先前国民政府未拆净的两座城门之上。据在那里干过活的人说，碉堡分三层：下层进出，摆着小钢炮，二层架着机关枪，最上面一层插红粑粑膏药旗放哨瞭望。碉堡外数丈开外有灌了水暗壕，围以布满铁蒺藜的铁丝网，铁丝网外又箍着一圈木栅栏，行人不得靠近。城墙外数里路范围内房屋及树木推倒伐尽，沟沟洼洼全部夷为一目了然的平地……有时，鬼子冷不丁朝外面打响机枪，"嗒嗒嗒嗒"，一响起来没个住的时候，声音炸耳，惊悚怕人！

往昔香火旺盛的地藏庵，是一座古庙，离南门城墙不远，鬼子强征民夫拆掉大殿、配殿，将木料、砖瓦统统运往工地。湖南会馆、和含会馆的轩堂高屋，皆难脱此劫。花园沈家福外公是外公的堂弟，在西街离徐家大屋不远处建的十余间瓦屋，也尽被拆除。在东街城门口卖针头线脑小百货的燕家是回民，藏有回民公用棺材一口，一日被日军搜出，也要劈开拉走修建地堡。燕家白发老爷子以双手相合、头偏睡于手上姿势，示意这是他最终卧躺的灵柩，请求不要夺走。竟惹怒鬼子，被一刺刀捅入上肋，老人捂住伤口惨呼，复又有刺刀从肚脐处捅进……立时倒在血泊之中。

新四军在这一带活动甚多，与鬼子及四川佬黑头鬼子部队缠斗不休。

芙初虽然不敢再去县城，但隔上一段时日，仍要像以前那样去姐姐处拿回生活费。

雨天里，她跟着三个穿便装的新四军战士走在山中小路上。刚从一处湿漉漉石山隘口下来，忽然听到前面传来马蹄声，领头的人从腰间拔出短枪，压低声音喊道："快散开，卧倒！隐蔽……鬼子来了！"芙初跟着那几人立即钻进茂密的小树林，趴倒在草丛中，心头怦怦跳着。听着马蹄嗒嗒渐近的声音，感觉就像有一只大手掐紧了喉头，气都透不出……就在此刻，听得有人嘀咕道："这，这哪是鬼子呀？"大家探起身一看，原来是六七个头戴大笠帽的人，赶着几头毛驴，驮的都是食盐和茶叶……一场虚惊。

芙初没想到，在姐姐处竟然见到了陶婕。那天，正给姐姐搭帮手在一个大水塘边洗被子。一连阴了许多日，天放晴，水塘边到处都是洗衣的人，各据一段石埠或水跳，"吧嗒吧嗒"的棒槌声响成一片。姐姐用皂胰子把手中被单搓洗出一堆泡沫，牵一头在手，站起身朝远处水域撒网一样抛开，再慢慢收回，在水里摆几摆，漂净泡沫，然后与芙初各执一头反向拧干。

有人走了过来，摘去草帽，露出一张熟悉的俏脸。"陶老师！"芙初吃惊地喊出。

"你不是去了屯溪……怎么会在这里?"姐姐同样有点吃惊,将那条湿被单拿在手里,身子未动。

陶婕嫣然一笑,以草帽为自己扇风,一阵淡淡的花露水香飘散开来。"怎么,不欢迎?你么倒很安逸哇!"她从姐姐手里抽下被单递给芙初,然后头一歪,朝身后林子里努了努嘴,道:"能换个地方说话吗?有些话,芙初不听为好。"

姐姐迟疑地目光一转,皱起眉,又松开,笑了笑说:"就让她听听也不差呵,帮着分析分析嘛……你是来做说客的?"

"别说得这么硬肘难听,你这一句话就把人家肚子攮个对通……黄指导,窝在这山拐角里有意思吗?办一所好的学校,为民众服务,不也是你一直承头要做的事吗?跟我回县城吧。"

"不敢,那里是张昌德的地盘……"

"张司令记挂着黄指导,一直想请你回县城,绝对保证安全……我给他带的话带到了,没有吃雷哈。另外,你恐怕还不知道,你的老师徐羊我,现在是陵阳县县长了。他也竭诚盼望你回城,为民众教育作出奉献……"

"好了,好了,你晓得我们有句坊间俚语叫什么——'逗孬子烧冰冻吃',冰冻看着眼馋,但能下锅烧吗?不说这些啦,我呢,是命中注定'小鬼受不了大元宝'。中午请你吃饭……正好我的东家昨夜套到了一只狍子。"姐姐把手一挥,不容分说,扯起陶婕胳膊生拉硬拽拖走,又扭过头招呼芙初将被单拿回去晾晒好。

那一餐饭,并未有狍子上桌,狍子一时三刻搞不烂,要煨到晚上才能入口。而吃过午饭,陶婕就要走了,姐姐反过来劝她立即去屯溪,千万不可留在陵阳城。"抗战全面爆发,川军誓师,出川浴血奋战,梦里乡关,为鬼为雄……你从杭州跑来,先是跟着田冠五夫人俞惠如女士,在铜陵组建了新七师宣传队,宣传全民抗日的主张。后又来到陵阳加入一四四师宣传队,动员民众挖防空洞,还同军队一起举行防空演习……我还看过你与新四军战地服务团一道演出的抗日剧目《大风》和《打鬼子去》，你怎么能忘了初志和那些激励誓言呵！"姐姐苦口婆心，说得陶婕无法不点头。

芙初听说过，陶婕父亲原是川南宜宾一家木器作坊的小老板，母亲是二房。六岁时父亲过世，母亲将她拉扯成人，十六岁嫁入盐商家。婆媳难处，婆婆希望入门的是个本分媳妇，但陶婕却是个向往自由的新女性。最后吵来吵去，她一气之下跑去上海，后来又漂泊到杭州，靠着四川同乡会一点有限资助，几经辗转，考入林凤眠执掌的杭州艺术专科学校。

姐姐将陶婕送到村路边。陶婕拉着姐姐的手说："我理解你，你要的是清白……可我毕竟是川人，身在外乡，横竖有一个依靠才好。"姐姐看着她，摇摇头，什么也没再说了。

这年五月，张昌德办起了临时中学，将原来湖南会馆的郁青农校占为校址。秋季招生时，临时中学又改称皖南中学，开设了初中六个班级，校长由张昌德手下的政治部主任陈海如兼任，校务主任胡学衡在张村待过，女生指导竟然就是陶婕。教务、训育两处主任及部分教职员工，均来自在张村解散的陵阳中学，有一定号召力和影响力。因此，家在本县城关、圩区以及繁昌、铜陵的原县中学生，有不少人便就近入了皖南中学读书。

初夏，姐姐捎回消息，她已到了泾县章家渡萧村。原来，逃亡至泾县的陵阳人心有不甘，决定再度复校，已改请在张村当过两年老师的黄范亚为校长。七月间，黄范亚带人将存放在张村及他处的教具收集起来，用小船运到萧村。

芙初没有急着赶去，而是继续留在家里。小暑出黄梅，熬过湿漉漉梅雨天，"六月六，晒龙袍"，家家倾箱倒柜，翻出衣被置太阳下曝晒，谓之"晒霉"。同时，田畈里稻子的早熟品种穗头已黄，大户小户都以此日品尝新米饭为快事，桌上添几碗荤腥菜犒劳胃肠，俗谓"吃新"。

晚上奇热，人们都在屋外乘凉。天边的霍闪一下下扯着，但都是扯的干闪，没得雨，"东霍霍，西霍霍，明朝转来热霍霍"。突然，山那边传来几声枪响，远近的狗吠响成一片，影影绰绰似有人往大路上跑动。有人喊了声："不好了，快跑！"大家丢下椅凳和竹床，纷纷往家跑，乒里乓啷关上大门，还加上顶门杈棍，心里怦怦跳，头皮一阵阵发炸……不晓得哪里又起了事，是黑头鬼子呢，还是绥靖大队的人来了？世道太乱，除了新四军外，还有这个"司令部"，那个"游击队"，十数个人、七八条枪的"抹胡子"更是经常发生火拼。芙初和姆妈爬上楼，又使力把活动梯子拖上楼，心惊胆战地等待事情的发展……终于，沉闷的叫喊声和杂乱的脚步声在大路那头消失了。两人藏在楼屋里热得气喘汗流，直到外面晒场上有人喊没事了，才敢放下梯子小心翼翼走出来。

次日方才晓得，昨夜响枪，是一伙土匪要打劫山那边王财主家。无奈那个"大夫第"屋门太结实，正轰砸之际，突然从墙头高处伸出数杆乌黑的鸟铳杆筒……有人喊话："再砸门，老子就开枪了，枪籽籽不认人！"下面一愣，随即同样有人扯开喉咙喊："别听他狗日的叫唤，他家没有枪，拿大秤杆子吓唬老子呵？抄家伙上呵……"话音未落，"轰""轰"数响，火光迸射，几团铁砂子喷出枪口，几个砸门最起劲的强盗捂着脸又跳又叫跌倒在地，迅疾被人抬起，一哄而散。

太阳映照下，北方的大公山辉煌地亮着。那边的二尖峰、十把刀、鸡冠坳和笔架山一带，重峦叠嶂，地势险要，是新四军活动地盘。日本人和国民党的势力都进不去，只得另作他图。从花山到童村街，中间有一大片不高的山岭，张昌德的"皖南独立方面军"为了切断新四军西北与南边的两头联系，折腾一个夏天，在大花山顶头修起一个大碉堡，派了四五十人驻守。

夜晚，碉堡里的人就往黑地里打枪，子弹拖曳着一道道亮线嗖嗖乱飞，谁也不敢出门，怕遭横祸。家家发愁，人人自危，提心吊胆过着日子，不敢乱说话，不敢乱跑，一到晚上，只要不是太热，便早早关门睡觉。从大公山那边过来的新四军，一定要拔掉这根毒刺，遂于一个月黑之夜发起强攻……各种枪弹爆出耀眼的光亮，如无数疾蹿乱钻的飞虫。

芙初站在黄家的楼上朝西北那边望，着了火的大碉堡就像一个大火把。那火光摇晃着，跳跃着，越烧越高，烈焰窜入空际，顷刻红了半边天！

又是一年中元节到来，连日风雨，再没有做盂兰会唱目连戏的了。倒是在这个过鬼节的"七月半"夜里，新四军冒着雨又一次攻击了筑在茶丰笠帽山上的那个碉堡。枪声连续不断，声音很大，像炒豆子一样响了整整一夜，把鬼子和黑头鬼子打死了一二十个，碉堡给炸塌，幸存的人全在天亮前逃回县城。新四军这边也是喋血牺牲了十八名年轻战士，十八口棺材一字排开，有些棺材没有来得及油漆，只好临时涂上矾红……追悼会上，许多人泣不成声。那些棺材，都抬上山去埋葬了。

两边激战，吓坏了一个人，就是在九甲里教书的月容大表哥，他背个装满书的高脚考篮拼命跑进老山里。谁料到，当地游击队的人看他白白净净，说话吞吞吐吐，前言不搭后语，误认为是汉奸，把他抓起来枪决了。

秋老虎发着余威的一个黑月头夜晚，芙初和姆妈在外乘了一会子凉，半夜时刚回屋躺倒。忽闻村外远处隐约有狗叫声，稍稍抬起头，侧耳静听。过了一会儿，近处的狗也叫起来，听到水塘门楼那边有人说话。接着，脚步声由远而近传来，屋门给"嗒嗒"轻敲了几下，敲得人怦然心跳。"这深更半夜的，是哪个呀……"姆妈下意识坐起身，摸索划着洋火，哆哆嗦嗦把油灯点亮。拉开门，二男一女三个人立在黑影里，认得其中一个是看门楼的长脚伯。一个蓄着齐刘海的年轻女人走上前，芙初失声叫出："喜姐……大表嫂！"

大表嫂喜姐从九甲里来到花山，告诉姆妈月容大表哥失踪数日了，听说是去了老山里。中午得知讯息，是一个称作"棚花子"的造纸工送来的消息，说老山里刚弄死一个背考篮的汉奸……月容怕是凶多吉少了，这才先到这里来讨主意。姆妈惊得倒吸一口凉气，但她很快稳住自己，回头看了一下长脚伯，晓得他地头熟，认得"四老爷"那边许多人。就说："月容是我从小看着长大的，虽有点懵懂，却绝不是往邪恶路上走的人……拜托长脚伯帮忙打听一下，生要见人，死要见尸！"长脚伯二话没说，转身走了出去，叫来他兄弟长三师傅，交代几句后，连夜就出了门。

次日吃早饭时，长脚伯披着满身露水赶回，说新四军那里确实是杀了一个背考篮的人……喜姐当即就放声号哭起来。姆妈将她劝止，让她随长脚伯赶紧过去辨认一下，芙初也跟着一道去。那天，几个人走了半天，翻越几道岭，终于在山脚底一片竹丝林里找到一堆黄土。挖出来，死人俯面朝下，一只胳臂蜷曲在胸前，身上穿着白底蓝条纹裤子，就是大表哥！芙初感到自己头发一根根竖了起来，不自觉地打着寒战……对于喜姐来说，真是天塌了下来，站那里如泥塑木胎，脸上煞白，眼珠都定死，突然间一声惨叫往后便倒，腿裆里有血淌出，腹中的胎儿流产！然而，死人已不能复活……当晚过去了几个人，把已经膨胀淌水的尸体运回花园沈老坟山葬下。

听刚从城里回来的人说，县城那边，也是战事不断。八月末的一天凌晨，国军几百号人绕过城东南思古桥，摸水向城内发起突击。呐喊声惊天动地，射出的子弹拖曳着亮光密如飞蝗。小关指挥鬼子兵退入圣公会钟楼，居高临下朝外射击，并把紧靠城墙根约有百余间屋舍的刘家赐福堂浇上煤油放火……霎时，浓烟滚滚，火光冲天，县城上空映得通红！失去了遮掩物，攻城者尽皆暴露于阵前，鬼子朝着人影开枪射击。尽管如此，仍有部分战士冒死攻到城南湖、云盘村……鬼子放火把北门杨四郎庙烧毁，又将王家坦草房数十间烧掉。居民四处躲藏，心中恐惧万分。鬼子又在云谷堂后菜地架炮，向云盘村、城南湖猛烈轰击……国军伤亡颇重，许多伤员被用梯子和凉床抬下来，前进受阻，只得撤退。

仅此一役，鬼子在县城烧毁庐舍数百间，残壁断垣，瓦砾成堆。到处是流离失所、骨折腿残的人，扶老携幼流落街头，衣不蔽体，饥肠辘辘，妇幼啼号，哀鸿遍地……凄惨情景，令人心碎！

关山北望

庆重光

　　花山这里毕竟离县城太近，姆妈怕万一出事，不等到九月开学，就让芙初立即起身去萧村。

　　萧村，地处茂林、章渡之间的一个小村，南临青弋江，北望云岭，山峦叠翠，流水潺潺。村上住户不多，一座高墙深院的萧氏宗祠立在村头，十分显眼。房子门头很高，进了黑漆大门，里面倒是很亮堂，前有照壁，中有大天井，两旁厢房，后有阁楼享堂，加上许多下屋……基本能容纳这所几度迁址的多灾多难的学校，师生们暂时有了栖身之处。

　　九月开学，学生将近四百人。每年级两个班，另增设一班高简师，由施慕仇任班主任，招收本校初中毕业生，名额五十人，毕业后满足乡间教育之需，但实际上只招了二十三名男女学生。教材皆仿照师范课本，有不足处，以讲义为辅。生活费用，均按师范标准供给……芙初考入了这个简师班。

　　在萧村，生活倒也安宁，课余时间跟小同学到河边捉小鱼，捡鹅卵石。一下课，永远精力充沛的男生们就到空地上抽陀螺，滚铁环，跳着单腿斗鸡，玩这玩那。学校的迁入，给这沉寂的小山村带来不少生机。

　　傍晚，芙初常和姐姐到村外散步。林树环绕，田园相依，沧桑的古桥，桥面上走过的村姑，还有暮归的老牛、戴月荷锄归的老农……放眼所望，处处皆为人间清宁图景。常见音乐老师吴鉴徵一手端条凳子一手拿把胡琴，来到桥边古树林坐下，两腿架起，调好琴弦，手一抖，悠扬的二胡曲子就飘了起来，乘着清凉的晚风传出很远。

又辗转收到采薇的一封信，天涯路远，是从四川省秀山县青龙村寄出来的。原来，他们一家随大姑父去了湘西，又经贵州到了川南，暂时寄身在泸州。爷爷继续行医，爸爸在政府部门谋了份差事，采薇则进入西南国立第八中学高中部就读。信中诉尽了山河破碎、背井离乡之苦……她的大姑父一直在前线浴血奋战，两次长沙保卫战都参加了。他留下遗书说：我有家仇，更有国恨！以命相搏，敌不退，我岂退？

在信中，采薇讲述了她自己的一次遇险经历：

　　……那回，在湘南遭遇鬼子突袭，师生们被冲散了。我们跟着校长，一共有十二个人，在山中躲藏了三天。大姑父得知讯息，亲自带了五个人进山找到我们。带领我们从一条小路向外走，走到一处山脚底，突然听到前面传来嘈杂声响。大姑父拔出枪，压低声音对手下五个人命令：各占各位，不要慌！然后向后一招手，上来一个人，把我拉到一边说：快退到那边去，不要抬头！弯下腰……我按那人指的方向跑过去，躲进一片杂木林子里，心里却并不是太紧张，因为大姑父就在身边不远处。但是过了一会儿，前后一望，见不到一个人了，于是我就拼命地往来的路上跑。这时听到背后手榴弹的爆炸声，就拼命往山岭上爬……又听到隘脚有机枪声，我跌跌撞撞地跑。子弹嘶嘶飞过头顶，打在我身边的石头上，溅出斑斑点点白色弹痕。翻过那个小山岭后，还听到阵阵枪声、子弹擦耳飞过的啸音……直到一个人一把将我拉住，回头一看，是大姑父……到天黑透，我们才跑了出来。

虽然皖南这里没有多少惊险，但在萧村比张村时的日子过得更艰辛，乡绅捐款及校田租金很难如期而至，供给困难，有时甚至缺粮断顿，饿得前胸贴后背，许多人身上皮包骨，瘦成一根藤。听说山区和圩区的稻米都被张昌德的"皖南企业公司"高价收走，源源不断运往芜湖销售和资敌了。早餐稀粥，筷子捞不到几颗米糁子，手一哆嗦，碗里直打晃，有人就编了歌，敲打着碗沿唱："巴根草节节合，又起早又摸黑。喝毫枵稀粥，端碗如镜照见人，风吹镜破荡浪痕……"

肚子里空落落的，一节课上下来，饿得嘴里冒酸水，五脏六腑剐空了一般痛。老师也好不到哪去，都青灰了脸，大家相见，头一句话就是："枵腹从公……嘿嘿，枵腹从公……"

黄先启有一手独门制鞋技术。他从山上采来嫩慈竹，放到火上烤软，撕下表层纤维，扭细，代替稻草打出绳鞋。从竹林里捡拾来麻笋壳，撕细，捶软熟，编成竹麻鞋……夏秋时穿脚上，又结实又透气舒适，谑称"巴拿马凉鞋"，许多老师都向他拜师学艺。

胆量和气魄一样不少的袁佩璋，离开了学校，先去徽州雄村入皖南行署干部训练班。继又参加省主席李品仙组织的省训团学习，结业后被调到县政府，穿上一套草绿斜纹卡其布美式军装，脚蹬一双翻毛捷克皮鞋，走路时，那皮鞋会发出"捷克""捷克"的响声。

年底，一个叫罗立光的广西佬骑着马带人来到茂林，出示了省专员公署下达的公文，从大烟鬼王建五手里接过县长铜印，办理了交接手续。茂林小地方，自从新四军走后，眼下又挤入许多人，除陵阳外，繁昌和芜湖的流亡县政府也都分散驻在茂林及其附近的焦石铺、章村一带。

翌年元月，罗立光将县政府迁回县境烟墩刘店乡松树窠，下属三个中队，分驻经村、刘店、桂村，形成掎角防卫。刘店虽是僻壤之乡，风水却祥瑞，有漳河源头之水龙洞，水从大山肚子里流出，另有"旱龙"曰来龙山，还有一条懒龙山，三龙相会，戏珠处名叫"珠墩"。

县政府除军事武装外，办公人员不多，有科长挂了名却不到职，还有科长弃职不干做买卖去了。最出奇的是水利科有个姓姚的麻子副科长，竟然兼职看风水、测门向，后来干脆跑回家当了牛鼻子老道，为人做斋、打醮收取酬金，改善生活。为了节省开支，几个指导员、科员聚在一起集体办公，不分界别，轮流处理急办事宜。听人说，这罗立光原是队伍里一名团职军官，广西新桂系为了巩固在皖实力，高效应对抗战实情，大量选用军事干部派往半沦陷区任县长。这罗立光看着白净匀秀，却是个火燎毛性子，专横跋扈，根本不把别人非议当回事……他提出"政教合一，健全基层行政""行新政、用新人"等口号，将县府及乡（镇）公所的公干人员一律改用"干训生"。乡长兼中心小学校长，教导主任兼乡教育股长，保长兼保校校长，唯暂时未动县中校长。

开学后一个多月，各班集中早训，大家站在操场上，黄范亚登上土台训话，说蒋总统决心要组建新人新装备的铁血新军，日前已在重庆发出征集令：一寸河山一寸血，十万青年十万军！受此鼓动，抗日激情燃烧的青年们热血沸腾。眼下正是国家用人之际，而国军要编成九个最精锐的青年师……我们受过军事训练的童子军和青年学生，首当站出来，投笔从戎，驱除日寇，报效国家！当场，就有二十多人举手报了名。

后来得知，霖表哥早已在逃难的沈亭乡下报名参加了青年军。

到了一九四五年，鬼子败象尽呈，再也不敢下乡骚扰。听说在太平洋战场上，美国人将他们的海军、空军都收拾得差不多，守岛陆军躲入坑道内变成地老鼠了。

春雨潇潇，青弋江上一片绿意空蒙。三月间，政府征募青年当兵，却闹出了事。事情前后经过，都是袁佩璋过来跟姐姐讲述的。

罗立光一心想壮大财政，但他的流亡政府，辖地不到二十华里方圆，风水虽好，却是人烟稀少，无财可刮。槽里无食猪拱猪，听说校长黄范亚家境富裕，有油水可榨，遂借征募青年军为名，坐着花杠，带上三十余武装士兵，从松树寨来到学校。命人将一挺机枪架在大门口，四个虎着脸的卫兵守住大门，学校周围也布了哨。黄范亚一见县长大驾光临，放下手头正忙的事赶上前迎接。罗立光沉下脸，吩咐召集全校师生开会。黄范亚即刻布置，命童子军教练章淮立即将学生队伍整好，分四排围站，主席台上摆好桌凳，等候开会。

少顷，罗立光用过茶，起身走到台上，居中而坐，操着广西腔普通话道："今天这个会，是征募青年军动员大会。青年参军，保家卫国，责无旁贷！这次参军，校长、教员、工友、学生都在被征召之列，概无例外……希望大家见诸行动，积极报名应征！"说完，遂将带来的报名簿朝桌上一放。

会场内一片静默，好久不见有人上前报名。罗立光大发脾气，起身"啪"的一下猛拍桌子，茶杯震倒，茶水泼湿了报名簿子。他指着众人气咻咻地大嚷："你们都不响应吗？好，黄校长，你来，你率先垂范！你带头报了名，他们才好响应啊！"坐在一旁的黄范亚，被众人眼光盯着，无法躲脱，只得起身硬着头皮报了名。接着又有教职员、学生十余人报了名，其中还有一名叫罗翠英的女生。

罗立光松开紧绷的脸，照例又训了一通话，这才坐入花杠，带着人得意扬扬地回松树窠去了。

一干人给送到屯溪体检，学校事务袁辉虹，是县党部书记长袁维民的公子，第一个被"刷"掉。教员施慕仇高度近视，摘了眼镜就是废人一个。轮到黄范亚，已是快近四十岁的人，且患有严重痔疮和黄疸病，却给"验"上了。

这事很快传到沦陷区县城里的黄家。黄范亚六十多岁老母亲坐着轿子哭哭啼啼地赶来萧村，边哭边说："不是说当了先生的都不抽壮丁吗？我儿宁可不当这个校长，也不去当壮丁呵……"

有人吓唬说："别瞎讲，这是响应蒋总统光荣号召，去青年军当兵无上荣光，不是抽壮丁！"

"当兵哪能不打仗……枪籽籽不长眼，要是打到身上怎么得了？欺我家没有靠山呵！"老太婆拈了手帕一角，一扬一抛，哭声哀哀。

次日一早，黄范亚二哥黄作辉慌急急从城里赶来，雇人挑来三四挑子洋纱布，用于疏通关节。罗立光见财气到手，就改了口表示："还要到屯溪复检嘛，真有问题，可以给刷下来的。"黄家于是又出血花了一笔厚礼，请县自卫总队副总队长兼军事科长吴定波出面，前往屯溪专门拜访了检验医官。总算在复检时，因"验有患黄疸病"被刷下。其余学生，则换上军装，拉到操场上整队，喊操，然后开走了。

乡保在职人员的薪饷和办公费，分摊到各乡公所征收，称作"乡保经费"。后来物价上涨，又在乡保经费中另征"薪饷加成""米津折价""办公补助"，名堂多多，老百姓驼子背上加包袱，负担日重。甲长也苦，无权无薪，还要向各户要捐、要夫、要壮丁，恶人难做，谁也不愿干，保长就强行指派人轮流干。乡镇自卫联队成立后，枪支弹药和服装薪饷，又向下面摊派，美其名曰民众要"担负起时代的艰辛"……真是应了那句老话"夫役月月有，捐费年年增"，老百姓过着牛马不如的日子。

不久，皖南行署在各县召集"贤老"开座谈会。张和声痛陈积弊：陵阳苛捐杂税多如牛毛，民不聊生，县自卫队不是保民而是扰民虐民！随意诬民为匪，草菅人命，杀戮无辜，弃尸田野，碉堡上悬挂人头，县府竟漠然视之，只管刮地皮，地皮刮不够，就割了耳朵补屁股……罗立光为此受到行署训斥，对张和声恨得咬牙切齿。

新四军游击队在丫山一带活动频繁，罗立光无法装聋作哑，只得骑上小黑马，带着由袁佩璋指挥的两个中队武装，由刘店乡经合村直抵陵铜青交界区——何湾乡丫山，召集乡保长及地方士绅商谈建碉堡、设木城，加强防守事宜。次晨，即命袁佩璋集合自卫队，作临战准备，直抵童村街头，想搂草顺带打兔子找工商户讨要点钱。岂知张昌德已有一连人占地为王驻守花山，由副司令黄克立具体指挥，童村街是他们的巡逻区，岂容他人染指？听说罗立光过来了，立即倾巢而出，架上机关枪隔街对峙……这要是打起来，起码毁掉半条街！地方士绅赶紧出面找了黄克立，调停协定：双方各行其政，互不干涉，为避免擦枪走火，在童村街都不驻军。

罗立光率队离开童村，结束了四天的巡防，空手叉白鸡啥也没捞到，心情烦闷地回到了松树寨。谁知，还有更倒霉的离奇事等在那……当日晚，在一个保长家吃多了酒，深夜归来腹胀如鼓，蹲在河滩边解手。突然不知打哪蹿来一只野狗，往屁股瓣上狠咬一口，生生扯下一大块肉，半年不得复原。有人说，那肯定不是野狗，是豺狗，没掏了肛门已是天大幸事！打那以后，罗立光不管做什么事，都要寸步不离带上卫兵。

县政府自卫总队成员，都是抓壮丁后捡漏来的，麻脸秃头吊疤眼皆有，个个营养不良，瘦不拉肌，从未训练过，几乎没有什么战斗力。三个中队整年不发饷，士兵衣衫褴褛，纪律涣散，士气不振……县政府在松树寨千难万难驻守了八个月。

袁佩璋每每说起这些狗皮倒灶的烂事，总是要愤愤摇头："只想着要钱、要粮、要枪，哪管你江山万里、社稷千载，国家的事，都让这帮蠢货给搞砸了！"

春节过去，学校开学，人事略做变动。姐姐走上课堂教小代数，不再担任女生指导。

采薇又来信，告诉了她爷爷去世的消息……当地瘟疫流行，在施药治疗时，老人把自己也给染上了。临终前，他自己爬上一处高地，等到家人发现，已经没了气息，却紧紧抱着一棵大树，脸朝着家乡的方向……这就是"狐死必首丘"吧？在信的后半部分，采薇继续讲述了她大姑父的情况。作为前线指挥官，胸怀国恨家仇，率部在枪林弹雨、硝烟弥漫的战场上南征北战。"三十功名尘与土，八千里路云和月"，那种豪迈激越，那种壮怀激烈，真的让人热血奔涌！抗战到了黎明前最黑暗的艰苦关头，他主动请缨参加了著名的湘桂黔战役。抱着生当为人杰、死亦为鬼雄的决心，经过一年零八个月的浴血奋战，终于收复了柳州、南宁、桂林等要地，彻底粉碎了日军妄图攻下重庆，打通桂黔大陆交通线的美梦。

采薇在信尾引述了姑父两句言志诗：轻裘绶带佩吴钩，万里关山劫后收！战争留下了惨痛的记忆，也留下了英雄，芙初悄悄把这诗句抄在了自己的日记中。胜利在望，学校被正式收为县办，全额拨款，更名"陵阳县立初级中学"。

不久，芙初就听黄先启连着告诉了几个振奋人心的消息：盟军在易北河会师，柏林被攻克，德国无条件投降……美国的飞机早已开始轰炸日本岛本土了！听刚从屯溪过来的人说，那里的馆子店里流行一道新菜叫"轰炸东京"：锅巴从滚烫的油锅里捞出，兜头浇上半碗肉丝汤汁，滋滋大响，热气与浓香一道溢起，众人快意挟食！

到了八月，鬼子的武运终于穷途末路，投降了。

有教师从自装的收音机中收到了"日本天皇宣布无条件投降"的讯息，始则难信，继而大笑着跑出室外……消息传出来，学校一下沸腾了，师生跑到外面空地上，欢呼呐喊："日本投降了！日本投降了！"整个山村也沸腾起来，逆来顺受的善良百姓，饱受战火摧残的芸芸众生，燃放起鞭炮，敲打起锣鼓甚至是洋瓷盆，万众欢腾，到处是笑声歌声，欢庆胜利……听说罗立光也是鸣枪跃马欣喜若狂，却乐极生悲从马背上摔下来，把腰摔伤了。晚间，学校食堂加了菜，老师们甚至跑到农家打来自酿烧酒，频频举杯，相互祝贺。

已不能骑马的罗立光，躺在花杠上，传令县政府各机构准备班师还城。首先派人与商会联系，并致函叛军副司令黄克立，探明敌伪动态。始悉陵阳日军早已逃往芜湖集中，张昌德却打通关系，摇身一变，成了驻城待命的国军"先遣军"司令。

八月二十日，天刚拂晓，县属机关及自卫总队计约五百人集中在松树寨。早饭后开拔，途经三里、峨岭，乡长领着集镇居民在路旁燃放鞭炮，列队迎送。再由崇岭山绕道前行，至东门思姑桥，只见商会头领已率市民手中挥摇着小彩旗，抬着几竹竿鞭炮，敲锣打鼓夹道迎候。

谁知张昌德却派出一个营，荷枪实弹，据守在东门城头，阻止前进。并让手下人鸣枪示警，声言没有"先遣军"张司令的手谕，决不会放一人进城！罗立光即令身穿斜纹卡其布美式军装的袁佩璋执亲笔信去找黄克立……黄克立倒是明事理的人，看了信后，径去"司令部"，说服张昌德始将部队撤回。至此，逃亡十七个月的陵阳县党政军各级人员，回到了故城。

离学校两华里处有一座荒岭小庙，四五僧人，每年九月十五后，要外出"行脚"半月。他们身穿百衲衣，将一尊弥勒佛像悬在背后，手持佛门法器锡杖，不疾不徐地走着，途中托钵，只乞食物，不乞金钱。只在日中一食，过午不食，日打坐时间是"五支香"……因为传得神奇，学生们常结伴过去玩耍。早在春末夏初时，就有民众聚集于庙内，摆了沙盘，预测鬼子何时败走。由两人虔诚地扶住一个沙盘，沙盘上面吊一条清净的柳枝，经一番运作，柳枝会顺其自然地在沙盘上写出字，由此推断预测世事。结果，沙盘现出一个"期"字，那时谁都无法解析。直至农历八月二十三这天，日军在南京和芜湖宣告投降，日月重光，普天同庆，才有人恍然大悟，把"期"字分拆，不就是"八月二十三"么？

历经八年离乱、饱受战争创伤的陵阳中学，很快也要回归县城了。

细细密密的桂花香，晕染了山岭。田旋花也开了，它们似一群活泼的孩子从山道上走来，手举小喇叭，正鼓着劲儿在吹哩。胜利的喜悦，绽溢的激情，在人们心头窜跃。陈璞珊重又被请出，代替了虽能担事却又有些做事黏糊的黄范亚，成为陵阳中学战后第一任校长。又聘盛学羕任教导，张文荟任训导，黄浣莲任女子指导，教师更换了一部分。有人掐指一数，陈璞珊已是陵阳中学建校以来的第五任校长了。

因为汇集了各路精英，师资力量充沛，教学热情与教学质量皆大大提升。不仅本县的学生纷至沓来，还吸引了邻县众多学子前来求学。一时间，整个小山村书声琅琅，充满歌声和笑语。

寒冬到来时，同学们在告示栏里看到贴出的布告，得知学校迁返回城的准确日期，一片欢呼雀跃！"我们要回家了！""别了，茂林……再见吧，萧村！"

结束了萧村半年的读书生活，同时也结束了七年的流浪生涯。芙初同几个女同学紧紧抱在一起，跳着，喊着，恨不得马上就上路。

起程的日子终于到了……因为已放寒假，学校里的人几乎走完了。临行那天，只剩姐姐和陈校长父子两人，还有少数几个教师和工友。笨重的东西事先都运走了，大家可以轻装上路。不待天亮就起床，最后检查了一番行装，很快吃好早饭，工友们挑着行李，一刻不停就出发上路了。这种心情，大概就叫作归心似箭吧！

萧村距陵阳城约九十华里，路已行走过好多趟，走云岭、过汀潭，经三里店到峨岭街……不过，回乡的路与逃难的路，行走时心情完全不一样。徒步跋涉，大家并不觉得累，一路观看山光水色，说着，笑着，兴致勃勃，真有点凯旋的味道！晌午时分，到达陵阳境内第一站——三里店。吃了中饭，继续北行，过峨岭大桥时，当年张和声领着人挑灯埋桥的堆土还在……桥下清流澄澈，波光微漾，渔人躬身坐在腰子盆里收着粘网，有小鱼卡在网眼里，映着西斜的日光一闪一闪地弹动。几只野鸭扑啦啦飞起，落在远处梢湾里。而一群排着队往山丛里飞去的鸟，仿佛是流浪的孩子，到了傍晚，就该回家了。

　　大家振作精神，加快步伐，终于在擦黑之前回到朝思暮想的家！

相拥谁能
诉离衷

姆妈已在去年刚入冬就搬回城里来了。她从学校先期返城的人嘴里得知讯息，此刻站在屋门外，几番眺望。母女三人见了面，紧抱一起，竟然都流下了热泪……显然，这是激动与欢欣的泪水！姐姐拍着姆妈的肩头安慰道："好了，好了……我们胜利了，以后天天都在一起，再也不会分离开来！"

姆妈对芙初说，采薇一家人前天刚回，已来过一趟。傅菊英来过两次了，她家一直在模范街开着东南旅馆，生意好得不得了。正说着，采薇和傅菊英推门走了进来，看到芙初，先怔了怔，接着一下扑在一起……又扳开身相互瞅着，泪珠在眼里打着旋，晶莹透亮！

七年睽违，采薇个头长高好多，她蓄了辫发，穿着掐腰的靛蓝阴丹士林套褂，纯棉的底子，或者是水绸质地，合体而又有几分时尚，明眸流转，光彩照人，漂亮得让人目眩。傅菊英个头没见长，倒是胖了，白了，胸前也鼓绽起来，两根发辫间插了一对红黄相间的蝴蝶簪，摇摇晃晃，颤动不已……惹得采薇开玩笑，说像煞个小妇人。姆妈烧了半桌子菜，留下两人吃饭，有腊肉炒大蒜、腌腊菜烧野鸡、清炖大鲫鱼和黄心菜煮豆腐，好吃得都要将舌头咬破了。

吃过饭，采薇和傅菊英都说家里有事，先回了。走前说好，第二日一早就到模范街相聚，找个地方照一张合影相片，以示庆祝。她们前脚刚走，几个表舅都来了。六叔同小芙子也来了，六叔穿着黑缎面长棉袍，头上戴顶簇新共和呢帽。小芙子长得更加白净，红色掐腰小袄，领口有一圈雪白的毛，映衬得姿容姣好清朗，跟芙初相抱时用力很大，眼神里有点贪婪，有点调皮。

姐姐讲述了当日归路行程以及今后打算，几位长辈听后皆表示欣慰。

次日，三个好友在小摊上吃了糯米粉搓制的内装芝麻糖馅的油炸元宵，又到东花厅照相馆照了一张合影。采薇辫子刚刚垂及胸前，辫梢上扎着一对豆绿色蝴蝶结，傅菊英改梳抓角，芙初仍保留童花头样式，每人手持一朵菊花……青春便是这般易感而敏锐，别人从三个姑娘活泼而又亲密无间的举止中，可以窥见她们世相人生及心灵的律动。

傅菊英本来可以留下多玩一会子，却必须马上赶回家，数个月前，妈妈又给她生出个小弟弟，这几天帮佣的老妈子回江北了，一些事得由她做，耽误不得。采薇嘴快，就问她妈多大了。傅菊英答说今年四十九，算是高龄产子。哪知采薇却扑哧一下放声笑开，笑得肩头乱颤，惹得芙初拉着她问笑什么，有什么好笑的……

采薇才趴在芙初肩头小声说："我小时就听过一句老话……叫什么说呀，哎哟……真不好说出来呀，叫……女人不晓得丑，生人生到四十九……"

"你作死了……扯哪门子经呵！"芙初可没笑，而是轻搡了采薇一把。傅菊英脸颊微微一红，刚才采薇说的话，她肯定听到了。

自花山搬回，姆妈没回徐家大屋，而是租住在西门朱家楼屋。这地方位置不错，前临他家开着当铺的模范街，西靠香由巷，后止小塘边。朱家是泾县黄田的，黄田是个很有意思的地方：泾县的酥糖椰桥的伞，黄田的姑娘不用"赶"（拣，挑选）。很多年前，在沪上经销盐茶的朱怀宗，为满足出门不便的母亲看到"洋火轮"的夙愿，极具巧思在家乡修建了一所船屋。围墙及屋宇皆仿轮船外形依地势而筑，水流由船头中分，沿两边墙根绕屋汩汩流下，花园为船头，住宅部分为船舱，大院为船尾。数十幢屋宇及附属建筑，幽巷纵横，户户勾连，雨天里可鞋不带水地走遍每一个房间……朱家亦商亦文，高素质的几个女儿，自幼受笃诚孝悌教育，频繁出入徐家大屋，与姆妈是要好姐妹。芙初去她们老家看过"洋船屋"，心里装下了许多旧事。

朱家现在这幢房子也是仿船而建的楼屋，芙初打小就熟悉，因为姆妈经常过来抹"十胡子"纸牌。经历了这么多事端，屋子却一点没变，一砖一瓦似乎都不曾有过挣扎。曲折小巷拐角处，两层的阁楼顶上有"老虎窗"透气，旁边放着几盆栽培花卉和葱蒜，透显着一种生机。其实，"老虎窗"家家楼屋坡上都有，冬日它能带入温暖阳光，夏日全靠它引来穿堂风，邻居家的猫咪和鸽子常常轻踩着瓦片跑到窗前来探望。有人还把养着画眉的笼子挂在窗口，塞上新鲜的皮虫和柏子仁喂养，嘹亮的叫声犹如给你送上早春的唱曲。倘若事急，钻出"老虎窗"，踩上瓦脊便是逃生之道。

几家房客共居，楼屋里有长长的过道，两边厢房，稍宽敞处摆放着水缸和锅灶，做饭时油烟冒起，菜刀碰着砧板，铲子碰着铁锅，叮叮当当响着。头顶"老虎窗"漏一些亮光下来，光影交错，仿佛就是蜿蜒繁华里人情世故的根由……墙院里的桂花树，墙头以及墙缝里的绿苔和虎耳草，更是一派岁月绵长的样子，芙初喜欢嗅着阴绵的气息去揣想一些过往故事。雨天里，横担在晒杆上的衣物都要挪到檐楼下来，屋子里总是散发着一股霉味，迎合着细碎日子里家长里短的絮叨嘀咕。上了点年纪的老太婆出门，必在额头两侧用小火罐拔一下，多是拔在太阳穴上，一边一个铜钱大红印，再贴上纽扣大黑膏药，说是怕受风寒潮湿，先防着。其实，这也是一种美饰。

唯有一桩不好，就是院子一角的茅房，不管有人没人那个半截的门都是关着。芙初每次进去倒马桶，总要先咳嗽几声，如果里面有人，便也回应一声咳嗽，暗示你止步。茅房地下栽着一口大缸，上面架着两块木板，就是蹲位。每天清晨，会有一个乡下老头拉着粪车来清理，顺带冲洗一下，但那飘出的气味实在难闻。

抗战多年，陵阳城数遭日本人轰炸和侵占，数千人死难和受伤。幸存下来的人，心灵之上，都留下惨痛的刻痕。

鬼子败亡，张昌德却没倒，摇身一变，成了"先遣军第四路指挥部司令"。据见到过他的人说，他连领章帽徽都没换，吊着武装带，披着斗篷，带着护兵，不疾不徐地从街上走过，登堂入室，冷静沉着。他让手下人在街上贴出就职文告，自称"忍辱负重，抗日有功"……一时之间，伪特区军政要员，似乎均免予追究叛国罪，不以汉奸论处。

下半年，皖南中学搬出县城南园湖南会馆，接收并继续享用其军校校产，并强占柴市场旁东门乐溪刘氏大宗祠为校址，张昌德亲题校名"昌德中学"。听说黄浣莲回了县城，竟让人又带来一信，说他的"昌德中学"眼下正是用人之际，"你是教书育人之楷模，这么多年，昌德都不能在心头释下你……诚望三思而行，再思可矣"。这让姐姐十分恼怒，大骂其无耻之极！

芙初虚龄十九岁了，个头身段都长了不少，许多姑娘不到这年龄就出了阁。姆妈拿了一块豆绿府绸布料，说带她去玉带桥丁裁缝店里做身新衣。下着蒙松细雨，在街上碰到了打着油布伞的黄先生，方知他两年前领衔在童村修建的郁青农业中学也已迁回……张昌德的皖南中学不是刚从湖南会馆郁青楼迁出来了吗，他们正好回填，学校定名为"安徽省陵阳县郁青农业职业学校"，他仍是该校的董事。

做衣裳在玉带桥边一处叫"胡庐"的屋子里，不明究竟的人，怎么也想不通一幢屋子为何要喊成"葫芦"？

但只要你抬头睃一眼廊柱和檐头附着的那些花卉人像，形状虽有些模糊，依稀仍能看清精雕细刻的痕迹，便不难想象屋子主人当年的富足。芙初很早就知道了丁裁缝的故事，可以说，这故事在县城里无人不晓。丁裁缝衣裳做得又快又好，量身子量得尤其准，眼随尺走，嘴里念念有词，数目字都记在脑子里，一点不浪费布料。他与一个叫小娥的女孩子原是青梅竹马，但架不住现实摧折，小娥无奈成了姓胡的大老爷的三姨太太，丁裁缝便成了他们家包衣匠。多少年光阴过去，这三姨太太身后又有了四姨太太、五姨太太，倒也多了些自由。为了方便聚会，三姨太太花光所有私房钱，偷偷换成四根金条顶下来这处屋子……日本人打来，姓胡的大老爷要远去香港。一个雨天，三姨太太撑着油纸伞急匆匆地走了来，对丁裁缝说隔天就要走，非常着急，叫他好好看守屋子，一定要等她回来。可是她这一走，再也没能回来。繁华落尽，人去楼空……丁裁缝一直守着的这处屋子里，除了几样简单的家具，唯一值点钱的，听说就是一对从宫里流出来的明代青花瓷茶叶罐。"小娥只喝这茶叶罐里贮的茶……她叫我看着房子，不能说连这点事情也做不好哟！"

墙根边鹅黄色的迎春花，在阴雨的暗沉里显得愈发娇艳。姆妈很是同情丁裁缝，常叹息说什么树怕结藤干，人怕老来苦……"唉，这丁裁缝，要不是死恋着他的小娥，怎么说也有一大家子人，都是命呵！"

木楼梯发出吱吱咯咯的呻吟，踩上去心惊肉跳的……一抬头，面前已经立了位清癯的老人，背有点驼，头戴缀有一颗黑珠的青灰色顶子帽，白袜黑鞋，穿得干干净净，眼神清亮。雨天也有生意上门，看得出来他很高兴，笑着问："要做么样子衣裳啊？"姆妈赶紧躬身打了个礼，说，这不是来听听你老人家的吗……就把手上布料递上。

老人接过料子，抖开看了看，又抬起头瞄了一眼芙初，说："嗯，好马是要配好鞍。是想要做成斜襟、收腰、长摆开岔那种洋学生样式的？"

姆妈把这样式在心里过了一遍，道："就是既要穿得出去，又不致太招惹人眼吧……"

芙初小声嘀咕着加了一句："领子高一点行不行？"

老人侧过身，温和地提醒道："姑娘，高领子能拉长身段，却不方便日常做事喔。"

芙初像是做错了事，低下头去。老人上下瞅了她两眼，挥挥手说："行了。过半个月来拿。"

芙初疑惑地问："这就走……不量量尺寸啦？"

"已经量过了。姑娘，我眼睛就是皮尺，最精确不过啦。"老人得意起来，眼里有亮光跳动着。"有一个人，呃，正好和你身段是一样，我这眼一掸，心里就有数……"说完这话，那眼里亮光漫漶开来，随之便渗漏一般暗淡下去。

后来，采薇跟傅菊英也来过一趟，各做了一件旗袍。丁裁缝做旗袍最出名，立领的，矮领的，绲边的，盘纽扣的……许多都是电影片里才能见着的大上海流行的样式。

可惜，芙初的豆绿府绸新衣拿回家，只穿了一天，姆妈又让芙初脱下，说是穿身上太光鲜惹眼了，怕招来什么是非……一个女孩子家，小心藏掖着点才好。正好家里还有姐姐的一件旧衣，也能穿得出去。

满目山河
空念远

好日子过得特别快。

四月底五月初，空中弥漫着阵阵花香。没有了阴雨连绵，只有一片阳光明媚和万木争荣的清新欢悦。

芙初在家待了十多天，学校那边一直没有开学的消息。郁青农业中学早已迁回郁青楼，陵阳中学校舍一时却无处着落。因为这所学校本是初创于蒲塘，在城里没有一星半点根基，眼下新建不可能，旧房也难找。

陈璞珊为此费尽心思，也是终无良策。他只好摇头叹息，把一首自己当年负笈沪上读书时写下的《筲箕湾歌》抄录下来，以示苦衷："一湾复一湾，行行近几许？但见陵阳城，不见陵阳路！"诗风质朴沉郁，颇类古调。

姐姐每天都出去，很晚才回。有一天终于带回消息，学校有上课的地方了……是在西门外簧塘桥边，找到了一座老旧的张家祠堂，暂时安顿下来。屋舍虽然破旧不堪，但前有空场，后有河滩，活动场地宽敞。一间大厅修理一下作礼堂，每周一"总理纪念周"仪式可在此举行；两旁厢房作教室，几排下屋改作宿舍。陈璞珊着人又在后院搭盖几间砖墙草顶房子，以作补充。一共安排了七个班次，初一三个班，初二、初三各两个班，学生仍有四百人。

谁知开学时，只有一半人赶来报名。后来才弄清楚，抗战胜利，从萧村先期回来的学生，大都在城里昌德中学就读了。更要命的是，教员工资微薄，每月所得，除交伙食外所余无几，无法赡养家庭。"樵了一冬柴，煮锅烂巴饭"，总是入不敷出，生活甚为清苦。

那天，几个陵阳中学的人同昌德中学的学生干起了嘴仗，夹枪带棒相互攻讦。江清越正好路遇，他本来就恨不得放一把火烧掉那个汉奸办的学校……一激动，连"骨气""犬儒"和"匍匐在敌人脚下"这样新旧词都用上了。小芙子也在场，见江清越身着麻灰色学生服，头戴一顶有青天白日徽章的帽子，脚穿轮胎底青布鞋，就把他当作愣头青学生，冒失脾气上来，口中无遮无拦："什么犬儒猪儒的，真是瞎子看到鬼，你几时瞧见我们'匍匐在敌人脚下'啦？有你这个臭搅粪棍，准会搅得一塘荷叶满塘转！"

江清越噎了一口气，他惯来雄辩滔滔嘴上逞强，没想到会被人踹了，而且是这种蛮冲蛮撞。"哪里来的……丫头片子？景德镇的茶壶，好一张嘴！不过，长得这么体面，白白净净，说话可要干净点……"他嘴角下拉，脸上满是鄙夷："是不是家里太有钱了，才滋养出这么蛮不讲理、骄横跋扈的小姐脾气来？"

小芙子仍是不依不饶："到底是哪个蛮不讲理？你就是鬼拉筋！"

"臭黄毛丫头，什么老师教出来的，有你这样说话吗？今天不教训一下，你还不知道马王爷有三只眼——"江清越要来横的了。

"好啦，好啦，各人省一句……这叫不打不相识。"别人赶快把两人拉开。

袁佩璋提来一篓子枇杷，说是最有名的徽州三潭枇杷。"五月江南碧苍苍，蚕老枇杷黄。"袁佩璋最怕别人说他是赳赳武夫，平时讲话很注意措辞，时常掉书袋引两句古诗词。他刚从芜湖开完绥靖会议回来，一身戎装，颈子有点短，脑袋垛在胸脯上，脸上颧骨外突，显得特别壮实，现在已是侦缉队队长兼国民兵团副团长，脚上仍蹬着那双翻毛捷克皮鞋。记得在张村时，戴凌洲先生曾赞扬他是"胸有泾渭，卓尔不群"。黄先启老师则说他是匈奴人长相，说是颧骨高的人控制欲强，又说是檀树疙瘩雕菩萨——硬神，芙初却一直搞不清匈奴人究竟长啥模样……难道长相硬气、眼珠子沉沉暗黄的就是匈奴人吗？

袁佩璋眼下职责所在，是剿匪安民。他下颏胡茬刮得铁青，气质冷峻，眼中，已罩着一层杀伐之气。

张昌德虽说仍旧挂衔"司令"，但他好多部众已成骚扰地方的散兵游勇，日占时期就有人公开跑到陵阳与繁昌交界处的五华山结寨为匪，白昼拦路剪绺，夜晚劫舍打家，喝酒吃肉逍遥快活……加之陵阳城里从来不缺游手好闲、挥霍无度的地痞恶少，这些人内引外联，敲诈勒索，荼毒生灵，想搞钱，就结伙跑到荒僻乡村，专劫戴虎头帽穿虎头鞋长得肉嘟嘟的富裕农家小孩。然后，这群无赖故意张贴告示招领，托词小孩乃途中所拾，坐等家长上门认领，多方勒索酬金，必取盈而后止。

袁佩璋杀伐果决，先让手下一个队长故意犯事受罚，携枪逃上五华山，打进匪窟，待摸清情况，发兵突袭。里应外合，稀里哗啦，一仗就把五华山匪窟端了，用麻绳绑回长长一串抹胡子强盗，站街示众数日后，拉到王家花园旧县衙那头乱葬滩点名枪决。那地方，历来就是斩杀罪犯、悬挂人头的场所。对于城里的毛贼肖小，管你是青帮红帮十三太保拜把子，拜了哪个山门老头子……就像笼里捉鸡，全都三下五除二剿灭干净。

说到时下政局，袁佩璋侃侃而谈："胜利光复了，河清海晏，蒋公不再兼任总会长，各省的童子军理事会改由教育厅执掌……大毁坏后需要大建设，国家新政确立，男人担纲，发挥到极致，女人也清扬了。"

"倒有点不懂，如何一个'清扬'呢？就是把这个世界交给你们来管理吗……"姐姐不无揶揄地问道。

"这是一个被男人托起的世界，男尊，则女美，事实如此。男人的勇气，不在于舍生取义，而在于面对，该牺牲，只能挺而站直……女人不同，女人理当受到保护。在努力为生存时，女人除了和男人一样流血流汗外，还要饱尝生育之痛……难道我们还要再把女人推给苦难吗？"

"哦，难得你对女人有如此情怀，真让人感动！不过，我想请你认清：这个世界，是女人与男人共同托起的。任何时候，女人都是与男人一路同行，而不是附丽于男人。生逢艰难时世，女人更容易遭受折磨，对于苦难，她们身体的枝枝节节，都有着切肤的感受……但女人又可化身天使，引领这个世界走向和美！"

最美初夏，犹如一个穿红着绿、情感饱满的女子，既有几许奔放妖冶，又不失娴静妩媚。

在那些大街小巷里，走着走着，就有"卖——白兰花哎——""白兰花——卖——哎！"一声声软糯的叫卖声传入耳中。一位白发老婆婆坐在巷子口的小矮凳上，面前摆一只小竹篮，篮底，铺一块吸水蓝花布，上面整整齐齐地摆放着一层用细丝线串起的花坠子或花链子。那些寸来长的花儿，颜色是超凡脱俗的象牙白，像玉一般温润，给人几分乖巧的凉意，虽是一身淡雅素净，却是花香也热烈，浓郁也持久，很容易让人联想起那类枕着"银床梦醒香何处，只在钗横鬓发边"诗句中午后小睡的古典美人。

一个身姿绰约的女子，踏一路青石板上泠泠有韵的足音走来，被花香吸引，停下了脚步，弯腰放下一张钞票，从老婆婆的竹篮里拣出一对连缀的白兰花，放鼻尖下嗅一嗅，然后灵巧地佩在胸前。这是采薇，着一袭白底蓝凤尾花图案旗袍，一点不加束缚的胸脯放任地挺拔着，光洁的玉臂，腕间则多了一副圆润的翠玉手镯。她先把花上的线头吊在斜襟左侧纽扣上，再扣上扣子，把花朵藏起来……被一股动人的清香缭绕着，那张秀丽的瓜子型脸上，便多了一分江南女子的温婉缱绻。

"采薇，你要给我也来两朵呵！"芙初一身学生装，笑容浅浅立在那里。

"呵……你搞啥子呵，在身后盯我梢呀？"

"我唐突佳人啦！"两双手亲热地拉在一起，笑声震动得人都飘浮了起来。

这一学期结束，芙初就要从高简师班毕业。现在学校临时调整，又招了一个春季入学的高中班。

因为盛学荄应同学之请，去了南京下关的道胜中学任教，学校改请张九先任教导，身高形瘦穿着一身熨得平平整整中山装的黄叶村先生被聘来教美术。

早晨酣睡中，芙初被巷子那头传来的吵架声惊醒，是一个女人在哭闹，骂男人昨夜从家偷出钱又赌输了，再又骂男人黑良心在外养女人，是头"吃着碗里望着锅里的猪"，早晚要给人一刀捅了……接着就有男人响亮地咳嗽和吐痰声，什么被砸倒，发出很大响动。

早饭后，芙初说到街上把头发剪短一点，实在是太长了，风一吹就遮了眼，洗起来也烦人。姆妈先是盯着看了一阵，说女孩子头发不能随便剪，剪好了，会走运，剪不好会倒霉。芙初就在街上店里买了一个发箍，箍上用蓝布扎了个蝴蝶结，又像一朵花，将长长的刘海箍住，照照镜子，时尚又娴雅。芙初到家前却悄悄取下发饰，她不想让姆妈看到……姆妈早先的头发很长，就是古诗里说的"青丝"吧，单盘在脑后，插一把乌亮牛角梳子。姆妈是很喜欢梳头的，常说"贫家净扫地，贫女净梳头"，后来头发渐梳渐稀，在脑后就是一个小小的鬏髻，梳子插不住了。

有乡下人挑着新上市的小麦粉卖了，担子一头挂个宽边细罗筛，让你能再过一遍筛粉。姆妈买了几升回来，做粑粑、打糊糊汤，都能香死人，或是打成面条和切成丝的瓠子一起下锅煮，也好吃。

芙初来到北门陈家，天稍稍有点闷热，院子里树荫下，一身粉色丝裙的采薇，手执一把绣花团扇斜身躺在摇椅里轻轻晃悠着……双目微闭，神态娇嗔，几绺黑发随风飘扬，真的是袅袅婷婷。随风轻荡的裙间，露出一截嫩藕似的白腿，看到鲜红的脚趾头，芙初吓一跳，以为淌的血，细看才知道是搽的指甲油。再看那把团扇，上面几行墨痕黑亮的字是刚刚写上去的：人生天地间，忽尔岁月至；奈何花落去，来日梦寐见。

听到响动，采薇睁开眼看见芙初，欠起身冲着她娇痴一笑，仿佛一池春水轻轻拂过，柳摇花笑，嫣然百媚！

芙初把一双眼睛定定地看着采薇，说："采薇呀采薇，你不知道你有多漂亮……纵是莺歌燕舞百里春风也不如你呀。将来谁会把你娶走哩，那人好有福气呵！"

"那，那你就把我娶了……爱有天意，我这余生呀，就全归你了！"采薇在外漂泊太久，风尘万里，口音中夹着许多说不清来路的腔调，听起来有点怪怪的。

"算啦，别赖上我，我可不敢要你。你这些年在外跑了多少地方，见过多少世面，还'爱有天意'，留着对哪个臭男人说去吧！"

"我来撕烂这张嘴！看你还敢心怀鬼胎做贼一样盯着我……"采薇作势要打，芙初笑着躲开。闹了一阵，两人去看傅菊英。

采薇说拐道去香由寺看看吧，好久没去过了。芙初说，你是我肚里蛔虫呀，我正想去哩！

经过老县衙，从窄长的香由巷里出来，跨过一道搭着跳板的水沟，眼前是空旷的残园，默对着孤影斜阳。一个平阔的水塘，沿岸杂草丛生，几棵老树的枝间纠结着小钵子大鸦巢。芙初没想到，仅仅数年未来，香由寺已破败倒塌，一片狼藉，两间残存的下屋也是蛛网满布……唯有那座周公瑾绝色佳配小乔的墓堆仍趴伏在西边小埂一侧荒地上。相对应的东边，大馒头一般的丈余高土墩，为周瑜点将台，巨大的碑石，还有歪斜的石案、石阶，俱被掩没在萋萋荒草中。

采薇拿脚用力一踩，就有一个湿湿的脚印显现。"好潮呵，地势咋这么低……这香由寺到底是什么来历呀？"

"香由寺是东晋传下来的老庙，屡毁屡建，香火却一直未曾断过。寺中有古井一口，出水如香油，可以点燃，故香由寺也能写成打香油的那个香油寺。听老人说，早先有许多苍松翠柏，遮天蔽日，风景秀丽，环境幽雅，加上周瑜点将台与小乔墓遥遥相对应，便成古春谷第一胜景处……向东南看，市桥河由籍山桥北折而来，与寺前之金桥、银桥相沟通，在这里留下一片好大的水塘，鸦飞鹭歇，莲荷飘香。清代有个叫陶性的人，写诗赞曰：南国知名寺，危楼半欲摧。松鼯缘碧树，巢鹊下苍苔。一水喧虹影，千秋静远埃。老僧开历日，移得竹枝栽……"

哪知采薇却莫名其妙大笑了起来，直笑得蹲下身子。芙初连问笑什么……有什么好笑的？采薇好容易才止住笑，凑到芙初耳朵边说："我笑哇，为什么走到哪里都能碰上好为人师者，我竖起一根棍子，有人就爬杆……你晓得有一句话如何说的？"

"怎么说的？"

"躁人话多，吉人语寡。躁人肚子里那么多文乎文乎话呀，都要闷烂了，好不容易才逮到一个人听……哎哟我的妈呀！"

"好哇……看我躁人如何对付吉人……"芙初说着，顺手捡起地上一根树枝要来打。这回，是采薇跑开了，笑声如珍珠一样滚落。

大典祭圣
晴秋望

有人从芜湖回来，绘声绘色讲述了枪毙陈铁君的现场见闻。陈铁君出身孔门儒道，同盟会时就名头很响，是国民党老杆子，后来却卖身求荣，效力"大东亚共荣圈"，掌管芜湖"维持会"七年之久，同时兼管人人闻之变色的特务机关"红部"，为日占时期红极一时炙手可热的人物，自是必死无疑。他两手反绑，背插"汉奸"亡命牌，站在囚车上经过儒林街，前有宪兵车辆开道，两边有警察严防。街石高低不平，囚车一路颠簸，陈铁君倒是白须飘散，神态自若，一路频频朝围观的人群点首……人们骂他是"搽粉进棺材，死要脸"，也许曾经真的满肚子曰诗云的儒学，真的庇护过中统、军统的人，但到了这一刻，谁也救他不得了！

金桂飘香，晴秋高爽，蓝天白云水洗过一般，异常清寥有神，心情也随之一片通透明润。

中秋节刚过十来天，农历八月二十七，孔子诞辰，光复后的陵阳县主办了一次大型祭孔活动，地点在孔庙大成殿。

孔庙南临市桥河，凭岸筑一半圆水池，乃"泮池"。池南有堵横墙，名"万仞宫墙"，池北围以石柱护栏。横跨大街东西各有木质牌坊一座，金字横额为"金声玉振""江汉秋阳"，正中有三楹大牌楼，中间书"大成"二字，两侧横额分别为"德配天地""道冠古今"。孔庙中段有一大截围墙被鬼子拆毁，文化圣迹，岂能中断？在复兴委员会主席张和声倡议下，抓紧修复……甫一完工，即邀请各界人士及中小学教员举办祭孔大典。仪式隆重，场面热闹，围墙边停满轿子，芙初、采薇和傅菊英三人自然不可漏过这桩大事。

里里外外打扫得干干净净，庙内虽人来人往，川流不息，但肃静不哗。迈进大牌楼栅栏门，顺着甬道先登上环以石栏的三层石砌平台。平台东、西、南三面，分别铺设三处阶陛，此所谓"三成五出陛"。面南阶陛中，有方形白石阶板，饰有双龙抢珠图案，极为生动精美。居中五楹大殿，即孔庙主体建筑大成殿，重檐翘角，飞翠流丹……在平顶黑脊的正中，有金色葫芦和剑戟左右顺脊延伸，旁饰龙凤狮马祥瑞之物；屋脊两端，雕刻着翘转向内的琉璃"鸱尾"。大殿没有塑像，正中上方悬一巨匾，蓝底上书"神圣天纵"四个镏金大字。后殿有"至圣先师孔子之位"，旁列复圣颜回、宗圣曾参、述圣子思、亚圣孟轲四人牌位，并有配享十哲——孔子弟子九人加朱熹一人……此外，两侧尚有廊庑十四楹，供有历代先贤、先儒数百人之牌位，红底黑字的小木牌重重叠叠，一眼望不到尽头。

门外两边台阶上放有一堆堆松柴，祭祀要等到深夜一点钟，这是孔子诞生的时辰。孔子牌位前，红烛高烧，香烟袅袅，依次陈列八冷八烩、三粮五谷和美酒鲜花等物。香案桌上供有一堂祭器，摆在最前面的是三个红漆木器，似在等待接入什么重要祭物。

终于等到祭祀开始，一声号令，松柴点燃，火光高冲数丈，将整个庙内外照得红彤明亮……参加祭祀的人排着长长的队伍，依次而行。最前面是乐队，放着鞭炮，敲着锣鼓，吹着喇叭；接着是六人抬着整牛、整猪、整羊的"三牲"，后面跟着一干长袍马褂的士绅头面人物，由主祭人张和声领首，进入孔庙正厅。陪祭人除了梳着背头、双眉微蹙的县长罗立光，还有架着眼镜的国民党书记长袁维民，皆着整齐的中山装垂手静默，余人随后肃立。乐队分立两边，"三牲"抬了上来，呈献在巨大红漆木盘内。

铜鼓铜号声起，雄阔壮远，甚是威严。

司仪宣布祭祀开始，主祭人张和声朗声恭读祭文：

> 维民国三十五年八月二十七日，岁次丙戌，时在金秋。值此夫子诞辰之日，陵阳各界人士俱怀虔诚之心、崇仰之情，谨以释奠大典，恭祭先师之圣灵。
>
> 文曰：
>
> 伟哉夫子，如岳之耸。
>
> 万世师表，天地同功！
>
> ……
>
> 驱逐倭寇，神州复兴。
>
> 崇文兴学，国祚久永！
>
> 多士肃肃，庙堂盈盈。
>
> 典祀有常，是仰是崇！
>
> ……
>
> 儒宗在念，圣自天纵。
>
> 佑我中华，以昌以隆！
>
> 薪火传承，为祝为颂！
>
> 敬祷夫子，克鉴斯诚！
>
> 焚香再拜，伏维尚飨！

祭文读罢，全体祭祀人员满脸肃穆向夫子牌位行三鞠躬礼。

又是一通鸣炮奏乐。接着，宣布礼毕。

出了庙门，眼前别是一番熙攘嘈杂景象。

广场上，点着灯火的摊点星罗棋布，有卖草药的，有拉洋琴卖梨膏糖的，有先耍武艺再卖狗皮膏药的，还有小茶棚、小吃摊、说书的、耍猴的、玩把戏的、丢圈套碗的、演扁担戏的、唱小调的、抽牌看相的等，五花八门，各显神通……人头攒动，摩肩接踵，真是车水马龙，盛况空前！秋天枣子应市了，有人专卖红枣汤——卖红枣汤还来打彩的，有一个纸盘子，画成一格一格，多是空门格，唯留两个红彩线的枣格，纸盘中间有根能转圈圈的铁皮针，你用铜板投，投到空门，钱就被吞进去，投到一个红枣格里就吃一个红枣，投进两个红枣格里吃两个红枣……围观的人熙来攘往，尝尝小吃，看看杂耍，折腾至大天四亮才慢慢散去。

广场北端尽头，兀立一翘檐小屋，为狐仙堂，乃闹市中几家商铺合修，平日亦予笙歌祭享。民间敬狐，却忌惮以狐直呼，而称"仙姑"，或"仙姑老太"。小儿有误呼之为狐者，家人必痛责之，且为之忏悔于"大仙"之前。各家于小儿种痘时，祀狐最虔，称之为"花老太"。据云稍有不敬，小儿必无幸免者。事实上，狐已日少，且每出多被狗撵，倒是身形灵异、出神入化的黄鼠狼更能配上香案祭享。有人建议扫除此类迷信，"子不语怪力乱神"，圣人远异端，堂皇庄严的孔庙旁边播弄神道狐仙，终是不妥。

翌日上午，袁佩璋来了，并带来一挂牛肉，名为"祭肉"，约有三四斤。是县长罗立光按参加祭祀人地位和身份指定分送的，特别交代说黄浣莲身份特殊，必得一份牛肉。只有少数地位极高、名望很大的人，才能得到一份羊肉。

姆妈留袁佩璋吃了饭，牛肉一时三刻炖不烂，就做了一碟豆瓣酱鲫鱼，还有一碗红汪汪、油亮亮的五花肉烧菱角米。餐桌上，姆妈笑吟吟地问袁佩璋，这抗战胜利了，你们都是有功之臣，日后打算往哪里进展哦？

"伯母，你看呢，我今天来，也正是想听听您老人家指教。"袁佩璋朝姐姐瞅了一眼，姐姐却自顾拿筷子去碗里挑滑溜溜的菱角米。

"袁先生笑话了，我一个居家妇人，两眼一抹黑，晓得哪对哪呵？不过，苗从地发，树向枝分……袁先生肯定会立足脚下，朝兴旺处打理呵。"

"伯母熟知贤文，心里明亮……有道是世事如棋局局新，马上就要实现一个党、一个政府、一个领袖的和平局面，国共两边正在坐下来谈判，再也不要打仗了……好，不说这些。总之，我们胜利了，喜色欢声不可无呵！"袁佩璋将眼睛看向姐姐，"你说哩，黄浣莲老师？"

"我说嘛，我怎么觉得有人一心想要多占这'喜色欢声'哩？"

听者若有所悟地"哦"了一声，眼神里有了游移。

整个一餐饭，姐姐说话不多。袁佩璋倒也并无多少介意，还就芙初的前程作了推测构想。他建议芙初去芜湖插班读一年高中，将来能考上大学最好，考不上大学，有高中加师范学历，到哪也吃得开。

"你说得轻巧，上学的费用哪来？"姐姐半眯着眼含笑戗了一句。

袁佩璋笑了笑说："我也可以帮衬点呵。"

"你帮衬？算哪门子经！你现在是要风得风要雨得雨，一时风光无限呵！"姐姐的声音透着一种坚定的冷漠，看来是一点面子也不给了。

姆妈忙打着圆场："袁先生是有见识有担当的人，又有热心肠，上一回在市桥边救了我们家芙初，还没好好感谢哩……往后还要多多仰仗呵！"

"哪里，哪里……我也只是做了一点该做的事。"袁佩璋不敢有丝毫托大，客气地回复。

"国清才子贵，家富女儿娇。我们穷家，只盼能把日子过下去，就是烧高香了。袁先生是国之干才，不敢多有叨扰！来，快吃饭吧……这叫'狗牙齿'的野菱角米，好吃，比板栗子还粉，就是壳难剥，那刺扎人可厉害了！"姐姐内心笃定，分得清场合，是个以柔克刚随时都能置身度外的高手。

送走了袁佩璋，姆妈叹了口气，说："儿大不由娘……我是石灰拍到胸口前，白操心了。"姐姐没有接句，乜了姆妈一眼，走入里屋，把门关上。不知为什么，芙初倒觉得心里轻松，她发觉自己也不喜欢袁佩璋。

等一片花开，等一个人来……姐姐已是二十七岁了。二十余，三十边，一期有一期的风采，皆是天然。

抗战胜利，河清海晏，一切似乎又回到从前。

市声起落
杂嚣尘

刚刚下过一场雨，空气中充满湿润而清甜的水气，地上积满一汪一汪的水。这些年战乱，街上路面坏了也没人填修，特别是几次轰炸遗下的深坑，蓄满水，成了许多人洗拖把、荡马桶的好处所。

所谓"戴金表的爱拍腿，镶金牙的爱呲嘴"，人们突然发现，东门大河边四拐角风水宝地最能来钱的市口，开了一家刘心文牙科诊所。人们并不叫刘心文牙医，而喊他"镶牙的"。但凡门牙、虎牙长得不够理直气壮的人，都有意请刘心文进行改造。而更多的人是为了追求时尚，把好好的大门牙也敲掉，镶上数颗亮晃晃的金牙，要是他迎着太阳同你讲话，你都不敢睁眼。

贴着牙科诊所外墙屋檐下，却有个豁了一嘴门牙的老头专做穿牙刷生意。牙刷是富贵人家用品，牙刷毛都是用猪鬃做的，不太坚硬，用不久便要萎顿趴倒，必须请人换一茬毛再用。豁牙老头就把旧牙刷上的残毛铲除，在牙刷柄背用钩刀开道新槽，再在槽内用尖锥打出小孔……要是碰到牙刷柄是骨头做的，老头就口齿不清地直念"阿弥陀佛"，打好了槽孔，就用一根长弦线，像纳鞋底似的，依次穿过一个个小孔。每穿一个孔，插入一小撮猪鬃毛，将弦线勒紧，毛就对折种在孔中了。最后，用剪刀把猪鬃毛剪齐，一把牙刷就修理成功了。

贰
壹

从四拐角往西去，有米市、柴弄，青石板和鹅卵石交替的路面，在每一处街口或者岔道延伸着喧闹与繁华……东端便是货运码头，上游下游的船只来来往往，顺流而下的山里竹木茶炭以及山珍，与下游来的日杂百货，每天在这里交汇，擦身而过。四拐角自古是个热闹的处所，一律的粉墙黛瓦，彼此勾连，高低错落着，布店、染坊、酱园店、杂货店、南货店、剃头店、箍桶店，依次拉开，两边是清一色的槽门，连着排下去。一清早，排门纷纷卸下，街上人声活泼，主妇蹲在路口生起小火炉，扇出滚滚的白烟。

一些挽着裤脚的渔人，手提网篓立于牙科诊所另一头檐下，篓子里鱼虾活蹦乱跳，都是刚打上来的。肉案上新屠的猪，泛着油亮的光。凡是繁华地段，小吃摊少不了，除了"杜老五"酱汁肉、"老大房"熏爆鱼外，就是以炸油条、炸糍粑、炸腰子饼和下馄饨、甜酒酿的为多。常有一个辫发乌黑的姑娘，手臂弯里挽个搭着布的提桶，用唱歌一样的腔调喊着"卖——粢米饭——啦——"粢米饭一粒粒饱满莹亮，香糯有嚼劲，从提桶里挖一勺出来平铺在一块湿的白布上，再放上一根拦腰折了的油条，中间撒上咸菜或白糖，有时还有芝麻，然后将细白布包卷起来，两头抓了一拧，再打开来，一个两头尖中间圆、虚实相间的纺锤形饭团就出手了。姑娘通常只在河埠码头旁卖粢米饭团而没有油条包……要是冬天，提桶外面会覆以棉被似的厚盖头保温。她手里有个竹帘子样东西，饭舀在上面，把竹帘一卷就成了一个团。

摊贩们也有挑剔的，嫌国货没劲，倒卖美国货。抗战后期，就有美国货进来，现在是越来越多，五花八门，应有尽有，如香烟、丝袜、墨镜、塑料包、圆珠笔以及用降落伞做的衣包等，真有点沧海横流的味道。有商贩吹胀一种前端有小嘴头子香肠形的气球招揽生意，采薇小声说这就是美国避孕套，避孕套嘛，就是夫妻做那事时不让女人怀上孩子的……一下把芙初闹了个大红脸。

小表哥新林也在这里讨生活，他身穿纺绸衣，头戴一顶共和帽，想扮老成相，却因天生的"地包天"瘪嘴而显几分滑稽。新林的奶奶，是外公的妹妹，嫁入东门刘家做了管事的长房媳妇。刘家那时人财都旺，他们家老太爷去世的时候，单单做斋就做了七天，和尚、道士近百人在一起打醮做法事，流水的宴席也一直人来人往川流不息地开了整整七天……进了民国，却一天天走下坡路，家业差不多都散尽，小辈们分散开来各自刨食。小表哥新林先在市桥河边圈了床单大一块弹石路面，摆了个摊，后来，借钱盘下一间门面，专卖双妹花露水、蝴蝶牙粉等"东西洋货"。虽卖的是新潮货，店堂格局却未改，仍为老样式：L字形柜台，靠墙竖一块直立的"青龙牌"，两边分竖二圆柱，一个柱面直书"货真价实"，另一个书"童叟无欺"。

"人无笑脸勿开店"，芙初去看他，适逢一个小孩进店买玻璃弹子，小表哥下巴前凸喜笑颜开，说第一笔生意跟小孩子做成，是"童男子开张，一卖净光"，当日生意一定粘手！芙初故意要逗一逗他，就说那我是女的，会给你带来不吉么……小表哥抿口一笑，摇了摇头说，要是清早有女人来买缝衣针，那才晦气。还有，开门后就遇上有人调换头天所购物品，也晦气，就劝其下午再来换……做生意最怕和顾客吵嘴，那才真正是晦气哩。

小表哥继续介绍说，生意做独市，商品卖三俏，但紧俏货皆为政府垄断，严禁私卖，若被查到，就地没收，血本无归。赚钱顺算，蚀本倒算，利润与风险同在，风险大意味着赚头就大，所以总有人冒险从芜湖和南京带货过来。许多摊点天没亮就开张，小煤油灯忽闪忽闪的，像是鬼火。固定摊点租金、捐税压力大，流动摊贩虽然租金、捐税交得少，但时刻被警察撵得鸡飞狗跳。警察一来，摊贩四处奔逃，跑慢了就要遭殃，货物被踹得满地散落，还要遭辱骂、殴打和勒索。固定摊贩与流动摊贩之间也会爆发冲突，固定摊贩指责流动摊贩抢了自己的生意，流动摊贩恨死固定摊贩霸蛮。收旧货的虽然生意不愁，但油水不大，收入微薄。相士看相、卜卦是无本生意，但也要置办一身好行头，打扮得像个教书先生才行……孔庙旁模范街那一带，是摸牌测字算命的大本营。剃头、修脚和画像、刻字都需要手艺，卖膏药的也得会忽悠，还须有一副好嗓子吆喝。

"柜台站三年，见人能相面。不过，要在夹缝中生存，还得需要一点挣扎与运气的。"小表哥新林这最后一句话，让芙初睁大眼朝他看着，然后点了点头。

十字街南门开着一家"新生书店"，芙初和采薇常来这里看书，买过《鲁迅小说全集》和郭沫若的《女神》。店主名叫谢韬，戴一副黑框眼镜，清瘦高个，利利爽爽，是从芜湖过来的。他们交谈过几次，都是谈论书。那是个下雨天，谢韬介绍了一下苏俄文学后，做了个手势，邀请两人到后堂坐坐，说是邵老师也在……果然看到了邵运柏和黄先启坐在一张桌子后面看书。这是一处很不错的环境，桌上有茶水，放着几本托尔斯泰和高尔基等人的书，可以随便取看。屋顶老虎窗射下斜光，显得分外幽邃安宁。不断有人走进来，基本上都是些常来买书的，有好几位中小学老师，见面点点头，都熟。

大家同属有梦想、有困惑、有忧愁的青年人，如同深夜里共同寻找照亮灵魂的篝火，很快就聊开了，丢下书籍，谈论形势。谈到刚打败日本人，国共又要开战，国军占着绝对优势，所以才要打……也不知中共代表周恩来、国民党代表张治中和美国代表马歇尔组成的"三人委员会"能否调停成功？和平建国，果能实现吗？

中途，小芙子来了。她早已是励进中学高中生了，圆圆的脸，乐观，明朗，穿着工装背带裤，两个辫梢上扎着白蝴蝶结，显出几分妩媚。她一进来就热乎乎地对人笑，笑起来露出一对俏皮的小虎牙……但是，她的学校却没得安宁了，大家正在议论这事。

励进中学前身正是"昌德中学"，一度曾改名为"皖南中学"，张昌德仍旧做着董事长，校长叫陈海如，一个县人皆知的黑脸麻子，曾是日占时期"特区"大员。春天开学时，董事长换成陶婕担任，社会上传闻她早已成为张昌德事实上的姨太太。到了夏天，"国防部少将参事"张昌德终于在四川老家被逮捕归案，羁押于南京陆军监狱。消息传来，不仅黑麻子陈海如逃之夭夭，底下一帮人亦树倒猢狲散……

正说着话，傅菊英也来了，她是来找芙初的，去家里没见着，估计在书店。她跟这里的人不太熟悉，便有点拘谨，转眼见到小芙子，就小声问她怎么也在这里。小芙子便说学校停课，就跑书店串门来了……接着便说："你家开西南旅馆，生意兴隆，大小姐当得自在呀！"

见此一说，傅菊英倒是一拍手，讲起了一事。半月前，她家店里住入一个叫俞子高的人，是省里来的督学。别看此人面似病鬼，讲话却中气很足，一口本地腔，亲朋故旧特别多。自他入住后，每天都有许多神秘兮兮的人往西南旅馆跑。俞子高索性把一个最大房间包下，安置桌椅，在墙上贴了一张先总理画像和"天下为公"手体字横幅，当作了办公处所……听他们谈话，多是说励进中学的事。

邵运柏开腔了，他道出了一些情况。原来，张昌德被拿下，载明校长头衔的呈文便落在"接收大员"俞子高手里。显然，这纸公文已吸引了不少嗅觉灵敏的人，都巴望从中捞取好处……各寻门路，四处钻营，掉到坑里的狍子，人人下手逮。这其中，有刚卸任的省立芜湖中学校长汪熔生，原省立第十二中学校长杨筠青，还有原陵阳中学校长宋则要，他们或赋闲合肥，或株守家乡……现在有了机会，哪个不想借着励进中学东山再起？此外，抗战胜利后，从外地返回陵阳的党、政、军、绅、商各界头面人物亦复不少，也都急于促成这所中学的立案。于是，这所新中学的筹备委员会，便在俞子高二次奉差"整顿陵阳中等学校"中，在取得"地方绅士热忱襄助"之下，"迅予成立"。

介绍完这些情形，邵运柏提高嗓音着意强调：我们一定要想办法让隐情公开，不能由着手脚长的人私下操办。

两日后，在十字街及孔庙正门前"泮池"围墙上，各贴出了一张《告全县人民书》，将励进中学的事尽予披露。社会上立马传得沸沸扬扬，令县府颇感棘手……担心这会成为一颗地雷，伸腿就能踢爆。

那天夜晚，陶婕来找姐姐，把她那学校的事说了许多。这个女人，早已失去先前的飘逸和凌厉气势，脸上带着凄凉而惨淡的笑意，印堂晦暗，眼周围有一圈青黑。俞子高借省督学这块牌子，发出第一道督学训令，就是将她散落在何湾、合村及九连黄金坝的九百余亩私房田全部没收，充作校产学田，具列清单，上报省教育厅备案。

"他们忽然来了这一手，真是世态炎凉。你看，我现在还有啥子板眼儿哦，有日子过么……"陶婕断断续续絮叨着，嗓音有点嘶哑，眼神里流露出恐惧和无助，一张原本那般漂亮醒目的精致的脸，缺少水分和血色滋润，已经有点枯黄。

"这能说是世态炎凉、人人喊打吗……你怎么到现在还看不透、舍不得、放不下？"姐姐有点恼恨地看着她，"人性最大弱点，就是贪婪。哪里来，还回哪里去吧！有些事你得负起责任，想不开也得想开……就说那些私田，凭良心说，真的是你应得的么？"

"我怎么没有看开……人生就是一场赌博，你下的注越大，付出的代价越大，失去的永远都别想再赢回来！我已撕下了最后一块遮丑布……真正的地狱，是人为了活下去，不得不变成鬼。没有轮回，没有解脱，永远别想走出去！"陶婕报复一般喊完，别过头去，眼睫下垂，使劲绞着依然细长柔软的手指。芙初把一杯热茶递上，示意她放松。她无声地接过，没想到手一倾，杯盖滚落下来，随着暗夜里发出一下很大声响，在地上滴溜溜地直打转。

有如宿命，看得出来，虽然她仍在挣扎，但是原来那个异常倨傲而颇显几分艺术气质的女人已经消失。陶婕把眼睛转过来，看着芙初叹息道："你多大啦？十九岁吧……多么干净、多么美好的年华，如春林伸展，春花初放……我都快老了，你这么年轻！"

"世上没有永远的风景……心里沧桑啦？你比我还小一岁哩。"姐姐拉起陶婕的手，劝她早日抛下包袱，"一个女人，最美的，不是她青春的容颜，而是内心的温暖和善意。你身上背负的东西太多啦，把这些都丢开，洗心革面，换一种方式生活吧！"

丢开了就好，丢不开，锋利的刀刃就一直插在胸口……人生如戏，有时真的是海市蜃楼。但一个个绝顶聪明的人，又多少能真正参透！芙初想到宋人画本与宝卷或平话里那些娘子，她们都好似迢迢碧天里的满月……可这陶婕，她算什么哩？

照着姐姐吩咐，芙初把陶婕一直送到北门，目送着她的背影随着迟滞而拖沓的脚步声消失在远处。

看看天还早，芙初折身进了一条熟悉的小巷，来到采薇家。采薇穿一件矮领子布旗袍，正对着大衣橱上镜子左顾右盼。那是一件袖子短到肩膀的新款式，大红颜色的底子，上面印着一朵一朵蓝的、白的大花，两边都没有纽扣，是跟外国衣裳一样钻进去穿的。领子真矮，可以说没有，这让她长长的颈脖反射在镜子里，尤其光洁动人。

芙初笑道："女人晚上照镜子，通常是不守妇道的……晚上照镜子，浓妆艳抹，不是偷情就是往风尘里去，梳妆打扮那是早晨的事……过去古老年代，到了晚上，铜镜子通常都要被收藏起来。"

"你这张破嘴，看我来撕！"采薇笑着扑过来，被芙初闪身躲开。

"真的，我姆妈就不让半夜照镜子。按她老人家说的，人到了晚上阴盛阳衰，鬼气上升，晚上照镜子，往往会看到不该看到的东西，招来不祥之物。"芙初把刚才陶婕的事说了一遍，并细述了当年她在张村的情形以及后来跟张昌德的关系，"为了一份不属于自己的东西，而承受失去的痛苦。女人心太大，最后毁了自己。"

"她是心大吗？"采薇拉了拉嘴角，表示不屑，"要是我，事情做就做下了，有什么后悔的……不惧未来，不想结果，不在别人的故事里流自己的眼泪。这个世界上的男人，我最崇拜的就是大姑父，要不是有'乱伦'那个词，要不是一时想不清怎样让大姑留下的孩子改口称呼我，我就嫁了他！"

芙初给吓了一大跳："采薇，你……"

"我有什么不对吗？女人头发长，见识短，有时就难免耍点性子……要知道，《红楼梦》里晴雯撕扇子，宝玉还到处找扇子给她撕哩！难道宝玉是活孱子吗？"

芙初看着采薇，感觉她眼似寒星，却也越发明眸皓齿……不过看上去竟有点陌生了。当初两人分手时，皆为十二三岁小姑娘，现在都经历了太多的世事，心性也会大变。

回家的路上，天上飘下了小雨。市桥头昏黄路灯下，立着一个中年妇人，手拿一截桌腿一样方木和一个木匠长刨在等候买卖，时而喊几声："卖——黏刨——花呵——"声调长长的，悠悠的。两个相仿年纪的妇人走过来，查看那截长方木头质地，手摸摸，鼻嗅嗅，问推出来的这刨花"黏不黏"。卖者连声应道："黏呀，黏得不得了！拿回家搁碗里一泡就晓得……"于是谈妥价钱，卖者把那截宝贝木头放到长凳上，用长刨朝前一推，哧喇一声，薄薄的整张粘刨花片就从刨子方口里吐露出来，微卷着，散发出清新的木头香气。再刨，再哧喇一声，收拾起数页刨花片，整整齐齐叠好，交到顾客手中，收起小钱，仔细揣入荷包里。

芙初走上前，给姆妈买了几页刨花，拿回家圈曲起来浸泡在蓝边碗里。待刨花黏液溶化到清水里，手持木梳稍稍搅匀，蘸着刨花水往头上梳……只要每天这样细细地多梳几下，姆妈的头发就会油亮起来。这黏刨花水还有抿头发的作用，能让原本蓬乱灰暗的头发服服帖帖抿到一起，整个人都显得清丝丝的。

次日一早，芙初即将泡了一夜的刨花水给姆妈端去。姆妈却告诉她，六叔昨夜出了事，跟人耍钱时，遭一帮泼皮设局玩了门道，在骰子里灌铅水做假，输光了他名下当涂金家庄的一百六十亩祖田！都说大户人家不怕烟只怕赌，染上烟瘾的人坐不住，再怎么抽也抽不光家产，可一坐到桌前赌博，金山银山也能败尽……这回撒开了，往后，他日子怎么过啊！

芙初出外倒垃圾时，在家门口碰到黄晰之，还有一人，是张村时的同学储希惠。他们两人的家，一在西乡山区，一在东乡圩区，两人都在四处奔走，申请教育经费，想在自己家乡创办新式乡村学校。黄晰之抢得先机，已在花山南边徐氏宗祠内创办象山小学，这在当地，是开了由荣馆和私塾走向正式国民小学之先河。

碧荷清怡
蒋塘行

现在的陵阳，中学出现了三股势力。从泾县撤回的陵阳中学，其正统地位无可撼动。

邵运柏等人也介入了，要在这件事中显示影响力。在他们看来，戴凌洲先生威望高，底子干净，若是能请动他出山，做励进中学的校长，学校起码能掌握在进步势力一方。

大家说戴先生喜欢芙初，一直将她当自家晚辈，就要芙初同去。正好盛学莪由南京回来度假，也邀了一起去。觉得不好空了两手上门，就买点礼物带上，一包锦枣，一斤红糖，皆被店家用干荷叶包成菱形，扎上蔺草绳，打个活结，递给芙初提了……另有一刀肉，由江清越拎在手上。

正当立夏边，从城里出发，往沧溪方向走了五六里路，在高坝戴碰到做"青苗会"的队伍。村中祭祀方毕，几个手持香火的老人领着长长一行人穿行于境内田间小路上，其中两人合抬一纸扎大船，不晓得是何路数？蚱蜢扑脸，青蛤蟆高高跃起，扑通栽入水中……一个身披阴阳八卦图法衣的道士边行边敲法器，口念咒文，不时停下来将一些红绿纸裁成的三角彩旗系在稻棵上，保佑稻棵不生虫害，不起"地火"不"烧"稻。

又行四五里，面前有一大片水域，接天的莲叶，许多水鸟出入其间，飞起又落下，想来这就是蒋塘了。青活活的荷叶丛中，挤挤挨挨的莲花，把眼睛都映花了。看这朵，粉瓣初开，纯洁无邪，婉转轻盈，宛如少女飘逸的裙裾；观那朵，红腮舒展，清婉隽秀，小巧精致的莲坐拥一圈金流苏……这些花呵，又觉得更像是许多鸡雏，它们钻来钻去地扑动着，欢叫着，显得那么亲切可爱。

盛学莪对这里似乎很熟，他说再往下走就是张公渡了，张公渡至仙酒坊有十四五里路，中间有个周王庙，坐落在大埝上。庙前有门楼，供着姜子牙的神像，但大殿里却无十八罗汉坐像，只有一樽稍高过人头的金身如来佛像，佛像背后刻有两行对联：上七里下七里，金银在七七里。谁能解开这暗语，就能得到梦寐以求的宝藏。

"真有宝藏吗？"芙初忍不住问。

"抗战初起时，有几个小孩在庙里玩耍，无意中发现佛像脚下有小洞，撬得数个金元宝，因大小不均不好分摊，家长吵作一团，互不相让。恰有一货郎途经此地，于是便歇了担子上前，好说歹说一番劝导，帮他们拈阄分掉。谁知到了半夜，来了一伙蒙面强人，闯入那几户家中，绑了大人拷打，打耳刮子，点蜡烛烧耳朵……最后，把几个金元宝全部掳掠而去。一年前，袁佩璋抓了一干抹胡子，连带破了此案，原来匪首就是那个货郎！"

盛学莪接着将话题转到眼前，他指着大片的荷叶说："这蒋塘，在民国初年秋天大旱时干过一回。但是，塘中央始终有晒场大一块水面不得干，好像下面有个通江连海的无底洞，调了好几部水车连着车了好多天才车干。逮了最大一条乌青，有一百二十多斤重，比扁担还长！"说完，他又指着塘中一片高地，说那叫情雁墩，有一对过路的雁侣，其中一只病重坠落，另一只也随之盘旋而下，不离不弃守护在一旁。最后，病雁死了，那一只也随之而亡……于是就留下了这个情雁墩的传说。

江清越感慨道："雁能有情，超出于人呵。'问世间，情为何物，直教生死相许？'这可不是写人的，而是大诗人元好问过雁丘，有感于大雁的殉情而写的……这情雁墩不就是又一处雁丘吗，不知诸君有何感想？"

邵运柏笑笑说："感想留待以后再抒吧，我们今天来有事，不好发多了思古之幽情。"

"是呵是呵……有点不合适。"江清越不无尴尬地笑笑，适时止住话头。芙初心里一直想听下去，却又不好在旁多说什么。

塘西是一个大村子，照着乡民指点，走入一处柴门篱落。青砖小瓦的三间穿枋屋，左为卧室，右为书房，侧面披水加接厨房，倒也十分清雅。院子里有一张石桌，还有一石鼓，石鼓上书有碗大的两个字"寄庐"，肆意狂草的笔锋里，透着满满力道。因是紧邻大塘，感觉水气氤氲，草木也愈发葱茏碧翠。主人似未远去，推开虚掩的屋门，厅堂的桌上，放着一本《安徽清代名家词》。芙初知道，这书是徐家大屋另一位要人徐乃昌于十年前在上海影印出版的，光是第一集，就有二十多卷。

众人便在屋子里东张西看起来，讲些闲话，等候主人回来。盛学莪是学英语的，却对本地文化知之甚多，陵阳近百年文人与文化史随便挑到哪，都能滔滔不绝谈上一阵，难怪大脑门那么丰隆圆润。他走过来，拿起书，对芙初说："这徐家大屋，有一半是徐乃昌撑起来的呵。你家姑爷爷徐乃光当过驻纽约的首任公使，也办过实业，而他的这位堂弟徐乃昌更厉害，出任过江苏淮阴知府、江南盐巡道和金陵总督，后来不干了，回家整理故纸，自诩'堪笑痴儿保孤本'，得了不少宋元珍本及明初以前抄本。梁启超给他写下一副对联：吟未了，放船回，可惜一溪明月；剪不断，理还乱，知他多少秋声。徐乃昌编纂《南陵县志》五十卷，还是《安徽通志》《上海通志》总纂……光赠送陵阳民众教育馆的线装书，就有数千卷！这些书都是用木板夹住，纱带扎紧，一部一部置于书庋内，存放在孔庙明伦堂真经阁内。徐乃昌长得一表人才，曾就学于光绪皇帝老师、大学士翁同龢门下，被赞誉'翩翩佳公子'，娶了广东巡抚刘瑞芬长女为妻。王国维写诗称赞他：'衣冠全盛江南日，儒吏风流总不如。'你看，拜名师，娶名门，后来爱女又嫁入南通实业巨富张家，谈笑有鸿儒，史上留名声……这人与人就是不一样呵！"

　　邵运柏接口道："可是，日本飞机轰炸县城，这些珍贵文献被搬运到树多林蔽的香由寺。不久，县府各科室也迁往香由寺办公，时值隆冬，天气酷冷，卫兵们竟烧书御寒，把那些宋元明清刊刻本书全部烧光……真是可惜又可气呵！"

　　正说着话时，戴先生回来了。文人积习，不修边幅，他手里提一支包了铜箍头的实沉沉长烟管，一头蓬勃灰白的自卷发仍是往后背着，上身土布白褂，两边黑裤管一高一低卷着，脚上趿一双布鞋，说是养了十几只鹅，在后滩上放……待众人坐定，邵运柏刚把来意说明，没料到戴先生却把头直摇，将那支长烟管搁到桌上，连说不妥不妥。

　　"沧桑世事，负累几许？国共两党重庆谈判四十二天破裂，和平无望，国事如麻，也不是我这乡下老叟能操心的……我现在写字挣点小钱，好歹还有一口酒喝。塘边种片菜园，屋里养一群鹅，看花开花落，度有生之年，王摩诘诗云'我心素已闲，清川澹如此'……不沾惹那些麻烦了。"

　　盛学莪笑了笑，说道："'行到水穷处，坐看风云起'，也是王摩诘说过的呀。知道凡委琐功利之事先生皆视之蔑如，但是先生心里恐怕还有放不下的东西，不然，为何要将此屋命名'寄庐'？"

　　主人放声大笑起来，道："'寄庐'者，人生如寄……可不是'借得山东烟水寨'的'借'呀！"笑过，将那长烟管拿到手里，自身上摸出烟匣，打开来，捏了一撮烟丝搓成黄豆大一团按入烟管前端孔穴，用纸媒子点燃，深吸了一口，又将一串烟雾长长吐出。接着，岔开话头讲了一桩事："我做省立师范学校校长时，有人请我在安庆的菱湖酒家吃饭，席间上了一道菜叫'松鼠鳜鱼'。哪知拿筷子一挑，才知那鱼皮就是豆腐皮裹的，在油锅里炸过。再探鱼肉，不过就是些剁得细碎的豆腐干、香菇、冬笋加茨粉勾连出来的，你说这是借名哩，还是蒙人哩……再拨出鱼眼珠一看，原来是两颗灰白的鸡头米。骂人家死鱼眼，那倒真是像极了呵！假作真来真亦假，有道是'鱼目混珠'，谁知这'鱼目'却又是借来鸡头米混充的！哈哈……我可不想做这'鱼目'。"

众人跟着一齐大笑。邵运柏清了清嗓子，又说到正事上来了：

"先生，我们都知道您不满于这个社会，不满于眼下所见，您清高，有傲骨，洁身自好……但是，您要是不出来主持这个事，让那些居心叵测手脚又不干净的人去做，岂是陵阳民众福祉？又岂能如民众之所愿？"

经历一番劝说，戴先生终于同意出山。但他一再声明，这事得慢慢合计，切莫先把话放了出去，你不能手里还没听牌，嘴里就喊"自摸"……

主人执意要留饭，正好有个赤脚汉子送来两条乌黑的大鲫鱼，还有两截花香藕……众人拂不过，就一齐动手，鲫鱼红烧，花香藕本就入口无渣，赛过雪梨，切薄片浇上蜜汁，更是脆甜无比。又到菜园里摘来茄子，和瓠瓜一起炒了，被笑为"不分青红皂白"，加上带来的肉，烧出几碗菜。

吃饭时，戴先生情绪颇好，说了好多事。戴氏家族祠堂内办了一所小学，校长吴冠雄请他在大门两边的墙上写了"忠孝仁爱，信义和平"八个大字。每个字比一张八仙桌还大，因为没有这样大的笔，就用木棍绑上棉花在水桶里醮墨水写。家里有一只老式大衣橱，积满宣纸，都是人家送来请他写字的。虽然早已年逾花甲，挥笔时仍一丝不苟，冬天脱棉衣写字。

"摆开架式，别人都说我是雄风不减当年哦……哈哈！"

大家都知道戴先生在安庆时曾有过为酬报死友而灵前焚字的事，他对自己的字旋写旋弃，可是一旦有人开口求墨，又变得十分矜贵。当说到日占时期被人索字的那些事，戴先生仍是一脸不屑："那个张昌德附庸风雅，几次派人登门求字，被我严词拒绝，竟以武力相逼，命副官马弁带了一乘花杠过来，说是要把我接去城里写。我坚决不去，说腰病犯了，不能站也不能坐，只能在家躺着。有一次，伪县长徐羊我仗着跟我有师生之情，屡索不遂，就厚着脸皮上门来要。我说对不起，实在想不起来有你这学生，你认错门了吧……把他狠狠讥讽一通。哀哉！我竟教出了这样一个了不起的学生——民族败类呵！后来，有人关切地问我：他们随便按个罪名，把你绑到城里去，你一点都不怕吗？我说，雁过留声，人过留名，谁叫我这样在乎自己的名声哩。兽有五行，人分善恶，那一回，新四军游击队员戴恒八、戴光彩被抓到县城，他俩都是我戴氏族中人，岂能坐视不救？我连夜赶到县城具保，戴光彩被保释下来，而戴恒八那里迟了半步就给拉到东门河滩上杀害了……遗憾呵！"

邵运柏说这事他知道，戴光彩被保释后，受伤很重，肋骨都断了许多根，经城里名医陈元新先生开药治理调养，方才渐渐好转。

只见戴先生起身走到书架前，抽出一本书递过来，书名叫《川游漫记》，金陵正中书局出版，著者陈友琴。戴先生说："陈友琴就是本县名医陈元新的长兄，生于中医世家，却无缘岐黄，一生只爱诗文。此书作于一九三四年，他以中央通讯社特派员身份加入川康五人考察团，深入四川了解当时剿共形势。但他却着意于四川政治经济文化、民族宗教及民俗风情，写下许多随行见闻录，寄回上海申报专栏连载，文章眼界，皆天地一别，大受读者追捧。我这里还有一本他编著的《清人绝句选》，是在那本书稍后由上海开明书店出的铅印本，同乡徐乃昌题签，柳亚子题字，王西神题诗，查猛济、叶圣陶作序的……两本书都是一出夹就被抢购一空。"说完这些，戴先生又去里屋找出几本他自己手抄的明清绝版书，装在函匣中，简直跟原版一样，众人齐声叹服。

那一餐饭，大家聊得很尽兴。江清越即景生情口诵一绝："垂柳飞花村路香，酒旗风暖少年狂；桥头日系青骢马，惆怅当年萧九娘！"芙初许多诗词歌赋烂熟于心，却从未读过这一首，就低声问江清越，这是你作的诗吗？

戴先生在一旁听了去，朗声笑道："呵呵……除了仲甫，那个'湖上诗人旧酒徒'，谁有这等的才情！"

芙初仍是懵懂，又问仲甫是谁。

"仲甫呀，姓的耳东陈，就是于我亦师亦友的以文字鼓吹新思想的独秀先生，笔底寒潮撼星斗，他是胸襟抱负更胜于才情……这下晓得了吧！"

结束时，喝了点酒的戴先生，满面红光，随口念出两句俚语："蒋塘的鱼，蒋塘的藕，才子佳人吃了不想走！"众人皆哈哈大笑。

杨柳东风
总是缘

事情远非想象的那样，其中曲折繁复，外人极难揣测。戴凌洲先生出任校长一事竟是"碍难照准"，在省里"未获上批"，没能通过。

鉴于前有《告全县人民书》之教训，曾经担任过国民党法律编纂委员的俞子高心存忌惮，在传达"上谕"时特别用了心思，谓陵阳向有土客之分、朋党之别，师承、门户之见尤深，务要谨慎处置！先成立筹委会，力求具有广泛的代表性，以满足方方面面的利益要求。俞子高自立校董会，云是为进一步缓和社会各界的纷争，包括消解东溪刘氏和非刘氏之间争夺学校权益的矛盾……至于校舍、校产，自有励进呈文见在，只要改组校董会和更换校名，则省厅备案不成问题。

面对这股汹涌暗流，张和声原是积极支持戴凌洲先生出山，现在是大感失望。他把邵运柏、盛学羡和姐姐等几人叫去，细解了一下原委。

眼下，校董会内有三种不同意见：主张"省立"的，强调一旦编制属省，经费便有着落。倾向"公立"的，理由是本县地方公立，则人事不受牵制。而多数董事仍坚持"私立"，说是唯有如此，人事、经费方能少受或不受省、县的掣肘和羁绊……这边一众人等心领神会，便撺掇吵闹着要"私立"。其实，各人都在打自己的小算盘，想尽力多占好处，或使之受控于各自所在帮派。别看他们平时个个道貌岸然，谦谦君子，可一旦对着一桌丰盛大菜，个个举筷伸臂，谁也不在乎被人说成吃相难看！

最后，"维持现状"的提案被通过。这个学校便如某些人所愿，继续"私立"下去。

但在法理上又带来问题，因为校舍是东溪刘氏私产，既为"私立"，则刘氏族人就有权收回宗祠，承祖上遗训，开办东溪刘氏家塾。而其校产，比如校田和校具，则又是张昌德逆产，照理则应由敌伪财产管理委员会查抄造表，没收充公，不得以任何借口动用……面对这两大难题，若没有一个具有相当威望的董事长来纵横捭阖，将一手牌打好，这个新学校是很难同时占有这份私产和逆产的。几经协商，校董会一致公推身在广州而将来南京履新的刘述南为董事长。

舍刘公其谁？真所谓"时来风送滕王阁"，一群人皆击掌相呼！

刘述南本是从东溪刘门走出来的俊彦，任职中山大学法律系、政治系主任教授多年，在高教界很有地位。早年创办过中学，彼时，已由中山大学调往教育部任职。用他的声名，绝对能压得住台。菩萨挣钱和尚花，这事当然一说就通，谁不想坐拥资源，广握权力？后来连中山中学校名也是刘述南起的，大概是想把这所中学办成中山大学的"附中"吧。倒是有一次三表舅上门喝茶提起一事，说当年大舅沈恭甫和刘述南曾一同留学日本早稻田大学，两人私交不错……若是大舅还在世，那些人一定会请他出面当说客。

此外，刘述南还有个过命朋友汪道余，原为第七战区政治部主任、四川省政府秘书，光复后回乡养病，也增补为中山中学董事。其侄儿汪荫峦正打算应聘中山中学教师，正好就汤下面由其代为出席，参加校董会。校董会印信和事务，均由刘氏家族刘显钧代管，其先为秘书，而后又成了常务董事。至于校产的管理，则交付董事汪荫生负责，另聘职员宋敬和具体办事……校董会如此分工管理的实质，无非是土客之间、刘与非刘之间的互相牵制而已，而有些人，本来就是混事的太岁。

争夺激烈的是校长的宝座，一开始就短兵相接，各不相让。欲得校长职位者，土著的不少，客籍的更多。满饭好吃，满话难讲，由于各方僵持不下，议而不决，校董会才决定由董事、省督学俞子高"暂为遥领"，以待酝酿成熟后，"再行遴选贤能"接任。自诩"上能通天，下能达鬼"的俞子高谋划成功，不免仍要惺惺作态，除表示勉为其难外，同时建议在校长不能经常住校署理校务的情况下，另设校务主任一职，以代行校长职权，并竭力推荐由董事陈佩琨担任……理由是在张村时的陵阳中学，陈佩琨就担任过教导主任。

至于校务、训育、事务三处主任和军事教官、教练的任用，以及其他教职员的聘请，校董会虽未公开讨论研究，但其人选安排，也莫不与各董事利益划分相关。

没想到，姐姐也接到一纸聘书，居然是训育主任一职。姐姐轻轻一笑，提笔写下几行小字："本人早已受聘于陵阳中学，私心感荷，荣结不已……惟不宜兼职，以免误人子弟。特此拜谢。"和那聘书放一起，让人带了回去。邵运柏表示了惋惜，姐姐则问他："能指望一个小小训育主任做出什么担当来吗？"

芙初知道，为这事，袁佩璋也过来劝过，但姐姐不为所动。袁佩璋后来就没再上门了。姐姐说："看清一个人而不说破，讨厌一个人而不翻脸……这世上，总有你看不惯的人，也有看不惯你的人。你的成熟，不是因为你活了多少年，走了多少路，经历了多少事，而是你懂得了放弃。每个人心中所承受的那些苦和难，不是因为时间长了就失去感觉，而是懂得说与不说都一样。"

姐姐依然是那般超然灵秀，就像一块小小的稀有金属，在暗影里，发散着柔和的光。

这天，芙初正在看《李清照集》，姐姐过来了。突然觉得，姐姐竟然跟书中那李清照的画像很像。三十一岁的李清照，不惊不扰，在画中手掐菱花，簪向鬓边，比之罗绮梦远的青春少女，另是一番清平秀容，素雅和内敛……但如此年华的李清照，不可能有凌厉招数。姐姐自小当男孩子养，长成后，说话行事、脾气作派皆不输于男子，有着一股不可侵犯的坚毅与傲然，一双眼睛清毅肃绝起来，不怒自威。至今思项羽，人杰鬼雄，与男女性别无关。姐姐在芜湖女中读了三年书，毕业时带回一个湖蓝色缎子面笔记簿，上面有校长题写的一行字：洁白莲花尚须洗涤，四海学问岂可不求！

芙初知道，身为女子，弱则无以立世，强则为社会所难容。常听到有女人抱怨自己的人生："咋就没有福气靠上一个好男人哦！"在一个让人压抑的男权社会里，自主和自立的意识尤为珍贵与不凡！姐姐一直强调双方感情的对等，信奉一个缘字……缘来无碍，没有缘，绝不强求，即所谓不成哀怨不成欢吧。

那一晚，芙初同姐姐抵足而眠。看她心情不错，两人便睡到一头，说了大半夜悄悄话。说到上帝造人无非男女，能让男女走进彼此世界则需要一定缘分……关口上时，芙初鼓起勇气问，有过喜欢的人吗？

姐姐定定地看着她，然后摇摇头，说："喜欢一个人，喜欢到足以改变整个生活……那是很难的。尤其像我们这样的女子，既非红粉，更不是巾帼英豪，只是读过书接受过文明教育，眼里识人肯定多有奇崛不平，也就是不合时宜吧。而过了这个年龄，会越来越难……不想因为别人改变自己，你内心的核会越来越硬。一个人处于情感冷漠的状态，总是有原因的，许多时候，性格相近的人和志同道合者只能做朋友……婚姻这种事，真的是讲机缘吧，过了这个村，就没那个店了。"

芙初已经简师毕业了，待在家里，希望能找到一份差事。

那天，姐姐让芙初陪她一道去新生书店。进了店，伙计示意直接从后堂往里走，院子里有一个库房，大约平时很少有人光顾，散发着一股子呛人的霉味。走进去时，里面已聚集了十多个人，气氛很是肃然。桌子上放着一本杂志，用毛边纸黏合的厚封面，刊名为木刻的"觉醒"两个美术字，另有几行泰戈尔《流萤集》里的诗："我的幻想是萤火——点点流光，在黑暗中闪闪烁烁……"套色印刷，内页都是毛边纸，一看就知是非正规地下作坊印刷的。里面刊有羊枣、曹聚仁等人评论时事战局的文章，以及青年人写的渴望光明与新生的诗文。一旁，还有几份《新华日报》。

有人在说话："……这新旧中华之间，荣枯得失，稍加对照，明若观火。我们只要确信自己的理想崇高美好，就孜孜不倦地去做，而不必害怕任何政权的势力！"听着这带有轻微鼻息音的激昂声调，就知说话的人是江清越。

"我们生存在世，不能没有信仰，信仰是生命内部之光。我们是精神跋涉者，我们前行，不能没有光的照亮！每个人的明天，都是由今天开始的，希望有什么样的未来，今天就要做什么样的努力。"邵运柏双手抱在胸前，斜倚在桌子后面一根立柱上，操着带苏北口音的陵阳官话娓娓而谈，他的饱满思想，总是那般吸引人。"我们这些人，都有一颗热烈、真诚的心，从来没有梦想过当官发财，也不想过安逸的家庭生活……我们只想反抗暴力的压迫，推翻旧制度，获得自由解放！那些旧制度，就像一张积满灰尘的蛛网，一碰就四处扬灰，还能留着它吗？别看我们现在力量还不大，但我们有筋骨，有力气，有热情，只要取得老百姓的拥护，老百姓都能向着我们，就肯定会赢得未来！"

盛学莪也在场，看来他们都是约好了的。邵运柏给几个人分派了事务，收集社会上各阶层的信息，再三强调一定细心做好，做扎实。并说了一番话，大意是说他们这些人就像树，越是迎接高处的阳光，下面的根须越是要伸向幽暗艰深的地底……

晚上，大家出份子钱，和书店店员一起加餐。按规矩，商店、作方雇有店员学徒的，每月初一、十五各加一餐荤，称作"吃犒"。过了一会儿，姐姐附在芙初耳边嘱咐她先去店堂看看书，然后回家，她这里还有点话要说。尽管芙初心里有点被当成外人的失落，但还是起身走了出去。

节气虽是刚交寒露，却有一种秋深欲冬的感觉，在西风残照间，落叶萧萧肃肃。黄昏每每仅是个瞬间，天黑得一天比一天早了。

芙初正帮姆妈洗着碗，有人从门外走进来。听到熟悉的声音，抬眼看去，竟然是陶婕。得知姐姐没在家，陶婕脸露失望之色。她让芙初转告姐姐，这回是来告别的，她要离开陵阳，离开这块伤心地，到一个别人想不到的地方过活，如果有可能……就找个人把自己嫁了，彻底把从前做过的事忘个干净……

灯光下，陶婕脸色暗淡，眼窝深陷，眼角爬满了细密的皱纹。原来那么紧凑的五官，现在真的是形神俱散了。芙初也不晓得说什么好……她让陶婕坐下来，转身要去给她倒一杯水。

陶婕伸臂拦住连连说不必了，她马上就走……说着，拉住芙初的手，又像过去那般赞扬起来："让我再看看……女人美在骨，不在皮，你是骨相、皮相皆美！你这一双眼睛，真漂亮，眼神真干净，不带一点杂质。以后，你一定要做一个有爱有尊严的女人！"她的睫毛微微颤动，眼中有泪花闪出，

"你晓得我们宜宾最有名的民歌么？"未待回答，就轻轻哼唱起来：

> 高高山上一树槐，
>
> 手把栏杆望郎来；
>
> 娘问女儿望啥子？
>
> 我望槐花啥时开……

这歌，傅菊英也曾唱过。芙初被感动了，弄得心里堵堵的。

"你等我姐姐回来再走嘛！我们要留你住几天，毕竟你这一走，不知何日才能见上……"

"不啦……如果我还有余生，我会长久记住你们姐妹俩的！"说这话时，她笑得很卑谦。

陶婕走了，像是一具幽灵滑进夜色里。天上有一弯月，昏昏地泛着红。

采薇刚刚获得一职，在县府教育科做事，管理档案。芙初急忙赶去道喜，远远看到她把一个人送出家门，往巷子另一端走了。那人身影很熟，但夜晚看不太清。

待坐到房中，问起刚才送的何人。采薇并未作答，却伸出一根葱白的指头在芙初脑门上摁了一下："操心太多，老得快呀！"说完，转身端上来一杯茶。屋子里暖融融的，床上凌乱着一卷青锦被。采薇脱了对开的紫色毛衣外套，只穿一套立领青花瓷图案夹层旗袍，幽微的蓝光柔柔地洒满全身，将窈窕的身子衬托得无比曼妙，特别是那高耸的胸，芙初都不好意思看！真搞不清，究竟是女人诠释了旗袍的韵致与美丽，还是旗袍成全了女人的婀娜风情……

热腾腾的茶水，散发出春天才有的香味，让人沉醉不已。

"一旗两枪……这是上好的黄山毛峰呀！要是你爷爷仍在世，用三皇宫窖的雪水来煮，就再好不过了。"芙初从茶水上抬起眼，仍是不依不饶，指着桌子上一杯剩茶说，"看来，今晚我在某女的闺房内沾上别人的光了。"

"好啦好啦，到时我会告诉你的……谁让你是我的知音和最亲的闺友哩！对了，你想听我说一件事吗——"

没想到采薇这一打岔，说出来的消息，竟把芙初惊骇住：傅菊英有心上人了！

"记得傅菊英有个表姐叫秦秀秀吗？最早还是你跟我说的，你曾跟傅菊英一起去一个战地医院找过她……"

"记得，不就是两任丈夫都战死了的那个教私塾老先生的独养女儿吗？"

"对，傅菊英常对我说她表姐的事……最后战死的那位是个营副，临终前，把一只口琴交给营里文书，托付他一定要帮助快要临产的孀妻争取到抚恤金……后来，在战场上，这文书成了代理排长，被鬼子的机枪打残一只胳膊，成了拐子。光复后，就离开军队，留在陵阳城，在邮局门口支了张小桌子，替人代写书信。或许是因为表姐这层关系，一来二往，傅菊英同那人结识上，还发展出了感情，常到树林子里听他吹口琴……你说，这算是什么事，会有善终吗？"

芙初当然明白采薇的意思，傅菊英的爸爸傅启文非良善之辈，肯定不会有好果子给他们吃。能将旅馆开下来容易么……住店人员复杂，流氓兵痞借故滋事，为了适应复杂的社会环境，傅启文投帖拜在芜湖"大"字辈青帮衰仲轶门下，自己在陵阳又大开香坛广收门徒，县府有的官家人也拜在他的门下，一时名震遐迩，不但旅馆开得兴旺，而且还成了地方上头面人物……芙初有一次在他们家看到一本藏书，毛笔抄写的，叫《通草秘籍》，专讲帮规及对外沟通联络之暗语。上面写明严惩眇青盼红之徒，凡有违者，首领有执行三刀六眼、断指或处死的权力。这样的人，会让一个来路不清的伤兵成为自己女婿吗？

"有人流落在街头，有人高楼饮美酒。现在社会上吃得开的是什么样男人？叫'一笔八行，两句二黄，三杯高粱，四季衣裳'，能写字能玩耍，有吃喝有穿戴，我还真看不惯这样的男人哩！可是，傅菊英肉肉的性子，像个小动物，太温顺软弱，就是个猫转世的，有点灵性，有点懒性，怕是难扛住大事……"采薇摇着头叹息道。

看来，两个好友都起程上路了，芙初心头隐隐有一种被抛弃的失落……但她更为傅菊英担忧，这么纷乱伤情的事，为什么偏要把它降临到一个善良无助的弱女头上？

姆妈在粥锅里加上切碎的山芋块或是胡萝卜，就是冬天到了。芙初和姐姐各穿了一双姆妈新做的深帮棉鞋，黑色直贡呢布面，上面还用彩色丝线绣了花草图案，又养脚又亮爽。

霖表哥回家休假，让众人快乐了数日。大舅的日本妻子佐佐木代子去世后，又从东北奉天娶回一位姓蔡的舅母，生了两个儿子，即霖表哥和梅表哥。霖表哥抗战后期加入青年军，在昆明受了两个月训，开赴战场不久，日本人就投降了。他现在已是军部电台的副台长了，挂上尉衔，戴白手套，吊着武装带，一脸英气。他们部队马上要调防北平，上面让所有校尉级军官轮流告假回家看看。霖表哥给姆妈送了一块布料，给姐姐和芙初的礼物分别是两支派克牌子自来水钢笔，一支绿杆子，一支紫红杆子。

姆妈对这个娘家侄子赏爱有加，留他吃饭时，特意做了几样精致的拿手菜。有粉蒸肉、红烧鳜鱼、油豆腐黄豆芽、芋艿扣肉……芋艿都是先煮熟剥皮，切成三寸长、一指厚的形状，再与同样大小五花肉间隔码入大撇撒碗里，碗底事先已垫上一层霉干菜，隔水蒸熟，无论是芋艿还是霉干菜，皆饱吸油脂而香软无比。

第二天一大早，穿着藏青长袍的三表舅过来，请母女三人上富贵春坐茶馆。霖表哥已在座了，三表舅精神颇不错，抗战胜利，他的医官女婿退役后，在南京开诊所，一家人过得很滋润。姆妈恭喜他，说佳英这姑娘长得有福相，从小就得人喜，这不是结了善缘吗？三表舅满脸笑意，连说就是就是。然后又看着霖表哥说："看来我这侄媳妇呀，怕是要在北方讨了。"大家一起笑了起来。三表舅又朝着被大家笑窘了脸的霖表哥问："报纸上说，要剿共了，你们调往北方不是去打仗吧……才过了几天安稳日子，这又要动枪动炮的。正所谓身怀利器，杀心自起……唉，不说这些了。小笼包子上来了，我们吃，吃，尝尝这富贵春的味道如何……"

陵阳城里，富贵春名气最大，茶客盈门，喧闹若市。手提长嘴大铜壶、肩搭大毛巾的堂倌忙前忙后地吆唤着，端来一壶泾县绿茶，随茶送上瓜子、糖姜、五香茶干、板鸭块等。这里茶点正在品尝，热气腾腾的两屉小笼汤包端了上来。随之，每人面前又上一碗漂着葱花的小馄饨。

早茶毕，各人散去，姐姐去学校，姆妈拐到菜市口买点小菜，芙初回家。

路过原称"太子官"的刘家花园，见一所屋宅院墙根边围了许多人。原来，该户屋主维修住房，工人在墙脚下挖出一口厚棺，尸骨长大，衣物束甲尚未全部朽烂，头颅旁放置一枚大印及符铎等物。有老者走上前，辨认出为长毛之物。并现场解说，当年长毛与清军反复恶战，数度攻克陵阳，城内城外所有官绅住房及公堂大屋，皆住满长毛。其中有一将官在东城内刘家大屋内伤重而亡，尸体埋在花园内。

谁知，就在此时，再次听得有人发喊……原来旁边又挖出一具小得多的棺材，打开来，是一具身着暗绿绣衣的女尸，露着细长的颈脖，以小棍挑开覆面长发，竟然面肤如玉，双眼微闭，似睡熟了一般！那老者自然又过来察看一番，说此女生前系将官小妾，被逼喝下水银陪了葬……观此情形，只怕是已成僵尸，幸亏发现了，不然僵尸成精，必然祸害无穷！骇得几个掘墓人面面相觑，不知如何是好？老者捻着雪白长须，指点他们赶紧叫人去请道士过来敬香烧符，念经作法。

市河隈曲
落疏钟

就在这时，发生了朝阳小学罢教罢课反迫害事件。

设在竹青巷内的朝阳小学，是一所规模较大的小学，最初在圣公会内乐育小学旧址，曾一度迁至东门外管氏宗祠。校长施慕仇，毕业于中等师范学校，在萧村时担任过陵阳中学那个唯一高简师班的班主任。施慕仇极有正义感，做事认真，所延聘的教员，多为学识趋时、教学得法的师范生。

当时政府规定，县里主管教育的最高长官教育科长必须要有大学文化水平，但现任教育科长晁保真却偷梁换柱弄来别人的文凭，靠作弊和钻营窃取了这个职位。此人本就是纨绔兼泼皮禀性，成天吃酒打牌耍钱不务正业，牌九、单双、麻将、梭花、四门宝样样都精，因此引起了以施慕仇为首的朝阳小学众多教师的强烈不满。

一九四六年春，朝阳小学教师借孔庙旁边模范街一方白墙办了一份壁报。其中两篇配了漫画插图的文章，影射、讽刺了晁保真，人来人往观者甚多。晁保真恼羞成怒，带来警察局的人闯进课堂非法拘留了文章作者王炳生、刘光贤。又指着校长施慕仇鼻子破口大骂："你施瞎子别给老子嘈事……老子出来混时，你还不晓得在哪个马桶拐上给哪个阎王小鬼在填磨哩！"

两人被拘，社会舆论哗然。施慕仇召集全体师生在学校礼堂开会，介绍了事情发生的前后经过，并立即宣布罢教、罢课。为安全起见，在校住宿教师迁出学校，部分家住城关的教师同时行动，集中一起借住在学校斜对面管姓仓房内，进行反迫害斗争。同时，再次于模范街张贴文章，进一步向社会揭露晁保真的无耻行径：所谓大学文凭，本是他堂弟的。姓名跟他有一字之差的堂弟，暑期从上海回来在弋江大河里游泳淹死，他就动了手脚，将死者文凭上名字改成了自己的……

学校罢教、罢课后，社会反映强烈，晁保真非法拘留教师和辱骂校长的行为，已引发众多学生家长愤慨。部分士绅、公职人员也联名向县府提出抗议……县府迫于舆论压力，不得不将关押了数日的两位教师释放。

县府以为人放出来了，事情就可平息。讵知学校拒不复课，要求追查晁保真责任，以明是非。县长罗立光本就是与晁保真竹城鏖战和抹"十胡子"的赌友，他只要坐上牌桌，从来不须带钱，别人送钱都送不及哩，"罗县长打牌——场场赢"的歇后语，全县妇孺皆知……罗立光就派了一个姓程的督学带了两名武装卫士来校进行"调解"，同行的还有时任监印员的县长太太何秋湘。学校拒绝"调解"，坚决要求撤换教育科长晁保真。谈判破裂，多名教员立即离校，表示抗议！

这边，学生家长强烈要求复课……罗立光迫于社会舆论压力，只得安抚少数教师继续留校上课，并抽调了一些人拼凑成新的教学班子，由自己太太何秋湘兼任校长，程督学兼任教导主任。何秋湘每天到校，必带上腰挎手枪的卫士一名，以为威慑壮胆，有时甚至也叫来采薇陪护，沿途常有人于背后指戳……此乃陵阳教育史上一大咄咄怪事，亦是县府的一大丑闻。

施慕仇虽眼睛高度近视，却也是经历过大风大浪的人。他同王炳生、刘光贤等教师离校后，多方搜集晁保真渎职、枉法、失德的劣迹与罪证，继续向省教育厅控告，却终因官官相护而搁置未理，最后不了了之。这时，邵运柏、盛学羡出头了，领着人将陵阳教育现状整理出一份详尽材料，直接寄达省府。

材料称县境教育着实令人担忧，虽然民国二十四年即已明令取缔私塾，但是，眼下众多学校牌子为小学，实则仍是私塾教馆……许多初级小学在教育经费困难时就停发工资，逼迫教师直接朝学生收取束脩费用，变成了事实的塾馆。有的学校虚报名额，多领经费；偏远乡村学校经费被中心小学截留侵吞，教学质量每况愈下。由于正规师范生少，一些乡绅子弟就滥竽充数窃据教师职位，他们不学无术，胡作非为，破坏教学秩序……而一些经受过现代教育的师范生却无法获取工作。那些偏远乡村里名为初小实则私塾的教师，又多是一些年迈的冬烘腐儒，满口之乎者也，现代科学什么也不懂，还看不起教科书，公开叫板"洋学堂"，弃掉黑板、粉笔，买一些错误百出有封建迷信色彩的老书教学生背诵，不作讲解还随意体罚，学生不懂又不敢问，糊里糊涂读，越读越糊涂……这些老书多是私商印刷，无人查究，民众意见极大！

省府震惊，据此追查下来，要检查普及小学教育状况，坚决封掉私塾，禁止有封建迷信色彩的老书毒害青少年……这样一来，罗立光扛不住了。迫于压力，他不得不在省府行文批上"仰即遵照"四字发到下面，一边让施慕仇重回学校，并从外面引进人才，对县内小学进行改造；一边却又暗令教育科"再行复议，妥稳处理"。

就是在这个时候，年轻的女教师易浩经人介绍从上海来陵阳，到朝阳小学代课。易浩老家在湖南，是长沙师范毕业生，因教育理念相同，与施慕仇等几位老师很快就熟悉了。在小南街湖南会馆，芙初第一次见到皮肤白皙、清秀可人的易浩，蓝衫黑裙，修长的双腿，衬着圆润的五官，青春芳华的她，犹如行走在春意盎然里。

易浩本是文艺青年，写过剧本和小说，也演过新剧。初来乍到，因为都是沾着"湖南人"的名，很快便同芙初泡在了一起。易浩先在湖南会馆住了一段时日，后来就搬入邻近东门老城墙的新壁巷西边的社会公寓。抗战胜利后，街上尽是讨饭人，县府增设社会科，做点社会公益事，办救济院，发放"美援"衣物，并租下一家歇业的饭店，改名社会公寓……县府规定，乡镇公干人员来城里开会，必须住社会公寓，省府来人亦在此投宿，故社会公寓倒也车水马龙，热闹非凡。

芙初自嘲为闲散人员，有的是闲工夫。她告诉易浩，陵阳古称春谷，又名籍山，不独五谷成熟较别地早，山川拔秀也是更胜一筹，所以大诗人谢朓和刘长卿才有"山积陵阳阻，溪流春谷泉""流水通春谷，青山过板桥"之咏。流经东门城墙外的那条河，就是漳河，一眼望去，河水澄静得连细浪也没有，不知道由哪个久远年代流来，又向何处流去？野渡长亭，乌篷短桨，孤村芳草远，斜日杏花飞。漳河在岁月里静静地流淌，沉积了太多的翰墨香，孟浩然、王昌龄、王维、李白、刘禹锡等人的身影相继投映在这条古老的河面上……他们或沽酒吟咏，或抚琴弄管，却又总是那般行色匆匆，留下了太多感时伤世的锦绣诗作。单是李白一人就留诗数十首，其"仰天大笑出门去，我辈岂是蓬蒿人"更是千古流传。陵阳是梦里水乡，陵阳是人文天府，中国首位留美文学博士梅光迪，就出生在青弋江边西梅村书香之家，他长成后正是顺漳河而下，负笈西学，寻求真知，在哈佛大学成就了学贯中西、并览古今的"学衡派"学术大业。

芙初陪着易浩沿市桥河走，横跨市河上的玉带桥，是明代的老桥，单孔，桥栏为汉白玉，形似玉带。高耸的石拱，远看就像一张玉弓倒映在碧水中，古人把这张玉弓比作白虹："万丈溪头起白虹，宛然飞渡籍山东。孤悬上挽天河水，并驾中流碧柱峰……"听上年纪人说，很早的时候，两边桥栏上立着拳头大小石狮子，从南边这头数起来是一百零一只，从北边往南数则只有九十九只，还有两只哪去了？谁也说不上来。河边所多的都是历史的脉息，青砖小瓦马头墙，回廊挂落花格窗……多少人间过往已经沉淀，当年朱栏层楼、柳絮笙歌的场景已不可造忆。

过了孔庙，来到文峰塔下。文峰塔为七层六面砖塔，由下往上，每层只有三面有圆头门，且是层层相间而开，门两侧有坐佛与假窗浮雕。塔脚一层中空，有墙阶可逐层绕登至第三层，由一圆头门出，外绕假檐拱顶上，行至另一圆头门而入，登至第五层为止。五层以上为实心，不可攀登……那些青砖塔壁已被风雨侵蚀出许多大洞小窟，成了鸟雀的窠巢。覆盖在塔顶的铁釜，随着塔身向南倾斜欲坠，旁生荆棘和小树，微风吹拂，草动鸟飞。

看了文峰塔，又看奎星阁。阁在市桥河南，与孔庙成拱照之势，共三层，上下各六柱。阁顶高耸，有浮雕装饰的屋脊，阁内雕刻各种花纹与文曲星神像一起被旧时光中暗沉的光泽所覆盖……数年前，张昌德得势时，曾命人将他一张效仿蒋公握刀前瞻的肖像也悬挂于此。阁外有围墙环绕，十多棵绿森森大树，将孔庙衬托得深宏迂阔。正张望时，却有一只黑狗不知从哪鬼头鬼脑转出，在大树根下这里嗅嗅，那处蹭蹭，最后拎了一边后胯在树下小解后，又颠颠地跑走了。

这回，芙初吸取了上次在香由寺被采薇奚落的教训，没有多嘴。只讲了老阁毁于洪杨之乱时一场大火，此为徐文达捐银一千五百两重修之新阁，邑人又称文澜亭。其实，原在河对岸的文澜亭已毁，只留下施润章作下的一首诗："安贤古寺残钟在，百尺危亭复此怀；枫落槛前千树白，云移天际数峰来。孤城地合漳淮水，异代诗留李杜才；朋旧风烟闲不易，夕阳归骑漫相催。"

易浩极感兴趣，掏出小本子和笔，记下了这首古诗，又问芙初："古钟还在吗？"

芙初摇摇头说她也没见过……关于古钟，倒是有一个故事。传说文澜亭建成，皇帝下令召集工匠来铸钟，待到铸好大钟，就要龙驾巡视，过来看看。然而三年过去，大钟依旧没能铸好。皇帝龙颜大怒，限令三月内完工，铸不好大钟，地方官员都得提头来见！铜匠首领华严眼见最后期限将至，急得眼睛都红了，面对大火烈焰，不知这炉温为何就是上不去……女儿华仙突然飞奔出来，纵身跳进熊熊炉膛，华严一把没抓住，只抓住一只绣花小鞋……刹那间，炉火升腾，铜水翻滚。老铜匠强忍内心悲痛，暴喝一声："铸钟——"铜水浇入泥模，红星乱迸，紫烟耀目，铜钟终于铸成。从此，每当晨昏，当当声响寥落回荡县城上空；但是到了定更，听到的却是另一种"邪（鞋）""邪（鞋）""邪（鞋）"的钟声，紧续而凄惶……

易浩又向芙初了解了一些民众生活及民风民俗方面的情形，并特别提到想实地勘查一下，去一些穷苦人家看看。芙初不明白这里面有什么奥妙，但她觉得易浩外表虽文静，却很有见识，做事都是照着计划来，反正比自己强不少。时间不长，邵运柏等人也和易浩走到了一起，他们常常外出，大概就是实地访查吧。

那日，在市桥河边，又碰到了储希惠。他的乡村教育的理想仍未能实现，那笔教育经费本来已经批下来，中途却被县里侦缉队移用，作为剿共费用开销了。储希惠现住在哥哥储希吾处，复习功课，准备考大学。

秋天的风，有点忧伤地拂过朱家楼屋东侧那棵高大的枣树，树下的枣被人打光，只有一些紫红的枣仍悬在顶梢头，时不时有几颗被风吹落，啪一声滚到脚边。阳光像鱼鳞似的闪烁，季节的删繁就简，会给人带来恍惚。芙初感觉自己犹如一颗树梢的枣，等着哪天在风中坠落下来。

和枣树对应的一边，围墙之上，有一树正开得繁盛的花，浅红而质雅，未开花时竟然不知这就是木芙蓉。芙初走近去，围墙豁口那边能望见一个亮汪汪水塘，有个人在那里"啊……啊……"吊嗓子，引动风走林梢，便有整朵浅红粉白的花扑啦啦掉下来。水塘边那些芦苇花絮也飘飞起来，风从两边肋下掠过，留下浅浅寒意和阳光温暖的味道，让她好一阵发愣。便想起《红楼梦》里宝钗那个"冷香丸"药方，讲明就是用深秋经霜的"白芙蓉蕊"所配制。再想那后蜀孟昶，是丧城失妻的另一个李后主，因深爱他的花蕊夫人而命人广种芙蓉，每到深秋，成都满城锦绣，夹岸的花香浓烈，故称"蓉城"，那便是芙蓉花最倾城倾国的光景吧。唐时，成都才女薛涛，剥芙蓉树皮浸浣花溪中，捣烂制纸，再染上芙蓉花汁，轻紫浅红，玩出姿容妍绝的"薛涛笺"来。"浣花溪上如花客，绿阁深藏人不识。留得溪头瑟瑟波，泼成纸上猩猩色。"唐诗人韦庄傻傻地想讨要几张芙蓉笺，特意写下一首《乞彩笺歌》。那又会怎样哩？一个有着透凉心思的女子，也会穿上雪青面料的衣裙么……

阳光煦煦，花儿盈盈……花草，总是能寄托一些抒之不尽的情怀。

不过，在围墙豁口顶里头，萋萋荒草遮掩之下，有一口被大石板盖了半边的老井。井栏一圈，雕成八面莲花瓣形，沿口有数道绳索勒出的深痕，井底已填满残砖碎石，浅浅地汪着些水，井壁上绿苔幽草，映射着黯黑的水光。听人说，民国初年，这井还在使用。有个下雨的傍晚，朱家两个女儿来井边打水洗碗，看见一对母女在那里，母亲跪下为身着花袄的孩子擦脸。打伞的那个女儿就移过伞想给这对母女遮点雨。谁知，贴近一看，竟吓得魂飞魄散，那对母女口鼻连同耳朵里都不断流出泥沙……等到人们被喊叫声引来，井边已不见了那对母女。几个上了年纪的人方才讲起许多年前的一桩事：有一对母女被贼人掳走，后逃回，但丈夫认为女人已是"不贞"，而将其赶离家门……女人就抱着孩子跳了井！

傅菊英在家摔伤了，而且事情发生得很离奇。她晚上睡觉，半夜醒来，感觉有个狗那么大的黑乎乎东西压在身上，就拼命推搡，喊叫，可是怎么也找不到蚊帐门，钻也钻不出，喊也喊不响……等家人闻声赶来，那东西已跳上桌子，从窗口逃走了。傅菊英却摔倒在床前榻板上，后脑勺磕碰到床沿，顿时就昏厥了。芙初赶去看望，她头上扎着绷带，一侧脸轻微浮肿，仍有几分惊惶流露在眉梢眼底……那个黑乎乎的像是狗一样的东西，到底是什么呢？

次日又传来消息，说西门开豆腐店的黄老三在后屋磨豆腐，磨到半夜，突然听到女儿房里传来喊叫声……跑过去撞开门，就见一个黑影"嗖"地从窗口掠出，而女儿已晕倒在床前地上！窗门大开，窗台上还留着一摊骚哄哄水渍。早上女儿醒来后，讲述了昨夜的事，也是感到身上压着什么，睁眼一看，昏昏月光从窗外投入，一个毛脸的人正贴着脸往她嘴里吸气，又吐舌又眨眼……

事情传遍县城，一时间闹得人心惶惶。都说是曾在徐家大屋驻扎过的日本人留下的采花贼，会易容，会缩骨，就藏在徐家大屋某一处地窖里……吓得人们一到夜晚就关紧门窗，大姑娘小媳妇没有人陪着都不敢入睡。为此，袁佩璋特意赶来询问姆妈，可晓得徐家大屋何处有地窖或是暗洞？姆妈摇头，说徐家是大户，从不招惹异端邪类，除了经堂边有个窖雪的地下室，没听讲哪里还挖过洞窟。

袁佩璋带了人在徐家大屋挖掘了一通，未找到蛛丝马迹，就命人守候设伏。终于在第三夜天快要亮时开枪击中一物，那物从高墙上摔下，竟然是一只毛色黑亮的猕猴！这畜生究竟从何而来，一直是个谜……沦为猴狐藏身之处，只能说明此时徐家大屋已败落不堪了。

芙初带易浩见过小表哥，专门询问了摆摊小贩一天能有多少收入。小表哥说，一个摊贩，刨去本金，每天收入国币约一千元到六千元，基本可养活一家人……不过，什么都在涨，钞票要赶紧换成大米才靠得住。要是卖菜，从头贩那里批发来豆角，一天出手二三百斤，一月做下来，大约能收入一百五至二百斤大米，也能勉强维持一家四五口人的生活。修鞋摊、杂货摊略高出一点。邮政局或电灯公司职员平均月工资，或许能买到三百斤大米，但有几人能谋到这职业哩。

从市桥头往里去，陵阳桥那一片原先都是富贵人家居住区。当年长毛攻入城内，与清军逐巷拼斗，这里沦为一片火海，繁华巷陌变成一堵堵焦黑的断壁残垣。再后来，一些小商小贩、小手艺人加上小职员各色人等纷纷来此落脚建屋。床铺大空地也见缝插针搭起棚户和披厦，还有一些人字架和蘑菇顶的蒲草篷子，墙面都是用细竹竿裹以稻草外抹稀泥的"草筋壁子"，转弯抹角都是墙檐，小路曲折，拥挤嘈杂。除了做夜生活的娼妓，大家都在白天出外谋生活，晚上回家……居住条件恶劣，常与垃圾堆、粪坑为邻，蟑螂老鼠出没。即便如此，想在这些地方立足也颇不容易，光是地痞流氓就惹不起，一些专事敲诈勒索的小混混到处强讨恶要，收取保护费。

夏天，那些老人和小孩子在裆间围系一块看不出颜色的破布片，赤裸上身，瘦得皮包骨头不成人形，只剩一个骷髅两只眼，胸前像两块搓衣板。他们要时时驮债借米，青黄不接，粮价上涨，那就真要熬命，弄不好就给阎王小鬼勾去填磨了。

从这片棚户区走出来，景象就不同了。旁边的老新安会馆被日本飞机炸毁，原址上又重新建起一座巍然大屋，门头镌刻着"天都文献"四个鎏金大字，每个字皆桌面大，足见徽商创业的眼界与魄力。落成那天，县府官员与社会贤达纷纷前来祝贺，路口被围得水泄不通，鞭炮声、锣鼓声此起彼落，众人一同拥进新馆看热闹。

易浩此时方才向芙初透露，自己有任务在身，是受上海一社会团体委派，专门来陵阳做社会调查的，并让芙初帮她找一个嘴头子比较利索的穷苦人访谈一下。芙初想到吴婶，就问，骂人带脏话的算吗？易浩点了下头，说只要是穷苦人，都算。于是，陪着她在市桥巷找到了吴婶。

吴婶早离开了徐家大屋，在文峰塔旁边搭了个锅窿屋一般草棚子卖五香豆。居然有人找来听她聒噪，乐得一拍大腿道："咦，太阳打西边出了！不是都讲我嘴损吗？嫌烦，嫌我啰唆，说我一张婆婆嘴，一天到晚就督在人家身上……"顺手抽了张板凳，让两人坐。

芙初刚问了她一句五香豆为何做得这般好吃，本心想抬举一下，哪知吴婶把脸一拉，道："什么叫好吃？饿得你爹着嘴淌清水、冒气泡的时候，什么都好吃了……"见芙初有点手足无措地在那里难堪，吴婶笑了起来："那年，要不是你家给了半口袋救命的蚕豆，真不晓得我们一家子还能不能挺得过来！"又转头对易浩说，"你不晓得那些小讨债鬼，生得八字苦，投错胎，笔直不打弯地就上我家来了。我那死鬼老公在世时就是个馋痨酒篓，挣多少钱都酒肉穿肠过了，这尿货后来又早早拔脚跑了，留一大摊子罪把我受……哎，不讲这些了！你们来要问什么？不就是五香豆么，城里人吃早点嘛，灌灌茶汤，漱漱嗓子，呸呸豆子，嚼嚼牙花子……一早上就过去啦。"

她一边说，一边移动着大脚片，嘴不停手不歇地做着事：浸洗蚕豆，再把头天泡发的豆倒入锅里，加盐、酱油、大茴、小茴等佐料大火煮开，再用温火慢煮。吴婶说一直这样煮下去，煮透收汤入味即成……起锅前撒些五香粉，酥软喷香，吃起来，嘴就停不歇喽！吴婶搭的这间人字架结构草棚子，沿墙外码着一溜木柴，屋里光线较暗，除了简易的床桌椅几外，别无余物。一张大灶占去一半空间，灶上炊具，多为勺铲竹筷笊篱，皆着长柄，还有葫芦瓢、粗瓷碗和几个箬箕、木盆。在灶膛与烟囱火出口处，有铁钩悬吊一个体型肥硕的陶炊壶，利用烟火余热烧水泡豆，另在灶膛与烟囱之间还装着两个生铁吊罐，一次能烧热两盆水。一天起码要卖出十多斤豆子，才能把日子过下去，碰上落雨天就难了。

问还有谁做这营生，吴婶说城南有一对姐弟，也卖五香豆，父母去世早，姐弟俩靠卖五香豆过日子。姐姐是大姑娘，豆子卖得快，而弟弟本来就是闷头驴子，早上怎么拿出去的，中午还是怎么带回来……后来姐姐就把弟弟留在家里，自己一个人去卖，挑了两只腰子篮，编了歌在嘴里唱："五香豆，真正香，老头儿吃了老妈妈香，大姑娘吃了二姑娘香，大哥哥吃了小哥哥香，城里头吃了城外香……"人嘴两块皮，这好听的唱卖声，净往人耳朵里钻，到哪里都有人围着。

芙初点头说，这姐姐的五香豆，她买过好多回。易浩笑言："你不是歇在家么，也可以学做五香豆卖呀，你长得这么好看，豆子一定有许多人买……"芙初又闹了个大红脸。

初入职行
窥鳌鉴

  一九四六年秋季，"安徽省陵阳县私立中山中学"筹备就绪，立案批准，同时招生开学。

  中秋一早，姐姐领着芙初提了包月饼来到张和声家送节。见姐妹俩上门，张和声显得很高兴，放下手里托着的白铜水烟袋，切开一个五仁月饼，大家一起喝了茶。张家书房里挂了一幅《霜天晚菊》图，芙初一眼看出是二爷爷李菊畦的墨迹。二爷爷一生未娶，一直随大姑奶奶住在徐家大屋，自己动手种了一畦菊花，秋天花开，就在园里摆张桌子，整天画菊花，画出来都是双瓣的。画好了，就挂在自己房子里……这个总是穿身黑衣的身材高大的老人，一辈子喜爱赏花，画花。姆妈嫁过来时，带了当时小名叫红宝子的姐姐。二爷爷就给她取名浣莲，前面说过，因为姐姐是闰月后五月二十六出生，这天也正好是荷花生日；芙初是九月初一出生的，正当芙蓉花含苞待放时节，二爷爷就以"芙初"名之。

  《霜天晚菊》图下方条几上，摆放一个粉瓶，样式精美，色彩清朗。瓶上绘着一片雪景，配有诗句，一看就是写画中之景，抒画外之意："豪气冲寒雪浪开，骑驴蹰蹰小桥来。梅花岭上馨香满，折得旋归助酒醅。"字与字之间少连笔，却绵延直下一气呵成，散发出一股浓浓的书卷气，落款为"丙子冬月陵阳何许人作《踏雪寻梅图》以酬和声"。

芙初忍不住说道:"这是专门为您画的呀!"

"嗯。要不咋叫'花花轿子人抬人'哩。"

"何许人是谁?"

"何许人呀,是陵阳县城人,少年为别人帮工,十四岁时跟随乡友到景德镇入瓷庄学艺,从青花入手,同时兼习清末以来盛行的浅绛彩,师古人,更师造化,从而练成瓷绘名家,尤以雪景见长。若论景德镇瓷上雪景山水画,无人能超过他了。其雪景山水技法,浓淡自如,雪色逼真,高洁旷达,向为世人所称道,已经自成一个瓷绘体系。何许人特别讲究章法布局,你看这雪地里有一条斜切而入的山径,还有一道穿流而过的河水,清光水寒,山势相叠,画面便显得绵长无尽了。此为他去世前五年专为我作的⋯⋯陵阳嘛,就是人杰地灵英才辈出呵!"

"何许人⋯⋯先生不知何许人也?"芙初默念着这名字,将画意再纽细领会了一遍,"好怪的姓名呵,为什么要叫这名字哩?"

张和声哈哈大笑起来,指着芙初额头道:"你真是打破砂锅问到底,还问砂锅哪里起⋯⋯说得没错,其用名何许人,正是从陶渊明《五柳先生传》中开头一句点化来的,要的就是戏谑之意。他出身贫寒,乳名花子,就是讨饭的乞丐,苦学成名后,世人皆来仰慕,变化太大了,连自己都疑惑哩!"

裹了板栗的粽子也吃了,字画也赏过,姐姐才说出来意,就是想给芙初找个事做。没想到张和声二话没说,一口答应下来。"前半夜想想自己,后半夜想想别人⋯⋯你们的事情,我晓得了,我会尽力办嘛。"这般练达的人情,让人好生感动。

芙初有点担心,怕自己没做过事情,心里生疏。张和声朗声笑着安慰道:"怕么事哒?人才都是熬出来的,本事都是逼出来的⋯⋯没有人一出娘胎就会做事!"临走,张和声从里屋拿出一块丝光蓝布料交到姐姐手里,让她带回家交给姆妈做件衣裳。这哪成哩?拉了一阵,张和声说我收下你们带来的东西,你们也要收下我的东西,吃锅巴还蚕豆嘛!

"可是,这蚕豆⋯⋯比锅巴还贵重呵。"芙初到底说话老实,引得张和声撅着胡子哈哈大笑。

中秋晚上月亮好亮。吃过饭，姆妈把桌子搬到外面当香案摆了，放上月饼、石榴，还有熟菱角、炒花生和一截整藕，其实这藕是细细切了片码好，上面淋了蜜汁。三个人吃吃说说，看着白玉盘一样的月亮移往中天……忽然，不远处有人敲锣吆喝放鞭炮，姆妈说是在赶跑天狗，怕天狗把月亮吃了。

凉风有信，秋月无边。巡天的月轮渐渐西倾，周围一片寂静，仿佛看到了时光和岁月在流逝，心头漫上辽远的思绪，芙初便想到了王昌龄那首《从军行》："琵琶起舞换新声，总是关山旧别情。撩乱边愁听不尽，高高秋月照长城！"

通过张和声介绍，芙初顺利被招入中山中学，在教务处打杂，包括管理学籍和做文印，事务不少，对学校内部管理知之颇多。从学生转变为职员，一下子有点难以适应。

学校在刘氏宗祠内，是一个宏深的大院落。建于明代万历年间的刘氏宗祠，由刘氏先祖名臣刘楷修建，历经数百年风吹雨打，仍然保有很气派的殿堂门庑结构。进门即为祠堂大厅，中间一条青石甬道，东西两侧是天井，粗大木柱之上，都是雕梁画栋。楼上楼下两边厢屋，辟出一个个格子间，或做教室，或分做老师办公室和实验室以及图书室。一年前张昌德将学校由郁青楼迁来，就这样布局了。后面有条道，经长时间雨打水冲已看不到丝毫泥土，只剩下一条光滑滑的石板路，把校园分成东西两侧。走过一口水塘，再过戏台，便是一座木门楼享堂，上面一层，供奉着刘氏列祖牌位，本是孝子贤孙忠烈满堂，现在也分隔开来做了教室。有栅栏挡住的那半边墙上，仍旧悬着数排人物画像，或戴纱翅帽，或抱朝堂笏板，皆一丝不苟地展示满脸经典和满腹经纶……再往后，就是食堂了。

院墙周边，栽着四季常青的马尾松、柏枝、女贞和冬青之类的树，围绕出一片鸟啼幽明的绿荫。

私立中山中学的经费来源有三：一是校董会学田拨款，二是教育厅津贴，三是收取学生的学杂费。拨款占大头，收费是其次，至于津贴纯粹是担个名义。学田扣除完粮纳税，每年约余稻谷八九百石，折合大米约在六万斤左右，每个学期可拨给学校二万五千斤，剩下万余斤，则开支董事伕马费和校董会办公用费。这些稻米，均存放东门刘姓各砻坊，随用随支取。

芙初一来，即参加招生工作。学生不多，连同接收原励进中学各年级老生，自初一至高二，计五个年级五个班，全部加在一起尚不足二百人。收费方面，初中要低得多，因为初中有比较，收多了，学生就会跑到别的学校去。高中只此一家，没有别的学校可比，多收些，不怕学生不来。同时，高中学生有不少来自周边的泾县、铜陵、繁昌等地，陵阳城里生活费用比芜湖、宣城低廉，收费虽多一点，学生也愿意来此就近读书。

由于中山系私立中学，不受或少受政府限制，其收费和发薪，均遵旧制以大米折算。高中生每人每学期学杂费约十二斗至十四斗米，初中生约五至七斗米。以每斗十五斤米计，高、初中各一百人，则每学期可收学杂费大米约二万五千斤，连同学田拨款，共十余万斤，加上部分津贴，可保常年开支……这些内幕，外人很难得知。

总务主任向欣荣，刘述南家的什么亲戚，徽州籍官宦子弟，祖上平洪杨之乱有功而发家，看上去年纪轻轻，唇红齿白，却是个极其无聊的人。他天天穿得很抢眼，小分头梳得油光发亮，金丝眼镜撑着，毛领大衣披着，皮鞋蹬着，出门上趟街，小哥儿在后面跟着，把一句巴结俞子高的话放嘴边："向荣小草，泽被靡涯……"自以为雅致风流无限。每次看着芙初，眼里亮亮的，总是毫无顾忌的样子……芙初常给看得心里直发毛，尽量避着他，真有事情要请示，也是说两句就走。

虽为私立，县党部照例看管，周一上午，各校师生都要集中在大礼堂举行"总理纪念周"仪式。学生们站成一排一排的，前面讲台，中间挂孙中山半身像，两边是有红色底子的青天白日旗。先唱国民党党歌："三民主义，吾党所宗。以建民国，以进大同。咨尔多士，为民前锋……"接后面，老师领着大家朗读"总理遗嘱"："余致力国民革命，凡四十年，其目的在求中国之自由平等。积四十年之经验，深知欲达到此目的，必须唤起民众及联合世界上以平等待我之民族，共同奋斗。现在革命尚未成功，凡我同志，务须依照余所著《建国方略》《建国大纲》《三民主义》及《第一次全国代表大会宣言》，继续努力，以求贯彻。最近主张开国民会议及废除不平等条约，尤须于最短期间促其实现。是所至嘱！"《总理遗嘱》读得太熟，每人都能闭上眼睛背诵。然后，又唱纪念总理歌："我们总理，首创革命，革命血如花，推翻了专制，建设了共和，产生了民主中华。民国新成，国事如麻，总理详加计划，重新改革中华……"

中山中学没有校服，学生穿衣驳杂，蓝灰黑白红黄，五颜六色，老师们更是中山装、西装随意，穿布鞋穿皮鞋的都有。唯青年女教师与女学生统一穿着，白褂蓝裙，带襻布鞋，这也应合了蒋总统竭力提倡的"新生活运动"。

没想到这蒋总统并不受待见，他的挂在大礼堂另一方墙上戎装佩剑巨幅画像，不知道是不是目光太寒凉逼人了，竟被人用小刀子剜掉眼睛，又在胸部开膛划了个大叉叉……校长俞子高知道后，既惊又怒，断定是"左倾"学生干的，立刻上报县党部。侦缉队的人过来查了几天，没有结果，遂不了了之。

芙初来中山中学上班，最高兴的是小芙子。下课的空档里也会跑过来看看，絮絮不休地说一些班上的事。

姆妈常去新安会馆那边的骑马楼打牌，她同过去的一帮姐妹都联系上了。芙初有时去接姆妈回家，去早了，一圈牌未尽，就站一旁看。姆妈洗牌动作娴熟麻利，把那些长方条散牌码齐，左右两手各抓一垛，齐齐一搭，刷的一声轻响，就完美切入……还随手窝出半圈弧线。早先住徐家大屋里，姆妈摸纸牌或打麻将，晚上坐着那种前面有雨帘子的黑篷黄包车回家，顺便从路边带一碗馄饨或是几块点了田字红的洋糖发糕给芙初吃。

馄饨都是挑肩上卖，担子一头是锅灶，燃着明火，一头是个碗柜，上面案板放着皮子和馅碗，以及酱油葱花等作料，边走边敲竹梆，咣当——咣当！咣当咣当——咣当——咣咣当！西门的张老四不敲竹梆，而是打着一个小圆锣，哐，哐哩哐！哐，哐哩哐！卖甜酒酿的边走边用棍子敲着一块空心板：锅盖——锅盖——锅锅盖……小孩们在家只要听到声音，就知道是卖什么的来了，想吃的话，马上找大人要铜板来买，十个钞一碗。一大早，则有油条、饺子、锅巴、熟葛、熟藕、洋芋、五香豆送到徐家大屋门口卖。那时有光头洋钱，还有龙头洋钱，一块光头洋钱换三吊铜板，一百个拴一起的铜板叫一吊。

姆妈出门打牌，姐姐忙起来很少回家，芙初中午从学校回来就到街筒子口下碗小刀面吃。面铺是紧靠南京鞋店屋檐头搭的一个小凉篷，摆放几张简易桌凳，稀稀坐着几个衣着简易的人。南京鞋店门脸本来就暗，又被外面一棵大梧桐树遮挡了日头，长柜上摆满布鞋，很难分清青灰蓝红……鞋子形状多为方口、圆口、松紧口，女式的还带搭勾，若是拿到亮处看，质地多为咔叽、灯芯绒和一些回纺布。店外，靠面摊子一侧，姓杨的老鞋匠戴一副老花眼镜，系着脏兮兮的围兜，坐在马扎上，时而侧头咬线，时而张开两臂，把鞋绳扯得呼呼作响。他不光绱鞋，还剪鞋样，什么元宝口、松紧口、高帮棉鞋、百页底，剪什么什么好看。

鞋店的隔壁是扎纸店，店主秦叔，年方四十，扎纸手艺精湛，金童玉女不消说，连牛马轿房以及摇钱树、聚宝盆和金柜银箱也都扎得活灵活现。但他规矩讲究颇多，说凡是人形的东西都有灵性，像玩偶啊，纸人啊，弄不好就很容易变成阴邪之物。所以秦叔扎纸人有一个忌讳，就是扎纸人不能全照着真身去扎，要么两臂长短不一，要么嘴巴咧往一边……而且不能着彩，要是着上红彩，这纸人所经之处，血似的朱砂红滴到地上，就会寸草不生！

芙初吃完面，正起身回屋，却见秦叔的小儿子侉三急步奔来，因只顾低头小跑，一头撞到行人怀里，手拿的一个酒瓶滚落路牙子下草丛中。后面追上来两名黑衣侦缉队的人，手里拎着短枪，一把擒住瘦得像猴子一般的侉三，气势汹汹地喝问刚才为什么要跑。秦叔慌急慌忙从屋里跑出来，掏出一包哈德门香烟直往两人跟前送，连说小孩子不悟事，被老总威势吓着了……跟着又使了个眼色，让婆娘从内室拿来两块大洋，塞了过去。侦缉队的两人并不买账，胳肘一捣，推开大洋，仍是老鹰抓小鸡般擒住侉三不松手。

气氛很是紧张，在街巷口做营生的人都围了过来……摆摊卖狗皮膏药的曹麻子也闻声赶来，拉住两人。曹麻子个头大，穿一件油渍麻花的打补丁长衫，一副连鬓黄须猫脸，上面排布了一层稀疏浅黑的麻坑，平日里两只眼睛总是斜睨着，显出滑稽相来。只见他抱拳拱了拱手，后退两步，一把抽出掖在后腰间两片竹板，啪哒哒啪哒哒敲打着，顺口唱起莲花落来："喊老总，道问候！我卖膏药浪悠悠，五湖四海任我游。东京淹了我不怕，北京旱了也不愁。人有金银堆北斗，我卖膏药度春秋。白日不怕君子借，夜晚无防小人偷！"

曹麻子唱完，抓了竹板在手合了拳又施了一个礼，偏身向众人道："适才唱的这个叫码头调……想问问诸位，割脚、剃头、劁猪、补锅、洗磨、撑船，共有九佬十八匠，在下这卖膏药的，算是哪一佬？"巡视一圈，见无人应声，遂自问自答："一佬不佬，连下九流也入不了……晓得哪下九流吗？"遂又诞脸做种种怪象，两片竹板啪啪哒敲起来，嘴里出来的词，合拍成韵："一流王八二流龟，三流戏子四流吹，五流赌头六流推，七流痞，八流盗，九流专扒灰……"接着，往地上一坐，抬脚脱鞋，一手执破鞋一只，当作有柄之镜前后照看。再勾住两脚一搅，如蛇挺起，学那妇人梳头搽粉形式，头摇臂晃，腰扭腿旋，惹得众人狂笑捧腹不止……两个侦缉队的人也笑得浑身乱颤。曹麻子趁势由秦叔手里抄过两块大洋，分别拍在两人手心里。

两个家伙走了，秦叔抱着拳不停朝曹麻子作揖，曹麻子则笑称自己"袖筒里伸脚——露一手"。瘦猴侉三瞅了个空，半遮掩着身子从路牙子下捡起酒瓶，里面装了小半瓶黄澄澄子弹……芙初吓了一大跳，她不知道侉三弄这些子弹做啥，是在哪里搞来的。这可是弄不好丢性命的事呵！

人间负痛

芳魂杳

这天是礼拜日，姐姐约了邵运柏过来吃晚饭。可把姆妈乐坏了，赶紧到街上买菜。姐姐特意叮嘱一句，说邵运柏外乡人不刁嘴，好侍候……姆妈略略愣了一下，说晓得了。

果然，晚上端到桌上的菜真的不是多惹眼，蔬菜是茼蒿，怕客人不喜蒿气，另备一碗菠菜；荤菜是一碗虾仁肉丁干子酱，一看就是极能下饭的。还有一碗子糕，陵阳乡下读"蛋"为"子"，子糕即蛋糕，是将鸡蛋兑少量水搅匀蒸成糕状，切菱形，加入木耳、茭白片和指尖大的小肉丸烩成汤，黑白红黄，色彩斑斓。到举筷吃饭时，姆妈又端上来一道豆腐皮鱼卷……芙初当然悉知其内容，乃是鱼肉加韭菜一起剁成糜，以豆腐皮包成长卷，上小笼屉蒸出来。无论味和形皆不俗，翠碧爽口，清纯动人。

邵运柏忍不住连连赞叹："伯母这手艺，真让我开了眼界！"

"呵呵……都是家常菜，要是觉得还中意，往后常来，我给你做……"姆妈眼里闪着光，脸上堆满笑，"可惜不是季节，没有冬笋，只好用高瓜片替代。"

"孔夫子的文章鲁班的斧，我妈烧菜的手艺还多着哩，哪能一下就让你尝尽？"姐姐瞟了邵运柏一眼，不无得意地说。

"伯母烧菜顶好吃了！"邵运柏现学现卖了一句陵阳话，顿了顿又说，

"陵阳话有意思，把鸡蛋说成'鸡子'，把茭白说成'高瓜'，称头发为'头毛'，舌头为'舌条'，脖子为'脑颈把子'，手臂是'胳拐子'，腋下是'胳肘窝子'……很有点形而上呵！"

"哈哈，你不也入乡随俗了吗……"

吃完饭，芙初钻进房里继续看《李清照集》。姐姐送走邵运柏回来了，眉眼仍是舒展着。

"姐姐今天高兴呵……"芙初放下书，调皮地眨着眼睛。姐姐回看了芙初一眼，笑容浅浅，没说话。

芙初和姐姐两人上班挣薪水，家中景况一下好多了。中山中学的工资标准，高于县内各校，有人说比之邻县及芜湖、南京亦不逊少。每月工资以大米计，校长九百斤、校务主任七百斤、三处主任各六百斤，军训教官、教练则略少，工友一百二十至一百五十斤不等。芙初为一般职员，初领二百斤，一年后增至三百斤。陵阳中学那边则少多了，姐姐也是主任级别，却只同芙初相当。但这样一来，家中月入六百多斤米，扣除吃穿用度，颇有积余。姆妈通过朱家兄妹帮忙，积少成多换了两根成色很足的一两重"小黄鱼"，压在箱底。盛世古董，乱世黄金，"黄金无假，阿魏无真"，姆妈总是能随手一掂，从《增广贤文》里抄捞出行事为人的精义来。

已际黄昏，夜色徐铺。忽然响起一阵敲门声，芙初拉开门，黄先启裹拥一身雪花走了进来，说易浩被抓走了！

"呵……什么人抓的？什么时候的事……"

"具体什么情况我也不清楚……是侦缉队的人抓的吧？我刚从社会公寓那里过来，许多人正在说这事。"

几个人不敢耽误，赶紧来到谢韬的新生书店，屋门打开，灯光照着檐下冰冻溜子，长长地垂下来。

邵运柏得知讯息，也赶了过来。听完情况介绍，在场的人都屏住气息，眉头紧拧在一起。邵运柏缓缓开了口，说："我们恐怕得找一下袁佩瑄，做一下工作，看看他能不能高抬贵手放上一马……"

次日上午，芙初与姐姐一起来到模范街县政府。圆形拱门前鹄立着两个执岗卫兵，经传达室问询后，始予放行。由大门至大堂，经过一长段密植整齐冬青树的甬道，再上二级台阶，迎面巨大屏风上，饰有青天白日国民党党徽与孙总理画像，两侧配有"革命尚未成功，同志仍须努力"的联语。自卫总队早已改称国民兵团，办公室在东花厅的一间屋子里，墙上并悬着"勤政爱民"和"廉洁奉公"的匾额。

袁佩璋坐在桌后听姐姐讲过情况，往后抹了抹脑门前头发，说："我管辖的侦缉队近日没有行动……但我可以告诉你们，这事恐怕有点麻烦，易浩是县党部指名要抓的，现羁押在县党部侦讯室里。"

"呵，是这样……不过，我们恐怕还是要走你的门路……县党部为什么要抓易浩？她年纪轻轻一个外乡女子，犯下哪桩大罪？出了这种事，我们不找你找谁哩……你一定要给想想办法！"姐姐紧盯着他说。

袁佩璋把身子朝前探出，压低声音说："先别问这么多，只要不给弄成思想犯，起码我还能插上手。当务之急，你们得抓紧清理一下易浩的住处，特别是书籍字纸，还有来往信件，该烧的烧，该毁的毁，别留下任何把柄！"

两日后，袁佩璋让人送来一张纸条，约在富贵春酒家楼上雅间见面。

傍晚，芙初和姐姐赶往市桥东边的富贵春……街上除了几个行色匆匆的路人，店铺都在关门打烊了，只有门楣上挑着红灯笼的酒家此时正好上客。富贵春是陵阳城数一数二的高档菜馆，抗战期间曾一度停歇，胜利后装饰一新重新开业。当年与陈璞珊一起在花山国学社当老师的那个王明孝，就是他家大少，眼下仍在陵阳中学执教，芙初到现在还记得他"落日大江秋，幽梦抱疏钟"的诗句。在陵阳，菜馆也是品茗吃茶的地方，很多文人雅士与社会名流都喜欢上富贵春来，这里不仅有前厅后院，楼上雅室更是幽静华丽，窗前放置花卉盆景，墙上挂满沙毅的条幅以及黄叶村的篱菊等名家画联。此时芙初一抬眼，便见一副题名联：烽烟曾漫秋浦月，胜利重开富贵春。看落款，是湘籍耆宿易次九撰写的。

听得楼梯响，袁佩璋头上戴了顶礼帽，着一身便服，稳步而入。

摘帽落座后，便道今天由他来做东，遂扬手叫来伙计，一番交代，点了几个菜。姐姐又让加一壶酒，说这饭还是由她来请……袁佩璋连连摆手，说上酒可以，账一定让他来结。待伙计下去后，方转过身来告诉她俩说，抓易浩是县党部肃反专员章和一手操办的，这位当年的三民主义青年团第三战区支团陵铜繁组织员，早就向上面呈送过"匪情通报"，说易浩形迹可疑，来路不清，欲给扣上"共产党"红帽子……估计也没拿到多少把柄，主要恐怕还是谋色，看人家是一外乡女子，好下手。章和素来心黑手辣，嗜血如命，咬住猎物不会轻易松口。两年前，就是他领人在大黄冲捉到新四军游击队队长李世孝，拉到东门河滩砍了头……眼下这事，别人都不好办，最好还是找湖南同乡会出面交涉，鼓动舆情，施加压力。说着话，菜陆续都上了桌。

姐姐连声称谢，亲自执壶劝了几杯酒。袁佩璋却以手遮杯，说眼下多事之秋，喝酒不喝多，最多三杯，喝多了肯定不好，酒后会失言……芙初思来想去也弄不明白，所谓"失言"，难道后面还有什么要紧的话没有说出来？

根据袁佩璋所言，邵运柏立刻找了张和声，由张和声出面联络湖南耆宿名绅易次九、李笛楼等人，奔走呼号，再鼓动商号联名担保，不行的话，就请律师打一场官司。姐姐提议说，她先去探监，送些铺盖和用得着的东西进去，顺便摸清情况。

对于探监，章和不允，借口"共谍案"，要实施特别管制。

姐姐严词相驳，问他有什么证据："易浩乃是教育科为实施县内教育新政而特意聘来的人才，就算是有什么事，亦应首先通知教育科……你们现在这样做，就是在迫害人才，是对抗'行新政，用新人'的号令，我们要向省府讨要说法！"

袁佩璋找看守所所长阮益丰打了招呼。阮益丰在当所长前，是县侦缉队副队长，但他早期在五华山当土匪，抢过泾县六县专员公署一批物资，被捉拿归案下了死牢。因他是青帮的人，青帮老大张荣花钱打通关节，并动用帮规指派一个叫赵光玉的青年人入狱替死，换出阮益丰。阮益丰在社会上混了一阵子，罗立光亲自点名让他进县干训班，出来后就是吆五喝六的"干训生"，被直接派到袁佩璋手下当了侦缉队副队长。虽说别人都拿他没法，但他也素来忌惮袁佩璋，不敢轻易得罪省"干训生"的上司，所以探监的事，一说就成。

　　大家决定改让施慕仇带着芙初前去探监，一个是校长，一个是朋友，于公于私都能说得过去。他们来到小南门，一片人去楼空的屋舍寂无声息地暗沉着，外人难知此处竟然拥裹着一圈两人高深墙，高墙之内又有一四合院。外面不见哨位，进去后方有门禁。

　　"站住！你们两个宁（人），做什么的？"一张很不和善的糙皮面孔透过狭窄的窗户粗暴地喝问。

　　"我们是来探监的。"施慕仇回复道，把有阮益丰签名的探监文书递上。

　　"喏个搞的？不是讲过不让探监，操伊拉娘，咋又把宁（人）放进来了？"那人操着一口陵阳圩区方言咒骂道……骂归骂，却也不得不提着钥匙串走了出来，"在格处候着，犯宁（人）叫恁的名字？"

　　"她不是犯人……"

　　"不是犯宁（人）？操伊拉娘，不是犯宁（人）咋弄到老子格处来享清福啦？拜（别）跟老子找碴子！"

　　"她叫易浩。是个女的。"

　　"犯哪桩事进来的……偷盗？放火烧屋？还是谋杀亲夫？"

　　"我真不知道犯了什么事……她没偷没抢，又没成家，就是一个女教书先生呀。"施慕仇一边赔着笑，一边从口袋里摸出一些钱塞入那人肥阔的手中。

　　"嗯，看你戴的眼镜子比酒瓶底还厚，倒是一副斯文相……不然的话，老子可不睬你九点！"

　　伴随着骂骂咧咧，进入耳底，便是窸窸窣窣的脚步声和哐里哐当打开铁锁挪动铁门声。阴暗潮冷而又漫长的走廊让人心底颤抖，头发根下一阵阵发麻，就连呼吸也因为胆战心惊而变得紊乱……走道尽头往里拐弯，是临时女监，一股难闻的气味直扑过来，几乎让人窒息。这里一共关了三四个女人，光线很暗，勉强看清易浩乱发下一张白生生的脸。大约没想到会有人来看望，易浩怔了怔，一下扑上前来，双手从铁栅栏里伸出……

　　"你瘦了呀……是不是伙食不好？他们没有打你吧？"芙初紧紧握住那双冰凉的手，眼睛始终没有离开易浩的双目。易浩只是摇摇头，什么也没说，眼里有泪水溢出。

"你放心，我们会不惜一切代价救你出去！"施慕仇抓紧时间向易浩问清一些事，同时交代她抵死不能承认自己是"思想犯"！这边，芙初忙着把带来的东西一样一样递过去，有被褥、衣物和一些女人的用品，另外还有两听美国进口奶粉，是通过小表哥弄来的……那个黑矮的暴眼狱警打开监门，将东西塞了进去，转而便说时间到了，催他们离开。

"那我们走了，你要照顾好自己，知道吗？"芙初依依不舍地告别，一步三回头地看着易浩。有一只黑老鸹般大蝙蝠，裹一团冷森森凉风，贴额际头边擦过……

通过探监，得知了一些真相。果然，章和眼馋易浩才貌，才动了歪心，遭到拒绝，乃衔恨所为。几次审讯，章和威逼就范，易浩誓死不从，坚强如圣女贞德……

经邵运柏多方活动，湖南会馆大佬易次九等人出面，方将被羁押一百零三天的易浩力保出狱。

不想，易浩遭此折磨，致肺疾复发，出狱时，即大口吐血。想送去沪上救治，却是病骨支离，已不能上路。拖了数日，便含恨而殁。临终前，抓住邵运柏等人的手不放，又用眼睛余光找到芙初，断断续续说出："我、我要走了，漠漠长空，离离衰草……这一阖眼哒，便是一辈子……难得有谁活上……三万六千天。就把我埋骨陵阳吧……我要看着你们走向胜利。"

芙初泪如泉涌。

众人一时悲愤至极，为了不让卑劣党棍、变态恶魔逃脱惩罚，决定举行公祭。一切由邵运柏指挥，安排设灵，吊祭。邵运柏虽说看不出有多老成持重，却是个条理分明、经验丰富的人，要做哪些事，要找哪些人，轻重缓急，一切皆了然于心，关键时候能掌控局面。

灵堂设于南园，湖南同乡、城厢各校师生及绅商界纷纷前来吊唁。原黉宫小学湘籍老教师李郁哉，挥笔大书挽联一副：

湘江水，浪频催千古英雄，忍看易浩遗言，感悲无极；

铁窗牖，锁不住百天沉恨，声讨章和义檄，愤慨难平！

施慕仇致祭诔词：

　　维民国三十六年十月初八日，岁次丁亥，我等谨祭诔于长沙女儿易浩灵前。呜乎……瞻睨灵帏，诚不逆料；奈何身世，悲思无及！报哀情之何急，赴召无端；怅玉楼之缥缈，招魂何处？芳流彤管，影卷白幡，天则惨惨，地亦茫茫……淑水清酌兮，难洗惨楚之冤；雁唤长空兮，徒使人间负痛！

　　江清越在灵堂前发表演说，他几乎是举着拳头喊出："邪恶盛行的唯一条件，是善良者的沉默……多行不义必自毙，一切只是时间问题！我们不能在黑森林里游荡……不自由，毋宁死，我们宁愿刎颈，也不要偷生！"

　　然后，众人抬着棺，肃穆庄严地行进到东门，又从东门折向西门……一路都有人放爆竹送行。像滚雪球一样，送葬队伍行进中不断有人加入，过西门邮局时，那个帮人代写书信的代理排长把小桌子一推，端着一支伤残的拽胳膊也加入进来。最后，队伍行进到五里岗上一处松树林下，将易浩下葬了，那是一处湖南人的墓园。

　　经历了这事，一大批原本文弱的老师也昂扬起来，以前身上的酸小气息少多了。

　　芳魂杳渺，易浩已埋骨青山。章和跑到芜湖暂避风头，他被许多人诅咒"心太毒了，绝对不得好死……死了都没人帮他抹眼皮"！

　　姐姐叹息："春去秋来，抗战胜利才两年，怎么一切看起来这般物是人非？"

　　邵运柏沉声道："我们何其不幸，不能被所谓'战后繁荣'的美梦收留……男人多成，女人多毁，一个社会若是频频将劫难施加于女人，则历史之机熄。这已不是关系到某一人之荣辱……接下来，我们当然是要有行动，我们别无选择，只有行动！"

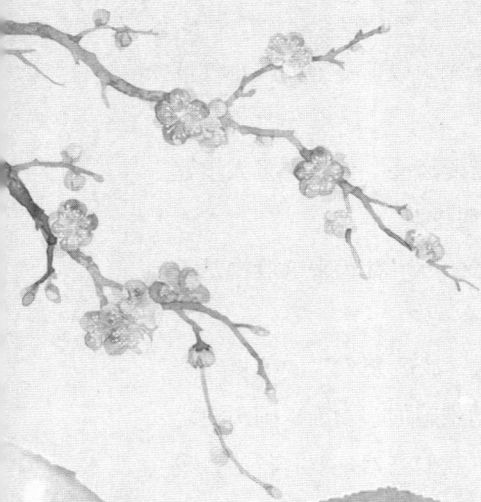

薄语称觞

凭谁托

过了新年，听姐姐说，陵阳中学又要搬迁，由西门迁往南门外，那里有十余幢被栅栏围起来的"鬼子营房"，栅栏外还有个大操场，比原来张家祠堂阔绰多了。学校已下达通知，全体师生都要参与搬家，为了避开街上人多拥挤，天麻麻亮时就行动。姆妈在旁边笑了，说居家小户多在黎明前搬家，意为"越搬越亮堂"。富贵人家搬家，点灯笼一对引路，继之挑柴相随，挑柴就是挑"财"，炊具、家用杂物和橱柜、衣箱都跟在后面。沿途大放鞭炮、双响，亲戚朋友都送上一对糕，喻意步步高升哟。

正月十五元宵节，民间俗称"过小年"。兴了灯的乡村称此日为"灯节"，往后一日为"圆灯节"。圆灯即收灯，这一天从早到晚，龙灯、马灯、狮子灯、罗汉灯、蚌壳灯以及五颜六色的"挑花篮""踩高跷"和"旱地行舟"，全部穿乡入镇拉到城里来耍一趟。争奇斗艳，各出绝招，天上人间，热闹非凡……然后灯收人去，各散桃园。如遇年成好，大丰收，可一直把灯兴到二月二，龙抬头望过了，才最后收灯歇伙。民间在这天接亲友招甥婿来家看灯，并以糯米粉搓制的内装芝麻糖馅的元宵待客。节俭人家存的过年菜，下锅热一下悉数端到桌上，尽往客人碗里挟，直至罄尽为止。

阴暗的天空露出花花的太阳，傅菊英来了，脸色愈加苍白。她的弟弟金马，刚刚升入中山中学高中部，度过了一段没事找事的青涩岁月，虽然是个嘴角边刚长出一层绒毛的"半吊子",但这点眼力还有。在家里偷偷从门缝里看人,看出了门道,就跟父母告了密。那个开旅馆的躁脾气老板傅启文当即暴跳如雷,女儿找了个来路不清的伤兵,就是败坏门风……不仅朝女儿施以拳脚,还叫了几个混混到邮局门前踹塌了伤兵那张写字的小桌。

"说什么女大不中留,留着结冤仇,日你妈来,老子偏要留着、留到老,留到死……"傅启文揎拳撸袖地吼道,将生意上积存的恶气全都撒出。

傅菊英红肿着眼睛,说到与恋人分手的事,仍止不住流泪,语声哽咽……命运之于她,实在是太过薄幸!拐子伤兵给她送来一张字条,说要离开陵阳,回川中老家。傅菊英冒死赶去,仿佛十八相送路上的梁山伯与祝英台一样,眼前最亲的人,转瞬就是天各一方,不可再执手相看了……

芙初不禁想,若是两人能如愿成婚,往后真能琴瑟和鸣,成为生生世世一双人吗?

后来才知道,那伤兵当时并未立即回川中老家,而是被人拉到"重光部队",仍旧做了代理排长。"重光部队"都是由散落在陵阳、繁昌一带的川军组成,这些川军官兵找不到出路,生存环境恶劣,有人振臂一呼,应者甚众,很快就啸聚了百十号人,明火执仗、大张旗鼓地活动在新林、铜山、红花山一带……但他们不是土匪,他们接受了陵繁芜游击队的领导和改造,有明确政治目标与口号,有武器,有作战经验,打败过前去清剿的国军正规部队,对付地方民团更不用说了,周边几个乡公所都被他们缴了械。过了半年,因为原先的长官副团长任志强在一次叛乱中被打死,代理排长也受到怀疑和清洗,加上一只胳膊拐了,遭人看轻,于是发了路费动员返乡……这才终于走了。

五里岗是春游好去处,那日,芙初拉了傅菊英一同过去,四五里路,走走就到了。草青青,柳如烟,桃花正芳菲,微风起处,红瓣飘雨,让人根本无法过滤心底的悲喜。"你看这些花,风起而动,飘飘欲飞,就像是有灵性……"芙初想让朋友也感染上自己的情绪。

"可是……这才一开,就吹落一地,遭人踩踏。像这样,还不如不开哩……"傅菊英说这话时,眼神有点涣散,她悲苦的内心,有着怎样的爱与痛呵！

或许是为了疗伤，傅菊英手边多了一部《圣经》。模范街尽头小巷子有座圣母院，芙初陪她去做过几回祈祷。"主呵，求您来到我们中间！"敬拜时吟唱《圣灵降临》，结束时唱十二叠赞美诗《阿门颂》。乐声在头顶回旋，有一种冥想般舒缓，而又带着淡淡的哀伤，表达了对艰辛生存的深切怜爱之情——无罪的神子承担了现世所有的罪孽，保住天父赐下的阳光和雨露，从今日到永远，世世无尽！

圣母院据说是西班牙传教士办的，归芜湖教区蒲鲁紫衣大主教管辖……从东侧小门走进，院内整个建筑成"匚"形，有坐北朝南二层楼房一幢。洋人讲究多，楼东西两端各附一座厢房，还有马厩、柴草间、厨房、洗澡间和洗衣室等。院子好大，栽有枣、柿、梨、杏、桃等果树及牡丹、玫瑰各色花草，鸟语花香，景色宜人。四周筑有三米多高的围墙，与外界隔绝。院内常年住有修女二三人，料理一应事务，并带领女教徒向耶和华祷告。此外还雇有数名女工做些日常烹饪、清扫、洗衣等杂事……两扇黑漆漆的正门长年紧闭，出入院里的大抵皆为脸上木然的女人，男人无特殊事由不得入内。对面，即为天主堂本部，四周高墙环绕，内有神父楼与圣堂各一座。圣堂可容纳数百人同时祷告，院中同样有水井、花圃、操场、钟楼、砻坊、马厩等设施。

有个腰身佝偻的老人常在门口扫着落叶，傅菊英告诉说，那就是周大卫的父亲。周大卫……周老保，芙初想起了张村时那次学潮闹事，就问，晓得这人现在去哪了吗？傅菊英摇了摇头说不知道……稍后又补充说，有人在新四军那边看到过一个皮肤黑黑、眼睛亮亮的人，很像他。

就在傅菊英想把自己全身心托付给圣母时，傅启文却时来运转——正是他出钱使手段，帮章和打通上面关节，章和由肃反专员升任县党部书记长，竟然将原先易浩住过的社会公寓交到傅启文手中经营。芙初踏入过社会公寓，从大门走进院落，前后三四进，有楼有阁，幽房别院，桌案明净。最后一进大院，已临漳河边，小树林里可拴骡马，一些合班戏子，走江湖、玩把戏的班子，人多道具多，都愿在那里安歇……或许是生意上舒畅，傅启文方才放松了对女儿的看管。

离社会公寓不远，往叶家巷那头走有个同安公所，却被章和强占，用作县党部办公场所，这无疑是在帮傅启文铲除生意上的竞争对手。同安会馆本是安庆人抱团的一个同乡会团体，又称六邑会馆，所谓六邑，就是安庆所辖的桐城、怀宁、望江、宿松、潜山、纵阳六县。公所大屋兴建于辛亥革命前后，系石库大门，门楣上刻着"同安公所"四个描金大字。进门有大天井和走廊，正厅高大，富丽堂皇，左右两方墙壁前，并立两座高过人头大石碑，上面刻着密麻麻姓名，均为建立公所而捐助银元的人。因为大厅宏阔，能同时摆下数十桌酒席，故县城商贾富户子娶女嫁，到这里举行文明结婚典礼，是很有面子的。

同安公所是有组织的帮派团体，设正、副会长，另有会务委员八九人。不但有房产，而且还有田产二百多亩，每年收租谷三百多石稻，供公所使用。所内提供食、宿设施，专门接待外地或陵阳乡间入城办事的六邑同乡，收费低廉，伙食不差，规定每餐三荤三素。抗战事起，由于日机多次轰炸城厢，人心惶惶，无人看管的公所，遂被国民党县党部占用。鬼子投降后，同安公所自是要索回房产，继续为六邑同乡谋取福利，然而多次同县党部交涉，均遭拒绝。不得已，决定向法院状告县党部。

采薇的爸爸陈时君代理了这场官司，知道不好打，故先在上海《申报》刊登了一则律师广告："本律师现受陵阳之同安公所聘任为法律顾问，嗣后如有破坏该公所名誉及非法行为者，本律师当依法尽保障之责任……"其他一应明晰权利的取证工作，也做得非常细致深入。随后，一纸诉状将县党部告上了法庭，申请法院对县党部非法占有的房产权属进行确认，判决该房产归同安公所所有。开庭后，法院以原告未能提供土地权证（执照）无法确认产权归属为由，而欲予以驳回。陈时君律师则据理申明：该案中的房屋建成于民国五年，其时并无严格的产权登记制度，现有《建房倡议书》及捐款碑刻，可视为产权所有之凭证，因此具备相应法律效力……最终，在经历了长达几个月的调查和三次庭审后，房屋所有权终于尘埃落定。

陈时君为他的客户赢下了这桩房地产官司，也为自己赚下可观的诉讼费。县党部灰溜溜从同安公所迁出，颜面尽失，还要另找办公场地。书记长章和异常恼恨，多次放话，要惩治此案代理律师，一定要让他"闻到地狱的气息"！

同安公所为了表达对审判该案一位法官的谢意，想送上一块刻有"仁治"二字的匾额。陈时君知道了，予以劝阻，说这样做在当今时代已不太合适，而且"仁治"二字也是有悖于民国精神……但公所仍避开陈时君直接寄给法官一张一百大洋的汇票。该法官收到汇票后，觉得很奇怪，问明缘由后，遂向上级司法部门做了汇报。章和得知此情，觉得机会来了，立刻上下运作，对法院施压，要给陈时君加上欺诈客户金钱、贿赂法官的罪名。

章和可是出了名的心狠手辣，作孽作恶，擅操屠刀，随便安排个"通共"罪名，就能让你家破人亡！采薇的妈妈害怕了，思来想去，觉得只有让女儿去找一下芙初的姐姐，看能不能由她出面请袁佩璋疏通一下。

与袁佩璋见面的地点，仍是选在富贵春酒家。这回换了个雅间，从窗口能看到市河边的奎星阁，墙上挂的对联也换成戴凌洲先生的墨迹：醉看流水当窗去，春暖花飞隔岸来。正浏览间，盖碗香茶，美味芽姜，双双牙筷，皆已送上桌面。

采薇身穿翠绿色蝴蝶图案软缎旗袍，就像从画里走出来一样，巧笑娉婷，锦缎流波，整个人都光彩摇曳，显得特别丰美与浮艳……都是同在一个小县城里，袁佩璋当然认得采薇。他刚才进门时，眼光在采薇身上迅速扫过，两道眉梢尖不经意间耸动了一下。

采薇点的菜，也不是多铺排，四小菜，四大菜。四小菜就是四个分陈着熏鱼、卤鸭及豆芽菜和凉拌莴笋的小冷碟，四大菜除了豉油白鱼、荷香石鸡外，还有一个蟹黄豆腐，嫩豆腐切成麻将牌大的小方块，加蟹黄烩出，黄白相间，细腻中透着优雅气质……那个大煲狮子头，得用银晃晃的长柄汤匙托着进口，轻轻一咬，狮子头竟如豆腐般滑嫩，却有弹性，舌头一抿，整个口腔里都充盈了香鲜。紧随着，又给每人上了一盅鸡汤煮干丝，干丝细长清爽，刀工极为了得，几乎找不到有断头的，配以鸡肫、鲜虾仁、火腿丝，清黄的汤汁上点缀着翠绿细葱，有着惊艳之美！

隔壁的雅间，隐约传来拉琴唱曲声，好像唱的是"月儿弯弯照高楼"……咿咿呀呀，有几分凄凉悱恻。

采薇给每人杯子里都倒满酒，然后，带着一盈浅笑，朝袁佩璋一掬躬，端起自己跟前一杯酒，双手举至与额齐，道："袁先生，当年你做童子军总教习，是我们师长，这杯酒，我先饮为敬！"说完，一仰脖喝了下去……再一回眸，笑容绽放如花，仿佛那一刻的温柔，便倾倒了前世的杯樽！

这样的女子，没有谁能挡得住她眼转流波的莞尔一笑。袁佩璋显然有几分迷惑，不明就里地看了姐姐一眼……但为了礼节，也是起身一饮而尽。

姐姐示意两人都落座，这才把为什么要找他的事说了一下。"没办法，我们总是走投无路了才找你。不是说你代表了公平，而是你代表了一种强权……"大约觉得这话有点刺耳了，随后又赔上一个笑脸，"道义至上，有所担当嘛，要不，怎么叫'好汉保三村，好狗护三邻'……对于你袁督导来说，摆平这个，也不是多难的事吧？来，我这一杯酒，也敬你。我先干了！"

袁佩璋不敢怠慢，赶紧喝下。脸上露出一个受迫的苦笑，先摇头，又点头……转过脸朝芙初说道："你看你姐姐这张嘴，我能推辞吗？铁匠死在宝剑下，尽力而为吧。"

绿满荒野
年年似

　　清明节到了，整个江南都笼罩在蒙蒙细雨里。

　　六姑姥子从武汉过来了，姆妈数日前就打招呼，要去麻桥那边的团山李家坟山祭奠。小芙子当然也要同去。

　　说起来，六姑姥子当年可是陵阳城里名噪一时的巾帼人物，她与小芙子爸爸"李家六少"李良辅乃一母所生，人称"李六小姐"。"李六小姐"从小就是天足，大约跟着爷爷李成谋学过骑马打枪，成年后不修女红，男装拥髻，长身玉立，出尽风头。湖北人王粹民来陵阳任县长，匪患尤烈。一次，县长亲自结合警队去烟墩剿匪，不料走漏消息，匪众据险抵抗。正当战事呈胶着之状，忽闻后山枪响，呐喊声起，匪方大乱，继而纷纷逃窜……四五个骑马人引着一干人众飓风一般追杀过去。战事至晚终结，待几个骑马人来到县长跟前，领头的竟是唇红齿白一女流，其他随从者，皆为本地湘籍猎户。再后来，肆意纵性的"李六小姐"成了县长太太，极尽奢侈的婚礼，又一次轰动全县。王粹民在陵阳干过最大一件事，就是于民国十七年三月间带人在香由寺抓捕并严刑拷打了共产党要人任弼时……

　　早上出门，雨止了，天地一派清新，春天就像世间最深情的淑女，总是在合适的时候给人以温情和安慰。

　　姆妈陪着六姑姥子各坐了一乘小轿，芙初她们三人甩腿行路，一开始就没法跟上轿夫的脚步，索性落在后面，边走边欣赏沿路景色。田野里油菜花金黄，麦子正在拔着最后的节，许多鸟雀在空中且飞且鸣，一派欢欣。过了一处廊亭，村子里跑出一群孩子，手里托着个大纸鸢，呼啦啦唱着："清明节，草发青，我跟姐姐放风筝。大鹞子，小八卦，摇头摆尾云里爬。东一扯，西一拉，飞到天上走人家。"

路边一处人家，一个稚童也在唱："骑竹马，走人家。走到半路接家家，家家、家家屋里坐，我跟家家揭粑粑……"童声清甜，犹如天籁之音。姐姐看了一下，说这是一户湖北移民。

"你怎么晓得的?"

"只有湖北人才把做粑粑说成'揭粑粑'呀。"

"你们晓得湖北佬把奶子叫成什么吗——'妈妈'，倒是和我们这里圩里人一样的叫法。"小芙子以手掩口，笑着学唱，"三岁小伢穿红鞋，摇摇摆摆上学来；先生先生莫打我，回家吃口妈妈来。"

大家一齐笑过，姐姐说："陵阳这地头上，接纳的移民多，湖南、湖北人都有，近处的还有从徽州、安庆和巢湖那边过来的人。你在一个村子里，能听到多种口音腔调，这就叫敞开胸怀包容接纳。"

"为什么会有这么多移民哩?"小芙子问，"真是像老人讲的那样，长毛屠村，把这里原先住的人杀光了吗……"

"等一会你去问问六姑姥子，或许她能告诉你点什么……谁都盼望过太平日子，其实，不单长毛杀人，湘军同样杀人不眨眼，'茅草要过火，石头要过刀'，这就是他们喊出的口号。打起仗来，遭罪的不光是穷家小民百姓，有钱人同样逃不掉，有时更遭殃……和灾荒、瘟疫比，只有打仗杀人才是人祸害人!"

一条石板路在一些矮山之间蜿蜒，小芙子问姐姐到这里来过几次。姐姐说她跟着姆妈一共就来过两回，十多年前那一次祭坟最热闹。那回由县长王粹民主祭，后来他离职回籍，将六姑姥子也带走，便再没有像样祭祀过了。

芙初说她来过好多回。"小的时候，每年清明，李家族人都来团聚，有的大老远从湖南芷江或是广东那边赶来，置办酒席，抬着香爆纸烛祭品'挂山'扫墓，要闹腾上好几天。自打六姑姥子走后，祭祀时就清冷多了，只有我们和十爷爷两家寥寥的几个人……为什么我们李家在陵阳人丁旺不起来哩？嫁入徐家大屋的大姑奶奶没有生育，二爷爷李菊畦更是一生未婚，我和小芙子又都是女儿身……太公给朝廷上疏要入陵阳籍，死后也埋骨在这里，没想到身后却是如此萧条！"

"到我们这一辈，连一个男人也没有了……"小芙子说。

"这人与人的缘分，说散就散，有时，骨肉血亲也不例外。"

"好啦，不说这些了。我们这不是都来给太公扫墓了吗？"姐姐打断芙初的话。一路上所见，田头地脚的坟头都"标"着长串白纸钱，在风里飘呵飘的……姐姐说，纸钱飘得满，说明人丁兴旺，如未见"标钱"的，则被视为此坟已经无主，绝了后。

二十来里路不知不觉就走完了，姆妈和六姑姥子已在上分阮村李家山路口等候她们。隔着水塘，有两棵大树，上面挂满一嘟噜一嘟噜饱含雨水的紫藤花。六姑姥子可能是继承爷爷李成谋血统较多，骨骼高大壮实，神情凝重，穿着黑底凤尾红花图案的斜襟大褂，像是披着一袭大氅。传说中那么一个骑马挎枪的女中豪杰，现在风华褪尽，身形发胖，脚步沉重，已找不着半点烈焰红唇的矫捷了……时光真的是触手苍凉呵！

几人各拿了一些祭品前行。转过山脚，是一口大塘，有人在塘埂上撒旋网捕鱼，一堆一堆的青苔螺蛳陈列岸边，里面有些不明世事的小细鱼秧子，趁着鲜湿用力弹跳着。顺着这条塘埂小路深一脚浅一脚朝上走，蒿莱满径，一片荒凉。远远过来一个扛着锄头的人，说是李家墓园的看护人，姆妈称呼他姚明清。

姚明清面容黝黑，身材短悍，对襟褂子，皂色带子束腰，粗布织的山袜几近膝盖。他领着众人弃了羊肠小道，踩着杂草，拨开荆棘继续往半山坡走。小芙子两次跌进茅草中的小坑，都被六姑姥子抄起，就把手里装着香烛的篮子交给芙初提了。姐姐挽扶着姆妈，姚明清不时挥舞着锄头在前面开路。

墓场地势很高，坐北向南，两边有岗陵拱卫，视野开阔，松柏郁茂，野花芳香。晒场大小一块平整地面全铺着麻石，四组石人石马，全是比照真身雕出，分列墓道两旁。八字形挡墙后面，立着高高的坟头，挡墙石上雕刻着卷草、卷花和鸟兽的精美图案。立在中间的是高过人头的墓碑，由整块青石凿刻而成。芙初认出碑额顶头"敕建"两个遒劲大字，下题"皇清显考诰封少保长江七省水师提督兼领南洋水师大臣李成谋碑"，落款为"光绪十八年十一月初五日"。旁侧，另有功绩碑，所镌字迹，历历清晰：

> ……光绪二年，丁母忧，夺情留任。两江总督曾国荃奏请江南兵轮悉归成谋统辖。十六年，万寿推恩，加太子少保。十八年，以病乞归，寻卒。诏嘉其在任十余年，驭军有法，江面乂安。赐恤，建专祠，谥勇恪。

墓道往东的尽头，散落着几处坟头，葬着这位水师提督留在陵阳的几个后人，李菊畦和他的十弟也长眠在这里。李菊畦的十弟，就是芙初的爷爷。爷爷有妻有妾，生养众多，芙初的爸爸李智琛排行老四，他同三哥都是出生在徐家大屋，只是这位三哥成年后跑到广东投奔另几位兄弟去了。小芙子爸爸李良辅与六姑姥子还有另一位十叔都是继母生的，陵阳骂人语"小妈妈养的"，即谓小妾生养所出，但六叔母亲不是妾，而是一位从良的青楼女子，他们在李氏大家庭地位却并不低，否则当涂金家庄的祖田就不会全交在六叔手中了。有一年，六叔从外地带了一位相貌严正、走路稍跛的中年人过来，让芙初与小芙子叫他十一叔。那么，李家还有众多子孙分散在哪哩？估计湖南芷江老家还有吧……芙初有时也觉得奇怪，太公为何让自己的后人如此分散零落？问姆妈和六姑姥子，她们也说不出所以然来……只说，官做大了的人家，合该如此吧，不能钟鸣鼎食，就四散飘零。

"糖吃多了，也就那么甜；盐吃多了，也就那么咸。说是大户人家，唉，有什么好，富不过三代……"姆妈叹息一声，拿出昨晚在家剪好的纸钱，系在小棍上，大小坟头尽皆插遍。接着，再拿出香烛放地上铺展开，由姚明清打着火镰点燃。烟火袅袅，纸灰如蝶，放过爆竹，几人依次磕头祭拜……之后，一齐动手拔除了石缝里的杂草和铺地爬来的藤蔓。芙初陪着六姑姥子又绕坟察看了一下，坟头护理得很好，没见坍塌，也没有被野兔、黄鼠狼、狐獾等野物打洞毁坏。姚明清从坟场小屋取来锹锄和担筐，挑土加固了几处坟头……等一切忙好，他将众人领到看场的小屋里歇一会子脚，喝点水。

墓场四周野草丰茂，只有一条小路能进来，姚明清还兼代替另外两家大户看护坟场。他用石块砌了间小屋，养了十多只鸡，还有一只狗和两只羊，种了菜，而将妻儿留在麻桥那里的家中。由于长年待在荒郊野外，衣着褴褛，格外显得胡子拉碴，头发也长，目光看似漠然，细察，却自有一番亮沉。

小芙子喜欢问一些鬼魂的事，姚明清说这周遭一带除了坟头还是坟头。雷雨前夜的闷热天气里，会有鸡蛋大一团一团的鬼火飘来飘去，要是从旁边走过，有风给带起，鬼火就随着你跑。千万不能抬脚去踢，你一踢，鬼火就炸裂开，散成无数的小火花把你裹挟起来……他不怕鬼魂，只怕雷暴雨。雷暴雨之后，事情就来了，一夜雨水冲刷，坟冢不是这里坍缺就是那里陷落一块，露出里面棺木，就得赶快从小屋里取来锹锄和担筐，挑土加固坟头。野物往往会打洞毁坟，还有不知从什么地方跑过来的牛羊牲畜啃食青草时亦易踩塌坟头，引起雨水渗透冲刷坟冢里面的棺木。一旦发现这些迹象，也得及时处理，这里修那里补……芒草荆棘长得太密实了，得及时砍掉，别让墓地太显荒芜。遇上树木死亡、墓碑断裂的事，则要快速报给主家，商量如何修护。不管在哪里看到无主的白骨，都要捡起放回原洞窟，再铲土盖好。

姆妈说，姚明清做过最离奇的一桩事，是从坟墓里救出一对母子。那时，日本鬼子还没有打来，麻桥街上开布店的老板儿媳妇生产时遇上最凶险的横胎，三天三夜都没产下来，母子双双丧命。出殡下葬后的夜晚，姚明清从家里回山上，路过新坟旁，隐隐听得一阵呻吟之声……要是别人，早给吓得跑都跑不及了，也是他胆子特别大，就停下来仔细再听，果真是从新坟里传出来的，并且还夹有婴儿的啼哭声。他没再犹豫，飞奔到小屋取来锹锄，刨下坟头，撬开棺材，见那产妇不仅自己活转，并且还将那个婴孩产了下来！后来，这婴孩就取名叫官生，官生就是棺材里生的呀……

正说着话，远处有人在喊姚明清，从山上走下来三个人，身背筐篮，手提短锄，衣衫褴褛，也是一副胡子拉碴眼光冷冷的样子，都这个天气了，还头戴折叠的马虎帽。姆妈有点紧张，嘴角轻扯了一下，端在手里的茶水都泼出来一些。

姚明清看出来了，连忙安慰说他们从繁昌那边过来挖草药，都是熟人，有时就在他这里歇歇脚。说完，就走上前将三人拉到一旁嘀咕了几句什么。那边一说完，姐姐就喊过姚明清，朝他道了谢，说是那几个轿夫还在山脚下等候，等不到人，就要上来寻，不能太耽搁，这就回去了……关于看坟酬金，今天身边没带钱钞，劳驾下个月跑一趟，去城里拿吧。

姚明清连声称谢，不住点头，说路不好走，自己送她们下山。

由麻桥回到家，袁佩璋来了，告诉了大家一个令人吃惊的消息：章和在大公山老庙被游击队打死了！说完，转动着褐黄眼珠特意朝姐姐和芙初看了一下，说："这样的事，难道不是你们最希望发生的吗？"稍顿了顿，又说，"可是我的麻烦来了……一个县党部书记长给共产党打死，作为管理国民兵团和侦缉队的督导员，我能脱掉干系？缠头巾里落红炭——包不住，不带人到那边进剿一下，交代不了呵！"接下来，就说了一些关于这个让他极度头痛的老庙的情况。

老庙原名"镇山寺"，听说是在元朝鞑子手里修建的，已不晓得有多少年岁数了。清朝时在距老庙一里远处又建了一座"灵山寺"，称为新庙。大千世界，良善随缘，一念成佛，一念成魔，若是不守法门规矩，燃顶烙疤又怎样？怪就怪在庙里和尚皆蓄发，吃荤尝腥，除了法事活动披袈裟，平时各自任穿布衣便服。和尚除了击鼓撞钟，念经拜佛外，也砍山伐木，种植庄稼，一点都不懒，还能娶妻生子，佛殿的后面以及整个新庙都是生活区，纺纱织布，喂鸡放羊。和尚们每天可以回家团聚，痴儿抱膝，婆娘缝衣，享受天伦之乐。没有那许多清规戒律，吃肉不瞒人，年下也杀猪，只需念一遍"南无阿弥陀佛"的《往生咒》，就把白亮亮刀子捅进死劲叫唤的猪颈子里。三师七证，六道轮回，难怪有人说他们是承袭白莲教而来。老庙不惜重金聘请有声望的俗家文化人开办"讲经堂"，因此，和尚们都积了满满一肚皮学问。

乾隆下江南时，曾诏令江南所有寺庙各派一名大和尚到南京做法事，据说，老庙只派去一个瘸腿病和尚。没想到，在法事过程中，这位瘸腿和尚操持有度，出入有方，显出深厚功力，深得乾隆赏识。法事结束，乾隆执手为之送行，见这跛和尚走路腿脚不甚得劲，病歪歪的身子骨有些招架不住，便赏他一匹白龙御马骑乘。因这匹马系乾隆亲临江南时所御赐，故称"南临封"……和尚们便将"南临封"之事树碑立传，一时轰动远近。自那以后，老庙开始养马，皆为轩昂白马，披着红黄袈裟的大和尚外出，便冠冕堂皇地策马而行，远看宛如唐僧在往来行路。

新四军游击队每次到老庙，方丈都领着僧徒们宰鸡杀鸭，淘米洗菜，打扫佛殿，铺摊草席，安排食宿。有时，僧徒或他们的子弟还走出庙门，打探消息，传递情报。这回，章和本是过去清理一桩党务积案，被和尚们探得讯息，报告了游击队，带去的十来人无一生还。

芙初替采薇感到一阵轻松。隔天去给易浩上坟，把这事告知她。

天涯人远
情难了

　　一九四七年五月，从芜湖传来消息，张昌德在南京被枪毙了，是拉到梅花岭下一个小水塘边被打爆了头，应了他四川老家的话"敲砂罐儿"……不远处山头上，就是汪精卫墓穴，但洋灰浇灌的坚墓已被蒋公命人炸穿，里面腐尸也给拖出挫骨扬灰。据传闻，墓窟里尸身盖有其妻陈璧君亲手写的"魂兮归来"白幡，另旁置一本汪精卫本人手抄诗稿，内有最后之绝命诗："心宇将灭万事休，天涯无处不怨尤。纵有先辈尝炎凉，谅无后人续春秋。"可叹那个曾叫作汪兆铭的人，当年要是真的"引刀成一快"，被清廷砍了"少年头"，留下千秋名节，哪会衔此深恨大辱！

　　自然便有人替张昌德抱憾，"长子不做做矮子"，倘使他也像战死在广德的同为袍泽的一四五师师长饶国华将军那样效命疆场，为国捐躯，不就成了一世英雄享受万民景仰么。许多陵阳人都知道，张昌德早先不仅参加过攻打白马山战斗，在陵阳和繁昌都同鬼子打过阵地战。那次率部开赴铜陵协助海军布雷，他同一名放雷专家潜去长江边白沙村，扮成渔民，每天在江上划船、打鱼，终于摸清了水面潮流情况和日军船只的活动规律。最后，选派出数百名会水的精壮士兵，利用大风大雨和芦苇荡掩护，将首批一百颗水雷全部成功投放到江里。当天就炸沉了一艘运兵船和一艘小型兵舰，为了扫清水雷，鬼子的长江运输线不得不中断了好长时日。

戾气入心，便成狂魔；到最终魂飞魄散，断了归路……

芙初想到陶婕，快有一年没看到她了，不知在哪里生活？

喜姐上门，把小涵也带来了。小涵有十一二岁了，长得敦实，脸模也周正，颈上戴一个挂着长命锁的亮晃晃银项圈，听说在家还上着学。月容表哥去世，喜姐就剪去那条大辫子，守了三年寡，后来经人说合，改嫁到西乡朱家，将小涵也带过去抚养。她自那次流产后，便一直未能生育。抗战胜利，三表哥沈涵却未能回归陵阳，而是留在武汉一家中学当了历史老师，并结识了一个钟祥的学医女生新组了家庭。于是这小涵就彻底跟随了大伯母，却仍保留了姓沈，这也显示了那户人家的厚道。倒是沈家人心里过意不去，逢年过节将孩子接回住几天。姆妈看到小涵总是要给点零花钱，还替他做过几回衣裳……喜姐是忠厚实在人，每回来城里都不会空着手，不是捎点鸡呀蛋的，就是带点从塘里打来的鱼虾，要不就是挂面、年糕和三月三的蒿子粑粑。

这次，则拎来半篮子特意为开秧门做的秧田粑粑。此为已催出芽胡子的"胜稻"磨浆掺上一定比例籼、糯米粉蒸出来的，形同发糕，有一股发酵味的酸甜，软绵绵、糯搭搭、弹性十足，芙初特别喜欢吃。其实，"胜稻"应该写作"剩稻"，是"剩"余的发了芽的稻种。农家渴望丰收，渴望今年更胜往年，才有意多留"胜稻"，图个吉祥。

芙初问了小涵一些上学情况，孩子有问皆答，言少语简。悄声问他想不想亲爸，则木讷不语。倒是弄得芙初心里酸酸的……想起当年沈涵与江秋月的那场婚恋，还有大表哥沈月容的遭际，情景历历在目，却又恍如隔世！记得初次见到喜姐，她梳一条大辫子，穿一件水红布裰子，粉团的脸，腮边两个好看的酒窝，笑起来一漾一漾的，像一枝带露的鲜花……而眼前的这个大表嫂，身着一件打补丁的看不出颜色的斜襟大褂，眼神暗淡，一脸苦哈哈相，发际已呈灰白……

喜姐走的时候，姆妈抽下自己床上被单叠起让她带回，借口说垫床上大了，想再买床小一点的换下。这床单是芙初发第二个月薪米时兑了纸币买的，上海明光织物社出厂，锦鸡云松图案，华丽大方，姆妈当时看在眼里喜欢不得了。

院墙西侧一人多高的伞状栀子花树上，缀满青绿色的苞。似有包不住的欣喜，半日阳光斜照，那些螺旋纹就裂开来，绽为大朵大朵的白花。到傍晚时，香气浓得都能把人浮起来！

晚上，姆妈以肉丝炒了干子加金针菜，还有河虾炒春韭，跟姐姐说把邵先生叫过来吃秧田粑粑，这东西他肯定没吃过。天黑前，邵运柏腋下夹了一本《聊斋志异》过来了。他身穿白衬衣，外面套了件灰色毛背心，显得很是清爽雅致。

姐姐的眼风从他身上扫过，指着放在桌上的《聊斋志异》问道："你特别喜欢这书？"

邵运柏稍稍一愣，不知这话是啥用意，顿了顿才说，自己对戏曲感兴趣，在学校读书时演过文明剧，一直想做这方面研究。

"哦……我倒忘了，你是一直丢不下演戏。"

邵运柏似乎也听出了一点弦外之音，但他索性装傻："嗯，《聊斋志异》专讲鬼怪，剧情很强，无论是人物传奇性，还是布局和冲突，都是戏曲舞台艺术二度创作的基础……而且背景也好，这类狐妖鬼魅所特有的行为动作，一旦转化为舞台表演，特别容易向观众传达情绪，展开对人物的颂扬或是批判。按孔子的说法，就是可以兴、可以观、可以群、可以怨……而用一句话概括：戏曲的艺术欣赏不单展示人的情感活动，也是社会活动的重要组成部分。观众从来都把审美理想放在首要地位，我们欣赏戏曲，除了把它当作娱乐性活动，更寄托了褒贬善恶、分辨忠奸、抑扬美丑的希望……"

姐姐却笑着打断他的话："你看，我这随便一问，就问出长篇大论来了。为什么男人这么喜欢《聊斋志异》……也是有背景的吧？"

"我又不会奇门遁甲，也学不来刀笔功夫，有什么背景？"

"穷酸书生寄居荒岭破庙，艳遇化成美女的狐妖女鬼，岂不正中下怀？问题是这些狐妖女鬼无论如何美丽，但在故事里总是低人一等，难修成正果，只有等待书生来拯救……书生是一种特殊存在，是作者潜在欲望的化身，也是男权社会固有的精神托付。问题是，一介书生，无权无势，他们改变自己命运的机会并不多，唯一指望的，就是通过科举考试一下跃过龙门。但这等好事少之又少，大部分书生则沦为教书匠，或替人写状词，写契约，终生游走于社会的底层，游走于破庙荒村……穷酸书生对美丽的女性有想法是自然的，可内心的自卑，又不自觉地通过笔头功夫来异化女性，让她们化身为鬼为狐，等候自己去救赎。这就是多数书生的小心眼，书生们拯救了她们，不仅道德上占据了制高点，而且让这些美丽善良的狐妖女鬼付出了真情。假如没有这些编排铺垫，直接让走夜路的书生在路边檐下窥见一个坐在盆里洗澡女子的美丽背影，待转过身来，披头散发之下是一张白骨的脸……书生恐怕要吓得魂飞魄散了！"

"哈哈哈……你这更是长篇大论加上聊斋新编了。"邵运柏大笑起来，"这是不是有诽谤文人的嫌疑呵？如何编排铺垫暂且不论，书生一般都是抱着反抗封建礼教的态度进行创作的，将女子置换成美丽的女鬼狐妖，并通过她们对抗封建礼教的大胆行为，来唤醒女性对美好爱情的追求，未尝不是一种革命性的突破。而狐妖女鬼蛊惑起凡俗之人，也是易如反掌。当然，书生艳遇女鬼，女鬼倾心书生之后，只要不是缘分已尽，故事就没有结束。这个时候，一个道士会突然出现，用剑指着二人说：人鬼异途，绝不能混在一起！因为一股更邪恶的势力介入，故事情节也就更精彩地往后铺展……"

"来，吃饭了。"姆妈笑吟吟端上在锅里热过的秧田粑粑，用筷子揽起一个递给邵运柏。邵运柏问明为何物后，先欣赏了一下，然后咬下一口，大约有点烫，舌头裹了几裹，连说好吃好吃！吃完，自己又举筷去揽，没揽住，干脆以筷头一戳，戳起来了。姐姐笑着告诉说，陵阳俚语"筷子戳粑粑——稳拿"，还有"饿汉遇米粑——正好"，这回有体会了吧？这秧田粑粑呀，是开秧门早上贡放到秧田头，烧香磕头请"秧田菩萨"吃的，但仪式一过，就被小孩子抢吃了……要是谁家秧田粑粑做得小气，孩子们还会当面嘲笑呢。

姆妈接着将饭菜都端上桌，盛在青花碟里的韭菜炒螺蛳肉，让邵运柏两眼放出亮光……他看了一眼姐姐，说："这菜，我老家也有，但是多在清明节时才吃，那时螺蛳肉最嫩，像胶饴一样，太鲜美了！"

姐姐点点头道："我们这里有句老话，叫'清明螺，赛老鹅'，清明螺蛳炒韭菜虽然是绝配，但姆妈说，只要是春韭菜，炒什么都好吃，非常清怡。春韭菜炒鸡蛋，炒干丝，炒千张丝，炒软壳米虾……是一般人家都能拿得出来的一道家常菜。"

"你说的这些，我都能想象得出来，它们各有个性，各行其道……搭配得好，既相得益彰，亮艳明快，又有着一种删繁就简的清宁淡泊。"邵运柏拿筷子指点道，"你看，碧绿的韭菜里，这些黑胶饴一样的螺蛳肉星星点点，像是散落田野里的牲畜，让人宛如欣赏一幅江南水乡风俗画呵！"

"你真会说话！人说看什么场合搁什么油，要是让你来炒菜，肯定舍得搁油……这不是奉承你吧？"姐姐似笑非笑地说道。

邵运柏"哦"了一声，随即，哈哈笑了起来。似被笑声振动，一股浓烈的栀子花香从窗外飘入。姆妈的脸舒展得像绸缎一般，光闪闪的。

虽然，芙初没有感情经历，也没有慧眼洞穿表象下的一切……但她对邵运柏充满钦敬。而欣赏一颗心灵与另一颗心灵间的对话，更是一份纷扰人生中难得的美好机缘。此刻，她突然理解了姐姐，其实，姐姐是敏感而又多情的，有自己完整的内心世界，就像一座晶莹剔透的水晶宫，只有在神奇夜晚的微风中，被一束亮光照彻，才能映射出梦幻的光彩来。

六叔去世了。六叔尚未断气前，小芙子就秉承母意赶来把姆妈先叫了过去。

小芙子妈妈叫王者香，原在石江铺那边的门房徐过日子，丈夫徐汝霖，那可是呼风唤雨的徐家大少，却半道折损……丈夫死后，她就搬来徐家大屋住。这两徐，系同宗的两个旁支。本是徐家大少奶奶的王者香，虽说不识什么字，但是眉眼生动，一张脸盘子妩媚出众，而那个二胡拉得颇具功力的李家六少更是有名的风流浪子……这两人住到一个屋檐下，春风化雨，不须日久便生出情愫，一来二往，索性明铺暗盖了。芙初第一次看到这位"六婶"，是在一次戏园子散场时，那天她穿着亮蓝色羊绒短大衣，踩着半高跟鞋，身姿十分耐看。第二次见到，她把一朵绛红的木槿花斜簪在鬓边，娇娆而又有韵致。对此，十奶奶，也就是六叔的妈，却是十分看不惯，死活阻拦。她戟指怒目儿子警告道："那不是人，是一个狐狸精，一个吸血的僵尸……她会把你榨得精尽人亡，把你变成巷子口路边的药渣子！"每次说这话的时候，都咬牙切齿，完全是以命相搏的姿态。

要说这位十奶奶，自身的事，也足够装满十箩筐了！她本是从青楼曲院里赎出的从良女子，还是芙初的爸爸李良辅帮着扶正的……所谓扶正，那是一个十分庄重的仪式：年少失母的爸爸跪在地上，以嫡子身份事礼，双手举起一副凤冠霞帔，戴帽子一样给十奶奶戴上，这就算是将庶母扶成正室了。谁知，这位十奶奶主了家政后，却十分薄慈寡恩，骂这个不知贵贱，骂那个是败家子，自己天天抱着烟枪烧烟泡，吞云吐雾，倒是把钱财看得比命重。当涂金家庄最盛时有几百亩祖田，她让六叔收取租子，一点不给别人染指……姆妈先是十分怄气，后来也想通了，就说："咬口生姜喝口醋，他们姓他们的大李，我们姓我们的小李……好女不穿嫁时衣，好儿不吃分家饭，各走各的路吧。"

不久便有了小芙子，因是私生子，不能给徐家人晓得……所以小芙子一出生就由姆妈抱了从后门递给一个姓何的奶妈，由她送往十奶奶处。六叔因此遭二表叔徐石声讥笑，说是"一生做和尚，生个女儿没有娘"，这两人，半斤对八两，到底谁该笑谁？小芙子先后经历了七八个奶妈，十岁多一点时，奶奶去世，只得重又送回门房徐生母处，身份也就公开了。六叔本有几百亩田的租子收，赌钱时遭人暗算被讹光祖田，却不知十奶奶在芜湖十里长街秘蓄了数处房产，他仍旧是有钱人，就阔绰租下东门大桥边一户姓方的人家屋宅，把母女俩接了过来。屋宅前后两进，中为青砖铺地的小院，砖缝里长满绿苔，踩上去软绵绵的，后有厨房，门窗均对小院，光线明亮。谁料到，这妥妥的日子才过没几年，会拉二胡会唱曲的风流倜傥的李家六少就走了……这怪不了人家徐寡妇，要怪，只能怪那些害人的大烟馆和土膏店！

芙初跟姐姐大清早赶来，姆妈已在这照料多日了。六叔断气前即撤去床帐，此时由一个跛脚黑瘦汉子给他揩澡，梳洗，穿戴名曰"三腰五领"的好几层老衣，还有老鞋、老帽，面盖一张黄表纸，移床放置于堂前一侧的停尸板上。芙初悄声问姆妈，为什么人死后要在脸上盖一张纸？姆妈说，这是为了让逝者的鬼魂不要留恋人世，安心离去。还有，就是家里亲人总是希望人死后还能活转来，用黄表纸盖脸，一旦有了呼吸，便会把纸吹落或者把纸打湿……这样的事，真的发生过。

脸上并无多少泪痕的小芙子在姓何奶娘的教导下，身披孝服跪在一旁烧纸，她妈妈则躺在房间里床上哀哀哭泣。按风俗，丧家要搭孝堂守灵数日，以让亲友前来吊唁，还须设祭坛供奉亡灵牌位，请和尚、道士敲法器，做法事，超度亡魂。无论做上几夜斋，孝子都要身穿孝服随侍坛上，听从道士指挥，时跪时立行祭礼……皆因六叔临终前留言：怨生莫怨死，什么都别搞，天气热，别把尸身摆臭了，断气后在榻上挺一会尸，即入殓"进材"。

吃过早饭后，尸身仰面移入棺内，周围塞进石灰包，纳一枚铜钱于口中，叫作"含口钱"，以便到阴间贿赂小鬼，少受磨难。寥寥几个亲人作最后告别，即盖上棺板，敲上大钉"收封"。有人点燃一盏"引魂"的菜油灯放到棺材头，上罩竹篮，篮上放一双死者生前所穿布鞋，表示引行。六叔生前与东门刘家一个叫刘先志的文人深交，交代死后亦葬入刘家祖坟与刘先志依傍一起……虽是一奇，倒也符合他一贯行事作风。出殡时，棺上盖一红色床单，立一只称作"站棺鸡"的大红公鸡。没有鸣锣开道，没有孝子捧灵牌引路，也无女眷扶棺和随棺哭泣哀号……稀稀的有几个路祭者放鞭炮，停下棺，由芙初拉着小芙子一同跪谢答祭。棺至东门外刘家墓地，抬转二三圈，是为"回龙"。有人递给小芙子一柄锄，叫她掘土三锄，称作破土"开井"。棺入墓穴后，又有人教小芙子铲土三锹掩棺，姆妈搀扶着小芙子妈妈走上来作最后告别……芙初则跟着姐姐等人以衣兜土三次，将土倒在棺上。然后，抬棺的几个汉子一齐走上来，使锹使锄，填土做坟。

吃过了丧事酒席"回龙饭"，回家的路上，芙初内心很是凄然。人生一世，草木一秋，太公李成谋不是"心悦"陵阳山水而请求朝廷批准自己落籍于此，最后把自己也葬在这里么？可为何李家留在陵阳有数的几个男人都是这般身后萧条结局惨淡……

谁知，还没到家，半道上让采薇截住了。采薇拉着她来到北门漳河边一处院落，大门打开的一瞬，傅菊英一张微显肿胀的脸面出现在眼前。芙初隐隐感觉到事情非同小可……果然，采薇先开口说，傅菊英要私奔了，去四川泸县找她的情哥哥!

　　什么，这是真的？芙初给吓了一大跳……正要转脸询之当事者，这么大的事，计划是否周密？却已给傅菊英一把紧紧箍住，有热乎乎泪水蹭到脸上。

　　芙初用力将她身子朝后扳开，问道："你不是说今年圣诞夜领我去天主堂吃圣餐吗？"

　　傅菊英垂下眼帘，语声哽咽："我不配做信奉基督的人了，我已是罪人……"

　　采薇截断话头，手指傅菊英对芙初说，四川来了两个接应她的人，一男一女，住在社会公寓。不敢多做停留，今晚就上路……

　　芙初想说什么，采薇朝她摇摇头，暗示不要劝阻。心里也顿时明白了，这么天大一桩事，肯定离不开采薇的谋划，凭着傅菊英老实巴交的禀性，你借她一百个胆子，也不敢做！一时也不晓得要说出怎样安慰的话才好，只能轻轻抚拍着好友的背……此后，便是天涯相隔，生死契阔。问她是否需要盘缠和往后过日子的开销钱，傅菊英摇摇头，眼神飘向远方，说自己储存了一些钱，到了那边，两人加起来有三只健康的手臂，没有翻不过去的山，没有过不去的坎，不相信就过不好日子。

　　芙初充满敬意地看着好友，大家在一起时，傅菊英从来都是承担受气包的角色，谁会想到，她身上竟还隐藏着如此刚强和勇烈……她在挨过了无数个泪往肚里流的夜晚之后，内心仍然充满积极向上的希望，依旧拥有疯狂爱一个人的力量！于是，这尘世间便又增添了一个悲欢离合的故事。但愿她这一路走去都是晴霜霁月，不要有风雨摧折。

　　有风吹来，西斜的阳光下，满地树影摇曳。怕待长了走漏风声，采薇把芙初拉到一边，说为了防止家里人沿着公路追赶，他们绕道去繁昌荻港，那里明天天亮时正好有一班上海开往重庆的上水大轮停靠，票已托人买好，但一夜要走六七十里山路，也是不小考验，好在今晚是亮月头……四川泸县那地方不错，抗战时她在那读过书。话说回来，只要能和自己亲爱的人在一起，就算要饭又能怎样？

　　采薇用实际行动证明了什么叫处变不惊，看着她那般面色沉着、风平浪静地讲述，芙初的心里不免有一种隐隐失落：这件事儿采薇从前到后全程参与、谋划，而自己却被置身事外……

　　六月下旬的一天，是个星期日下午，芙初正坐在窗前看书，忽然望见储希惠和姐姐搀扶着一个人趔趔趄趄走过来。近了，原来是学校的青年老师曹麟森……曹老师胸前衣襟上染着大片血渍，左侧额头用白布简单包扎过了，仍有血渍渗出。惊问出了何事，储希惠讲述了事情缘由……

　　原来，北门外杨四郎庙有一个验收壮丁的接转站，驻扎着宣城师管区保安团一个中队。中队长杨某变着法子想捞两个钱，就派人在市场上收购柴火，送到河滩边，装上船运到芜湖贩卖，转手获利。因为收购量大，市场柴价也就日益上涨。杨某竟叫士兵不问柴价高低，一律要卖柴人挑到河滩上收秤，结账时，仍按以前价格付款。卖柴人当然不干，争执起来，最后免不了挨顿打。吃了几回亏，他们就不大敢进城来卖柴，担子停歇在城外郊区，见当兵的到来，都抽下扁担说不卖了。

　　六月二十日这天，陵阳中学食堂的人也在大门口以时价收购柴火，卖柴人都愿卖给学校。被惹恼的士兵竟跑过来生拉硬拽，强迫人家挑了柴火送到河下，双方再次发生争吵推搡。学生见此情况，甚感不平，上前交涉，不许欺压老百姓。几个当兵的就和学生动了手，端起枪来威吓学生……而学生们血气方刚，一拥而上，不但将几条枪缴下，还狠狠围殴了这些丘八一顿。

　　下午，突然有七八十个武装士兵气势汹汹闯进学校，见人就打，见东西就砸。学生没有防备，仓促应战，不知谁喊了一声"士可杀不可辱"……话音未绝，大兵们蜂拥扑上，几个大兵对付一个学生，将人踹翻在地，拳脚齐下，一顿暴打。大家哪见过这阵势，一下炸了营，胆小的各自逃散。已经毕业的学生储希惠正好来看望同乡，遇上这事，便同教师曹麟森、江清越、张振钺等人一起上前讲理，即遭大兵们毒打。曹麟森身受重伤，储希惠仗着身强力壮冲出重围，鼻子被打开花的江清越则被拖走，关入他们的禁闭室。

空气里蒸腾着炎热的暑气，眼前掠过一团又一团蝙蝠疾飞的黑影。当晚，校长陈璞珊领着几个人到县政府向罗立光汇报。罗立光一听说是与师管区发生冲突，顿时不敢表态……事情上报到省里，上面害怕再闹学潮，命人赶快磋商解决。最后，由省保安处下令宣城师管区，放出被拘教师，将该中队调走。凶手未受惩罚，伤者也未见慰恤。

陈璞珊却为此受累，半月后被解职回家，没有任何说明。

新任校长叫王振纲，一上来就着手做扩建的事，将南门老城墙外"鬼子营房"全部修好充作校舍，拆除栅栏，打起一大圈围墙，教室和老师办公室的布局显得规整有序了。操场也拓宽许多，跑道铺上细沙，还有几个沙坑里用沙，都是他领着师生一起从东门大河沙滩上挑来的。学校开设八个班，初一三个班，初二、初三各两个班，又增设了一个初四年制的简师班，学生共四百余人。

王振纲学法律出身，毕业于日本东京帝国大学，在军中有过跌宕起伏的经历，据说曾担任过副总统李宗仁的秘书，在湖南衡山办"南岳游击干部训练班"时同军中大佬黄维、陈诚以及共方叶剑英都有交往，抗战胜利后，成立泾陵繁三青团分团，回乡担任分团主任，后改称"三青团干事长"。他是东北乡泰丰圩区人，三十岁出头，衣着考究，身板挺直，端着一张国字脸，目光清峻，看似安然的神色中透出威严。储希惠在张村时就加入三青团，与王振纲打过一些交道……王振纲很想招他到宣社股做事，但抗战胜利了，储希惠只想安心读书，不愿再沾政治，遂婉拒了邀请。

江清越却咽不下这口恶气，就故意装疯卖傻，无端狂笑无端哭，头戴白胶凉帽，脚穿蒲草鞋出入校园。"我本楚狂人，凤歌笑孔丘……"有一次，喝了一点酒，不知从哪弄来一只乌龟，用白胶凉帽托了招摇过市。帽子上还飘一张字条，上面墨汁犹湿："我当王八你当龟，一入江湖浑不悔；甲骨殷墟犹有字，缩头长醉是无非！"随之，竟然弃职离校。

这个夏天，热得有点烦心，太阳像个大火球挂在天上晃得人眼都睁不开，知了在树上拉长声嘶叫，狗吐着长舌躲在树荫下。芙初想起小时在徐家大屋度过的那些夏天，厅堂大梁下吊着布制的风扇，拖下长绳，两边坐着人用手来回拉……布幔一掀一掀的，凉风悠悠扑在脸上。屋内乘凉，大天井下边罩着蓝布大棚，小孩们各自玩耍，后房里各类瓜果散发着诱人的醇香，想吃什么，就挑什么。

阴历七月的月圆之夜，一个身板敦实满头大汗的人突然找上门来……他就是原先花山黄家放牛的伢子五毛。五毛流着泪诉说自己二老表张大发被人打死，死得太冤！张大发早年当过一阵子土匪，后来又加入"四老爷"队伍，在一次战斗中腿给打伤，就回家了。立夏节时，童村街保长邓应学家中失窃，有耳报神上门告为大王冲的张大发所为……邓应学于是带了几个帮手前往捉拿，将人捆绑后锁在花神庙里。当夜，张大发却挣脱绳索跑了，从此不见踪影。

正当家里人为张大发下落无踪急得团团转时，有放牛娃在深溪河僻静水潭里发现一具浮尸。众人赶去打捞起来，正是张大发，且身上累累伤痕深可见骨……事情无法隐瞒，上报到县里，凡涉案者皆传到警察局审讯，最后扣押了五人。

亲属喊冤，受害者不明情由被人捆走，当夜失踪，且有人晚上蒙了脸上门威胁不许声张……其中冤情，务要审明！

芙初去采薇家找到了采薇的父亲陈时君，这位著名律师，自那个心黑手毒的章和死后眼下已没有顾忌，一口应诺下来替张家代理这场官司。

面对指认，五个人都竭力撇清说张大发的死与自己无关。他们一致咬定，是张大发自己"卸绳脱逃"，否认了殴打行为。县里法院开庭后，考虑到张大发"向非善类"，系被告共同施以拘禁，"委出一时怀恨，尚堪悯恕"，因不能勘明确系伤害致死，拟对共犯部分酌情减刑。

陈时君当即强调：死者确系被殴而亡，其左骨肋、右骨肋、左膀、右膝下都有击打伤，呈青紫淤血，坚硬，开放性刃器伤口共有三处，深可见骨……人证、物证俱已明辨。此乃一起典型逼凶杀人案，事实清楚，影响恶劣，法庭应该据情判明，不能草菅人命……而"向非善类"这样带有明显主观色彩的旧时衙门陋语，早就该弃而弗用，绝不应出现在民国法庭上！如此层层批驳，雄辩滔滔，也让一些出庭的亲友开了眼界。

经过几轮交锋，最后，地方法院以私行拘禁及拷打罪，将五人判刑。其中，身为保长的邓应学判得最重，处有期徒刑四年三个月；其余四人，共同伤害人致死，各处有期徒刑两年六个月。

采薇突然从龙汇桥家里搬出，住到萧家巷一户僻静的院落里，这让芙初觉得有点不合常理……要知道她在家里一贯是衣来伸手、饭来张口，这一搬出来，许多事就要自己动手打理了。采薇带出来的衣物最多的仍是旗袍，她说，一个女人"看相"好不好，最要紧的，就是看她穿旗袍的样子。旗袍一定要做得很细致，低领、绲边、盘扣，色彩不在乎素艳，但最好要是真丝面料，穿身上才能形成气韵。

采薇的脖子细长挺拔，两边锁骨下现出隐窝，能看得到青青血管。芙初将视线从她细嫩的香肩滑下，停留在曲线玲珑的胸前："采薇，你的水色真好，水色最能生成气韵……都说女人如水，但女人命里最缺少的就是水。一旦没了水来滋润，还是女人么……"

"就你门道多。说什么水不水的，我这不是很好吗？"

"你应该住在近水的龙汇桥边，外面的世道……总是不能让人放心呵！"芙初唯愿一切安宁。

一九四七年夏，从南京传来消息，因抗战胜利后国民政府军事委员会大力裁军，致使许多进入编余退役的官佐觉得这是过河拆桥，是卸磨杀驴、兔死狗烹。七月六日这天，六百余名身穿黄呢将校服、胸前挂着勋表的编余将官，手举国民党党旗和国旗，有的还拖着伤残之躯，同往中山先生灵前，齐刷刷匍匐在地，举行告别跪祭："……学生等将解甲归去，此后重担，均付之当局衮衮诸公，卫国安民，止息干戈，希好自为之……亦祈望总理在天之灵襄之佑之！"尚飨谒陵，苦衷难诉，最终演成一场"哭灵"大戏。此事经大小报纸转载，声势越演越大，闹得满城风雨。

采薇的大姑父因为隶属战区司令长官部，是战时序列编制，故也在被裁之列。男儿百战死，壮士十年归，他写信回来，表示自己能理解政府苦衷，和平建国，壮士断腕，必须作相应调整，对部队进行大规模的整编，乃不得不为……为收容编余军官、军佐、军属和流散社会上的无职军官，并执行对转业军官的业务培训，当局在全国各地成立了三十一个军官总队，他已在第十三军官总队担任副总队长。驻地由安徽和县迁至芜湖，总队长张则明，曾任过三战区的军长，总队辖六个大队，计有千余号人。但很快他又写信回来告知，说是形势变化，已随总队长张则明被召回部队，先期开赴东北战场。

芙初很珍惜手头这份工作，兢兢业业地上班挣薪水。姐姐代数课教得好，被张和声请到郁青农业中学兼课，自请领取半酬。这样一来，家中月入又有增添。

中山中学专职教员每周十五至二十课时，教高中的四百至五百斤米，教初中的减一百斤。外校来的兼课者，则视学校需要，比照专职教员酌情递减。董事和其他教员兼课，一律付给钟点费，每节课酬约合大米二十斤；若课时过少，则按整数支付大米五十斤、一百斤不等。此外，校长、主任另取特别办公费，每人每学期约三百斤米，学期末一次性领取。如此合计，则学校每月支出，仅工资一项，即超过大米八千斤。中山中学待遇优厚，逐鹿者众多……校长风波，由此而起。

俞子高遥领校长以后，一直"兼职兼薪"。每月除了照领校长薪金大米九百斤、超过主任一倍的特别办公费一百斤外，还坐吃空额一名，由学校列册报销其家女佣工资米一百二十斤，三项加在一起，共得大米一千二百二十斤。这多吃多占的，不仅超过其本职薪金，也高出三处主任工资将近一倍。开始，俞子高在庐州合肥任省督学时，还经常回县视察，顺带主持一下校务……教职员工对此只敢怒而不敢言。后来他奉调南京，挂了上校衔当上军法官，往来不便，就连开学、放假，也不能到学校视事，同仁因此更加不平。反对俞子高把持学校、遥领浮报工薪的议论，逐渐公开。

早在一年前，训育主任陈邦言曾提请校务会议停发俞子高工资。后来，董事杨筠青在校董会上再次出言：校长应该专职专任，不在位谋事，就不应领取虚薪……有人说他射出这一箭，目的是自己也想干校长。事务主任张九先，则直接提出要轰走俞子高，抬出宋则要为校长。加之教务主任陈佩琨这时也有意自立门户而欲革除校弊，对俞子高抨击尤烈。

尽管如此，俞子高因有董事长刘述南撑腰，这份校长肥薪，每月笃定如数照领，同时培植亲信，打击报复，暗中搅局，致使局面愈加混乱。眼见假期就要结束，开学的事却未有着落……为了明晰是非，稳定教学秩序，在一次"总理纪念周"仪式结束后，一些具有正义感的教职员当即散发油印文檄《我们的态度》，以书面形式正告校董会认清形势，顾全教学大局，停止内讧，必须如期开学上课！

这天，芙初按照校长室要求，正在做新学期的学生统计表。向欣荣踱了进来，随手关上门，芙初下意识地往窗边移了移，警惕地问有什么事。向欣荣早已不再是"向荣小草"了，他将一份蓝底表格放到桌子上，又从衣袋里摸出一支香烟点燃，长吸一口，再呗呗几声，清了清嗓子说道：

"嗯，给你说个事……这个哩，是这样，三民主义青年团安徽支团陵阳分团部，成立已有多日。这个哩学期开学，就进行团员登记，整顿组织，发展团员。我们在中山中学、陵阳中学、郁青农校，还有朝阳、秋涧、黄蓦、奎湖、泰丰、清浦、弋江、奚滩、界山、刘店等处成立了十六个区队，还有源潭、三里、何湾三个直属分队。全县各区队所属分队六十余个，团员三百五十二人。敝人嘛，身兼中山中学区队长，现在有规定，要求你把这张登记表填了……敝校所有青年教职工，必须加入三民主义青年团！"

芙初对三青团早有了解，确实不想蹚这浑水，就说："对不起，我不懂政治，也不关心政治……这事，就免了吧。"说完，拿起那份统计表朝着向欣荣扬了扬，"校长室立等，催着马上送过去……"拉开门走了出去。

花自幽微
水自流

一九四七年秋，黄晰之离开了他的小学，考进了广州大学法律系就读。他的弟弟黄融之本来与同学创办"春风学园"，在一起写写张贴于墙上的小文章，现在也停了下来。为补习功课，寄住在郁青楼，苦攻高考必修的"范氏大代数"，每天将书中习题演算一遍，再交给老师批改和讲解，一丝不苟。姆妈烧过几回菜，叫芙初送去郁青楼。

说到郁青楼，真可谓陵阳人的骄傲。郁青楼为掩映在绿荫丛中的中西合璧式两层楼屋，与市桥和玉带桥两座石拱桥相傍相依，青砖黛瓦，水绕桥横。"郁青"本是草木茂盛之意，形容一派蔚郁，满眼生机，源出范仲淹《岳阳楼记》中"岸芷汀兰，郁郁青青"。提炼"郁青"二字为校名，是希望校园内桃李芬芳，人才荟萃。

岸边没有芷，也没有兰，倒是有数株跟屋脊平齐开得正酣的芙蓉花。花影水光，相映成趣，因此有"照水芙蓉"之美誉，不时有受了迷惑的鱼儿跃出水面，溅起一片水花。秋气渐深，众芳摇落，菊花盛开。然而，菊花离寒霜还有一段时间……真正孤身走入季节深处，能"素抱拒霜质"的，莫过于芙蓉仙子。"谁怜冷落清秋后，能把柔姿独拒霜"，古人对芙蓉的"拒霜"品格吟诵颇多。

多年前，芙初第一次踏进券顶竖门的郁青楼，走过宽缓走廊，在一楼正中间的厅堂，看到墙上雕刻着"敬止堂"三个大字，还以为是叫人止步哩，后来才知道那是表示此处是恭敬严肃议事的地方。"敬止"一词出自《诗经·大雅》，是歌颂周文王善于修身的，"穆穆文王，於缉熙敬止"，意思是赞扬文王风度庄重而恭敬，行事光明正大又谨慎。倘是在盛夏天，从偏门登上有扶手的木楼梯，上到二楼，立于窗前，能看到西边靠黉宫小学一侧那片荷花塘，风吹荷动，欢愉的绿意像要飞舞起来。

张和声不仅利用湖南会馆资金创办了前后两所以"郁青"冠名的学校，还首建了陵阳县南园图书馆，藏书一万余册。他常说："做人，精明不如厚道。小胜靠智，大胜靠德，太会计算的人，往往会失去很多东西。所以，别人存钱，我存交情……"他有个习惯，资助别人钱财，不会让第三人在场，就是为了保全受助人的面子。"春申门下三千客，和老城南尺五天"，善人者，人亦善之，有人甚至喊出"做人要做张和老"这样的口号。

街上到处灰塌塌的，城郊地里的蔬菜、路边的野草，连同枝头的树叶，都稀稀拉拉地熬命，在举首翘盼着下雨。经过一个长长秋旱，雨终于落下来了，清洗着万物。

又是一个礼拜日将到，吃早饭时，姆妈试探着对姐姐说，还有十多天就是中秋节了，家里正好有五毛送来的一只鸭，养到中秋还不把人臭死了……明天把邵先生叫来，我做个板栗烧鸭吧。姐姐摇摇头，只说了一句"邵先生这些天很忙"，就岔开话头做别的事去了。

芙初在一处街巷口看到有人在卖雁，两只灰雁，俱被火铳铁砂子打伤翅膀，羽毛上洇着血渍，被捆住脚，长脖子仍交缠摩挲在一起，似在安抚对方。卖雁人说，这是南来北往的一对夫妻雁，它们白天飞行，傍晚歇落水塘寻些吃的，瞅准了，等到天黑后就用抬枪打，一只受伤落下，另一只便也紧随着落下来……芙初想到蒋塘那个情雁墩，又想到眼下不知身在何方的傅菊英，感觉到胸口像是被什么东西狠狠顶撞了一下。到了晚上就寝时，她把心里郁积的话同姐姐说了。及至说到元好问过雁丘时写下的千古名句"问世间，情为何物，直教生死相许"……姐姐说，动物身上也有天然而真实动人的美，而我们有时骂某人无耻就说是"衣冠禽兽"，这反倒是对动物的侮辱了。顿了顿，姐姐问傅菊英最近可有消息过来。

"没有。"芙初摇了摇头，"傅菊英本是一柔弱人，为了爱情，竟然爆发出那么大勇气。看来这爱情真的能改变一切……"

姐姐定定地看着芙初，同样摇了摇头，说："你还涉世未深，许多事情，要凭阅历去理解。女人的精神世界与男人是不同的，感受也不同，所以女人才更易成为情痴……但是，为了得到有尊严的爱，宁可承受失去爱情的痛苦，这也是一个女人的独立意识。不乱于心，不困于情；不畏将来，不念过往……"

"我觉得你和邵先生对感情，嗯……是不是太克制了。邵先生说过，为了信仰，为了实现理想，他可以舍弃一切，包括个人感情和家庭生活……那回在蒋塘，盛老师说到情雁墩，他就打断没让说下去。"

"邵先生没有说错。他是这个世上最优秀的男人，苏北老家有妻儿，却抛妻别子奋战在他乡，把自己身心全部交给了信仰，着实不易。"姐姐叹了口气，说，"我晓得你想说什么……我只能算是同事和朋友，他更是一个践行者，一个战斗者。我们相处很好，在于彼此都能把握好相处的尺度。他是有家室的人，我不想在彼此的精神世界留下伤痕，何况情感本身不能掺杂太多的欲望。能够相互走进彼此的心中，这样的事，可遇不可求，假如他没有家庭，我们倒是可能成为眷属。有的人，或许一辈子都不会遇上，即使遇上了也会错失……还有其他的种种因素，都会影响着你；而曾经错过了的，就很难再走回去。我是越来越觉得对一个人产生心动的感觉，是那么不容易……婚姻这件事，真的是很难。"

芙初静静地听着，心里也想着很多："姐呵，你刚才说到女人的独立意识，我倒是有一个问题要问你……湖南籍男人嘴里总是'我屋里堂客'，'你屋里堂客'，'堂客搞事真的磨死人'，还有'张堂客''李堂客'……听了真不舒服！为什么要老是'堂客''堂客'的，而不是'堂主'呢？"

"嗯，问得好。这问题我也想过……'堂客'大约就是'堂屋里的客人'吧？堂屋里要紧，供奉着祖先牌位，是神圣的地方，也是待客和议事做决定的场所，这么说，表明夫家没有把娶进来的老婆当外人，直接就请到堂屋来……但是，毕竟是外姓，不共祖先，于是给了一个'客'的称号，唤作'堂客'。你说这夫家给的待遇和地位，是高哩，还是不高？不过，别处把老婆叫作'屋里的''我内人''孩子他娘''那口子'等，听起来，总感觉到那些地方女人的地位和境况差多了。"

女人是花，是为男人而开放的花吗？

那个傍晚，芙初同采薇一同到陵阳桥边散步晃趟子。采薇穿着低领白底暗花缎子旗袍，走动时气韵飘逸，立则临风袅袅，很是引人注目。正如其自己所言，她对旗袍的料子实在是太讲究，通常都是选择伸缩性好、手感柔软的真丝料，配上大方古典的花色，或者索性如这般白底素色的料子，偶尔也会挑选条纹料子时髦一把。

新月初升，檐背幽幽。两人从一户人家篱笆院落前走过，一阵清香飘来，沁入肺腑。贴着墙根，有数簇洁白的玉簪花开放在朦胧暮色中，感觉很是清宁宜人，不觉伫身细察。玉簪叶片宽大，花筒细长，如同斜斜伸往天幕的长喇叭。那些已经长成的白苞，一头丰满，一头细长，水灵有神，美丽高洁……很像插在发髻上的银簪子。

淡极始知花更艳，芙初的眼前便幻现出一个云鬓间钗横簪绾的曼妙女子，手执团扇倚坐窗下，温婉，恬静，那份轻盈动人的雅致，难以言喻。书上说，司玉簪花神是上官婉儿，传说这位深宫才女最喜花前读书，尤爱在夏日的傍晚，伴着玉簪花的幽香，或吟诗作文，或研习水墨丹青。流年伤情，宫花寂寞，她的人生里，不可避免也落满孤芳沉影吧。

"玉簪香好在，墙角几枝开……每个女人，都是一朵花，一朵属于自己的花——"这些天里，芙初一直放不下这个念想。

"是呵，这般素婉的花，风起而动，芳香缈缈，好有灵性。你看它们有的打着短苞，有的挺着长柄，短的是清欢，长的是离散，就如我们长短交错的人生……"采薇低着头，欲言又止，"可是，它们终将凋零，到了深秋，只落得满眼残叶，徒增伤感。若是无人欣赏，倒不如从来没有开过。太洁白的花，总是给人一种不祥的兆头。"

"你这样一个花仙子，怎么伤感起来啦？"芙初指着那些白花，"侬知道么，在花山那里，玉簪花又叫催生草，女人生小孩要借此花催生。因此，凡是家里有女人要生孩子了，都会在墙边栽几棵玉簪花。此花生命力极强，从别处拔来几棵幼苗，放进墙根下剜出的小洞里，随便填上土浇点水就能活。几场雨来风去，长高的绿叶裹拥着白花，显得好圣洁。"

"有什么圣洁不圣洁，每个来到花前的人，就算是看到和得到的有千差万别，但花还是那花……比如这些白色晃眼的花，能给你什么想头？"

"白色是母性的色彩，一种充满慈爱的孕育生养的色彩……感受深浅因人而异，收获多少自不相同。听那里老辈人讲，房前屋后栽玉簪花，还可以避蛇，蛇惧怕一切白色晃眼的东西。"

"为什么要避蛇哩？"

"女人要是能梦见蛇缠身，那是大喜的征兆，因为蛇是多子多孙的象征。但怀孕的女人却不能碰到蛇，老人讲，蛇为五行属火但性阴之物，水火相交，易致难产。"

"好啦，不说这些鬼话了……芙初，我爱上了一个人。"采薇抬起头来，说出的话，直把芙初吓一跳，"这个人，你很熟悉——"

"谁？"

"袁佩璋。"

芙初的嘴张成了一个大大的"O"型……她的意识有片刻的空白，努力咬住嘴唇，没有作声。那一会，两人都没有说话，寂静中，暝暗的暮色里传来几声哑滞阻塞般鸟叫，带给心头一阵阵恍惚迷糊。

"这，这恐怕不行，差距太大……你真的了解袁佩璋？"芙初心里铺满深沉而黑暗的沮丧，感到自己的声音好细，就像从一条裂缝里冒出来。

"有什么了解不了解……我只知道他从小吃尽苦头，心思细腻，同时又做事猛烈，毫不遮掩自己的桀骜和对猎取功名的渴望。我就喜欢这样的男人，喜欢静静地看他吸烟，然后，像很多热恋中的女人一样，喜欢闻他身上淡淡的烟草味……"

"不，你不了解他……你们根本不适合在一起！"

"我了解他！我当然比谁都了解他！"采薇突然歇斯底里般大声喊出，让芙初怔住了，"适合不适合……都是我自己的事，用不着你来操心！"

听到这话，芙初把后面要说的话全部咬在舌下，只觉得牙根间寒飕飕的，那种齿冷的滋味，就如涨潮的海水……

这一切，仿佛就是一个秋天的谎言。女人在经历了很多事情后，眼睛里通常都是光彩渐散，像贴了一层膜翳般暗淡下来，但是采薇没有变化，眼神依然那么动人。相比，她的脸色有点憔悴，而一双眼睛却仍是光波闪动，斜斜地盯过来，眼瞳黑白分明，清透明亮……芙初还在怔怔地看着，采薇却已掉头离去。

秋风新凉，市桥河边越来越热闹了。人们呼朋引伴来到河边，或倚栏细语，或沿河散步。不知何人弄来一只挂着红纱灯笼的画舫漂行水上，酒旗低迓，琴音袅袅，充满着神秘的诱惑。

芜湖"头牌""二牌""老头牌"等歌台曲院烫着大披发的风尘女子常来县城，出没于东南、西美、维新、海宗及西南饭店等几家大旅栈，以弹唱、陪酒落脚，招引嫖客。每于夕阳西下时，涂脂抹粉，结队往来，满口扬州白，一片乖乖剌剌之声。县城内"开半边门"的暗娼也随之仿效，她们虽衣衫不整，却也是红裈绿裤倚门而立，平时散居在后街小巷，白天多从店栈边门进出，或以旅客招留，或以茶馆牵线，陪酒陪宿，人们多呼为"窑姐"，其居家卧室，自然就是"窑子"了。也有窑户在门口挂一红灯笼，过去曾听采薇说过，老嫖客一眼能从灯笼大小式样分辨出它的等级，等级高的，轮换给你上果盘、银耳羹和桂圆莲子羹等点心……她还逼问采薇，一个姑娘家打哪知晓来这些事，丑也不丑？

芙初突然明白，采薇和袁佩璋走到一起，恐怕还是她牵的线，就是始自那个富贵春酒家。采薇性格叛逆，自小崇拜英雄，有英雄情结，比如对她大姑父暗生情愫。从某种意义上说，袁佩璋正好成为顶替，满足了这种渴求。

半个月后，芙初生日，她去了采薇处，想约她出来吃个饭。采薇没在家，就留下一纸便条，可是一直没有等来只言片语回复。

触来莫如说，事过心凄凉，芙初倍感失落，两个人关系已经变得别扭。看着眼前河面上景色，她突然悟及，一种最珍贵的东西正在离去，心头不由哆嗦了一下。眼前是一片寂静的河岸，她们曾经常来这里散步……不知道若千年后某一天，蓦地想起那些留在生命里的美好记忆，心头会涌上怎样的怅惘？还有那个同游文峰塔的易浩，其人早已埋骨青山……她感到小腹一阵抽搐，原本生理上的痛楚，引发的却是心里翻江倒海的悲苦和伤痛。

过了秋分，寒露便接踵而至，实际上就是一种秋深欲冬的感觉。西风残照，落叶如蝶。黄昏每每仅是个瞬间，天是一日比一日黑得早了，许多时候，芙初就是一声不吭，用沉默来缓解自己的情绪。北雁南飞，早晚透凉，需要一件件添加衣裳。

昨夜一场雨，把檐外瓦砾草丛中的秋虫声差不多浇灭了。芙初正在消磨一本《词林正韵》，其中一阕，颇合心境，提笔抄下："举目悠悠，西窗月满，花香叶影重重。素笺执笔，怀想入词中。总念东风又老，情深处，无语传鸿。看归雁，几声哀怨，何日再相逢。妖娆香梦里，枕边却雪，一切朦胧。醉三回，心轻如羽随风。曾是早春二月，新愁漫，人面桃红。抬头望，夜空更暗，倦鸟倚梧桐！"

抄好再看，竟是淡了先前那份意韵，觉得这些在经久的暗地里堆积的句子用心太老，又故作轻漫，而本真的明朗才是至要呵。伤春悲秋，守一帘云淡风轻，有多少时光可以奔赴？有多少岁月可以落笔……无言独上郁青楼，云鬓新簪白玉花，倘若自己就是作词人，思索往事，多已横陈在依稀的记忆里，可以触摸的，就剩得这些客死他乡的断册散页了。

想找回那一抹雪白身姿，夜却继续着它的黑暗，不肯光明。巡夜的更夫走过空寂的街巷，一边敲响手里竹筒，一边悠长声喊着话："关好门窗——小心火烛——"芙初算是比较熟悉这其中许多讲究，自晚至晨，分为五更，每更两小时，不同的更点有不同的打法。比如，天断黑不久打落更，一慢一快，连打三次："嗒——嗒！""嗒——嗒！""嗒——嗒！"二更天是打一下又一下，连打多次："嗒！嗒！""嗒！嗒！"快近半夜的三更天，是一慢两快："嗒——嗒！嗒！"这时，芙初多是躺在床上听。有时一梦醒来，听到打四更天的梆子声，一慢三快，声音如："嗒——嗒，嗒，嗒！"打凌晨五更天时，一慢四快，"嗒——嗒，嗒，嗒，嗒"……

"深山五鼓鸡吹角，落月一窗鹅打更"，宋朝大诗人杨万里的《不寐》诗写得真好。人们只要听打更的声音，就大致知道是什么时辰。勤劳的人，五更一过，便起床干活。"黎明即起，洒扫庭除"，街巷里有人走动，伴着说话声，新的一天便开始了……

兴废过眼
庭荫墟

早饭后，芙初与姐姐一道出了门。半途，姐姐巧遇一个当年芜湖女中的同学。于是便拉着手聊了一些芜湖铁锁巷旧事，聊到学校隔壁的基督堂。

两人散去后，姐姐对芙初说，那时胡甲民的老婆徐慧莲从广益中学转来女中，也是同学。她们穿的校服，为阴丹士林长褂，左胸前绣有"女中"两个字，走在街上，人皆侧目。刚才这同学叫盛鸣凤，品学兼优，后来到银行上班。日本人打来，丈夫被同学拖下水进入南京汪政府，在苏南搞了两年清乡，救过重庆军统的人，也帮过新四军，光复后以功折罪未受惩处，困在家里养病。好在盛鸣凤虽丢了银行工作，却善女工活，指头功夫了得，花鸟虫鱼皆自画自绣，尤做得一手绒绣花鞋，以上下针法绣制，图案富立体感绒状，既美观，又耐穿，远近妇女皆习之……如此一来，倒也解决了生计问题。

芙初在学校里碰上江清越，才知道他离开陵阳中学后来到中山中学，现在身份是校长秘书。她有点奇怪，这样一个歌哭无常、激烈任性的人，能俯下强项听从别人使唤差遣么……"春雨楼头尺八箫，何时归看浙江潮？"江清越十分崇拜那个在芜湖教过书的至情至性的苏曼殊，平时行事，总是显出一种末世浮生的楚楚与孤绝。芙初永远忘不了江清越曾经说过的一句话："可以在黑夜里爬行，但心中一定要装着黎明……"

总务处开会，向欣荣宣布：鉴于教职工待遇微薄，生活清苦，校董事会研究决定，向学生加收"尊师米"，学生办理入学手续时，除缴清学杂费，还需额外缴纳大米六斗，凭收据方能注册上学。这样一来，教职工每人每学期大约可分到一两百斤"尊师米"，对生活不无小补。学校抽调出包括芙初在内的七名老师和总务人员，组成"尊师米管理委员会"，负责办理征收、票据、记账、保管、分配等事务。

一位学生家长交米时，缺少二斗，恳请先让儿子上课，三天内一定补交上欠米，负责人李老师同意了。家长口里千恩万谢，双手抱拳连连作揖。走了后，李老师指着屏风上有点残缺的《校训》说："你们看，'校'字木字旁少了两点，是交米少二斗；'训'字嘛，是言明三天缴清……这两个字不是暗示得清清楚楚吗？"李老师出语幽默，解字巧妙，引得众人大笑。

储希惠过来了，把一封请柬一样的漂亮纸头展示给芙初看，是复旦大学法律系的录取通知书。

"呵，祝贺你喔！"芙初情不自禁地喊道，替他高兴。挪过一把椅子让他坐下，再去倒来一杯水……对于这个大额头、宽鼻翼的年轻人，芙初觉得他虽够不上英俊，却也自有一种别人所不及的轩昂。

显然，储希惠也把眼前这个当年张村时同学当作朋友，喝下了几口热水，便对她诉说起心事：

"我们家祖辈种田，老家潜山那边田少人多，一年到头苦做苦累，却连肚子都填不饱。祖父一担挑了全部家当来到陵阳东乡闸口村，先给人帮工，收了工就下塘放丝网装点鱼卖，带着一家人泥里来，水里去，起五更，睡半夜，熬吃熬穿，慢慢有了积累，置下一些田产。父亲在家排行老大，生得膀大腰圆，相貌堂堂，人们都喊他'储老大'。鬼子下来扫荡，在柴房里抓住了他，硬说他是新四军，被连捅七刺刀，失血过多，口渴，拖着一路血印爬到门口塘里喝水，一头栽下去再也没起来……其实，父亲是个很和善的人，常受土匪欺凌，屡遭敲诈勒索，我五岁和九岁时两次被绑票送到泾县山里，前后一共花了三百担米才赎出来。连过年三十晚上吃年饭，都有人头戴只露两只眼睛的马虎帽撞门而入，拎一罐粪便掼在厅堂里……为了不被人欺凌，父亲发誓送我和长兄希吾上学读书。现在，长兄已从四川大学毕业，在县府建设科担任科长，而我却还在为前程奔波。"

"不要急，这回你去上海读书，毕业后一定会有一个好的前程了。"芙初安慰着他。

储希惠感激地朝她点了点头，起身走了。

那天，从徐家大屋路过，临街而立门楼下黑黥黥的铁皮铜环大门仍在，两边雕花上马石墩只剩左边一个孤零零遗落在杂草丛中。流水易逝，岁月无情，芙初仿佛看见了童年里的自己，茫然而孤独地立在那里……于是缓步走过去，进了大铁门。靠墙镶砌的供奉土地神的香炉里积满污泥黑尘，迎面照壁墙出现了几处破损，东大厅地面方砖被撬去一大片，已拼不成青松白鹤图案，垫在红漆圆柱下的一对镂花石鼓也现出歪斜。

过了天井，从旁边一个耳门往后走，有一个很大库房，便是当年外公设塾授学的地方。往日的那些场景便再次来到眼前……外公一家就住这里，楼上是月容表哥的书房，姆妈带着姐姐和芙初自己住在左手边房间，对面是外婆带着二舅母和大表嫂喜姐居住。后面楼上楼下房，住着二表叔徐石声和他的妹妹两家，他们才是这所豪屋的真正主人。再过去又是一大片天井庑院，住着六叔一家子……往后走就是大花园了，有很大的假山、花树。然后，是一座东花厅，对应的那一边是西花厅。两大厅均四进到后，两排两层，走马楼檐，还有佛堂。大厅两边很多房间，进门就是爸爸的房间，墙上挂满字画，二爷爷李菊畦也住在这边。这个厅特别大，中间有两两对称四个大柱子，小孩子抱着四根木柱玩，倘是人多了就抢抱，被挑落的人就站在柱子中间伺机再上……有时男孩子踢皮球，打画片，女孩子玩一种叫"铲子铲子兑兑"的游戏。再往后面走，又是一大片楼上楼下许多房间，住了许多来了又去、去了又来的亲戚朋友。园子尽头是个大水塘，千百朵莲花，红白相间，芬芳四季……水是活水，连通围墙外面的小河。

风流总被雨打风吹去，衰草枯扬曾为歌舞场。"怡亭"没有了，水塘仍在，被杂草围拢，有一种苍茫的气息弥漫其间，浅了许多的水中却还挺着三两支绯红的莲，和杂草一起并生。怅然中，又想起《红楼梦》里的情景，宝玉祭完晴雯，看到岸边的蓼花苇叶，池内的翠荇香菱，只觉得秋风摇落，仿佛是在追忆故人……虽然没有提及莲荷，但大观园中是有荷花的，不仅建有匠心独具"藕香榭"，柱子上还挂着黑漆嵌蚌对子"芙蓉影破归兰桨，菱藕香深写竹桥"，园中小舟名为"采莲船"，初夏时分驾娘们还要摇着船夹泥种藕。元春省亲，虽值冬日，亦不忘在池中用螺蚌羽毛之类作就荷荇凫鹭。湘云和翠缕主仆两人，闲论自家与园子里的荷花孰好，竟勾出湘云一大篇阴阳万物论来。

正转悠间，从原来假山那边墙角走出一个头发稀疏花白、手里提着黄烟杆的老头，问找谁。芙初望望他，并不认识，就笑笑说是路过，顺道进来看看。

草在疯长，阳光无孔不入，时间却触手苍凉。自从日本人将这里占作兵营，在后院圈养军马，大屋再遭毁坏，如今只遗存很小一部分，即原大厅后走马楼两进两层的屋子。曲径通幽处如今只剩得一段段颓墙，一堆堆残砖碎瓦……其实，当年芙初还在玩耍的时候，那场大火之后，这儿就已开始破败，成了玩灯、耍猴、唱扁担戏、演倒倒戏的场所。自兴盛到衰落，绚烂转为沧桑，也就六十年光阴，相传不及四代！

听到一阵细促鸣叫，循声望去，颓墙残砖之上，弓身立着一只体型特大的黄鼠狼，眼睛滴溜溜朝她看着……这会是那年在火场上跳舞后来又出现在月容表哥书房里的其中一只吗？

寒冬来临，万物凋敝。大地一片沉默，夜晚一个人行走时的阴影，显得那么黑。

国统区江河日下，政治、经济危机日益严重，国币贬值，米珠薪桂。两年前，一张百元面额"交通银行"法币，能买回三百斤大米，眼下连十数斤都难买到了。许多靠薪水吃饭的人，钱一发到手，赶紧去街上买来柴米，不敢丝毫懈怠，稍一犹疑，市值就一落千丈。好在学校一直坚持以实物大米结算，就是为了避免货币贬值。但是县城一些小学，学生家里不种田，就没这条件了。

整个形势，就如一只破口袋装洋芋——到处漏……舍了脊梁护胸膛，顾前难顾后。一九四八年初，国府实施"八一九限价"，发行金圆券，以取代法币，强制将黄金、白银和外币兑换为金圆券。随着金圆券发行不久，官商合办性质的陵阳县银行就因通货膨胀差点倒闭。行长朱朝晨靠着跟张和声儿女亲家的关系，在张和声以几处实业和学校作担保的鼎力支持下，才险乎乎撑住。这内情机密，是朱朝晨的女儿朱若新悄悄告诉姐姐的，她俩是私密好友。从上海、南京那边传过来消息，许多大中城市民怨沸腾，学生上街游行，举着小旗拉起横幅，高喊："反饥饿！反内战！反独裁！"

陵阳中学数百名学生也集会上街，举行了游行示威活动，学生们呼喊口号，发表演讲，并在学校后面的河滩上与军警对峙，发生短暂冲突……随后，学生们在学校礼堂公演了话剧《雷雨》和《日出》。

天色昏暗，地皮坎坷，似乎灭顶之灾即将降临；国共两党争斗白热化，给很多人心里增添了焦虑和不安。张和声在一些公开场合发表讲话，认为国民党政治操作得非常不好，惺惺常不足，憕憕作公卿。他抨击参议会里那几个人，指责他们酸小、世故、胸无大志，还想入非非，为一点蝇头小利就能反目成仇。

"他们根本看不清，共产党许诺农民土地，许诺知识分子民主，宗旨明确，目标清晰，所以得到广大农民和知识分子拥护。国民党打出的旗帜是三民主义，那只是一种浮云图景，不如抵近眼前的实际利益管事呵……现在国民党这边是积薪厝火，非常危急，一旦烧起来，老房子起火，谁都救不了！"

县府门头上那面青天白日旗软垂于无风的空中，看上去显得十分沮丧。因为"理政不善"，罗立光被免职做寓公去了。新任县长廖天寿，仍为广西佬，矮肥，麻子脸，社会上送他不雅称号"癞癞蛄子"。可他却带来一个年轻貌美的太太，即便如此，传闻其在霍邱县当田粮处长每去合肥开会，仍少不了寻花问柳，歇宿头排、二排妓院。上任不到两月，即有芜湖名妓杨华追来陵阳讨要嫖债，太太掼醋罐，大打出手，成了县衙最大趣闻。廖县长有一心腹秘书叫张行恕，专门为他"背褡裢"敛财，诬陷这个"通匪"，那个"激进"，敲乡长、保长们的竹杠。敲来的都是五石、十石各个粮行的凭票，金圆券贬值，只有大小不一的金条和粮行凭票才是靠得住的。陵阳人如今只怀念一个叫任帮的河南人，此君民国二十三年调任县长，廉正清明，办事认真，禁烟，办学，修水利，兴农桑，搞得生机勃勃……可惜得罪上司被罢免了。

两三个月前冬天到来时，城里突然多了许多讲外乡话的军官，他们就是从芜湖过来的第十三军官总队下属的第六军官大队，约有二百来号人，虽是校尉级官佐，但大多带着眷属。县政府、参议会、商会、镇公所出面，动员居民让房，才东一户西一家好不容易将他们安顿下来。这些斜吊武装带、腰间佩着枪的军官们，都非善茬，名为编队受训，其实无所事事，整天既不上课，也不出操，更不执行任何任务。闲极无聊，就自寻其乐消磨时日，打牌赌博、寻衅滋事在所难免。以致袁佩璋发牢骚说，这纯粹是给他和警察局找麻烦……但他也晓得，这些本就积了一肚皮恶气、横着膀子走路的丘八大爷，根本不是自己能招惹得了的。陵阳本来就受够了张昌德的罪，到现在，城里城外到处还能听到"格老子""日你先人"的叫骂。好不容易才打赢抗战，没想到却打出了这样一个局面！

朱家楼屋里也安排住入一户编余军官，主人身穿呢子军官服，个头不高，近五十岁了，满脸络腮胡，眼角边挤满皱纹，说话高声大嗓，一口硬梆梆侉腔。他也有一个年轻貌美的妻子，还有两个小孩，一个才会走路，一个尚在襁褓中。从此，朱家楼屋失去了清静，喝酒、猜拳、拉胡琴、唱京戏，整日人进人出地闹着，左右隔壁人家叫苦不迭。

有一天，芙初从外面回家，看到屋外站立一个身形匀称的青年军官，别人都在屋子里吵嚷闹腾，唯独他对着黄昏天幕上一弯新月在想着什么，从侧面能看到他的衬衣领口很白。听到轻微脚步响动，他转过身来，看到芙初，略微一愣，随即嘴角牵动露出一个笑容。芙初也含笑轻点了一下头，从他身边走过去，闻到了一股浓烈的烟草味。

已多日未见到采薇了。某一个夜里，天上沙沙下起了雪霰……那双清澈如水的亮眸，现在何处哩？想着想着，芙初的脸上忽然就有了泪水，如同屋檐上的冰凌子溜水，一滴一滴不急不徐地落下，将墙角穿了个洞。她的心上，似乎也多了个洞，不可修复。

心伤凋零
看竞选

天气不知道什么时候已经暖和了，路边开出琐碎而缠绵的一丛一丛黄色连翘花。大自然才不管人世的纷争，鸟鸣花开，一派蒸蒸日上。

但在四月春末，陵阳中学却有一名无辜学生遭枪击而亡。

这天傍晚，因为久等不见姐姐回家吃饭，芙初就跑到学校找人。正对西天的夕阳，拼力散发着最后的余晖。突然，南门那边传来一声脆生生的枪响，人们开始跑动起来。到了学校大门外，已是围了一些人。只见两个学生喘着气跑来，面色惨白，向校方报告，他们同学高宗兰中枪被打死了！"谁开枪打的……"姐姐和一些教师急忙赶到现场，高宗兰正是姐姐那个班上的学生。俩学生并未答话，而是掉转头领着众人往回跑，直跑到南门城墙边……只见高宗兰一脚跨上城墙头，一脚挂在城墙头下，子弹从后背射进，由前胸穿出，地上汪了一大摊血，人已气绝身亡。

不远处是宣城师管区的营房，现在里面驻扎的不再是保安团，而是正规军的一个连。除了鹄立执岗的卫兵，栅栏外还站着几个人，一个戴大檐帽的军官带着两个随从走了过来。两边的人一接触，军官自称姓许，少校营长，说了几句，他朝身后一招手，就有几人推搡着拉来一高一矮两名士兵。矮士兵姓杨，刚才在哨位上执勤，他前一班岗是姓朱的高个兵值的，姓朱的将子弹推上了膛，交班时却未有说明。而姓杨的矮士兵接班亦未检查，随手扣动枪机，一颗子弹射出枪膛，恰巧有三个学生并排前行，去城外讨换洗衣裳，居中的高宗兰被枪弹击中后背。当场有人反驳，说是这三人是因走近营房才遭受枪击的……

学校当即派人星夜赶到高家报讯。刚才二十岁的高宗兰是邻县繁昌人，家住漳河西岸宝塔圩，无兄弟姐妹。父亲不识字，原是个专给人做棉布袍子的手工裁缝，生意差，没法养家，就从别人处佃来十余亩田耕种，因此常受人欺侮。遂省吃俭用送独子上学，希望他念点书，将来奔一个好前程。高宗兰晨昏课读，可谓至苦，没想到却命丧黄泉……其父闻听噩耗，往后一倒晕厥过去。醒来后立马上路，于翌晨赶到学校，只求将棺木运回祖茔安葬，对肇事凶手不敢追究。

学校买了一口棺材，收殓高宗兰，并举行追悼会。出殡时，县城三所中学学生都整队前来送行，直送到城北龙汇桥下。岸边花明草绿，鸟鸣幽远，棺木上船起航，大家挥泪送别。高宗兰惨遭横死，从学生到市民，议谈一时，都觉心痛不已。

仅隔五天，龙汇桥下即爆发了万人抢米风波。正是青黄不接时，砻坊关门，粮行宣布闭市，家无存粮全靠买零米度日的小民百姓一下慌了神。眼见龙汇桥下泊满运粮船，不知谁带头发声喊："打倒奸商！要活命的就到北门大河下强买米去呵！"一下子就聚集了无数手拿粮袋的人，大家跑动起来，更有人借来更夫的锣边敲边喊，喊声变成了"到北门大河抢米去呵！抢米去呵——"

黑压压众人涌到河边，跳上连排的乌江子小船，掀开篾席，条条船舱里皆是白花花大米！人们什么也顾不得了，有掀起稻箩扒米的，有举着筲箕挖米的，有拿粮袋灌米的……更多被裹挟来看热闹人，此时急了，就脱下褂裤装满米，用裤带扎了扛起就走。抢米的人越来越多，米船被踩沉二三十条！船沉入水下，一些壮汉跟着潜下水搞米……突然，枪声响起，数十名灰衣士兵跑步赶来。可是，抢疯了的人哪管这些？士兵上来逮人，被逮的就持了扁担或棍棒相抗，结果抢米的人反倒把士兵踢下河，缴了数条枪。

最后结果，是河里一百多条船上二三十万斤大米全给抢光！有人说，这次抢米，是共产党暗中组织的……芙初后来得知，领头闹事的那个叫徐业骏的人，除了曾在新四军里干过一段时日外，并无政治背景。此人后来被判了三年六个月牢刑，听说许多人给他往狱里送吃送喝。

但这事仍然把邵运柏给牵连上了，因为他和那个徐业骏同在新四军民运工作部待过……陵阳中学不能再待了，王振纲找他谈话，客气地下了逐客令。让邵运柏没想到的是，他正要抱一抱拳道声后会有期，王振纲却又递过一张弋江镇中心小学的聘书，让他去那里当语文老师。并告诉他，在弋江镇有难处可找李振亚。李振亚是见过孙中山的老同盟会员，与柏文蔚一同起兵讨袁，眼下创办光迪中学，正需人手……邵运柏没有对王振纲说，其实李振亚早在出任东流县县长时，就已接受共产党许多主张了，在陵阳，他们暗中已见过两次面。

傍晚竟有点闷热，这些天连着出了许多事，想着都让人身上出汗。芙初自外回家，烧了一盆水，细细洗沐着又粘又湿的肌肤，终于洗去了一身倦意。

总务处每月一次采购报账，汇积造表后，芙初要拿给向欣荣签字。推开门，向欣荣正斜靠在椅子里，把两条长腿架桌子上，举着一张不知是哪一天的《中央日报》在看。见她进来，立刻放下报纸，端坐好身子。芙初递上手中报表，向欣荣只是略约扫了一眼，即拔出自来水笔，草草签了名。签下名后，却并未将报表还给芙初，而是一努嘴，示意她在对面一张椅子上坐下，目光里已伸出一双手，猥亵地摸向她的胸脯。

芙初忍住心头厌恶下意识地避过身子，正担心要提到登记三青团的事，满脸都是欲望和攫取之色的向欣荣果然就说起此事……没想到，说的却是三民主义青年团已撤销了，分团与县党部合并，成立陵阳县党团统一委员会，并出示了一份签有"等因奉此"几个字的文件。向欣荣不无得意地说，他或许能调离中山中学，到县党团统一委员会任职并掌权……"机会来了呀，届时，争取将你李芙初也一道带过去。我说话算数的！"

芙初忍住心里的鄙夷，什么也没说就起身离开了。

学校围墙外有一棵很大的刺槐树，穗状的花瓣一串串挂在树上，犹如一串串白色的小蝴蝶停歇着。刺槐是单叶对生，女孩子会在玩过槐花之后，摘下一枝槐叶，故作神秘地说只要你报上来家里有几口人，就能根据掐在手里的槐叶知道你家里共有几男几女。芙初试过几次，不说每次都灵验，倒也十有八九是准确的，直到现在，也没有弄清楚里面的玄机。槐花开放的日子，老远就闻到它的浓香。一阵风过，撒落一地的花瓣的清洌香气由脚底升腾，芙初不忍心从那些花瓣上踩过，生怕将一地香气踏破弄脏。

远远地，有一个熟悉的身影从学校围墙那头走过，是邵运柏，不知他何时回了县城？还是压根就没去弋江镇呢……芙初从认识他的那天起，就从未向他发过问话寻求解答。这世上总是有着太多的问题，别人想告诉你的时候，你就认真听下去……一个目光深邃的人，心里一定装了很多东西吧，他要是不打算告诉你，你问了，也等于白问。

人间最美四月天，四月是槐花开放的时节。槐花开过，春天的花季似乎就过去了，江南大地呈现给人们的是无边的绿。

但是人间的一些纷扰，却愈演愈烈。

军官大队也称"编余大队"，编余即是退役，许多人拿到手的退役金却不足以养家糊口。这些人除了操枪使炮外难有所长，离开军队，待遇降低，无法生活下去。稍有点能耐的，就找关系往芜湖、南京跑单帮，贩些小商品来卖。因为各种美国货普遍热销，便一起凑钱上黑市倒腾香烟、丝袜、罐头、西药、钟表、钢笔、唱片、打火机等。他们把市场上十分紧俏的白糖装进裤裆里背在身上，不买车船票，有人查，就恶狠狠瞪着眼从后腰拔出手枪递上。强买恶要，强占戏院座位，街头吃喝不付钱，这类事时有发生。更有些人拈花惹草，没事就上街"吊膀子"，调戏勾引不相识的女人，经常闹出打架斗殴的事，警察根本奈何不得。他们还自我炫耀称："血汗满街流，十个见了九个愁；宪兵要敬礼，警察要低头！"

这天上午，芙初因身上不舒服在家休息。忽然从那户军官家传出闹嚷，还有乒哩乓啷重物砸击声，起身从窗口望过去，只见一个乡下装扮的青年和一个脑后挽着灰白巴巴髻的老年女人正将门踢开来……立刻，从屋里传出厮打声和呼救哭号声，闹得不可开交。后来，还是那个青年军官跑步过来，冲进屋子，才将里面的打砸吵闹平息下来。到了下午，又有夹杂着小孩号哭的喧嚷声传来，还响彻着络腮胡子大嗓门叫骂和咳嗽吐痰声……门开了，那一对看似从乡间闯来的母子，各扛了一个由被单打成的大包裹，凶煞煞地走了。

芙初晚上下班回家，跨进院门时，正好又遇上那个青年军官。黄昏的光线里，他们对视了一眼，对方鼻梁挺拔，脸上却浮出带有点羞涩的笑容。快要擦身走过了，青年军官忽然开口道："对不起，今天的事，让你受惊扰了。我代表长官向你表示歉意！"说完，退后一步，冲着芙初一鞠躬，露出了很洁白的衬衣领口。

"这个……我倒没什么……只是，你们长官家不安生了。"

"嗯，是的……我们长官在长沙会战中立过战功，也是死过几回的人。他现在的夫人是在长沙娶的，今天来的，是他原配夫人和长子……非常遗憾，长官没能把家事处理好，给社会带来不良影响。"他语声不高，口音似为上海江浙那一带的。

芙初反倒不知点头好还是摇头好，也知道这绝不是一个可以跟陌生人展开的话题，微笑一下，就走开。

"我知道，你叫李芙初——"

听到这句话，芙初回过头，心头突起一阵紧张。

"我叫罗峰，山峰的'峰'，浙江萧山人，原国民革命军九十四军第一八五师上尉通讯参谋。"

"……哦，罗上尉。"芙初一颗悬起的心终于放下了。

"不，你就称我罗峰吧，家父为我取的名，虽千金也不易……况且我们都是编余之人，还不知道出路在哪呢！书生报国，空怀一腔豪情。可是，我们这些人，当年都是抱定挽救民族危亡之志向，执干戈以卫社稷，浴血奋战了多年呵！"

"你们都是国家干材，不愁没有出路呀……"芙初虚虚应付了一句，回到屋里。

姐姐已经回家，姆妈正在跟她讲述络腮胡子家里今天发生的事，听声音，那个年轻女人仍在哭泣，真作孽呵。其实，这事谁都能瞧出端倪，只是没有人愿意去招惹是非。姐姐则讲述了她们学校一个姓胡的教师为了保住饭碗，花钱买了个国民党调查员头衔。但此人特别好色，两日前一晚，在街上溜逛，看见一个漂亮女人，就上前搭讪戏弄。那女人笑脸相迎，叫他跟她走……以为交上桃花运，他喜出望外地尾追于后，结果却傻了眼，走进一户编余军官家里。挨了一顿暴揍，身上带的钱，连同手表、钢笔都全给搜走。要不是最后说出调查员的身份，还不知要让打欠条、按手印给敲诈去多少钱财哩。

芙初觉得军官大队里也有值得信任的人，比如刚才那个罗峰，就很有几分斯文气质……黄昏里，他说话时牙齿那么白，还有衬衣领口也是好白。他像谁哩……对，江清越，但似乎比江清越更多几分忧郁。

可是，芙初没有想到，开学不久即升任训育主任的江清越，现在像完全换了一个人。他先是逢人便谈要消灭国家形式，土地、财产皆归穷苦民众所有，建立无权力、无服从，绝对自由的无政府社会……后来又转为"国家主义"信徒。就在一些教师为了保住饭碗，不得不加入国民党之际，他却在校内发展起青年党组织，高调呼吁民主，反对国民党一党独裁，宣称自己是"行走在由生赴死与向死而生之间"，随时为信仰牺牲一切……

江清越发展青年党党员五十余人，除少数几个青年教员外，余下均为中山中学和陵阳中学的热血青年学生。其入党手续，由青年党党员二人介绍，填写申请书和两份登记表，经审定批准，才写宣誓书。举行宣誓仪式时，宣誓人集体诵读誓词。他们以大公通讯为基础，定期刊印党部机关报，开展各种形式宣传活动。活动经费主要来源于经销中华烟草公司监制的"双斧"牌香烟，从中获取利润。

江清越也曾找芙初谈过话，有意发展她加入组织。芙初婉言相谢，说自己家中只有寡母长姐，把日子过安稳，就是最大愿望。姆妈常跟她这样训诫，她不能违背。

江清越顿了顿，点头表示理解。然后告诉芙初，他的表兄——同时也是戴凌洲先生的侄子戴庆云，受青年党主席曾琦安排，由上海回乡竞选国大代表，而且是志在必得。说着，便递过一份打印的简历。那上面写明，戴庆云早年加入中国国家主义青年团，积极发起"外抗强权、内除国贼"活动，曾在日本早稻田大学攻读经济学，任过重庆大学经济系教授，抗战胜利后代表中央信托局至北平接收日伪资产，一九四七年春调任中美公司总经理。简历上还附有一段当选国大代表的诺言，大意是：庆云擅长于经济管理，若能当选，对平抑物价、富国强民、建设乡间……定有奉献！

这竞选国大代表参加国大会议、加紧选举程序的事，早已在全县发动，学校的军乐队都上街宣传，各种传闻也是沸沸扬扬。民国二十五年已搞过一次"国大竞选"，人们记忆犹在，说是这回蒋总统恐怕真的要"还政于民""实施宪政"了。县里成立了由县长廖天寿、国民党党部书记长袁维民、县参议长俞鼎传、社会贤达张和声等七人组成的"陵阳县国大代表选举事务所"，设专职干事三人，督促各乡镇编造选民册，登记、审议候选人资格和监制票柜。选票由省府印发到县，由县分发到乡，再让乡公所干事送到各村交到具有选举资格的选民手中。

因为全县只有一名代表、一名候补代表，故竞争甚为激烈。一些有能耐的人纷纷出动，拉关系，找亲友，交结乡镇长和各色头面人物，登门送礼，请酒许愿，八仙过海，各显神通。这些人中脱颖而出的，乃是省参议员刘春雷、县参议长俞鼎传和参议员宋则要，以及在章和被打死后重又出任县党部书记长的袁维民……正要摆好阵容打一场投票争夺战，现在突然杀出个大有来头的青年党中央委员戴庆云，一时舆论鼎沸，人心浮动。

为显示民主，国民党改组政府得有"尾巴党"陪衬，故内部行文指示：凡有国社党和青年党参加竞选的地区，国民党员一律让道……但表面上仍不得放弃，还要做做样子陪太子读书。如此一来，真正唱对台戏的便是县参议长俞鼎传和戴庆云二人。得此天时地利，江清越领着人大造舆论，印制数千份竞选海报四处张贴，每乡派出若干人活动，并在东南饭店包下房间作为接待处。戴凌洲先生更是希望自己这个干才侄子出类拔萃，造福乡梓，叔侄俩联袂拜访党政议会各要人，恳请给予支持。长身玉面的戴庆云，时而西装革履接待访客，时而纺绸长衫走上街头发表演说，忙得不亦乐乎。

两月后，各乡镇全民投票选举。尽管派出督查人员，但要作弊玩门道总是能寻到下手机会的。乡下识字人稀少巴巴，一个村子选票可能都交由一人填写，若是此人暗中做手脚，很难被发现。投票完毕，统计各竞选人获得票数的函件密封送至县政府统计公布，戴庆云占有绝对优势，选票大大超过半数以上。俞鼎传是奎湖下坝俞村人，大学学历，又是知名度很高的衙门老杆子，没料到却在自己老家栽了跟头，大败于戴庆云……据他事后控告，戴庆云通过在奎湖中心小学当校长的堂弟戴高祺，收买下该校青年教师瞿春云，以"签阅后发还"的借口涂改了全乡一大半以上选票，或将"俞"字加站人变成"偷"，或在"鼎"上套个"乃"变成"鼐"，形成大量废票。瞿春云是泰丰圩金家阁人，芙初认识，和戴高祺一起都是早年陵阳中学的同学，在校时就是出头鸟，他后来为此事受到死亡威胁，不得不逃去上海并远走台湾避祸。

戴庆云当选为国大代表第三日，由戴凌洲先生出面，在夫子庙后殿旁的县参议会大礼堂设盛宴二十余桌，酬谢社会各界赞助之情。接着，又在文庙边醉春楼办了二十多桌"八搭八"的上等酒席，芙初被江清越强邀了去。席间，戴庆云春风满面，一手执壶，一手端杯，至每桌敬酒，以致谢忱，表示当肝脑涂地效力乡里。众皆一片恭维声，江清越则起身而立，充分发挥他的演讲才分，从他们早期党刊《醒狮周报》讲起，阐述"醒狮派"之宗旨，进而论及民主建国之重要性与迫切性……讲毕，当场拿出"青年党陵阳县党部"的登记花名册，递到人家跟前，要求签名登记。

翌日上午，江清越又来到芙初办公室，交给她几份《中华时报》，言明此为青年党中央机关报。接着又交代她务必于明晚七时前赶到西门雨伞社，举行集体入党宣誓大会……要是担心找不着门户，他就过来接人。

芙初很是诧异："你们入党宣誓，同我有关系吗？"

"我早就帮你填写了入党申请书，已经讨论通过，同意接纳你为中国国家主义青年党成员，并打算委托你负责筹组妇女部。"

"你……你们怎么能这样？我不是早就表态过不掺和你们的事了吗……"

江清越或许还想解释一下，但看芙初已拉下脸，便什么也没说，走开了。

六月初，俞子高回校，他自知不能再继续遥领，于是动用职权，撤去陈佩琨教务主任职务，强迫其离校，并强令解聘一些教职员，又威胁校董会，要按其旨意改选校长。俞子高的飞扬跋扈，不仅招致本校师生纷纷抗议，也引起全县教育界的公愤。事务主任张九先拒绝参加俞子高主持的校务会议，且带走事务处有关印信，使出纳无法签发支票到银行或砻坊支款取米，还留下信件致言其他董事：校董会必须勒令俞子高"收回成令"，他方才回校复职。与此同时，又投稿芜湖各报，揭发俞子高遥领校长、贪污工薪的丑事和无理中途解聘教职员的恶劣行为。额际头上揭出这许多脓疱疮，瞒不住了……一时群言鼎沸，"国防部军法官"俞子高的气焰被压下，行动维艰，内外交困。

偏偏此时又出了事，他在外地读大学的儿子提前放了暑假陪母亲一同来陵阳看望父亲，天热，到东门大河里游泳，下去就没上来。找来渔民捞了一天一夜都没捞到，伤心欲绝的父亲就站在岸边喊："不孝子！你让我们当父母的操了多少心呵，临死还要折磨我们吗？"话音落下一会儿，就看见一具尸体缓缓漂浮了上来。突遭厄运，几度招魂哭不回，处理完儿子后事，俞子高遂黯然辞职。

在这节骨眼上，向负"社会贤达"声誉的张和声，以郁青中学董事长身份兼领中山中学校长一职，义不容辞担当起学校"行宪"的领导责任，何况他还是县参议长和省里参议员哩。他一过来，就召集全体教职员工开会。

已是秋日一个雨天，他坐台上，见下面与会的人都朝他脚上穿的一双上了桐油的深帮钉鞋看，甚至交头接耳议论，索性便抬起脚开了腔："路不行不到，事不办不成。我穿这鞋呀，叫什么？叫穿钉鞋、拄拐棍，把稳又把滑——"他把那根不离手的拐杖扬了扬，"我今天就不说处高临深的话了，做事嘛，总要把稳点才好，不求事事顺心，但愿事事尽心。有人说，中山中学是国民社会的缩影，是陵阳城里的联合政府……这话是很有道理的。卖竹竿的不怕别人论长短，只要把这个联合政府做好了，小政府做出大事情，腊肉骨头越啃越有味，我就是一粒芝麻，也要让大家香咯……"

张和声的自嘲，大约也就是要显示一份无奈和清醒吧？他对人事重新做出安排，包括对教员进行甄别，淘汰不合格冗余之人。但是，锅里使锤不能用力，为了稳定大局，既要擢用贤能，又不得不照顾各方面关系。对原有教员，凡在校长风波中主持正义的，大多续聘。他说得最多的一句话是："做事看能力，做人看格局……锦上添花的事让别人去做，我只做雪中送炭的事。就算是坐在针毡上，也要笑脸应对。"

向欣荣却变得愈加明目张胆了，借着学校人事变动的机会，公然对芙初说，要么选择他，要么走人……

芙初二话没说，选择了走人。

张和声看到芙初递交一纸辞呈，颇为吃惊，把她叫到办公室，问她在这里做得好好的为什么要走……这个时候走，别人会以为是不合格被清除的，你要考虑好咯！芙初不愿提到向欣荣的名，只说是想到课堂去上课，而且自己初师的文凭，也只有去小学才合适。

张和声认真地看了她一眼，最后，点了点头。

在家待了两个月，仍是张和声出面，帮她在秋浦小学谋得了一教职。张和声打趣她这是一边挑柴卖，一边买柴烧，芙初却一直没说原委。秋浦小学也是一所老牌子学校，校长郑柄南，一位穿青灰色棉布长衫的四十多岁男子，俊朗清瘦，很沉默。芙初后来才得知，郑柄南原是国军一位上校副师长，出身于黄埔军校，抗战胜利，突然自请解职归田，在家隐居半年，被人请来执掌这所小学。难怪，他的办公室墙上挂着一幅龚自珍的《夜坐》诗：

> 沉沉心事北南东，一晌人才海内空。
> 壮岁始参周史席，髫年惜堕晋贤风。
> 功高拜将成仙外，才尽回肠荡气中。
> 万一禅关砉然破，美人如玉剑如虹！

芙初觉得，校长心底一定深埋着别人难以窥测的往事，他同采薇的姑父是多么相像呵！

因为各校教育经费少得可怜，办公费和教师工资大大减少，小学教师工薪无异"沿门托钵"，生活极是清苦。县办中学由县府统筹办理，乡村小学比如奚滩的陈达小学、何湾的义成小学、丫山的黄山小学，均下放由乡、保自筹经费，实为增加老百姓负担。而秋浦小学教师每月收入，约为一百五十斤糙米，学生入学只交书本费，不收学费，穷苦学生全免……后来才知道，这都仰仗校长郑柄南由湖北会馆谋来的。原来，这所小学当初是湖北人办起来的，校董会有学田可拨款。

徐蚌会战前夕，很多徐州、蚌埠一带的"流亡学生"大批南下，连同苏北、皖东和淮南的国民党机关学校，都先后流亡到陵阳县。不少文人墨客纷至沓来，境遇好一点的，被聘至陵阳中学、中山中学和刚刚创办的珂美女中执教。有一个戴眼镜的叫杨尘因的瘦削文人，逢人便拿出一个厚厚剪贴本给人看，上面都是他发表在沪上鸳鸯蝴蝶派报刊上的文章。和他同来的人叫叶绩丞，原是苏北某县参议长，外貌苍老，行动显佝偻状，双目如烛，神若苦僧，让人一见难忘。他们过来后，陵阳文坛一下热闹多了……因为陈璞珊当年在沪上求学时就颇有文名，这几人惺惺相惜，意气相投，于是在一起成立了一个"开化诗社"，以文会友，以诗取乐，社会上不少人跟随响应。芙初看过他们出的一期刊物，封面上有斜斜几行草书字：泽国江山入战图，生民何计乐樵苏？凭君莫话封侯事，一将功成万骨枯。看得出来，这些人是反对打内战的……虽说人各有心，心各有见，但是作为文化人，内心深处都有一种悲苦，无论将灵魂留于何处，皆难脱沧波万里愁！

芙初接手教初小一年级国语。小学比较特殊，国文课用的是《开明国语课本》，由叶圣陶亲自编写，以确保发展儿童阅读能力和表达能力为目标，内容贴紧儿童生活，从儿童周围情景物事开篇，逐渐拓展到社会。材料活泼隽趣，文体兼容博取，文章力选各体的模式，词、句、语调皆切近儿童口吻，符合儿童学习心理。课本里的文字，用的是手写体，由丰子恺书写并绘插图。

第一课只两行字：一行是"先生早"，孩子们的口吻；一行是"小朋友早"，老师的口吻。论生字，只有七个，还有一个重复字，容易认，笔画不多，间架又是十分清楚，也容易比照着摹写。把这样两句话放在第一册课本开头，是有道理的，新学期开学，头一回跨进学校，一切都新鲜又陌生。见着老师，他们上前去鞠了躬，问了好，老师微笑着欢迎他们。清脆的上课铃声响了，等到老师踏进课堂，方才那温馨的一幕原来已经写在课文上了……

嗬，这还有好漂亮的插图，画着校园的一角，叶绿花红的美人蕉开得旺盛，正是初秋时节。

白话温暖，稚画迎人。教课的老师若是善于启发，定能使孩子们享受到学习的快乐，并逐渐养成观察和思考的好习惯。

那天，芙初在办公室批改作业，漫漫的雨气随窗外的风侵入，皮肤微觉凉湿黏稠。有人走了进来，抬起头一看，是城南近郊引善茶庵老尼慧叶师太，来找校长的。原来，郑校长竟然是位守"五戒"的佛门信徒，但芙初却在一个雨天里见过他持竿外出钓鱼，披着蓑衣戴着笠帽，一如荒江野老……垂钓不亦是杀生吗？师太比先前胖了，也老了，青布帽下露出丝丝白发。但老尼却颇显神采，眼里有光，面上带笑，一团和气。日本鬼子败亡后，仅两三年时间，慧叶师太以做小生意和香客赞助积蓄资金，将庙舍与佛像修得金碧辉煌，佛事活动很盛。姆妈在家就曾说过"官清书吏瘦，神灵庙祝肥"，这句话自然也是《增广贤文》里的。芙初真想问问这位老尼，当年存放在庵里的那几大挑子古书，现在何处……可是，问了又如何？回答肯定是不知道，究竟真不知还是假不知，只有天晓得了。

金菊飘香，归雁成行。在院门口，芙初又碰到了挎着图囊皮包的罗峰。他说是来告别的，已接到命令，军官大队里凡是没有办理转业、退役手续的队员，即刻赶赴上海，坐兵船去东北，分派到各参战部队。络腮胡子长官已先行去南京国防部参加"联总"会议去了，行前，委托他将妻小送回长沙。

"国家不幸，民生多艰，真叫人不胜唏嘘而彷徨！"罗峰说完，从图囊皮包里取出一个绿缎面的日记本，双手捧上，"这个送给你做纪念吧。罗峰投戎前也是一介书生，眼下寄身行伍，浮萍身世，书剑飘零……在陵阳的这些日子里，是你，让我感到还有美好存在……谢谢你帮我度过了一段艰难时日！"

芙初的心头涌上一阵惶恐，更有几分感动，一时竟不知说什么才好……罗峰已将日记本递至她手中，双脚一磕，啪地行了个礼，转身而去。怔了一会子，数团蝙蝠从阴影里飞起，掠过愈加昏暗的屋顶……真的是人生如寄呵！可是，交浅不言深，她愿将这个本子连同所有的执念都依着光阴妥帖地安放在心头。

芙初的心里装着太多的事，越发沉静了。像一只银色的海鸥从西天滑落，水气扑面而来，她的灵魂也被打湿了。人生，很多时候就是这样不可捉摸。

采薇的大姑父战死了，死在东北剿共战场上。一个在民族危亡关头挺身拼杀、以血肉之躯报效国家的英雄，却在内战中倒下。芙初想起抗战临近胜利时他写回的家信中引用的那些古诗，"男儿何不带吴钩，收取关山五十州"，"愿君手挽银河水，好把兵戈涤一回"……彼时，他是何等自负与豪迈呵！芙初知道，大姑父的死，对采薇的打击很大。

物价不断上涨，就像梅雨天里涨大水，人心浮动，焦虑而不安，谁也不知一夜过来第二天会是什么样？

姆妈在街上买了满满一升子野毛栗，让芙初找人带信到中山中学，叫小芙子过来吃饭，再把毛栗带回学校当零嘴嚼。小芙子在学校待得多，跟她妈不常在一起，母女之间倒是有点生分。

小芙子来了，剪短了头发，白衫黑裙，搭扣皮鞋，芙初离开中山中学，才两三个月未见，感觉这个堂妹周身愈发洋溢着一股青春勃发气息。水激石则鸣，人激志则宏，现在青年学生都要选边站队，非左即右，缩头缩脑骑墙的日子并不好过。估计她是抓住机会就向人讲述马克思主义思想原理还有帝国主义侵略和地主资本家剥削的罪恶史，看着人间的苦难，听听人民的呐喊吧，青年人的思想，就是如此骚动和激进起来的。她告诉芙初，学校里活动多，经常组织演出，演出中间，突然打出"要和平、争民主、反内战"以及"取消一党专政，组织联合政府"的横幅大标语，大家一齐喊口号……她们白天在市桥和十字街等处擦鞋、拍卖衣物、卖花，为家庭困难的同学募捐，到了夜晚就散发传单。都是选择在九十点钟以后，两三人一个小组，包干负责一片地段，灯火渐暗，大家同时行动。把传单张贴在公共场所，塞进旅馆门缝和人家邮箱里。有一次大白天，她把一叠传单放在临街茶馆最高栏杆上，让微风吹着慢慢飘落。

"姐呵，你不知道，这就是我们要面对的时代大潮，你决不能袖手旁观！我们还要组织罢课和争取教育民主的请愿活动哩……我们不怕风，不怕雨，不怕雷电风暴的来临，为了反对压迫，争取民主，我们愿意接受任何牺牲！"说这些话时，小芙子脸是红扑扑的，眼睛里亮亮的，闪烁着被理想信心和勇气燃烧的特有的异彩，而额际间几颗微起的青春痘，又似隐藏着一些朦胧的秘密。

"江清越也是要争取民主，他和你们一起参加这些活动吗？"芙初忽然问了一句。她知道自两年前两人吵过一架，就如同生死仇人，见面从未有好话。

"江清越？我们早跟他分道扬镳了……他现在高调组建第三党，到处演讲，拉人入伙，一张老鼠嘴搞得不得歇。我们都喊他'活闪婆'，人家说这原是《水浒传》里那个会跑路、多曾投师却一直未得真传的叫王定六的地劣星的绰号。听说袁佩璋为一件什么纵火案抓过他，关了几天又放出来了，那本该是警察局管的事，现在都乱了套。"

芙初送走小芙子，回来看到桌子边落下一个小本子，捡起来一看，认出是小芙子丢下的，心里便嘀咕道，这个粗心丫头，丢三落四的脾性就是改不了……忽然，本子里夹着的一张纸飘出，弯身捡起时顺便瞟了一眼，立刻脸红耳热，心头扑扑地跳。上面写着啥呀——"我要紧紧地抱住你，把我的心，紧紧地贴近你的心，让我们听见和感受到彼此的心跳。我要用我的心，慢慢去品味你身上我所熟悉而迷醉的气味，我要永远地抱紧你。时间可以让我老去，但不会使我的手松开……因为，你是我的最爱呵！"

天呵，这才多大一个人，十八岁刚过，情窦初开，就这般要死要活地爱恋起来啦？只怕是从哪本书上顺手摘抄来的吧……转而再看，却又像微风吹起草木清香，这是渴望成熟的气息，狂热不加掩饰，清纯而又自然，让人在心底痛惜。

"一岁年纪一岁心情"，是姐姐说过的话吧？芙初仿佛觉得自己就是过来人了。

云暗大泽

鱼龙舞

漳河边停泊的运粮船比先前少多了，偶见哪家临河一侧库房门打开，便有许多肩搭围布的人拥上去讨活做。领到活的人算是幸运的，每扛一个稻粱包上船或下船，就发给一支竹签。干完活后，凭竹签数结算工钱。下雨天没活做，河边一片冷清。

傍晚，总会有一长列竹排停靠在龙汇桥旁"裕昌"粮行码头边。几个黑黢孔武、眼光冷冷的撑排佬，抬着一串像是装了木炭的半人高篾篓从河边石阶走上来，一直送进裕丰客栈后园。然后，又默无声息地将一些外面包扎着稻草的箱笼带上排筏。人们悄悄议论这都是做黑市生意的，也有说是共产党游击队在传送物资。

越来越多的人往谢韬的新生书店跑，那里除了有最新寄达的书刊，更有从南京、上海传来的最新消息。山雨欲来风满楼，人们觉得有大事要发生……姐姐从书店回来，轻声哼着："云儿飘在海空，鱼儿藏在水中……潮水升，浪花涌，渔船儿飘飘各西东，轻撒网，紧拉绳，烟雾里辛苦等鱼踪……"芙初知道，这是电影《渔光曲》的主题曲，由王人美唱响。

姐姐对芙初说，她在芜湖女中毕业那年，同学们都追唱王人美的歌，唱得最好的要数盛鸣凤。可眼下，盛鸣凤状况却异常凄惨，丈夫干过伪差，本来就是失业在家，生活无来源，只靠她给人绣花做鞋，得点收入。可叹丈夫肺痨吐血，卧床不起，三个孩子，大的不过十岁，小的才满周岁，终日啼饥号寒，哪里还有钱治病？走投无路，盛鸣凤含泪劝丈夫把她卖掉，用卖身的钱来维持一段生计，并且自己联系了一个愿意出钱买她的木材商。哪知，丈夫却趁妻子不在家的时候，把头栽进水缸，硬生生淹死。方式惨烈，令人扼腕……人死了，尸体在家里停放四天，最后，还是先前警政班的同学凑钱买了一口薄皮棺材……她们女中同学也捐了钱，但这不能最终解决问题呵！

内战已打了两三年，妇孺皆知，今日之天下，非共产党莫属！

一方面，为了应对日益恶化的形势，焦头烂额的南京政府不得不做出改进，提出宪政。社会上形形色色的党派相继出笼，拉一竿子人，想出名称刻个萝卜章，某某党派就诞生了，真是穿靴戴帽，各有所好。这自然要反映到陵阳中学和中山中学里来，影响着学校师生。且不说国民党、三青团在总登记以后的党团合并，甚至有的老牌国民党员，此时也另换门庭，追捧起民社党、青年党来了。

另一方面，则是加紧治安管理。警察局配合驻军组成军警稽查处，凡被认作可疑者，随时进行侦讯和扣押。晚上九时，武装整齐的军警打着旗号上街巡逻，搜查旅馆饭店。一伙人进了门，外面留置岗哨，带队军官入坐账房，查看登记簿，对照旅客证件，账房先生则笑脸相迎，献烟敬茶，另外送几包好烟。否则，便借故寻隙，厉声呵斥，谓是有"扰乱安宁秩序、妨害良善风俗"之虞……敲桌子踢板凳，旅客饱受惊吓，店主只好出面赔礼道歉。东美旅馆、西南饭店、社会公寓因为有后台背景，此类事情绝少发生。至于那些无名歇脚小店，住的大都是一宿两餐挤通铺的草鞋客，军警们不但查证件，还要查货物，挑担小贩好话说尽，还要往对方手里塞上钱物方可罢休。还有一种情形，是秋收后芜湖米商纷纷来到陵阳收粮，住进有后台的旅馆，洽谈生意；茶余酒后，不无寻乐消遣，麻将、梭花加纸牌，尽客所喜，有的旅客通过茶房和女佣找来勾栏暗娼过夜也是常事。

随着国民政府颓势已成定局，有人变得敏感、锋利，像一只充满警惕的猫，而更多人则心灰意冷，选择了远离政治，或经商蓄产，或从事著述以文化避世。原南京政府督导员凌光晨，退了职回到陵阳靠卖画为生，住无定所，时而寄居北门那个被日本鬼子放火烧毁后又修复起一半的杨四郎庙里，形销骨立，日子过得捉襟见肘。凌光晨早年当过袁佩璋老师，多曾给过接济，支持其出外闯荡，很有前辈风范。袁佩璋报答师恩，为他在东门外苏家巷买了一处场院，还有一小块菜地，终以能读书种菜自遣。

芙初觉得有一种东西，好像远不可及，又像近在身旁，似在身外又似在身内……引导着她又走入新生书店。书店现在规模扩大了，兼营文具生意，贩卖些笔墨纸张，以增加商业色彩作为掩护。

聚在后院这间小屋子里，都是被打上"进步青年"标记的十多个教师与学生，大家都在苦苦寻找摆脱痛苦走出黑夜的路。其中有个戴白边眼镜的，坐在最里边角落里，极少说话，他叫王士菁，毕业于金陵的中央大学，曾与邵运柏一起上门找过姐姐。他那天穿了一件白底蓝条纹褂子，把芙初吓了一跳，以为是月容大表哥活转过来了！连姆妈也说，如果不是鼻梁上多架了一副眼镜，就是个月容……但月容的眼里哪有那般沉笃笃气度呵！

屋里光线暗，气氛有点压抑，有人轻声哼起一种旋律，接着不知谁起了个头，大家于是跟着哼唱起来："云儿飘在海空，鱼儿藏在水中，早晨太阳里晒渔网，迎面吹来大海风。潮水升，浪花涌，渔船儿飘飘各西东，轻撒网，紧拉绳，烟雾里辛苦等鱼踪！鱼儿难捕税重，捕鱼人儿世世穷，爷爷留下的破渔网，小心再靠它过一冬……"这正是姐姐唱过的那支曲子，初时徐缓，抒情，很快旋律起伏就大了起来，如海涛翻滚，情绪哀怨而又悲愤……哀婉凄愁的音调，宛若一只鸟儿穿飞在乌云四合的天地里。

门外突然走进一个老头，佝偻身子，仿佛背负着什么无形重载，有人连忙起身让座。老头慢慢直起身子，芙初"哦"了一下，原来竟是邵运柏。接着，外面又推门走进一个人，穿着毛料长衫，头上扣一顶压得很低的礼帽，鼻梁架一副圆片墨镜……他摘下礼帽和墨镜，抬起一张年轻黝黑的面孔，依次朝大家点了点头，算是打过招呼。芙初突然觉得这人有点面熟……哦，"黑皮"，"周老保"，周大卫……是他吗？是他！她强抑住心头一阵狂跳。

邵运柏讲述了一些北方战事和南方国统区严酷的清剿情况，稍停顿片刻，清了清嗓子，压低了声音说："这几天，国民党县党部在全县进行党员总清查，凡属游离党员，皆重新登记编入区分部，目的是要清除'信仰不笃，操守不坚'分子，戴凌洲先生主动递交了一份《退党声明》。三青团虽然停止活动，但它们势力还在，仍然猖獗，仗着有自卫总队撑腰，已经打伤了我们好几个人。我们要采取策略，奋起反击，决不能手软！我们聚是一团火，散作满天星……我们从别人那里接受温暖的力量，她滋养着我们的生命成长；我们一切皆白白地得来，也可以白白地舍去……要把这股温暖的力量无私地传递给身边的每一个人，这温暖的火焰就会散发出更大的光芒，我们的生命就会在这光芒中升腾，勃发！"

谢韬捧了一垛书刊走了进来，看了看大家，说："苦难是心灵灯光的燃油，只要我们坚持心中的亮光，任何人都吹不灭。一个叫精卫的女孩，不幸淹死在大海里，但她化作一只鸟复活了，每天飞到山上衔来石头，要把大海填平……还有一个叫刑天的人，因为挑战天帝的神威，被砍掉脑袋，可他没有倒下，而是挥舞着斧子继续斗争！"

邵运柏立刻接口道："我们欣赏造反的孙猴子……管你什么玉皇大帝，管你什么东海龙王，在孙猴子看来，都是可笑的'老儿'！"他定定地看着众人，嘴角浮出一丝笑意，"下面，我们请刚从芜当宣工委过来的周同志说话。我们不但要在地上建路标，还要抬头向天空中寻找指路明星，并且向着它前进……周同志在皖南游击队时，脚踩青山，头顶白云，未曾屈服过任何困难！"

"周同志"微微一笑，先看了一下腕上的表，然后抬起头用有力的眼神朝大家瞥了一下，点点头，声音低沉地说："民众起来造反，推翻了旧的制度……之后，中国向何处去？中国革命的历史进程，必须要来到一个新民主主义政治中，中国要建立一个中华民族的崭新社会，在这个新社会和新国家中，不但有新政治、新经济，而且要有新文化。这就是说，我们不但要把一个政治上受压迫、经济上受剥削的中国，变为一个政治上自由和经济上繁荣的中国，而且要把一个被旧文化统治因而愚昧落后的中国，变为一个受新文化鼓舞因而文明先进的中国！这是毛泽东同志在《新民主主义论》这本书中阐明的，我们要为实现和建设这样的新社会新国家而奋斗……我们个人是卑微的，但我们的事业是宏伟的，将卑微的个人交给宏伟的事业，我们便能取得不朽！"

　　谢韬把他带来的几本书刊散发给大家，是艾思奇的《大众哲学》和毛泽东的《新民主主义论》。

怕听向晚
拍窗风

向晚放学，芙初从学校门房那拿到一封信，是采薇写来的。熟悉的字体，淡蓝的信封里，仿佛依然贮存着往日的时光。

芙初，我又在给你写信了，可能这是我给你写的最后一封信，希望你看了后能原谅我。数日前，我写过一封，但一直没有勇气交给你。

我决心要向你坦白一些事情……唯独此刻，我愿意在你面前诚实，正如我唯其不愿对你假面。我为什么要犹豫？我的担忧和害怕来自什么？我相信终有一天你会明白。

琴瑟在御，莫不静好，是《诗经》里说的吧？男女之欢，朋友之爱，一颦一笑，可以是贯穿一世的感激。就像我的两只眼睛，它们永远到不了一起，却一同替我流泪……女人如花，而男人是光，女人美好，是靠着男人的荣耀光彩照亮的。总觉得，一切的劫，源于相遇的缘，爱情的领域，其实真的非常狭小。他常常立于夜色中，掏烟，点火，然后向夜空长长喷出烟雾。那时，他是手无寸铁的人……对他，我已铁了心要跟定一生。曾无数次幻想过自己的婚姻，但是因缘凉薄，经不起深情揣测。我知道，这并不是从小至今我心中最深处的那种呼唤、那种喜悦、那种梦想。感情之事，又岂能尽如人意？就像打量此刻穿在身上的这件旗袍，面子上繁花似锦、风光无限，但背里却一片落寞，落满心酸。我们走到一起，并不是新生的开始，因为我和他之间许多事，只可见月亮，不可见阳光。日出会摧毁暗夜……准确地说，我将要奉子成婚……这下子你懂了吧？

感谢你陪我走过了这些年，但我要坦白地对你说，我并不喜欢你姐姐。你们姐妹情深，我有时真的好嫉妒你那么服从她，依恋她……我恨她为什么一直做着老姑娘，而不结婚寻一处归宿，不把你让出来给我？再说到你，虽是冰雪聪明芙蓉色，可叹竟也是无人入眼、无力可恋，一颗芳心无许处……我不该把这些话对你说，应该让这些话烂在心里呵。当一个人经历了许许多多事情之后，原本那些心思都悄无声息地发生了变化。纵使我对命运从不绝望，可是，信与不信，不能同负一轭，我不知自己今后是否还有青春的记忆？因为，这世间有一种幸福，就是有岁月可回首。涉水而过，芙蓉千朵，希望那些愿景都是留给你的！

这么多年，我很幸运成为你所有秘密的唯一分享者，人海茫茫，唯有我们相互将心领神会的友情以及各自的理想、生命、自由和青春倾注在对方的杯中……可是，从现在起，我无法再成为你的好友，与你同行，我不能接受夫妻因信仰不同而发生的任何冲突。我渴望婚姻，更害怕婚姻带来的角色的转变……我注定将以飘零做最后归宿。梦已离我太远，害怕一颗心被囚禁，便让自己无时无刻沉浸于谎言的绚丽之中，悄然忘记四面楚歌的现实。

我不会一夜白头。已经是四月了，我却有点冷。所有的季节，将会一直流转下去，永不终止。流水会淘尽世间事，唯有往昔的气息长存于记忆间。光阴不扰，山水静候，我将独自走向未来……

别了吧，芙初，我曾经最亲爱的挚友……一别两欢，愿你多多保重！

这封信，让芙初看了好长时间。尤其是"光阴不扰，山水静候"几个字，几乎让她含泪咀嚼品咂。

星期天在家，吃过早饭，姐姐取出一张叠起的字条让芙初赶到北门交给邵运柏。回来时，从后港河这边抄了条近道，走到一片废墟地，小径交错，风响树密。抬眼一望，认出这里就是北门城隍庙，早先和采薇来玩过几次。本来有一大片庙屋，进门就见一个青面獠牙的焦面王瞪着一双凶眼立在那里。门殿正中，有泥塑的城隍神像高坐神台上，面前横放一张案桌，上有红烛、油灯等物，一块红布帘飞垂地面。黑无常手拿铁链立于桌右，威风凛然，令人望而生畏。桌前有一香炉，炉前一草荐，是给香客磕头跪拜用的。正殿左右走廊上，牛头马面分立两旁，廊后有一排瓦房，十殿阎罗依序排坐。殿下便是阴府地曹的刑场和刑具，奈何桥、油锅、毒蛇、猛兽，还有钩人背的秤钩及刀枪剑戟等物，龇牙咧嘴的小鬼在刑场耀武扬威！被拷打的鬼魂，头破血流，奇形异状，惨叫号呼，即使大白天也阴气森森，令人汗毛直竖……有一年夏至节，城隍老爷出巡，牛头马面引路，黑白无常与打伞扛牌的阴差鬼卒前呼后拥，旗幡招展，锣鼓喧天。从龙门桥上巡游到城郊，一时间，街道上人鬼混杂，好不热闹。结束后，连演了三夜目连戏。

芙初记得，城隍庙西头偏殿曾被一个很有来头的叫花子占住。叫花子人唤"老歪"，歪嘴，白呆眼，终日口涎流淌，还脚巴腿，走路一瘸一瘸的，却是青帮"灰窝"里人，而且辈分不低，收有干儿子无数。许多有点家底的人家，争相将小儿过继在他名下，托他叫花子的福，贱带贱养，好长大成人，同时也是借势攀附青帮做个靠山。因此，逢年过节，这些家长都要向"老歪"奉送礼物。"老歪"虽和牛头马面、阴差鬼卒们住一起，却喝酒吃肉终日烂醉如泥……由此可见，这个社会早已病得不轻了。

"小大姐，推洋车，一推推到芜湖街，谈谈，讲讲，今年不如往常……"几个形如鬼魅的人不知打哪冒了来，吹着口哨，朝她嬉笑着。"小大姐是来找人的吧……可要我搭把手？"有个长了一脸痘疱的邪恶青皮晃着膀子走过来，贴上脸，口里说着不干不净的话。

芙初加快步子往大街上走，不料正前方又窜出两人，嬉痞着淫荡的脸迎了上来："小大姐，长得好俊俏，别慌着走呀……"眼见要被纠缠，心里暗暗有点着急，赶紧再转身。没走几步，又有一人拦在前面，这下真的没处逃脱了！

没想到前面传来的却是一声暴喝："青天白日，你们想干什么……找死啊？"听着好耳熟，竟然是袁佩璋！他平时身后总是跟着一帮虎视眈眈的人，今天虽是只身一人，却丝毫不减威势，"混账的东西！都给老子站好，不许动！"

那几个牛头马面一样的小混混一下尿了，连忙作揖打礼："呵，呵……是袁督导！多有冒犯，下次不敢，小的们这厢有礼啦……请恕罪。"

"小丑鬼，恕个魂罪！"袁佩璋恶狠狠的瞪着褐黄的双眼，走上前一把抓住领头人衣领，就像老鹰抓小鸡似的摁住，另一手拔出佩枪，"刚才说什么？老子耳朵不好没听清，凑近来说一遍，信不信老子一枪崩你对通两个洞！"

"袁，袁督导，你不记得我啦……你正月里上我家做过客。我家老头子是参议会的……"

"哦，想起来了，是刘家的几少？世家子弟，拦路劫道，图谋不轨，很上进哇……快滚！下次再叫老子撞见，先捏断你脊梁骨！"

那些人屁滚尿流，一哄而散。

袁佩璋过来安慰芙初。芙初说没事。

"还没事，脸都白啦……"又问她刚才是从哪里过来的，怎么走到这鬼地方来了。"隐僻之地，错脚难返，你看这多危险，要不是我赶着有事抄近路正好碰上，就出事了。眼下时局危难，歹人为祸，邪佞恶棍横行，到处都是不良分子……"

"这不是等着你来做人情嘛……不弄几个小蟊贼剿剿，对不住你这袁大督导身份呀！"芙初心里起了怨恨，嘴头带上锋芒。

袁佩璋苦笑着摇摇头，说："别耍小性子了，赶快回家吧。"

"耍小性子？哼……你没说是妨碍政府吧？我们女人头发长见识短，什么大事也做不了，有时便难免耍点小性子。"芙初毕竟心里装着事，怕脸上露出什么，不敢多作耽搁。转身走开，走前特意交代袁佩璋说，这事谁也别告诉，免得姆妈又要担惊受怕，以后管紧了会不让出门。

回家的路上，遇到陈璞珊。这位当初的"翩翩佳公子"后来的方正和蔼长者，此时染满风霜的两鬓间，满是汗珠，与年少瘦弱的长子陈邦骏一道拉着一车货物艰难行走。局势动荡，生计无着，他只好和人合伙开粮店，做大米生意……因是从无经验，做起来非常不顺，有一次竟被人骗得血本无归，家里房产都抵押出去。芙初看着这位谨慎寡言的老校长，想说几句安慰话，但终未能说出口。

家里，小芙子带来一位同学，国字脸，高鼻梁，有着与年龄不相称的沉稳，看他两人那份默契和热络，就知不是一般关系了。小芙子介绍说他叫李振寰，是学校里的班长，家在戴家汇那边。芙初想到那个小本子上写的话，看来，小芙子就是写给这个青年人的了。没想到这李振寰倒是个根基稳实之纯朴青年，他见屋里门框有几分歪斜，就脱下外衣使力扛正，又找来柴刀削了两根木桩往两边敲牢。大衣橱挪移一下就平稳了，有点晃荡的缸缸灶下面给垫上一块石板，另一块碍事的石头则被搬到门外去……姆妈高兴得合不拢嘴，连说自家要有这么一个儿子就好了，一边赶快做饭做菜。

时间又过去几日。这是在后港河对面，两间铺盖着稻草的破房，土坯墙壁被雨淋得泪痕满面，歪斜得不像样，用几根树木抵紧木板打着撑。走进屋里，北面的山墙开着裂口，龇着拳头都能塞进去的大裂缝。屋主人叫陈金水，穷得屁股打板凳叮当响，人却十分厚道，嘴巴尤紧。谁能想到，就是这户破屋里，却聚集着几个神情凝重的人。

周大卫通报了情况：二月，国民党独立十三旅驻防陵阳，县党部调查统计室积极配合该部对山区根据地进行多次清剿，并成立县、乡"戡乱委员会"，强迫村民建立"五户连环保"，保甲连坐，一甲出事，全保受罚，哪个村子出了"匪情"，唯保长是问！实行砍山并村后，共有六名游击队员被游动岗哨截获。四月，县国民兵团团长袁佩璋在区党部的配合下，调动三个乡的自卫队向泾陵游击区吕山、合乐桥、东山、石岭坑一带展开梳篦式围剿，构筑碉堡，切断交通要道。年中，成立"党政军特种汇报会"，由县党部书记长、县长、国民兵团团长、调查室专员和原来的三青团分部主任等人组成，每月开会一次，研究区党部、乡公所的情报，制订清剿措施，并举办特种训练班，强迫自首人员受训。此外，还建立统战分会小组，做谍报工作……凡此种种，使城乡党组织和游击根据地遭受严重破坏，数十人被杀害。独立十三旅在工山一次抓了二十多人，亏得花山黄祝生、黄廉生兄弟俩联络了附近几个开明绅士，说这些人都是他们家有名有姓的老实佃农，方才担保下来。但是老庙一个俗姓魏的青年和尚法能，在去禄岭给游击队送信回庙的路上遭便衣特务队抓捕。魏和尚被割去双耳，受尽酷刑，但蚌壳掰死不开口，到最后挨枪毙也没招供半点游击队秘密。

眼下，谢韬那个新生书店已被秘密监视，不可再过去了，大家都要隐藏自己的行踪。

千秋功罪
千秋说

袁佩璋包下富贵春酒家，办了十数桌酒席，宣布了他同采薇的婚礼。

县里头面人物都来了，芙初和姐姐被安排在最里面一席。客人入座，先上盖碗香茶，然后摆出双双牙筷，再上美味干丝、金丝小枣。正式开筵，"八大八小"的"牡丹水席"，十六个菜论资排辈依次上桌，拼出一朵富贵的牡丹花。觥筹交错，热炒频换，水碗鲜美，莲子参汤，菊花暖锅，外加小笼汤包和蒸饺……采薇穿了一件较宽大的旗袍，遮挡住微微凸起的腹部，挽着袁佩璋的臂，眉眼溢笑，穿梭在席间。看上去，袁佩璋这两年一下老了好多，额上抬头纹如横写的"川"字，额骨支张，眉毛淡稀，显山露水，给灯光一照，一双眼珠子更显黄褐，如同狸猫的眼睛。

菜换五味，酒过三巡，袁佩璋独自端着一杯酒，另一手执壶，摇摇晃晃走了过来："黄浣莲老师，李芙初老师，如果没有记错，你们姐妹俩在这里请我吃过两回饭，敝人心里有数，铭记尤深。且看淑女成佳妇，从此奇男已丈夫，今晚是我的良辰喜日，锦堂双璧，玉树万枝，来，来，我各敬你们一杯……干了，干了，今晚一醉方休！"他接连两次都把杯子倾翻，亮出杯底，"说什么家国大义……说什么文韬武略、建功立业，春风得意未必来日可期，一切，不过闪现瞬间的华彩罢了。成，得我所愿；不成，从此身败名裂……争不到千古流芳，就一路孤绝，遗臭万年。我算是看透了，成王败寇，都是永无归途！"

在许多人惊诧的注目下，芙初站也不是，坐也不是，有点无措地望向姐姐。姐姐抿了一下嘴，示意什么也别说。

袁佩璋显然有点醉了，抬手一指，大着舌头继续说："你，我……我们能同患难，共歌哭，我们也能翻脸无情；昔者隔山丘，世事两茫茫……没有谁天生想做坏人，做了坏人，第一要杀死的便是尚有良知的自己，而不是别人。从前那个一心想做正人君子的袁某人已死去，世上少了一个良民，多了……多了一个刀口舔血的魔头！我把你们想要说的话都……都说出来了吧——"正不知后面还要絮絮说出什么，穿着团花缎子夹袄的西南饭店老板吕望春满脸堆笑地走过来，一手举杯，一臂伸出箍住他，趔趔趄趄拉往前头一桌去了。

酒宴将毕，趁着县长廖天寿和罗立光那一桌子人还在说着告别的话，一直沉默少语的采薇的父母，首先起身离去，和新娘、新郎招呼也没打一声。姐姐朝芙初使了个眼色也起身欲去……这当头，采薇快步走了过来，跟姐姐说，她要把芙初留下来说点体己话……不由分说，拉起芙初就走，要领她去参观新房。

转了几处屋角，招手叫来黄包车，拉到了朝天门旁边的西南饭店。二楼尽头一间大屋，被吕望春装饰一新，门额上拉起一排弧形小电珠，还有彩色纸球，安排做了新房。县人皆知，这被喊作"滚刀吕"的吕望春，本是三里乡枫树冈的大户，会拳术，懂江湖上行话切口，因县长罗立光曾住过他家，后来就抱着这根竿往上爬，交结上一大批县里头面人物。借着势头，强租下北门一家碓坊，开设了西南饭店。谁都晓得，旅馆饭店，大都有一定的社会政治背景，不是帮会、会馆的头面人物给撑腰，便是有官府衙门罩着，真正是纯生意性质的旅店，为数甚少。都说一个人名字可能会起错，但绰号不会喊错。吕望春的老婆"小桃红"，刚届不惑，风韵犹存，能说会道，善于逢迎，把个里里外外打理得匀光溜净。

婚房内，一张五屉梳妆桌，一架镜像闪烁的银光玻璃彩画花板床，床上大红缎面被褥一片光彩焕然，喜气腾腾。被子旁，丢着一条银灰色貂皮围肩，镶嵌在貂眼处的两粒红宝石熠熠闪亮。最引人注目的，是挂在墙上的一幅手工涂彩的斜侧半身婚纱照，女挽高髻，男戴簪花礼帽，两边悬着嵌名喜联，字体劲道，萧散苍老，一看就知是张和声的手迹：

东莱博议采其薇矣初征双璧合

南国好逑佩吾璋兮喜见七香迎

灯光漂浮着，留声机里传出的乐曲，是李香兰的《夜来香》：

那南风吹来清凉

那夜莺啼声凄怆

月下的花儿都入梦

只有那夜来香

吐露着芬芳

我爱这夜色茫茫

也爱这夜莺歌唱

更爱那花一般的梦

拥抱着夜来香

吻着夜来香

夜来香，我为你歌唱

夜来香，我为你思量……

我为你歌唱

我为你思量……

夜来香

夜来香

夜来香……

听来，像是被人踢倒一斛玻璃珠，满地银光乱颤。

"这是黎锦光谱的曲，却唱红了一个生长在中国的日本女人李香兰。"

"李香兰也唱过《何日君再来》，还有《苏州夜曲》，我们在张村上学时，学校严令不许传唱。"

"其实，这都是没用的，让唱又怎样？不让唱又怎样？红尘过往，谁又能握得住地久天长……"

听到采薇如此说，芙初转身问："你父母他们今天没怎么说话呀？"

"他们从一开始就反对我们的婚姻……还好，今天到场，总算给了我一点面子。怎么说呢，你是说我明知飞蛾扑火却也不肯回头吧？"采薇给芙初倒了一杯热水，坐到床沿，轻叹一声，"本来，女儿在娘家是娇客，出嫁是她一生的开始，有着太多的未知，要她专心一意去创造。可是，等到结婚，女儿就成了女人……你不是喜欢《红楼梦》么，那里面怎么说的，'女儿'和'女人'有着本质的区别，从'水做的骨肉'、从'无价之宝'到出了嫁，就变成没有光彩宝色的'死珠'了，再到'竟是死鱼眼睛了'……你没到我这地步，不可能体会到这种痛心的！"

"采薇，你是不是太委屈了自己……"

"委曲？哈哈，有什么委屈？往事不回头，余生可将就，低眉自有低眉的欣喜……今天是我的喜日子，本应开开心心，这样一生才过得畅快。不过，你都看到了，前途已经如此黯淡……这是一片暴风雨即将来临的大海，我喊你来，便是要告诉你：就算搭乘的是一只正在下沉的船，我也绝不弃船而逃！"

采薇怪异地笑了一下，露出两排贝珠一样的牙齿，在灯光的映照下，白白齐齐地闪射着晶莹的光芒。她总是这样一贯唱反调，而且话语刻薄。

芙初的眼前，却幻现出另一处场景：夏日荫浓，意态慵懒的采薇斜躺在自家后院秋千架上，时而瞅两眼捧在手里的书，时而整整薄纱衣，擦擦微汗……突见一长身玉面男子走了进来，立马红了脸惊慌而走，顾不得仪态，连鞋袜都跑脱了，金钗也歪斜坠倒一边。进了门，方才收脚，忍不住又扒着门缝朝外偷觑。觑不够呵，还是正经抬头看吧，怕被人瞧破，故意拿了个青梅放到鼻底嗅着……呵，这是谁？采薇头上怎么会有金钗呢……这分明是那个李清照嘛！

芙初怀着一种复杂的心情看着采薇，要是有岁月可回头……她们牵着手一起溯回从前，多好呵。

初秋的雨夜，因为刚开学事情多，芙初忙到天黑，和一个教算术的年长女老师在街上吃了碗面条，同打一把伞结伴回家。走到籍山巷，明亮的闪电将偏僻小巷照得惨白如昼，高耸的马头墙阴森可怖。一个身穿黑色长衫的人，形同鬼魅，后面跟着几个短衫硬汉，一路推搡着一个高个子人走过。芙初忽然觉得前面那个长衫人身形好熟，哦……是袁佩璋！再一看那个反剪了双手被推搡着行走的人，竟然是谢韬！

回到家，芙初先告诉了姐姐，两人赶紧找到邵运柏。邵运柏已得知消息了，正连夜召人过来，商计救援对策。

一天不到，又传来坏消息，侦缉队在城里再连抓了两人，一个是施慕仇，另一个则是现今已做了货郎的五毛。施慕仇当时正在小南园浴池洗澡，刚换了衣，上来几个人将他掀翻在地，把眼镜也踩碎，立马成了睁眼瞎。五毛那天来城里进货，侦缉队的人早已盯上，在他的货郎担里搜出了一大包纱布绷带和昂贵的盘尼西林以及奎宁等药品。

施家是陵阳工商大户，立刻通过商会加上那个很有来头的秋浦小学校长郑柄南出面，以家族十数间商铺担保救人。但半个月过去，营救谢韬跟五毛的事情却无进展。

邵运柏照例又要姐姐出面，让她找一下袁佩璋，看看能不能网开一面，一并以商会的名义将谢韬跟五毛也保出来。

姐姐说："袁佩璋现在已是真正的鹰犬，利爪伸出，抓魂也出血……恐怕指望不上。"

"试试看吧，因为我们什么办法都没有了……"

芙初陪着姐姐来到西门城门口内街原"养正学堂"。门外，两个站岗的士兵背着枪杵在那儿笔挺挺的，像栽着两根木桩，稍有可疑人走近，即一声呵斥，端起枪把枪栓拉得咔啦直响……场面森严可怕。芙初看着姐姐朝一个岗哨走过去，正说着话，从门里走出一个挎武装带插短枪的头目，讲了几句什么，姐姐便跟着他进了大门。

等到姐姐再出现时，是同袁佩璋边说话边走出来。

袁佩璋面沉似水，阴森森的眉眼间贮满杀气……芙初心里一沉，知道事情难办了。

三天后，找人画押担保，五毛被从大黄冲赶来的家人用凉床抬了出来。而谢韬，却被"以儆效尤"予以"就地正法"了。

听五毛讲述，当初被抓进去后，两个赤着上身、腰扎硬绑带的家伙走过来将他们上衣扒下，按倒在长凳上用楂树刺扎的束把抽打后背，把皮肉打得稀烂。鲜血未干，又拿来细麻线从肩膀头一直摆到腰胯，然后撒上干石灰，连血带皮粘在一起……两天后，背上结成半干痂壳，再来抽麻线，痛得人万箭穿心，一嘴牙齿都咬碎了！后来他们枪毙谢韬，让他陪杀。他俩给拖到野外，有人倒下两碗冷酒叫他们饮下，又丢过一把锹，让自己挖坑，并躺进去试试长短宽窄，问合不合适。行刑时，一个黑皮寡瘦的光头用二十响点着他们脑袋说：记住，来世寻个好人家！言毕枪响，热乎乎脑浆像豆腐花一样溅到脸上，让他发觉自己还活着……再回过头去看，光头的家伙正一脚把谢韬踢进坑里……

芙初闭紧双眼，任泪水流满面颊。谢韬，那个热情、开朗的青年人，明敏果决，辩才无碍，但平日却沉静似水，毫不张扬。因为个头高，总是面带笑意居高临下地朝你看着，一本本地给你介绍他店里的好书。芙初一直记住他说过的那句话："我们读下这些书，会长成骨头和血肉……"谢韬家在芜湖，却让自己生命之花凋谢在这块土地上。多少少年亡，不到白头死，而对于另一批人来说，心魔让他们疯狂……疯狂，难道不是毁灭的起点么？

早晨起来，芙初先是鼻炎犯了，跟着嗓子眼里好痛。姆妈摸了一下额头，说是发烧了，不让出门。在家躺了两天，唇上起裂，结了一层干皮，竟然呕哑发不出声来。姆妈用一把汤匙压下舌根，扳过头对着亮光看了一会，说是长了脓疱。就出外找了棵国槐，拿竹竿从枝头打下一些槐豆，回家熬槐豆水。芙初接过青滋滋的一大碗汤水，一气喝了下去。

还真神了，连喝三回，隔日就退烧，嗓子里的脓疱渐渐没有了。

倏惊血光
涕潸然

一九四八年底，形势变化更快，国军平津失守，太原告急，淮海吃紧。隆冬来临，从"徐埠会战"中败退下来的刘汝明部队，潮水一般漫入陵阳。社会公寓被强占作为该军政工处，门外岗哨凶眼暴珠，再无行旅客商住入了。

正当大家为霖表哥着急时，霖表哥让人偷偷送回一封家书，告知了一些情况……原来，在遥远的北平，他们整个部队都跟随华北剿总司令傅作义将军战场起义了。

抬头仰望，冬日的天穹是那么深蓝，那么沉静，那么旷远，让人觉得有一种神秘的力量藏蕴其中。

傍晚放学时，芙初正收拾东西准备锁门离开，有人轻撞了她一下，将什么东西塞到她手里。是一张折叠起来的寸来长小纸头，走到屋角摊开来看，上面写着"凭此观剧"四个字。芙初觉得奇怪，待回头看时，只见着一个已隐入前面甬道暗处的年轻背影。

晚上，芙初来到学校后面小礼堂，外面有人把门，身影绰绰，很有几分神秘。终于看到了学生自导自演的舞剧《白毛女》、歌剧《赤叶河》……那个扮演大春的舞者，腰系红绸带，头缠白毛巾，动作矫健，有几分面熟，回家后才想起，那不就是李振寰吗？

学校铃工老陈，五十多岁，整天像弥勒菩萨般笑呵呵的，躬着身，背着手，眼睛眯成一条缝。大家总是喊他"司令"，实际上是"司铃"的谐音。人说行行出状元，老陈敲铃也敲出了名。铃声有好几种，大预备，如晨风中的马蹄，错落有致；小预备，步子加紧，当当当，当当当，开始上课了；下课铃如长长几声舒气，悠然贯串；集合铃，似疾风骤雨般连响不断……有一天，老陈请假了，某位老师临时顶班代替，打出来的铃声，闷，瘪，哑，就像是被水浸潮了，惹得众人一齐伸头朝外望。老陈还要上文印室兼做文印工，铃要打，卷要印，颇是辛苦。

芙初捧着一摞作业簿和课本，还有粉笔盒，朝教室走去，今天要上的是第十课《三只牛吃草》，插图为几朵绽开的菊花和向日葵，美好而温暖，后面第十一课是《大家画牛》。老陈的铃声敲响了，激越的铃声，如风里小鸟穿透早晨的薄雾，清新，迷人。谁知，下午来学校，校门口聚集许多人，情绪激动地议论着什么……原来是老陈被抓了，刚被带走，司务室桌子上还留着半碗没吃完的饭。听说，同时还从中山中学抓走了两名男生。

芙初心头一沉，问是哪两名男生。别人都说不清。

没想到，晚饭后小芙子和李振寰来了。姐姐将他俩拉到一旁，说侦缉队已经到处抓人了……你俩还不赶快走呀，越快越好！快走！

小芙子和李振寰去了绩溪，是皖南游击队将他们送走的。那些日子里，从中山中学和陵阳中学还有珂美女中陆续不断地一共跑出了二十多名学生。与小芙子要好的盛学莪的侄女盛明华，还有中山中学高二班语文教员汪正芳，都是那时跑出去的。

年底前，袁佩璋带领国民兵团的两个中队前往老庙袭扰由梁京华率领的沿江支队，结果又是走漏消息反中了埋伏，死伤甚众。听说庙里那个有法方丈，还叫僧徒杀猪打酒为沿江支队设宴庆功……袁佩璋心里积了满满一肚皮恶气，得知沿江支队已经撤离老庙，便决定立即进剿，火烧老庙，赶杀那群喝酒吃肉、不守法门戒规的秃驴恶僧。三月十八日，领着人扑往老庙……和尚们已探得消息，深知来者不善，立时弃庙而去，一个个逃得不见踪影。袁佩璋赶到老庙，指着紧锁的庙门，对手下人大叫："烧！烧！烧！日他妈的统统给老子烧光！"

霎时，烟升火起，烈焰腾空，山门前十多棵古柏也被燃着，滚滚浓烟遮蔽了整个山岭。大火烧了三天三夜，硬把老庙和新庙一起烧得砖裂瓦飞，钟倾屋倒，梁如焦炭，佛成泥灰……好端端六百年江南禅林古寺，至此灰飞烟灭！

牧家亭、九榔庙、何家湾一带，游击队活动较为频繁，因而也是遭受清剿最严重的地方。袁佩璋尽管被人讥损是"赢了芦席输了棺材"，但早已红了眼的他已顾不上这些了，他手下的人接连击毙游击队两个头领，割了人头带回，就挂在西门外两棵老榆树下……许多人跑去看了，那两颗人头，血糊拉叽，已辨不清面目。

元旦前，一场纷纷扬扬的鹅毛大雪，连下了三天。这下的哪里是雪，就是杀人刀呵！你看到在街上瑟瑟行走的，只拿个葫芦瓢或木盘遮挡在头上，这都是破衣烂裳穷苦人，他们回到四处漏风的屋子，就把身子埋进草木灰里御寒。以后几日，又是雪上加雨，雨凝雪霰，冻得连大门都拉不开。市桥河结的冰有一尺多厚，人们用水，须用舂米石碓才能将厚冰砸开。

邑人程用杰作了一首哀民诗，被许多人抄传："野无青草室悬磬，酸言苦状难俱详……嗟淤乎！请君试想穷檐里，饿水嚼雪啮草根，此际不知几人死……"县城北门外有个八蜡庙，大殿早已倒塌，只剩下两厢庑廊，便成了乞丐聚居的场所。待雪后放晴，人们在那里看到横七竖八倒毙的硬梆梆尸身，共有二十多具……喊来圣公会做善事的人，抬了大半天才抬完。

白雪皑皑，草木素然。天色又转暗，阴沉沉的，好像还有飘落大雪的迹象。

第二次雪到底没有落下，否则，穷人真是到了末日。

雪地上几行脚印延往昏暗里，袁佩璋的人堵住了后港河对面树林子里陈金水家破草屋的门。冲进去时，主人蹲灶口烧火，另有一人神情淡定地坐在缺了一条腿的桌子旁。袁佩璋一语不发，铁青着脸走了过去，灶口蹿动不定的火苗照出这个抬脸迎向他的人正是邵运柏……突听里屋"哗啦"一响，是土墙被推倒塌的声音，有人喊："跑了！那边有人跑了……""叭""叭"枪声爆响。这里，邵运柏抄过手边茶壶砸了过去，滚烫的茶水泼出，趁着袁佩璋侧身让过，又操起板凳砸倒一条黑影，跃身从大门窜出。有人举枪要打，却被袁佩璋挥臂挡开，吼道："混蛋！老子要抓活的！"

邵运柏竟然万分侥幸地逃脱了。数日后，由张和声出面，光棍陈金水被以二十担大米保出。陈金水一口咬死那几个人给了他一只烧鸡，只是借屋子谈生意，他一个下雪天也要赤脚下河讨生活的卖水佬，谁也不认识……姐姐则是从张和声处打探到了事情前后经过。

终于等来春风再度，要是在早先安稳日子里，可以去南门外看梅花了……但陈家楼早已被日本鬼子扒倒，梁柱等木料都拉去修碉堡，剩下厢房也放火烧光。南门外河滩边那片梅林也随着消失，偶尔会在一两处庭院旧墙遗址外，见到一树蜡梅花，虽是飞黄飘香依旧，却形单影只，尽显孤零。

"梅子酸心树，桃花短命枝……"姆妈列举了许多事，总说女人如酸心梅子，如薄命桃花。叙到自己往事，她反倒平静下来："不管是风还是雨，能走过来就对了。不是每棵大树都结果，也不是每棵小树都不结果。结果有结果的苦，不结果有不结果的乐。"若把这后面的话品咂一下，似乎是针对姐姐而言的。

姆妈染了风寒，发烧，咳嗽，咯痰。姐姐先是带她去模范街看西医，找张和声的儿子——亦就是朱若新的丈夫张馥看的，听了肺，说肺部有炎症，打了两针盘尼西林。都已经好了，不料吃了两只虾，竟引发哮喘，喝水时又给呛了一下，咳了喘，喘了咳……再打针，竟是不起作用，姆妈死活不肯再用这么贵重的药，便去陈元新诊所看中医。

陈元新三指搭脉，观苔色，察肤理，一番望闻问切后，云是外感六气致病，遂以祛邪愈体验方应对：川贝母（两半），款冬花（两半），紫菀（两半），猴子枣（七分），皂角（四两半）。共碾细末，蜜和为豆丸，日服四次，每进四粒。

问方中为何只用五味药，陈先生朗声笑道："行医并不难，难在辨识证候一端。人体无非十二经，不管患了什么病，也就是阴阳气血受邪，病位无非表与里或是半表半里，病情无非虚、实、寒、热、风、湿、燥、火……指临三部，按寻九候，五行生克，大道至简，则效如桴鼓。故本人开具处方，最多七味药。若是汤药，每饮不得超过七服，而且，中间必须休息七天，方能继续服药。"

此药丸，以大枣煎水送饮了半月，竟然痊愈。

几天前那场雪，许多地方照明电线给压断，找不到人修理，晚上只得点蜡烛和煤油灯。偏偏这两样，店里断了货。

芙初在街上碰到早已不再是电灯公司协理的三表舅，说是彼处尚有多余灯油，可以匀一些出来，就让芙初提着油瓶跟他回家取。进了竹青巷一处老旧宅院，三表舅掏钥匙开了门，随手划根洋火，合掌遮风把一盏带玻璃罩子的美孚洋油灯点亮。灯影里，屋子显得愈加闃寂黑沉，散发着一股灰尘的气息和年代久远的木板霉朽味。三表舅打屋黑处拖过一张高背太师椅，转着头四处瞅了瞅，才一屁股坐下来，那把四脚不稳上了岁数的高背太师椅吱呀嘎呀一阵呻吟叫唤。

就在这时，芙初清楚瞧见有一黑衣人影从天井石栏前飘过，至灯暗处似还转身朝这边望了一眼，就悄声问三表舅那人是谁……三表舅却摇头，说刚开的门，哪里会有外人进来，你别是看花了眼！言词如此肯定，芙初心里不禁一阵怅然。见三表舅已给她倒了半瓶子灯油，遂道了声谢，拎了瓶子告辞。

似乎，总有那么一种巧合，像是冥冥之中的定数，让人欣喜又紧张。芙初收到了一封从上海复旦大学寄来的信，抽出来只薄薄的两页纸，看到"见字如晤，至为欣慰"，及至"临书依依，不尽欲言"，突然间心头别地跳了一下，有一种触动。她分不清是什么爱，是自小就缺少的父爱，还是一份迟来的异性爱？仿佛风在林梢栖息，能爱就爱吧……她第一次有了灵魂被打湿的潮润感觉。

重重的脚步声传来，两个穿土黄衣的自卫团士兵来到芙初面前，"啪"地敬了个礼，说了声"袁团长有请"，绷紧的脸，表明出了很严重的事。

芙初随他们来到新壁巷，进了一处大院，拐向西，又有一处玲珑小院，是袁佩璋搬离西南饭店那间婚屋后选下的新居。走进屋子，不由倒吸一口凉气，一股浓烈的血腥气扑入鼻孔！厅屋里，一男一女两个医生洗过手，正往诊箱里收拾器具准备离开，染满血渍的两件白大褂裹成一团塞进一个手提藤包里。芙初跨入内室，里面生着一个大木炭火盆，几个女人在小声饮泣，地上扔的全是带红的草纸，血迹斑斑，一片狼藉，连床上的被子都是泡在鲜红的血水里！采薇躺在床上，看上去已没了鼻息……黑发遮盖了上半个面孔，苍白无血色的嘴唇抽紧，牙齿暴突，鼻翼张开，显出一种狰狞状。

身着便装的袁佩璋垂手立于床前，眼睛里全是血丝，头发凌乱，额骨高显，胡子多日未刮，仿佛换了一个人。听他嘶哑着嗓子说，采薇最后断断续续留下的话，竟然是"我走了……对不起……我没能为你生出孩子"。

"怎么……怎么会……会是这样……"眼见这一幕惨景，芙初浑身发抖，抖得像筛糠一样，牙齿叩得"嗒嗒"响。

"采薇一直睡眠不好，脾气大，有时还有狂躁，老说是看到了蛇，被蛇缠了身，要栽什么玉簪花……大冬天里，到哪弄这花来？保胎时，中医就告诫要当心气滞血瘀、气血运行受阻……可惜陈家楼的名医老爷子不在了，给她开具理气活血、化瘀催产方药的人是老爷子徒弟伍元庆，共有芎、归、益母草、大腹皮、枳壳等行血破气散结的六味药，遵照医嘱，煎汁去渣，加入小米、红糖同煮成粥，称益母粥，日常啜服。还让人看过风水，怕犯煞、犯胎神，就不让孕妇动刀剪、钉子所有带尖刺的东西……连厅堂里祖先画像和供奉的神位，也担心带上阴气，对孕妇安胎不利而转移至他处……因为是头胎，数日前，她娘家还送来婴儿衣裤、鞋帽、小卧被、红糖、老母鸡、鸡蛋、米面等物催生……哪知到头来还是碰上了难产！"

其实，据医生说，采薇骨盆并无异常，也无血虚症候。临产时，宫缩虽强，但间歇不匀，产程进展缓慢。撑了两天两夜，胎儿的肩膀卡住了，横产。中医西医都请来，轮番上阵，却是皆无手段。胎膜早破，脐带脱垂，胎儿窒息死亡后，设法打断了胎儿的锁骨……最后大出血，鲜红的血就像放水一样朝外涌！

不仅难产，还血崩，孩子也没有保住。活生生一个人就这般走了，芙初心头泣血，她实在无法接受！每个女人都是一生血红么……她不知道自己哆嗦着说了些什么。

隆冬凛冽的风中，采薇仿佛正与她对视、对她说：心若不动，风又奈何……我若不扰，岁月无恙！但我更喜欢自由自在的生活，我要远离眼前这种生活，不去车水马龙的热闹处，就携壶长游，专往山高林密有流水的地方跑。心随神往，横竖都是一辈子……说完，竟兀自笑起来。

一个女人撒手人寰，往日的花如面、柳如眉，还有如漆的星眸，俱已被黑暗吞噬……命运之于她，实在太过残酷！芙初的内心涌出深深的歉疚和凄凉，二十多年的交谊，就这样倾尽？生命之河弯弯曲曲，她已去到的地方，会一直响着流水的声音吗？

回家时，袁佩璋仍旧差遣那两个士兵护送。临出门，似无意轻语一句：你给那个姓邵的带句话，我已放过一马，再要露面，就不好说了。他的声音枯涩而黯沉……芙初片刻怔忡之后，点了点头。

仰望天空，一片漆黑，芙初觉得这是她人生最漫长的一天。你可以在这无边的黑暗中遐想，闭上眼睛，依然可以嗅到风中的味道。那个初夏，采薇在秋千架上，美目流盼，暖意融融，院子里那些花，深深浅浅开得正盛……可是，当她抬眼看向渐次稀少而倍觉珍贵的灯光，却见对面店铺悬挂两个灯笼，照着一幅匾额，上面赫然是"烟波致爽"四个篆体大字。这是到了漳河边吗，怎么搞得就像是有景可观一样？

人世茫茫，看不到边际，即使行走在这大街上，亦同行走在烟波浮身的简陋木桥上。犹如宿命，每个生命都自烟波里来，最后又都消隐在烟波里。既然很多时候都是由不得自己，又何必张目去观看，人生无根蒂，飘如陌上尘……这些事要不要告诉傅菊英，此刻她在哪里哩……这乱世人生，充满变数，真的是走着走着就散了。

不知是从哪一扇窗口飘出苍凉的二胡声，在寒夜里回旋，有人用沙哑的嗓子在唱着什么。一只猫在前方暗地里不歇号叫，尖锐而悠久，如婴孩紧声啼哭……芙初忽然又想起陵阳桥边那个秋日的黄昏，想起她与采薇关于玉簪花的那些对话，采薇说玉簪花的白色不吉利，还有，玉簪花为何偏偏又叫"催生草"哩？以及那缠身的蛇……难道这都是冥冥中的验证？其实，多年前读到唐诗人王绩的《望野》，内中有两句"相顾无相识，长歌怀采薇"，那就是天机已泄呵，当时却无人会意。

唱歌声音没有了，二胡还在那里拉，低回伤沉，如泣如诉。初闻不识曲中意，再听已是曲中人……芙初心头一个激颤，猛烈地抽痛起来，喉嗓哽咽，禁不住热泪长流！

没有岁月
可回头

元月二十一日，还有八天就是春节了，蒋总统宣布引退下野，引起极大震荡。紧接着，李代总统上台就职治事，国共重开"和谈"。在这前后期间，国军加紧集结沿江各县，巩固江防，试图实施"划江而治"。轮毂高大的美式卡车隆隆地开进县城，整团、整营的士兵进驻陵阳城关，带叉马脚的重机枪和迫击炮，还有榴弹炮，以及那种炮管伸出老长的加农炮，齐齐摆满城墙根。美式装备的宪兵团、辎重团也开来了，城墙根下搭满帐篷。看架势，好像要在沿江决一死战！

其实，这些军队仍是从徐州败退南逃的刘汝明兵团残部，他们只是逃命到此，根本无心恋战。一有动静，比兔子跑得还快，哪里是来打仗的！但这么多真枪实炮横架在跟前，着实吓人，子弹不长眼呵，许多人又在"跑反"了。当兵的也在开小差，或是携了枪卖去黑市，被逮回就要给打个半死。经常看到两个士兵架着一个伤兵在城墙下走，帮助恢复伤躯。

正月初七立春，仍旧冷得很，已多日没有邵运柏消息了。天刚擦黑，天上又飘下雪花，时辰不长就止住，但路上已是全白。"笃，笃笃……"外面有人敲门，姐姐拉开门，进来的正是邵运柏，戴着瓦锅帽，穿一身灰黑的旧棉袍。他收起手中的布伞放到门后，跺了跺脚上粘的雪，满脸疲惫地坐到凳子上。姐姐倒来一杯热水，芙初又给取暖的火盆添进两根木炭，火星炸裂，发出轻微的噼啪声。问吃过晚饭没有，点头说是吃过了。正好火盆的炭灰里煨了一个烤熟的山芋，就掏出来递了过去。

邵运柏把一杯水喝下，又掰下半个山芋撕去皮吃到肚子里，才小声告诉说，那天在后港河边捡一条命逃出，便去了江北。在那边，几十万大军已经饮马长江，很快就要迎来全国解放了！这次，领受任务从黑沙洲乘小划盆返回，江面漆黑，上岸时，又是一场早春少见的浇头大雨，翻过大埂迷了方向，连路也找不到人问。后来隐隐约约听到狗叫，循着声音才慢慢寻到一户人家，敲开门问清了路……好心肠的女主人见他身上衣裳湿透，就引他到灶屋里，抱来一大捆芦苇，点了个火堆。烤干了身上，然后继续赶路，天亮前走到繁昌马坝境内，终于与游击队联系上了。

外面的门又被轻敲了几下，邵运柏朝姐姐一点头……姐姐打开门，一个已看不清是什么装束的人拥裹一身雪花走了进来。来人见到邵运柏，也不避嫌，脱下脚上一只钉鞋，从鞋垫子下取出一张污渍的纸来。邵运柏接过，快速看完，什么也没说，走到灶前，划着火柴，点燃那张纸头投进灶膛。看得出来，他平常的外表下，已是暗流汹涌。

待那人走后，邵运柏把姐姐拉到一边，告诉说，他已不能回住处了，必须马上撤走。半夜时，有一辆从泾县下来的拉木炭车，会带他去芜湖。明天上午十一时，芜湖有一班开往上海的火车……他将在上海接受新任务，然后去广州。这里很快就要解放了，但也是最危险的时候……邵运柏让姐姐尽快去芜湖，到广益中学找一个姓刘的教师，他会安排好一切，然后一齐由上海去广州，到了那里，会有工作交给她去做。

姐姐咬着嘴唇思索了一下，说，这一切来得太突然，自己一时拿不定主意……"情况紧急，千万不能误了车，你先走吧！"接着，朝姆妈睡觉的地方努了努嘴，意思是不要惊动了姆妈。又朝芙初使了个眼色，让她走近，告诉说街上戒严了，她要去找朱若新帮忙，让朱若新的父亲陵阳银行行长朱朝晨用私家黄包车将人送出城。说完便在脸上抹了些防皴的瓦壳油，拉开门，挽起邵运柏的手臂，往积满夜色的街上走去。

姐姐什么时候回来的，芙初不知道，她已经上床了。

第二日，天放晴，雪开始融化了。芙初看见水气在阳光下蒸发，屋子四周笼罩了一层薄雾，檐下冰溜子一分一毫地缩短。朱家屋楼的一方墙上爬满老藤，叶子掉光，却依然顽强地向上伸展，透过裸露的枝蔓，遥想春天绿叶满墙的模样。而那些注入生命里的东西，便是阅历……阅历，会让一个人变得从容而淡定。

风仍然尖利，一刀一刀地在脸上割扯着。

"姐姐你赶紧走吧，陵阳这里绝不能再待了！"

"不，我不走，我哪也不去。你不必担心，目前袁佩璋还不至于朝我下手。我从女中毕业出来，就已发过誓言，再苦，也要照管好姆妈……你看我们家现在这样子，我能走吗？不瞒你说，我早已断了成家的念头。但我不会姐姐不嫁误了妹妹，我要扶助你的婚姻，我知道，到了晚年，有儿女叫叫妈妈，才是最大的幸福……等你以后有了孩子，给一个让我带，我就心满意足了。"

"姐姐，那都是以后的话，家里不是还有我吗？你快走吧，去上海，去广州……走得越远越好，去找邵运柏，不管怎么说，人家在等着你！还有胡甲民和徐慧莲也在广州，随时可以帮你……"

姐姐沉默了一下，定定地看着芙初说道："我已在心里想清楚了……有些缘分值得等待，遇见他已经花光了一辈子的运气。其实，他只能陪你走一段路，而不是全程。那就珍惜在一起的时光，后面就别想得太多。我早已试过一个人静静面对，自己把事情慢慢想通。在一切变好之前，总要经历一些苦难日子……就连一朵花开，都要接受雨雪风霜。你还记得从蒲塘村边流过的那条深溪河吗？深溪河，多好的名字！深谋若谷，深交若水，深明大义，深悉小节……对于一个教书育人者而言，最想要的就是朴素简单的生活，因为她已完全投身于教育中了。世路难行，好在我们还保有对生活的热情，没有熄灭心头的火焰。咬紧牙关，没有翻不过去的山，没有过不去的坎。为一个崭新社会的到来奉献力量，将身心托付于所爱的事物上，泥淖里也能开出花来！"

"姐姐，我知道，你是贞心贮在冰壶里……"芙初的眼里，已有泪光在闪烁。

"不是冰壶，是暖壶，就让贞心都化成水吧。这世上总是有很多事情令我们难以处置，一边拒绝，一边答应。我们以为可以放弃，其实又在执拗地等待着，我不知道自己在要什么，你也不知道我在要什么……既然我被取名'浣莲'，就让我在清水塘湾之上，一莲一浣为你们祈祷吧！"

姐姐心如莲花，眼角眉梢深藏着饱经阅历后的从容与坚毅。她向芙初透露，一个新的计划，已在他们几个人心里酝酿成熟：就是以郁青楼所在的郁青农校为基础，合并陵阳中学、中山中学，还有珂美女中，集中教育资源，创办今后崭新的陵阳中学！郁青农校地处县城中心，且周围房屋均属春谷、黉宫两所小学校产，扩建、重建、修缮，皆大有余地……但是眼下有人欲将陵阳中学撤走，她要参加保校、护校，作坚决斗争。

春节前，储希惠从沪上归来，往这里走动得多了。放寒假前夕，复旦大学的学生参加上海市反黑市交易示威大游行，储希惠暗中承担纠察保卫工作，同军警对峙。事泄，一干人被校长章益叫去谈了话，训诫他们要远离政治，好好读书，将来建设国家有许多事要等着做哩……事后，又让他们留校反省，实则是予以保护。虽然延迟了数日，好歹是平安回到了家。

终于有一天，储希惠对芙初说，兄长希吾已请动张和声出面保媒，我们准备结婚吧。

入夜，两人走在市桥河边，随着夜色加深，寒气阵阵袭来。文峰塔矗立在黑地里，旁边透出一团光亮，姆妈说过"点塔七层，不如暗处一灯"，那一团灯光好温馨宁静呵。芙初抬起头来，觉得头顶星辰仿佛离得那么近，看着身边的人，朦胧中似乎与他有种相依为命的意味，柔情从她心底被一丝丝牵出。

储希惠正好也转过眼来，看着她，伸臂轻轻将她揽入怀中……没有过渡，也不觉得唐突，莫名地，有一种被生命拥住的半疼半喜。她把头坦在那张宽阔的肩膀上，身子贴着他，静静地过了好一会，才抬起头来，脸上有点热，大约正浮着一层红晕。

墙角，一树蜡梅年深日久的缕缕暗香，弥漫在寒风中。先行者都是寂寞的，蜡梅也不例外，它的花从孕育到开放，面临的不是一朝一夕的寒冻，而是经历了一个艰难而又漫长的过程。在这灰暗而又凄冽的残冬，总要有花开放，燃一份春的希望，指一条通向光明的路。即便是战争、贫困、死亡这样的黑暗，也不能吞噬所有的鲜亮与香韵……所以，眼前这树独自经受风雪的蜡梅，更似一个静静弹奏着古筝的清丽女子，她的眼里安之若素，平静如水，是那么脱俗超然，空灵绝尘。

平民自有平民的喜气。那日，姐姐由储希惠的几个朋友陪着，一帮年轻人说说笑笑在楼前栽下了三棵广玉兰。日后长成，浓荫满园，开出大朵大朵的白花，若鸽群放飞。身穿厚棉袍的廉叔正好从花山上城里来，姆妈请他与朱朝晨一起做了这边的媒人。写了订婚证书，是水红麻将纸的，饰了花边，很漂亮。

酒席设在模范街醉春楼，只有五桌。因为都是口头通知了时间地点，请帖就叫一个人在门口发放，来宾拿到请帖自己找座位。结婚的前两天才赶制了一件新娘旗袍，红花缎面，夹了极薄一层棉，外面罩件貂领短袄，能御寒。倒是新郎，因为衣服做小了一点，结果只好临时穿上朋友的一件西服。

城郊五里岗，还是一片荒寒萧瑟。有几个女孩在那里奔跑着叫喊着，声音那般清脆，有几分鲜亮，有几分柔软。

"等到那片桃林开满花，顶好看了。"耳畔朋友声音响起，却怎么也拉不回她往日的思绪。

花坛里，有一株红梅也开了。一树梅花一树雪，深院寒寂，香韵孤绝……只是，这已不是北门龙汇桥边那个熟悉的院落。

芙初知道，自己终究是回不去了。

但凡经历的种种，都是刻骨的记忆！

后　记

　　岳母李芙初，晚清长江七省水师提督兼领南洋水师大臣李成谋的曾孙女，自幼成长于南陵城现为省级文物保护单位的故宅徐家大屋内，秉性聪慧，早习诗书。日军侵袭轰炸，逃难"跑反"而被乡绅收留，后又追随初创的南陵中学辗转数处求学。抗战胜利，短暂安宁之后，社会动荡，经济萧条，党派纷争，国事日萎，年轻人在苦闷中奋起，寻找通往光明的道路。

　　两年前，九秩晋二高龄的岳母，接受媒体采访，并执笔写下万余字回忆录，讲述了这一段经历。其间大量民间史料及民俗世相，尤为珍贵。一曲《流亡》千滴泪，江边碧水拍沙堤。过眼风霜雨雪，多是创伤记忆，个人成长之痛，必与时代之痛相交缠绕……我循此爬梳，并数去实地走访座谈，花了将近一年工夫，终于衍而成书。特殊年代的经历，永远是文学的宝贵资源，永远值得书写！

　　因为是在"非虚构"框架内写作，人和事俱真实存在，很难让你尽着性子去发挥想象力，去进行那种生动丰富的典型创造。所以朋友们有理由批评本书没有太强的故事情节，没有能够抓住人的悬念，而多是些浮光掠影。这确实是块短板，纯粹以生活经历为题材，以个人感知为表达通道的这种日常生活流式书写，是一种无奈、一种迟滞……殊不知，这种书写却又是最吃细节的，须有相当的性情沉浸，方能一路演绎而下。为了方便穿插一些俯瞰式全景介绍，我抛开了《巨流河》那样第一人称叙述，稍稍拉开一点距离。一些所谓"丰富的江南元素"，便能不受阻碍地挪作背景映衬，以帮助确立个体在重大事件和社会文化结构中的位置。

呈露自身，观照既往，在岁月的流逝中，把周围的故事都嵌进自己的生命中。灾难的发生，总是那般猝不及防……大时代中小人物的飘零，个人经历经过加工，为我们这方土地曾有的过往，提供了无可替代、丰富真实的注脚。这是成长历程的书写，也是宏大社会叙事的一部分，或多或少地揭示了女性生存和女性价值的深刻主题。

取名《芙蓉女儿》，是因为叙述人李芙初及姐姐黄浣莲还有堂妹小芙子，皆有芙蓉品质，有一种隔岸的楚楚与孤绝。女人如花，总是在幽静微凉的低处清香四溢，沁人心脾……让她们和男人一起同歌哭、共患难，在叙述的构架之间，就能形成一种微妙的张力关系。全书二十余万字，以史带人，以人勾连一方风土世情，让历史变得有故事性，有色彩，有温度，而不是干巴巴的数据和年份的记录，称其为"纪实体长篇散文"也可。因为有一些移花接木和腾挪改写，所以，我更愿意定义为"民国记忆的非虚构长篇小说"。

采薇是书中极少的虚构人物之一，作为芙初形象的补充，也是于情感构建中解决为尊者讳的问题，才让她来替代、折冲、对抗与拒绝。本是美丽的化身，却因一份绝决的错爱而结局凄惨，令人扼腕叹息！世事沧桑，负累几许……采薇倾心所爱的袁佩璋，一个抗战御侮时民族精英人物，性格坚毅，杀伐果决，后沦为鹰犬，只能说是"时也，运也"！历史的天空扑朔迷离，正派反派之间，很多时候都是槽门虚掩。

张和声，南陵湘籍巨绅，不仅创立了郁青学堂、郁青农业中学和南陵最早的南园图书馆，也是乡绅文化的旗帜性人物。南陵县前作协主席胡旭东陪我去他家故址峨岭牌楼搜集素材时，提起张和声，老人们尽皆竖起大拇指颤声感叹："好人呵……大好人呵！"说到民国二十年那场大旱灾，塘底干裂，稻禾枯死，若非张和声出面谋划，并亲赴沪上筹集资金，购来安南大米数十万担，不知要饿死多少人。人望之孚，景行之众，中青乍也是如此赞扬，他们记住了这个名字及其德行，肯定是上辈口耳相传所致。云山千里，皆是心路历程，烽火连天岁月里，一方宁静的乡野，安顿了知识和良心，以家国情怀供养书桌，忠义为上，功不可没！代代传承的士绅文化与优良风气，曾经也是我们安身立命的根本，被毁掉了，再也回不来了，使人无限痛惜！

邵运柏这一人物，虚构与合成部分稍多一些，他老练睿智，儒雅多识，体现了共产党人在那个特殊年代里的影响与感召。在个人情感上，邵运柏一直与黄浣莲若即若离，是另一种隐忍与牺牲。曾听我岳母说过，这两人没能最后走到一起，实际上是受到了干涉阻挠，老人不放心让女儿去广州那么远的地方。

黄浣莲，这是一个江南女子最诗意动人的名字，系我岳母李芙初同母异父姐姐，党的外围组织里进步青年，思想成熟，处事果决，教书育人，终生未婚。她的学生分布海内外，有学者、教授、作家、翻译家，有两弹一星专家。早年的同事、同道盛学莪、胡甲民以及李继弗（小芙子）夫妇都和她终生交往。曾听过别人许多描绘，我的眼前常会闪现出捧着教科书和厚厚一叠作业簿还有粉笔盒，踩着铃声向教室走去的她旗袍淡妆的轻盈身影。在美丽的南陵中学校园里，她就这样目无旁及地走了好几十年，直到步履一天天迟缓蹒跚起来。如我书中所写，岳母将自己唯一的男儿从小过继给她了。在她迟暮晚年，我的妻子担起了照料和监护的责任，从住房征迁安置到春夏衣袜换季以及请的那一任任保姆，周旋操持。在家摔折股骨，我们立即将她接到芜湖治疗，在手术前牵引复位过程中，曾有几次昏迷谵妄发生，即使清醒着，亦不复能辨识环境，常把病房说成是自己的家或者是教室，让人喊起立、坐下，说要给他们上课了。黄浣莲逝世于十二年前深秋一个凌晨，南陵中学几任校长在一起成立了治丧委员会，我的妻子兄妹数人佩黑纱执孝子礼。众多吊唁者先后送来九十一个花圈花篮，正好暗合了逝者九十一岁寿辰。我们又专门制作了一个大花圈，缀满九十一朵白花。花圈上挽联系我所作：

黄叶遽然凋　几代后人浣哀雨
莲塘一夜冷　满园桃李伤秋风

岳母李芙初祭奠联为：

早岁泣赡依　寡母长姐屏雨风　天乎太酷
今朝成阻隔　夕阳流水悲兰桂　妹独何堪
……

让刻骨铭心的记忆进入叙述，这也是一种精神自传，至少具有始终如一的连贯性，以及由此带来令人信服的可信度。正是这种有来路、有事实依据并能传达切肤疼痛的叙述，提醒我们如何正确理解那一段苦难的民族史。逝水东流，永无回头，俊彦与草莽同归无觅处，但是许多人事景象却可留存。许多有价值的东西，你不写我不写，几代人之后，文字叙事的窗户关闭，真相就很难搞清了。

经历，就是最好的文字。借鉴文学的手法和理念，让真实过往渗透或融入"非虚构"形态中去，人物可以合成，场景可以虚构，原封不动复制和挪用的都是重大历史事件，如此，则可实现素材层面虚构对真实经历的转化，更能切近个人命运。

有人说："历史写作，就是纪实和虚构之间来回的一个钟摆。纪实与虚构相互交织……纪实是用眼，虚构是用脑。"更有人建议以"历史写真"代替"非虚构"，强调写实，但又讲求艺术。其实，"非虚构"的边界还是很宽泛的，它所涉及的类型，包括报告文学、传记文学、历史记述、私人口述实录甚至纪录片风格的故事片等所有纪实性东西。在文学的表达上，也有着相当的空间，起码可以让你刻画人物内心世界，重视对细节的描写，进行合适的腾挪及抒情。获得2015年诺贝尔文学奖的白俄罗斯作家阿列克谢耶维奇老太太，就是一位"非虚构"写作大师。一个擅长于讲述的人，首先要面对情感与拯救，面对人性与关怀。

另有一点不得不说，即所谓"侧重于史料叙事"及"涂抹民国背影"

的特点。其实，风俗礼仪描写和地方色彩图景，这也是乡土文学所包含的两个基本特征。老友孔立新一直关注此书进展，多次就书稿发来微信，其中有这样一段话："拘于纪实而损失悬念，但江南元素充足，江南的历史文化、风土人情写得丰沛丰满……我期盼它能成为江南区域的断代史，让这一区域的历史大事都能在作品中有所展示。"还有一位丰积史识的朋友原石，则不无调侃道："此书出来，至少有一点可以肯定，欲说南陵民国史，先查《芙蓉女儿》书！"本埠资深批评家韩步华先生认为此书有"厚实的国学底蕴，丰实的江南积淀……节奏慢了点，也是情节使然"。

芙蓉千朵，涉水而过，回望来处，岁月已是一片苍凉。一方面，随着时代的前行，充满深情的纯文学与唯美的叙述，已日渐被遮蔽和疏远，一些轻佻的、功利性的和毫无痛感的享受型表述正大收其效，这必须给予干涉。而在另一方面，我更希望能放开主流统领，在个人与时代之间多保留几条甄选与表达通道，容忍以个人视角进行完全独立的写作行为。有以"事实""亲历"和"诚实原则"为基础特征的个人回忆，会让历史变得更为真实，并且丰满细腻。

我放弃了几家出版社的给选题约稿，这本书从一开始做出决定后，就没再犹豫过。自从进入书写环节，常常一个人漫无边际地游走其间，只为感受那一份远离尘嚣的安宁。

感谢安徽省文艺评论家协会副主席、安徽师范大学文学院博导方维保教授为本书作序，推重掘隐，巨细不遗，"闻弦歌而知雅意"，我自心领。其中过嘉褒掖，是对我的鼓励；而中肯指正，不独有教于我，亦使读者受益。其实，在此之前，我们已数次机缘晤面，快意捉杯，多受启迪，甚为荣幸！

风送荷塘三更雨，远山叠叠梦重重……秋夜雨散，树影婆娑，清幽的月华，照进年华深处，是这般柔美、恬静……

此书完成，乐何如之！

本书写作中，参阅并引用了《南陵文史资料》及南陵网上部分文章和资料，在此特作说明并致谢！

二〇一八年八月二十六日夜记于南陵闸口乡下

李芙初——时为南京市回龙桥小学历史老师兼少先大队总辅导员,同储希惠和孩子摄于一九五六年冬